柳永及其詞之研究

中英合版

梁丽芳——著

A Study of Liu Yong and His Lyrics

中国出版集团
中译出版社

图书在版编目（CIP）数据

柳永及其词之研究 = A Study of Liu Yong and His Lyrics : 中英合版 : 汉文、英文 / (加) 梁丽芳著. -- 北京 : 中译出版社, 2020.10

ISBN 978-7-5001-6326-8

Ⅰ.①柳…　Ⅱ.①梁…　Ⅲ.①柳永（约987-1053）—宋词—诗词研究—汉、英　Ⅳ.①I207.23

中国版本图书馆CIP数据核字（2020）第134600号

出版发行：中译出版社
地　　址：北京市西城区车公庄大街甲 4 号物华大厦六层
电　　话：（010）68359827；68359303（发行部）；
　　　　　68005858；53601537（编辑部）
邮　　编：100044
电子邮箱：book@ctph.com.cn
网　　址：http://www.ctph.com.cn

出 版 人：张高里
总 策 划：贾兵伟
策划编辑：胡晓凯
责任编辑：刘瑞莲
封面设计：潘　峰
排　　版：中文天地

印　　刷：山东临沂新华印刷物流集团有限责任公司
经　　销：新华书店
规　　格：710 毫米 ×1000 毫米　1/16
印　　张：32.75
字　　数：403 千字
版　　次：2020 年 10 月第 1 版
印　　次：2020 年 10 月第 1 次

ISBN 978-7-5001-6326-8　　定价：98.00 元

中 译 出 版 社

序言

我与本书作者——梁丽芳女士，有着长达三十年以上的交谊。梁女士是加拿大不列颠哥伦比亚大学（U.B.C.）的博士生，毕业以后被聘任到阿尔伯达大学（U. of Alberta）去任教，直到前数年才退休。退休以后，仍继续从事研读不辍，遂于数年间，又写成此一册巨著。在国外研读中国古典文学的教授与学者极多，但大多只是以一种语文写作著述，其能兼用两种语文结合在一起从事研著如梁丽芳教授者，除了前辈教授如刘若愚、孙康宜诸学者外，似梁丽芳教授之能同时结合两种语文写作者，实不多见。

我与梁丽芳教授之结缘，就正是由于她对柳永之词的研读。那是上个世纪的七十年代，我正在 U.B.C. 大学亚洲学系任教时，梁丽芳女士来到了我的班上，成为了我的研究生，攻读硕士学位，当时她的研究课题就是柳永词的研究。在那一段时期，我的班上真可以说是人才济济，有从美国加州大学转来的施吉瑞（Jerry Schmidt），还有另一个也从美国转来的白瑞德（Daniel Bryant）。更有从台湾大学英文系转来读博士学位的施逢雨，从马来西亚大学转来读硕士的林水檬，还有和梁丽芳一样从香港转来读硕士的余绮华。如今三十年过去了，当时从我研读的那些学生们都早已经因为种种不同的原因，离开了研读的岗位。只有丽芳一枝独秀，居然又写出了如此内容充实的一部巨著。作为当年曾经指导她写作过关于柳永词之研读的一个导师，真有说不尽的欢喜和欣慰。

我以为在丽芳身上，有着几点她所独具的长处。其一是她的中文与英文两种语文的兼长并美，其次则是丽芳在研读方面的阅读之广与用力之勤，还有一点就是她对于研读工作的不懈的勤奋和努力。她能有今日著述的成就，决不是偶然的。

作为一个曾经指导过她的早期论文之写作的导师，看到她今日的成就，自然有说不尽的欣喜。所以我现在虽然已经是一个将近百岁的耳目昏花久不为文的老人，也仍然愿意为她写此一篇序文，以纪念数十年来我们一直保持着亲密之交往的一段因缘。

叶嘉莹

2020 年 5 月写于南开大学迦陵学舍

前言

经过了两年断断续续的努力，《柳永及其词之研究》的中英文合版终于完成了。回首过去，感到有点不可思议：柳永的形象与柳永的词，竟然伴随了我大半生。柳永是我的第一个研究对象，研究柳永也是我学习做学问的第一个实践。

知道柳永这个名字，是中学二年级时，外祖父给我的纸扇上写了柳永的《望海潮》。这首词抑扬顿挫的音节与优美的意象，深深吸引着我。外祖父陈孔楚先生是我的文学启蒙者，而叶嘉莹教授则是我的栽培者。我有幸进入不列颠哥伦比亚大学，修读叶教授的古典诗词科目，听她的课，受她的指导，后来还做她的助教。数十年来，我们持续交往彼此关怀，这是我须一生感恩的。在研究上影响我的，还有亚洲系的蒲立本（Edwin Pulleyblank）教授。他治学态度严谨，我们都叫他“蒲夫子”。我在他的研究方法课上学到的知识，至今受用。王健（Jan W. Walls）教授是个思想活跃的学者，有好书就介绍给我，非常感谢他。他介绍的芭芭拉・史密斯（Barbara H. Smith）的《诗的结尾》（*Poetic Closure: A Study of How Poems End*）一书，启发了我对柳词研究的思考角度。在他们的指导下，我开始收集资料，中文的、日文的、英文的，都分类作笔记。我还记得看了十几本的《词话丛编》，在图书馆天天做笔记的情景。这些笔记，后来成为柳词评论的参照，真是喜出望外。

论文完成后，叶教授告诉我有个正在作柳永研究的研究生孙康宜（后来成为耶鲁大学教授）想看看我的论文。于是，我把论文寄了给她。没有想到她回信鼓励，还问可否作一个拷贝放在耶鲁大学图书馆，我当然赞成，并感谢她。哈佛大学的高塔（James Hightower，又译海陶玮）教授，夏天经常来温哥华与叶教授一起研究诗词。他要写柳永，叶教授也把这篇论文推荐给他。1979 年，我把其中柳永生平重构和柳词的节奏与连贯性两篇文章，发表在台湾的《中外文学》，后来叶教授推荐，我又把柳永词牌特色一文，发表在《南开学报》。1985 年，等待了数年后，香港三联出版了中文繁体版《柳永及其词之研究》。

2001 年，我获邀到福建武夷山参加“中国第一届柳永研究国际研讨会”，有学者说受了我的启发写柳词研究。其实，我的研究没有什么特别法门，我只是真诚地从实际资料出发，用实证主义的方法，对柳词作出分析与评价。我从现存资料重构柳永的生平事迹，当然，因为资料仍然缺乏，不少空白尚待新资料的出现。读者会发现我用了不少统计数字来说明柳词的特点，这是因为我不满意那些随意而笼统的评论方式。例如柳词的词牌特色一章，我就用了不少数字的对比来说明柳永在慢词词牌上的贡献。同时，我也结合实证和细读两种方法，分析了柳词的意象和用字、主题世界以及结构类型。还分析了柳永如何创造性地运用领字，来达到层层铺叙、强化前动性，以及统摄文本结构的效果。

感谢叶嘉莹教授建议我在内地出简体字版，也感谢张静教授从中协助。令我惊喜的是中译出版社建议出版中英合版，向外推广中国古典文化。这本中英合版中，中文版我基本上没有改动，只更正了误植字，并加入2001年的会议论文《柳词的结尾》。对于中文读者而言，有些字句用典不必解释，故此，可以说中文版是英文论文的浓缩版本。英文版的读者对象不同，必须一一说明，因而比较详细，注解也多一些。我希望对有兴趣看如何用英语写中国古典文学的读者，能够提供一个参考。

在此，我尤其感谢当初推荐我到不列颠哥伦比亚大学的印裔中国研究专家Ranbir Vohra教授，他大概没有想到，他的推荐书竟然把我带进学问的海洋。在本书修订过程中，我特别感谢黄秋娟女士与叶周孟川女士的协助与精细校对，资深编辑胡晓凯与责任编辑刘瑞莲两位老师的耐心与专业精神，以及一直以来支持我的家人与朋友。外子雷灿华不幸去年离我而去，他亲历了我写作柳永的整个过程，给我建议与鼓励，永不忘怀。这个中英合版，我用来纪念他。

当然，我必须衷心感谢叶教授给我写的热情鼓舞的序言。

梁丽芳

2019年11月26日写于温哥华

Preface

It has been two years since I was contacted by the China Translation and Publishing House to produce the Chinese-English edition of this book. Finally, this is done! Looking back, it seems unreal that I have been spiritually haunted by the Song Dynasty poet Liu Yong and his lyrics for several decades.

I first learned about the name Liu Yong from my maternal grandfather when I was in middle school in Hong Kong. It was a hot summer. My maternal grandfather came to visit us and brought me a fan. He was a calligrapher and on the fan he wrote Liu Yong's long lyric to the tune "Facing the Sea Tides" (Wang haichao). I read it out loud and was immediately charmed by its imageries and rhythm.

My maternal grandfather planted in me the seeds of Chinese classical poetry and essays. Unfortunately, he did not live to see the fruits. In my academic career, the one who taught me and nurtured me in Chinese poetry was a world class expert on Chinese poery, Professor Yeh Chiaying, then at the University of British Columbia, and currently the head of the Institute of Research of Chinese Traditional Culture at Nankai University, Tianjin, China. I am deeply grateful for her teaching and that we have been in contact all these years. The late Professor Edwin Pulleyblank, then head of the Asian Studies Department, taught me how to do research. What I learned from his course on research method is still very useful. I am also thankful to Professor Jan Walls who brought to my attention Barbara H. Smith's book *Poetic Closure: A Study of How Poems End* which inspired me to view Liu Yong's works from a fresh angle. Professor James Liu's book *Major Lyricists of the Northern Sung* was also very illuminating in lyric studies. My approach to the study of Liu Yong was largely shaped by these scholars. My thesis "Liu Yong and His Lyrics" (359 pages) was completed in the summer of 1976.

I remember receiving an encouraging note later that year from Sun Kangyi (now Professor of Yale University) who was then doing her doctoral thesis on Liu Yong and Su Shi. What happened was that when Professor Yeh told her about my thesis, she asked for a copy and then, after reading it, she was delighted and asked my permission to let her make a copy for the library of Yale University. Professor James Hightower of Harvard University, who came to Vancouver to work together on poetry projects with Professor Yeh, was planning on writing an article on Liu Yong. He too obtained a copy of my thesis from Professor Yeh. In 1979, I published two articles (one on reconstructing Liu Yong's life, the other one on the rhythm and continuity of Liu Yong's lyrics) in a *Tamkang Review* and *Zhongwai Wenxue* (*Chinese and Foreign Literature*) respectively, and later, another article on the tune patterns of Liu Yong in *Nankai University Journal*.

In 2001, I was invited to attend the First International Conference on Liu Yong in Wuyishan, Fujian province. From there I learned that the Chinese version of my book *A Study of Liu Yong and His Lyrics* published in Hong Kong (1985) had inspired some Chinese scholars. Actually my approach to the study of Liu Yong and his lyrics was basically empirical and close reading. I reconstructed the life of Liu Yong based on gazetteers, scholars' records and notes, vernacular fiction, drama as well as his own works. There is still a lot of work to be done in this enquiry. Readers may find that I used many figures in the discussion of Liu Yong's lyrics. This is because I wanted to be clear and precise, rather than vague and imagistic. For instance, I provided the statistics to show that Liu Yong was more innovative in the use of the new *manci* tune patterns than his conservative contemporaries. I also indicated how many times Liu Yong used certain lead words to enhance the flow and sequential structure of his text. It was gratifying to learn that many scholars had adopted this approach.

At the suggestion of Professor Yeh, I ventured to get the book published in the simplified Chinese version. Thanks to Professor Zhang Jing's contact, the China Translation and Publishing House was interested in publishing the combined Chinese and English version with the idea to promote Chinese traditional culture to English speaking readers. I did not make any changes to the Chinese version except for the correction of typos. Actually, the Chinese version is a condensed version of the English original because certain points need no explanation for Chinese readers. In comparison, the English version is more detailed. I hope this combined version could provide a window to different readers.

Thinking back, I am deeply grateful for Professor Ranbir Vohra, a China expert from Harvard University, who believed in me and recommended me to the University of British Columbia where I began my scholarly pursuit. I would like to take this opportunity to thank Helen Huang for her meticulous editing of the English version and Myra Zhou for editing the simplified Chinese characters. Thanks also to Xiaokai Hu and Ruilian Liu for their patience and editorial expertise. My husband Randolph Louis was my companion for more than four decades, throughout the whole process of my research and writing. I am grateful for his many comments and suggestions. It saddens me that he did not live to see the publication of the combined version. This book is dedicated to his memory.

Of course, I am deeply thankful for Professor Yeh's enthusiastic preface for the Chinese-English edition.

Laifong Leung
Professor Emerita, University of Alberta
November 26, 2019

柳永及其詞之研究

目录

第一部分

柳永生平的重构

引　子

柳永是北宋的大词人，又是慢词的奠基者，但是，非常可惜，到目前为止，有关他的生平资料，仍是相当残缺，以致他的名字、籍贯、生卒日期、仕宦履历以及葬地等等，向来都是言人言殊，一直难以确考。造成这种聚讼纷纭的情况有几个因素：首先，是《宋史》没有柳永的传记，而古代文献中，也没有柳永生平事迹的记载。其次，是柳永不像其他的词人如姜白石（1163—1203）一样，在词的前面加上一篇短序，把创作的动机、时间和地点交代清楚。同时，柳永除了词作之外，便只有一两首诗作，至于与当时人的唱和之作，更是绝无仅有。再次，是柳永的生平事迹，大多出现于一些杂剧以及词话、笔记和地方通志的零星记载之中。杂剧中的柳永，是戏剧化了的形象，当然不能当作史料来处理，其他的记载，又往往辗转抄袭，大同小异。在这种外在和内在的资料都残缺不全的条件之下，本章仅能从柳永的词集《乐章集》，以及现存的零星记载中，发掘一些蛛丝马迹，为柳永的生平勾勒出一个简单的轮廓。

一、柳永的籍贯与家世

在现存的资料中，有关柳永的籍贯与家世最有分量的文献，就是北宋王禹偁（954—1001）[1]的《小畜集》和《小畜外集》中的一些记述。王禹偁曾经受柳永的叔父柳宣所托，写了一篇《建谿处士赠大理评事柳府君墓碣铭并序》（以下简称《墓碣铭》）[2]，来祭祀柳永的祖父柳崇。这篇《墓碣铭》记载，柳族本来原籍河东（今山西省），柳崇的五世祖柳奥，随同叔父柳冕（唐代古文家及历史家）[3]到福建省任福州司马之职，后来，柳冕改官为建州（今福建省建瓯县）长史，他们叔侄便在那儿定居下来。这么说，柳崇的籍贯应该是建州才对，可是，他的传记却归入《福建通志》的崇安县之内[4]，这可能是因为建州与崇安相去不远，柳奥的后人便从建州迁居崇安之故，至于是在哪一代迁居，为什么迁居，则无从稽考了。不过，可以肯定的一点是，柳永的祖先原籍河东，而他本人的籍贯，是福建省崇安县，并不是如一些学者如朱彝尊（1629—1709）、胡适（1891—1962）等所说的江西省乐安县[5]，更不是杂剧《钱大尹智宠谢天香》中所说的钱塘（今杭州）[6]。

《墓碣铭》记载柳崇十岁而孤，由他母亲丁氏抚养成人。柳崇以德义著于州里，因此，乡人每有纷争，必找他判断曲直。当王延政占据了福建省之后[7]，闻得柳崇的盛名，便想邀请他出任沙县（今福建省洮沙县）县丞，但柳崇鉴于王延政残民自肥的苛政，遂拒绝了他的邀请。此后，柳崇便以布衣处士自居，终身不仕，隐居在崇安县的金鹅峰之下[8]。

柳崇有六个儿子[9]，长子柳宜（柳永的父亲）和次子柳宣为他的前妻丁氏所生，其余柳寘、柳宏、柳寀和柳察则为次妻虞氏所出。此外，柳崇还有五个女儿，王禹偁说她们都嫁入名门，至于详细的情形，则不得而知。当柳宜为费县（在今山东省）宰的时候，柳崇不远千里去探望他，接着又去济州（在今山东省巨野县），探望在那儿任团练推官的柳宣，后来，柳崇游览汴京（今河南开封），不幸得病，于是返回济州，他在太平兴国五年（980年）十一月逝世。《墓碣铭》说柳崇享年六十三，依此推算，可知他生于917年。

王禹偁曾经写了一篇《柳赞善写真赞并序》[10]给柳宜，序文说柳宜在当时，即太宗至道二年（996年）已经五十八岁，由此可知柳宜乃生于938年。柳崇去世之时，柳宜正好是四十二岁。《墓碣铭》说当柳宜在费县获知父亲的死讯之后，即“徒跣冒雪而行，以至于济（即济州）”，当时政府“有诏，不听吏守三年丧”。他上章三次，都不获准。遂又“叩丞相马，泣诉其事”。结果是“虽不得请，君子是之”。柳宜除了以孝行闻名之外，原来还是个耿直敢言的能臣。王禹偁在《送柳宜通判全州（今广西壮族自治区全县）序》中，说柳宜仕南唐之时，曾经

> 褐衣上疏，言时政得失，李国主（即李后主，937—978）器之，累迁监察御史，所弹射不避权贵，故秉政者尤忌之。[11]

南唐灭亡（975年）之后，柳宜入宋，次年（976年）为雷泽（今山东省濮县）令，他就在那里与王禹偁相识，彼此成为莫逆之交。此序文又说，柳宜在淳化元年（990年）为任城（今山东省济宁县）宰，因为受不了当时的困境，亲自携了三十卷著作到汴京，通过宦官的关系，“上书且请以文笔自试”，宋太宗很欣赏他，于是命丞相（当时为赵保忠）试他，结果成绩满意，乃授以全州通判之职。

根据《墓碣铭》所载，柳永的五个叔父，至少柳寘和柳宏为进士出身，柳宷和柳察亦以辞学著名（可惜找不到他们的作品），又据散见于地方通志的记录，柳永的两个兄长柳三接和柳三复，以及儿子柳涚和侄儿柳淇，都是进士出身。（上述柳永的家世及柳族各人的官职履历，请见附录一、二。）由此可见，柳永一族，自唐代以还，都属于书香世代的士大夫门第。生活在这个以读书出仕为己任的家庭传统中，柳永深受熏陶，这点可从他日后在科场上屡败屡试，在仕途上力争上游的事迹看得出来。诚然，个人的行为模式，无不受社会环境的渲染，在中国古代的封建社会里，读书人的出路狭窄，若要施展一己为国为民的抱负，除了借重统治者所授予的官位之外，恐怕没有其他可行的途径了，这个社会因素，也就成为柳永再接再厉地求取功名的主因之一。

二、柳永的名字与生平

柳永的本名是柳三变[12]，应该说是可以肯定的，这是因为他的两个兄长，都分别名为三接及三复之故，根据中国人改名的习惯，这点不辨自明。在话本《众名姬春风吊柳七》中，柳永又被称为柳七[13]，原因不得而知。柳永有两个字号，一为耆卿，一为景庄。王辟之（1068年进士）说柳永高中进士之后，因病取名“永”，同时，把字由耆卿改为景庄[14]。陈师道（1053—1101）则说，柳永为了擢升而取名“永”[15]，究竟谁是谁非，因为缺乏资料印证，目前我们无法确断。

至于柳永的生年，到目前为止，仍是个学术上争论的问题。有些词评家如陈廷焯（1853—1952）等，抱着慢词衍生于小令的观点（因为柳永是第一个大量填写慢词的词人，见下文），遂把柳永的生年，置于北宋的著名小令词人如晏殊（991—1055）及欧阳修（1007—1072）之后[16]，前面我们曾经考证得柳永的父亲柳宜的生年是938年，如此一来，柳永出生于欧阳修之后，似乎不大可能。此外，清代学者陈锐认为柳永应生于范仲淹（989—1052）及张先（990—1078）之后[17]；近代学者叶庆炳（1927—1993）认为柳永与晏殊年龄相若，而又比欧阳修年长了十多岁，而郑骞（1906—1991）则认为柳永应该生于宋真宗在位（即由997—1022）的初年[18]；但更多的学者，根据宋代晁补之（1053—1110）的一句话：“张先与柳耆卿齐名。”[19]而肯定柳永生于990年[20]。以上的种种说法，都是猜测的成分居多，考证的成份居少，很难令人信服。

近人唐圭璋与金启华二氏合写的《柳永事迹新证》[21]是比较有说服力的一篇考证。他俩从罗大经（约在1224年在世）的《鹤林玉露》中的一段记载入手研究。这段记载说：

孙何帅钱塘，柳耆卿作《望海潮》词赠之云："东南形胜……。"[22]

根据《宋史》所载，孙何生于宋太祖建隆二年（即961年），宋太宗淳化三年（即992年）状元及第，他在宋真宗景德元年（即1004年）逝世，他去世前所任的官职，正是两浙（浙东与浙西，即今浙江省与江苏省）转运使[23]。假定柳永在1004年赠《望海潮》给孙何，那么，柳永那时亦应已成年，基于此，唐、金二氏遂把柳永的生年定于987年。后来，在他们的另一篇文章《论柳永的词》中，用同一论点，又把柳永的生年推早了两年，即985年，也就是宋太宗雍熙二年。[24]

唐、金二氏的推论颇为可信，然而，我对此还有一些补充的证据，我曾经在王禹偁的《小畜集》中，找到不少由王禹偁赠给孙何及他的弟弟孙仅（967—1017）的诗文。例如《寄状元孙学士何》《将及陕郊先寄孙状元》《甘棠即事简孙何》《送孙何序》《回孙何谢秘书丞直史馆京西转运副使启》和《赠状元先辈孙仅》等等。[25]从这些诗文的内容来看，可知王禹偁与孙氏兄弟是相当要好的朋友，但是，我们不要忘记，王禹偁与柳宜一家亦有相当深厚的感情（见上文），与柳宜更是莫逆之交，极有可能，王禹偁、孙氏兄弟及柳宜都是朋友，这么一来，柳永自小便与孙何相熟是意料中事。罗大经说柳永曾赠《望海潮》词给孙何，是大有可能的事。

三、柳永的早期生活

柳永是否在汴京出生，我们无从而知，不过，从《乐章集》、词话、话本及笔记的内容所反映，则柳永的青年期在汴京度过，是毫无疑问的（详见下文）。当时的汴京，经过宋统一后的休养将息，已发展成为全国的政治、经济与文化的中心，孟元老的《东京梦华录》就曾经说汴京市况：

> ……屋宇雄壮，门面广阔，望之森然，每一交易，动即千万，骇人闻见……

娱乐场所遍布市内：

> ……其中大小勾栏五十余座，内中瓦子莲花棚、牡丹棚、里瓦子夜叉棚、象棚最大，可容数千人……瓦中多有货药、卖卦、喝故衣、探搏饮食，剃剪纸画令曲之类，终日居此，不觉抵暮。[26]

随着市况的日益繁盛，娱乐场所的扩张，酒楼妓馆不久亦充塞于京城，孟元老又说：

> 凡京师酒店门首，皆缚彩楼欢门，唯任店入其门，一直主廊约百余步，南北天井两廊皆小阁子，向晚灯烛荧煌，上下相照，浓妆妓女数百，聚于主廊槏面上，以待酒客呼唤，望之宛若神仙。[27]

柳永就在这样的繁华都市中长大，汴京的绮陌红楼，汴京的佳节庆会，都给柳永留下不可磨灭的印象。此后，无论他身在何方，总回忆起年轻时在汴京的快乐日子（他在词中提到汴京二十多次），例如他在《戚氏》一词中，便追忆说：

> 帝里风光好，当年少日，暮宴朝欢。况有狂朋怪侣，遇当歌，对酒竞留连。[28]

年轻的柳永，在汴京已经以歌辞闻名，叶梦得（1077—1148）在他的《避暑录话》中曾说，柳永为举子之时，

> 善为歌辞，教坊乐工每得新腔，必求永为辞，始行于世，于是声传一时。[29]

教坊乃是为皇室服务的音乐机构，故此，皇室每有喜庆之事，或是欣逢节日，教坊乐工必作曲助庆。这不禁使我们想到，柳永《乐章集》中的一些祝颂词，极有可能是在教坊乐工的要求下填写的。叶梦得说柳永的词《倾杯乐》（禁漏花深）[30] 在内宫流行，正好印证了这个猜想。

柳永不单只是教坊乐工的朋友，亦是秦楼楚馆中的常客，歌妓们的宠儿。话本《众名姬春风吊柳七》描述，歌妓若得柳永品题，马上便可以声价十倍，以致汴京有三个歌妓的行首，“赔着自己钱财，争养柳七官人”。[31] 话本中的故事，虽不可尽信，但亦可作参考。柳永时常替歌妓填词的事实，我们还可以在他的《乐章集》找到印证。他曾在《玉蝴蝶》（误入平康巷陌）一词中说：“珊瑚筵上，亲持犀管，旋叠香笺。要索新词，殢人含笑立尊前。”[32] 此外，他又写了不少品题歌妓的词，例如以下的四首《木兰花》便是：

> 心娘自小能歌舞，举意动容皆济楚。解教天上念奴羞，不怕掌中飞燕妒。
>
> 玲珑绣扇花藏语，宛转香茵云衬步。王孙若拟赠千金，只在画楼东畔住。

> 佳娘捧板花钿簇，唱出新声群艳伏。金鹅扇掩调累累，文杏梁高尘簌簌。
>
> 鸾吟凤啸清相续，管裂弦焦争可逐。何当夜召入连昌，飞上九天歌一曲。

虫娘举措皆温润，每到婆娑偏恃俊。香檀敲缓玉纤迟，画鼓声催莲步紧。

贪为顾盼夸风韵，往往曲终情未尽。坐中年少暗消魂，争问青鸾家远近。

酥娘一搦腰肢袅，回雪萦尘皆尽妙。几多狎客看无厌，一辈舞童功不到。

星眸顾指精神峭，罗袖迎风身段小。而今长大懒婆娑，只要千金酬一笑。[33]

柳永时常替教坊乐工和歌妓填词，不禁使我们想起一个问题来："他是受薪填词的吗？"换句话说，柳永是职业词人吗？关于这个问题，我们不得不审视一下柳永的家庭经济状况。王禹偁在《送柳宜通判全州序》中曾经说柳宜

困于徒劳居低，摧穷辱之中，有死丧疾病之事，旅鬓生雪，朱衣有尘，知其气业者共惜之。[34]

可见柳永的家境并不富裕。在这种环境之下，柳永便以一己的音乐和文学天才，在教坊乐工和歌妓群中讨生活了。柳永的这种情形，使我们想起专替歌妓填词及代人写文章的温庭筠（812—870），曾经有记载说他"丐钱扬子院"，被击折牙齿[35]，为什么他去妓馆索金呢？极有可能他是去索取填词的酬劳。这一点，我们不妨用作考定柳永为职业词人的参考。

因为柳永与秦楼楚馆有密切的关系，因此，在杂剧、词话、笔记和话本之中，与柳永相提及的歌妓比历来文人的都要多，若加上《乐章集》中所提及的歌妓的名字，则一共有十八个之多（间中或有重复），她们是

谢天香、楚楚、宝宝、冬冬、朱玉、周月仙、谢玉英、师师、香香、安安、秀香、英英、瑶卿、虫虫、心娘、佳娘、酥娘和虫娘（或许与虫虫同为一人）[36]，其中尤以虫虫为柳永所最喜爱。柳永写了不少品题歌妓的词作，但与当时士大夫文人唱酬之作，却付之阙如，除了上述他赠给孙何的《望海潮》一词之外，便只有一首赠给内臣孙可久的五言诗[37]。这说明经常与柳永往还的，绝大多数是社会低下阶层的乐工与歌妓，至于那些士大夫文人的社交圈子，以俗词闻名的柳永，是打不进去的。后来，尽管柳永已高中进士，插足官场，但仍不免受到文人雅士的白眼，晏殊对柳永《定风波》一词的讥讽奚落（见下文），便足以证明这一点。

四、屡败屡试

深受出仕传统影响的柳永，自然不甘心把壮志消磨在歌台舞榭之中，他知道若要施展抱负，则非要通过科举考试这一关不可。于是，他抱着不胜不休的决心，参加科举考试。究竟柳永在哪一年开始参加科举考试，我们无法从现存的资料中得知。假若柳永是生于985年或以前的话，他可能在宋真宗在位（即997—1022）的初年，便已开始参加科举考试了。根据邓嗣禹的《中国考试制度史》所述，在宋代，士子必须省试合格才能参加礼部考试[38]，至于柳永什么时候省试合格，更无从查考。从上节我们知道柳永在1004年左右去过杭州[39]，并赠《望海潮》一词给孙何，其他的时间，他是否留在汴京，以便参加科举考试呢？我们不得而知。柳永在汴京的时间，我们只有从他的词作中去寻索。

根据《宋史》所载，“天书下降”（其实是宋真宗愚民的把戏）有两次，一次在大中祥符元年（1008年），另一次在天禧三年（1019年），柳永极有可能受了教坊乐工所托，填写了两首词:《御街行》（燔柴烟断星河曙）及《巫山一段云》（琪树罗三殿）[40]来助庆。假若这两首词是分别为这两次“天书下降”而写的话，则柳永在1008年及1019年均在汴京，又假若这两首词只为其中的一次“天书下降”而写的话，则柳永在1008年或1019年在汴京无疑。柳永另有《玉楼春》（星闱上笏金章贵）一词，提及“九岁国储新上计”[41]，据《宋史》所载，宋仁宗生于大中祥符三年（1010年）四月十四日（阴历，下同），天禧元年（1017年）九月册为太子，“以参知政事李迪（971—1047）兼太子宾客癸酉谒太庙”[42]，柳永所指的国储，极有可能就是宋仁宗，如此一来，我们更可以肯定柳永1019年在汴京了。

柳永虽然受到教坊乐工、歌妓和一般人民的爱戴，可是，在科举场中，他却是一个失败者。在一次落第之后，柳永写了一首名叫《鹤冲天》的词，词说：

> 黄金榜上。偶失龙头望。明代暂遗贤，如何向。未遂风云便，争不恣狂荡。何须论得丧。才子词人，自是白衣卿相。
>
> 烟花巷陌，依约丹青屏障。幸有意中人，堪寻访。且恁偎红翠，风流事，平生畅。青春都一饷。忍把浮名，换了浅斟低唱。[43]

乍看去，这首词的狂放口吻似乎说，柳永并不在乎科场上的得失，有些学者亦只看到这一层表面意思，便说柳永蔑视功名[44]。其实，骨子里并不是那么一回事，词中的“偶”字和“暂”字，就暗示柳永把目前的失败，只当作是“偶然”和“暂时”性质，他相信自己终归会成功的。这首词所表现的挫折与自解的意味，正道出了汴京千万落第者的心声，因此，不久便传遍京城，流行于民间，而为后人所熟知。明朝的冯梦龙（1547—1646）就把这首词收入话本《众名姬春风吊柳七》之中。[45]

柳永有一些词作，比较直接地透露了他对功名的热烈向往，在《征部乐》一词中，他竟然以自己尚未获得的功名来求取歌妓虫虫的怜爱：

> 但愿我、虫虫心下，把人看待，长似初相识。况渐逢春色。便是有、举场消息。[46]

有时，柳永对中举的渴望，几乎已到了如醉如狂的状态。他甚至由云雨之情联想到在金銮殿上应试：

> 情渐美。算好把、夕雨朝云相继。便是仙禁春深，御炉香袅，临轩亲试。对天颜咫尺，定然魁甲登高第……[47]

可是，柳永在科场上一直不得意。

后来，柳永也曾有过进身仕途的机会，但可惜都因为他的狂放行为以及他的大量填写俗词而失掉了。严有翼（1127 年在世）在他的《艺海雌黄》有这样一段记载：

> 柳三变……喜作小词，然薄于操行，当时有荐其才者，上曰："得非填词柳三变乎？"曰："然。"上曰："且去填词。"由是不得志，日与狷子纵游娼馆酒楼间，无复检约，自称云："奉旨填词柳三变。"[48]

吴曾（1163 年在世）在《能改斋漫录》中的记载，则稍有出入：

> 仁宗留意儒雅，务本向道，深斥浮艳虚华之文，初进士柳三变，好为淫冶讴歌之曲，传播四方，尝有《鹤冲天》词云："忍把浮名，换了浅斟低唱。"及临轩发榜时，人语之曰："且去浅斟低唱，何要浮名。"[49]

从内容的细节来看，第二则似乎比较详细，因为它指出了当权者为宋仁宗，又指出了《鹤冲天》一词。不过，在目前资料缺乏的情况下，我们不能定断哪一则的记载比较准确。若把这二则记载综合来看，便会发现它们透露了三件事：一、柳永的词被认为是浮艳之词；二、柳永为词名所累；三、柳永在临轩发榜时才落第。值得再进一步探讨的是最后一点。原来宋代自宋太祖开宝八年（即975年）开始，便设有殿试[50]，即是在进士笔试合格之后，还要在金銮殿上接受皇帝面试，通常是百分之三十至五十的合格者被黜落，竞争非常激烈[51]。这种殿试，一直到宋仁宗嘉佑二年（即1057年）柳永逝世之后，才正式废止[52]。可怜柳永便成为这种封建考试制度下以及君主偏见的牺牲者。

五、登第之后

柳永再接再厉地参加科举考试，皇天不负有心人，他终于在景佑元年（1034年）高中进士。（为什么这次柳永不被黜落呢？实在令人寻味。）高中之后，柳永即出任为睦州（今浙江省建德县）推官。他到任不久，歌词即在当地流行。释文莹（1078年在世）的《湘山野录》记述，范仲淹在1034年贬官睦州，当他经过严陵祠时，刚巧遇上吴俗的岁祀，当时人民唱的就是柳永为岁祀所写的《满江红》词[53]。这一则记载，正好更正了某些学者认为柳永在景佑中或景佑末登第之说。[54]

柳永的仕途并不顺利，叶梦得在《石林燕语》中有以下的记载：

> 祖宗时，选人初任荐举，本不限成考，景佑中（按：应作景佑初），柳三变为睦州推官，以歌辞为人所称，到官才月余，吕蔚知州事，即荐之，郭劝为侍御史，因言："三变释褐到官始逾月，善状安在而遽荐论？"因诏州县官，初任未成考不得举，后遂为法。[55]

柳永又一次为词名所累！这一次牵涉保荐制度的改动，可见叶梦得的记述比较可靠。在景佑年间（1034—1038），柳永出任为余杭（今杭州）令，根据《余杭县志》所载，柳永是该县的名宦，曾经在那里建筑了翫江楼[56]。《清平山堂话本》中的《柳耆卿诗酒翫江楼记》，有可能就是《余杭县志》记载的依据[57]。

后来，柳永调任到定海县（今浙江省镇海县），职位是晓峰盐场的盐监。他在那里曾经写了《留客住》一词，至今仍收在《定海县志》之内[58]。此外，他又写了一首长达二百多字的《鬻海歌》，描写海滨渔民的艰苦生涯以及地方官吏对他们的压迫，这是柳永除了词作之外仅存的长诗。一般研究柳永生平的学者，都把这首诗忽略了，今全部抄录如下：

鬻海歌

悯亭户也，为晓峰盐场官作

鬻海之民何所营，妇无蚕织夫无耕，衣食之源太寥落，牢盆鬻就汝输征，年年春夏潮盈浦，潮退刮泥成岛屿，风乾日曝咸味加，始灌潮波熘成卤，卤浓咸淡未得闲，采樵深入无穷山，豹踪虎迹不敢避，朝阳出去夕阳还，船载肩擎未遑歇，投入巨灶炎炎热，晨烧暮烁堆积高，才得波涛变成雪，自从潴卤至飞霜，无非假贷充糇粮，秤入官中得微直，一缗往往十缗偿，周而复始无休息，官租未了私租逼，驱妻逐子课工程，虽作人形俱菜色，鬻海之民何苦辛，安得母富子不贫，本朝一物不失所，愿广皇仁到海滨，甲兵净洗征输辍，君有余财罢盐铁，太平相业尔唯盐，化作夏商周时节。[59]

这一首长诗，意外地披露了柳永人格严肃的一面。历来人们只从柳永的浪漫词篇中看到了他的风流浪子的形象，其实，内里他还是个悲天悯人的人民父母官。尽管他做的只是低微的盐官，但只要他有机会为人民做一点事，他便努力而为，这是柳永作为中国传统读书人具有崇高品质的可贵处。

从柳词所提到的地名如“淮”“楚”“扬州”“姑苏”等看来[60]，柳永极有可能在长江流域一带任过低微的地方官。根据王栐（宋）的《燕翼诒谋录》所述，宋代的低职官吏，调职时多数徒步跋涉前往目的地，旅途颇为艰辛[61]。柳永经过了多年飘浮不定的游宦生涯之后，感到调职回京遥遥无期，不禁黯然神伤：

> 奈泛泛旅迹，厌厌病绪，迩来谙尽，宦游滋味。《定风波》

> 匹马驱驱，摇征辔、溪边谷畔。望斜日西照，渐沉山半。两两栖禽归去急，对人相并声相唤。似笑我、独自向长途，离魂乱。《满江红》（其四）

> 游宦成羁旅。短樯吟倚闲凝伫。万水千山迷远近，想乡关何处。自别后、风亭月榭孤欢聚。刚断肠、惹得离情苦。听杜宇声声，劝人不如归去。《安公子》（其一）[62]

在过度失望之余，柳永也渐渐有所反省，有时也披露了对归隐生活的向往：

> 此际争可，便恁奔名竞利去。九衢尘里，衣冠冒炎暑。回首江乡，月观风亭，水边石上，幸有散发披襟处。《过涧歇近》

> 驱驱行役，苒苒光阴，蝇头利禄，蜗角功名，毕竟成何事，漫相高。抛掷云泉，狎玩尘土，壮节等闲消。幸有五湖烟浪，一船风月，会须归去老渔樵。《凤归云》[63]

然而，柳永这种偶发的归隐思想，只反映了中国士大夫在失意挫折与厌倦世俗之时的一种精神倾向，并不是一种彻底的诉诸行动的隐退。其实，从柳永在科场上的屡败屡试看来，便知道他无时无刻不想爬上功名的阶梯。在长江流域一带游宦多年之后，他终于下定决心回汴京，去谒见当时的宰相晏殊（1042—1044为宰相）[64]，柳永一心以为晏殊也是词人，一定会推荐他，替他在汴京谋得一官半职，岂料，事情使他大失所望。张舜民的《画墁录》有以下的记述：

> 柳三变既以词忤仁宗，吏部不敢改官，三变不能堪，诣政府，晏公曰："贤俊作曲子么？"三变曰："只如相公亦作曲子。"公曰："殊虽作曲子，不曾道'针线慵拈伴伊坐'。"柳遂退。[65]

晏殊对柳永所责难的词，就是《定风波》[66]。这首词柳永用直率的口吻，写出了闺中女子在情人别后的无聊与懊悔心绪，词的末句说："针线闲（按：此字取《全宋词》本）拈伴伊坐。和我，免使年少，光阴虚过。"这样的描写手法着实比花间派的闺怨词来得坦白大胆，这是崇尚花间派的含蓄高雅风格的晏殊所难以接受的，怪不得柳永失望而归。

柳永回京之后，也曾重访往日的烟花伴侣，唯是他为官多年，思想意识与生活行为已经无复从前的风流浪漫了，他的《长相思》一词，正诉说了他逝去的风情：

> 向罗绮丛中，认得依稀旧日，雅态轻盈。娇波艳冶，巧笑依然，有意相迎。墙头马上，漫迟留、难写深诚。又岂知、名宦拘检，年来减尽风情。[67]

在重游长安古道之时，他思前想后，更觉青春不再：

长安古道马迟迟。高柳乱蝉栖。夕阳岛外，秋风原上，目断四天垂。

归云一去无踪迹，何处是前期。狎兴生疏，酒徒萧索，不似去年时。《少年游》(其一) [68]

这些词无疑显示了柳永为人父母官之后，已收敛起为举子时的浪漫狂放，这与前面《鬻海歌》所反映的悲天悯人的父母官的形象，正好互相吻合。

在以后的一段日子里，柳永曾担任过其他的官职。根据柳永的墓志铭透露（见下文），柳永曾任泗州（今江苏省宿迁县东南）判官、著作郎、西京灵台（在西安附近）令和太常博士，至于任职的时间，目前无法得知。

柳永一生的命运与词分不开。他最后一次为词所累，发生在宋仁宗皇祐年间（1049—1055），王辟之在《渑水燕谈录》曾记载此事说：

皇祐中，久困选调入内，都知史某爱其（柳永）才，而怜其潦倒，会教坊进新曲《醉蓬莱》，时司天台奏老人星见。史乘仁宗之悦，以耆卿应制，耆卿方冀进用，欣然走笔，甚自得意，词名《醉蓬莱慢》(按：即《醉蓬莱》)，比进圣，上见首有“渐”字，色若不悦，读至“宸游凤辇何处”，乃与御制真宗挽词暗合，上惨然，又读至“太液波翻”，曰：“何不曰‘波澄’。”乃掷之于地，永自此不复进用。[69]

陈师道的《后山诗话》也记载了此事，但内容与王辟之的有出入：

……仁宗颇好其（柳永）词，每对酒，必使侍从歌之再三。三变闻之，作宫词号《醉蓬莱》，因内官达后宫，且求其助。仁宗闻而觉之，自是不复歌其词矣，会改京官，乃以无行黜之。后改名永，仕至屯田员外郎。[70]

为了深入了解这一事件，今抄录《醉蓬莱》词如下：

渐亭皋叶下，陇首云飞，素秋新霁。华阙中天，锁葱葱佳气。嫩菊黄深，拒霜红浅，近宝阶香砌。玉宇无尘，金茎有露，碧天如水。

正值升平，万几多暇，夜色澄鲜，漏声迢递。南极星中，有老人呈瑞。此际宸游，凤辇何处，度管弦清脆。太液波翻，披香帘卷，月明风细。[71]

王辟之与陈师道之所载，究竟哪一个较准确，已非凭现有的有限资料所能定断，倒是《醉蓬莱》的内容引起了一些疑问。词中说："南极星中，有老人呈瑞。"《宋史》载宋仁宗在位（1022—1063）期间，并没有老人星出现[72]，不过，在1049年（即皇祐元年）18日，却出现了太白星和南斗星[73]。南斗是主天子寿命的星，老人星也是寿星，可能柳永为了应制助庆，便把南斗星写成老人星了，这是可以理解的。有些记载遂说柳永写《醉蓬莱》目的是向宋仁宗祝贺生日，但根据《宋史》所载，宋仁宗生于1010年4月14日，而词中描写的却是秋景，所以此说不攻自破。

可能柳永这次得罪了宋仁宗之后，便如陈师道所说，被仁宗"藉改京官"贬离汴京。柳永最后的官职，是微不足道的屯田员外郎。在仕途上挣扎一生的柳永，于充满偏见与不平的封建社会里，终于因词名所累，郁郁不得志地离开人世。

六、死葬

柳永的葬地也如他的生年一样言人人殊。冯梦龙《众名姬春风吊柳七》说柳永死后，由妓女合资葬在汴京城外的乐游原[74]，这种说法显然有点附会，因为乐游原位在长安附近，不是在汴京城外。柳永是个浪漫词人，因此冯梦龙便附会说柳永葬在五陵少年耍乐的乐游原了。

祝穆在他的《方舆胜览》说：

> （柳永）卒于襄阳（在今湖北省），死之日，家无余财，群妓合金葬之于南门外，每春日上冢，谓之“吊柳七”。[75]

曾敏行（？—1175）的《独醒杂志》亦有相类似的记述：

> 柳耆卿……葬于枣阳县（在今湖北省）花山，远近之人，每遇清明日，多载酒肴，饮于耆卿墓侧，谓之“吊柳会”。[76]

此外，《仪真县志》亦记载：

> 柳耆卿墓在县（仪真县即今江苏仪征县）西七里，近胥浦。[77]

可能根据《仪真县志》所载，王士祯（1634—1711）在《池北偶谈》说：

> 柳七葬真州（即仪征县）西仙人掌，仆尝有诗云：“残月晓风仙掌路，何人为吊柳屯田。”[78]

以上祝穆与曾敏行的记述均缺乏证据，但都不约而同地提到“吊柳会（七）”，充分反映了人民对柳永的爱戴。襄阳与枣阳位近长江流域，是柳永留连之地，可能在柳永去世之后，那里爱唱柳词的人，便发起吊柳之会，来纪念柳永。至于《仪真县志》与王士祯之说，则比较简略无凭。在现存数据中，比较确实的记述有两个，一是叶梦得在《避暑录话》中所记：

> 永终屯田员外郎，旅殡润州（今江苏省丹徒县），王和甫（1034—1095）为守时，求其后不得，乃为葬之。[79]

另一是《镇江府志》的记述，这是目前关于柳永履历与死葬最确实的资料：

> ……永康（在今浙江省）葛胜仲《丹阳集》《陈朝请墓志》云："王安礼（即王和甫）守润州，欲葬之，藁殡久无归者，朝请市高燥地，亲为处葬具，三变始就窀穸。近岁水军统制羊滋，命军兵凿土，得柳墓志铭并一玉篦，乃授访摩本铭，乃其始所作，篆额曰：'宋故郎中柳公墓志铭'，文皆磨灭，正百余字，可读云：'叔父讳永，博学善属文，尤精于音律，为泗州判官，改著作郎，既至阙下，召见红庙，宠进于庭，授西京灵台令，后为太常博士。'又云：'归殡不复有日矣，叔父之卒，迨二十余年'云云。"[80]

这两篇文献，尤其是后者，向我们提供了一些有关柳永晚年及死葬的宝贵资料。首先，二者都表示柳永晚年曾生活在润州（即今丹徒县），景况甚是孤单凄凉。在《江南通志》的选举志与《丹徒县志》中，有柳永的儿子柳涚被列为丹徒人的记录[81]。这更进一步证实柳永晚年确曾在润州。至于为什么王和甫"求其（柳永）后不得"，以及柳永的"藁殡久无归者"，则是非目前的有限资料所能解答的，现姑且存疑。

其次，二者都不约而同地提到王和甫安葬柳永一事。据《宋史》所载，王和甫在宋仁宗熙宁八年（即1075年）任职润州[82]，很可能他就在任期内把柳永安葬。柳永的侄儿［很可能是擅于书法的柳淇（1054年进士）[83]］说当时柳永已经逝世二十余年了，依此类推，则柳永极有可能是在宋仁宗皇佑年间，即 1049 年至 1053 年去世。唐圭璋与金启华两位把柳永的卒年置于皇佑五年，即 1053 年，大概是可信的。[84]

七、官职与游踪

根据柳永的墓志铭以及笔记、通志等数据，可知柳永一生所担任过的官职如下：

睦州推官

余杭令

泗州判官

定海晓峰盐场盐监

西京灵台令

著作郎

太常博士

郎中（职名不全，疑为屯田员外郎）

屯田员外郎

从柳永的词作透露，他的足迹遍及大江南北，曾经到过的地方有长安[85]、扬州[86]、成都[87]、桐江[88]、姑苏（今苏州）[89]、会稽（今绍兴）[90]、建宁[91]，以及桐庐县的严陵滩[92]、宁辽县的九嶷山[93]、渭水之南[94]和淮楚一带[95]。

今把柳永一生的游迹及任官之地以地图表示如下，作为本章对柳永生平探讨之结束。

柳永行迹图

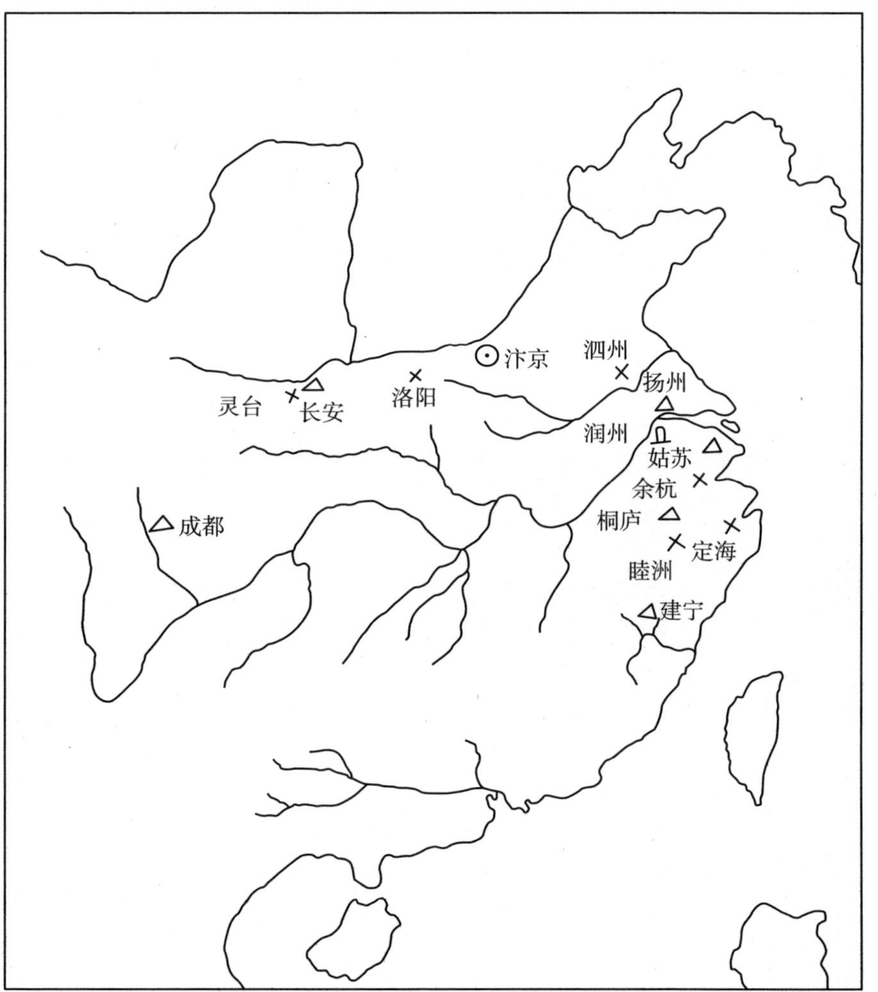

第二部分

柳词研究

第一章

柳词的词牌特色

柳永是慢词的开拓者，历来论词者都异口同声称赞他在词牌创制方面的成就，不过，眉批式的一言半语总不能展示出柳永词牌的各种特色。本章试从以下三个角度来探讨柳永的词牌：首先，是他所用的词牌的数量；其次，是他的音乐造诣与所用的词牌的关系；再次，是他的词牌受民间文学的影响。

一、柳词形式与晏、欧、张的比较

《乐章集》中的慢词无疑占了大多数，若依王力（1900—1986）的分类（即 62 字之内为小令，62 之外为慢词）[1]，则柳永《乐章集》的 213 首词中，慢词占 157 首，而小令只占 56 首（其中一首不全）；即使依照明代毛先舒（1620—1688）的说法（即 58 字之内为小令，59 至 90 字为中调，90 字以上为长调）[2]，《乐章集》也有 102 首是长调，57 首中调，54 首小令。若把柳永所用的词牌数量与同时代词人的相比较，我们不难发现，柳永所用的词牌，着实比他们多，慢词的数量，也远远超过他们。下面，我们试把柳永、晏殊（991—1055）、欧阳修（1007—1072）、张先（990—1078）所用的词牌及词的形式列表比较如下：

词人名称	柳　永	晏　殊	欧阳修	张　先
词总数	213	136	241	165
词牌总数	127	38	69	95
词牌与词数比较	1/1.6	1/3.3	1/3.1	1/1.7
长调比率（据毛先舒定义）	48%	2%	5%	12%
小令比率（据毛先舒定义）	25%	68%	61%	66%
与唐五代词牌相同之比率	21%	45%	43%	32%

以上的统计数字显示，柳永一共用了127个词牌，比晏殊多三倍，比欧阳修约多两倍，比张先多三分之一。从词牌与词数的比例来看，柳永每一个词牌平均有词1.6首，与张先相近，而晏殊与欧阳修则每一个词牌平均有词三首以上，具体来说，例如欧阳修的《渔家傲》便有44首，但柳永用得最多的《木兰花》（又名《玉楼春》）也不过是13首而已[3]。这显示出柳永在词牌上的创新与尝试，他并不墨守于某些词牌而满足。不单如此，柳永更倾毕生的精力，承接、修饰及创制当时流行于民间的慢词，而保守的晏、欧，却在那里大量写唐五代的小令，连被誉为词坛上“古今一大转移”的张先[4]，他的小令也占全部词作的百分之六十六。

晏、欧的小令所用的词牌与唐五代的几乎没有差别，张先虽然比晏、欧较为多样化，亦有三分之一的词沿用唐五代的词牌。柳永则多用新调，而且，即使他的词牌与唐五代的名称相同，但有些词在长短与分句形式上也相异[5]，我们可从下表看出来：

唐五代词牌名称		在乐章集中的名称	唐五代词字数	乐章集词字数	形式分句异同比较
1	巫山一段云	巫山一段云	45	45	同
2	倾杯乐	倾杯乐	46	46	同
3	西江月	西江月	50	50	同
4	木兰花	木兰花	56	56	同
		（又名）木兰花慢		101	异
5	临江仙	临江仙	58	58	同
6	蝶恋花	（又名）凤栖梧	60	60	同
7	卜算子慢	卜算子慢	89	89	同
8	甘州曲	（又名）甘州令	23	92	异
9	塞姑	（又名）塞孤	24	95	异
10	浪淘沙	浪淘沙	28	133	异
11	采莲子	（又名）采莲令	28	91	异
12	抛毬乐	抛毬乐	30	187	异
13	六么令	六么令	30	94	异
14	诉衷情	（又名）诉衷情令	33	44	异
15	长相思	长相思	36	103	异
16	玉蝴蝶	玉蝴蝶	41	99	异
17	女冠子	女冠子	41	110	异
				114	异
18	鹤冲天	鹤冲天	47	84	异
				88	异
19	应天长	应天长	50	94	异

续表

唐五代词牌名称		在乐章集中的名称	唐五代词字数	乐章集词字数	形式分句异同比较
20	望远行	望远行	54	104	异
21	浪淘沙令	浪淘沙令	54	52	（略）异
22	接贤宾	（又名）集贤宾	57	116	异
23	定风波	定风波	62	100	异
				105	异
24	秋夜月	秋夜月	84	82	（略）异
25	促拍满路花	促拍满路花	86	83	（略）异
26	离别难	离别难	87	112	异
27	八六子	八六子	90	91	（略）异

同样值得注意的是在《乐章集》中，有很多词尽管词牌名称相同，但是，它们的长短和分句形式都不同，这就是词中的所谓同调异体，在柳永所用的127个词牌之中，同调异体的就有31个。例如《凤归云》有两首，其中一首的分句形式是：

（上片）3–4–4–4–4–4–4R–8–4R–8R–6–4R（R表示韵脚，下同）

（下片）7–4R–4–4–4–4–4R–4–4–4R–3–6R–6–4R[6]

而另一首是：

（上片）3–7R–4–5R–4–4–5R–6R

（下片）4–4–4–4–5–3R–4–4–5R–6–4–7R[7]

反观晏、欧的词，却极少有同调异体的现象，例如晏殊的13首《浣溪沙》

的分句形式便完全相同：

（上片）7R−7R−7R

（下片）7−7R−7R[8]

欧阳修的 34 首《玉楼春》也完全一样：

（上片）7R−7R−7−7R

（下片）7R−7R−7−7R[9]

其实，在晏、欧的全部词作中，只有数首同调异体的词有一、二字之差别，较有弹性的张先，出人意料之外，情形也与晏、欧的没有什么分别。他们三者都比较墨守于唐五代词牌的形式，不像柳永在词的形式上做大胆彻底的改革。

二、柳词与音乐

若从词牌与宫调的关系来看，更显示出柳永在词牌上的创造性，以下是柳永的词牌与宫调的比较：

	宫调名称	词牌数目	词数		宫调名称	词牌数目	词数
1	林钟商	29	44	7	南吕调	5	10
2	仙吕调	27	38	8	歇指调	8	9
3	大石调	17	24	9	小石调	6	8
4	中吕调	19	19	10	般涉调	5	7
5	双　调	13	18	11	中吕宫	5	6
6	正　宫	7	10	12	平　调	6	6

续表

	宫调名称	词牌数目	词数		宫调名称	词牌数目	词数
13	散水调	2	2	16	黄钟宫	1	1
14	仙吕调	2	2	17	越　调	1	1
15	黄钟羽	1	1				

在《乐章集》的127个词牌中，41个有词两首以上（其中《西江月》有两首，一首的宫调已失），而这41个词牌中，有17个的词分属不同的宫调[10]，这些词（除了小令之外）的长短及分句形式都不同，例如《倾杯》（又名《古倾杯》和《倾杯乐》）共有8首，分属于5个不同的宫调，有5种长短及分句形式：104字、107字、108字、110字及116字体[11]；《洞仙歌》共有词3首，分别属于3个不同的宫调，有3种不同的长短及分句形式：121字、123字和126字体[12]。又在这41个有词两首以上的词牌中，有23个的词属于同一宫调，然而，亦有15个的词形式相异[13]。例如《轮台子》的两首词都属于中吕调，其中一首的分句形式是：

（上片）6–7R–6–6R–6–8R–5–7R–6–7R

（下片）3–5–4R–5–4R–5–5R–7R–7–5R[14]

而另一首的分句形式是：

（上片）4–5R–5–4–4R–7–9R–7–7R–3R–4–5R–5R

（下片）8R–4–3R–5–4–4R–7R–5–4R–4–5–7R–4R–8R[15]

与柳永比较起来，张先的同名慢词大多属于同一宫调，分句形式亦相同，这显示张先填词入乐的创造性比不上柳永。至于张先的小令，即使同名称而异宫调，分句形式仍然相同[16]，可见小令的体制在北宋时已经定了型，极难更改。但是，这个固定的形式却被柳永突破了，他用《归去来》及《燕归梁》各写了两首小令，虽然宫调相同，但分句形式不同：

《归去来》

1.（上片）6R–5R–7R–6R　　（下片）5R–7R–7R–6R

2.（上片）5R–7R–7R–6R　　（下片）7R–7R–7R–6R[17]

《燕归梁》

1.（上片）7R–4R–7R–6R　　（下片）7–6R–7R–6R

2.（上片）7R–6R–7R–6R　　（下片）7–6R–7R–6R[18]

柳永的词为什么有分句形式上的差别呢？我认为这与他在音乐上的高深造诣是分不开的，他懂得在什么地方把句子加长或缩短，以配合音乐，又能兼顾到歌者的演唱效果，这些都是不懂音乐依谱填词的词人所不能胜任的。

柳永慢词较自由及较富弹性的分句形式，除了与他的音乐造诣有关之外，还同时与慢词的源头——民间词有密切的关系。在柳永所用的127个词牌之中，有67个与《教坊记》（收集民间词牌324个）所载的相近，其中21个的名称完全相同，41个的名称因时代转变而略异[19]。为什么柳永的词牌有一半出现于《教坊记》呢？根据《宋史》所载，在北宋时流行"因旧声做新声"[20]，教坊乐工创制新曲之时，每每沿袭唐教坊遗留下来的旧词牌名称。而且，从前面柳永生平探讨一章内，我们知道柳永是教坊乐工的宠儿，他们每得新腔，必定请柳永填词，然后才能流行于世，再加上柳永自己"因旧声做新声"，所以，《乐章集》中的词牌便有很多与《教坊记》中的相同了。很可惜，《教坊记》的记载只有民间词的词牌名称而失去词的内容，故此，我们只能从词牌名称上来探讨。幸好我们还可以从另一个民间诗歌集《敦煌曲校录》所载的词中，去追索民间词对柳永的影响。《敦煌曲校录》共收入民间词牌56个，词共545首，这56个词牌之中，有14个与柳永的词牌名称相同，它们是《倾杯乐》《凤归云》《内家娇》《洞仙歌》《抛毬乐》《送征衣》《归去来》《定风波》《婆罗门（令）》《长相思》《望远行》《十二时》《西江月》及《临江仙》。除了小令《西江月》和《临江仙》的分句形式相同之外，其余的分句形式全异。又在这14个词牌之中，有4个词牌《凤归云》《洞仙歌》《倾杯乐》和《内家娇》是长调。这些长调的出现，正好证明了柳永是在民歌的基础上发展慢词的，他并不是慢词的第一个创造者[21]。在柳永手上发展起来的慢词，仍是富于弹性的歌词，与定型还有一段距离，因此，柳永的慢词的分句形式便不固定了。

三、柳永创制的慢词

柳永究竟创制了多少慢词词牌呢？这仍是个议论纷纭的问题，有的说是115，有的说是73，还有的说是15[22]。我认为要了解柳永创制词牌的情形，应该以《词律》（1687年序）、《词谱》（1707年序）及《词范》（1959年序）作为参考。这些词书收集了大量的词牌，除了标明每一个词牌的格律之外，还附上简短的解说。当我们查阅柳永的词牌时，常常发现解说上有“调见《乐章集》”或是“只柳永有此词，无他词可校”等描述，有些学者遂把有这类描述的词牌作为柳永的创制。我认为这种说法是颇值得商榷的，因为第一次在《乐章集》出现以及只有柳永用过的词牌并不一定是他所创制的。

以下是各词书对柳词词牌的不同描述及数目：

《词谱》："创自柳永"者十八

《词谱》："无别首可校"者三十七

《词律》："只有柳永有此词，无他词可校"者十三

《词范》："此词首见《乐章集》"者八十九

除去重复之外，合乎以上任一描述的词牌共有95个。《词谱》指出柳永创制的18个词牌是《昼夜乐》《看花回》《两同心》《女冠子》《金蕉叶》《定风波》《西平乐》《秋蕊香引》《鹊桥仙》《荔枝香》《抛毬乐》《应天长》《望远行》《玉蝴蝶》《竹马子》《促拍满路花》《透碧霄》及《一寸金》。当一个词牌首创时，词的内容大多与词牌的名称相应，可是，若比较柳词的内容与词牌名称，便发现只有11个词牌名称与内容相应，它们是《黄莺儿》《昼夜乐》《柳腰轻》《迎新春》《两同心》《金蕉叶》《隔帘听》《思归乐》《望汉月》《西施》及《鹤冲天》[23]。当然，柳永可能为了符合词牌名称而填写相应的内容，不过，我们最保守的估计是，除了《词谱》所指出的18个词牌之外，连同上述那些内容与词牌名称相应者（除去重复），柳永共创制了26个词牌。

因为柳永有些词牌与唐五代的名称相同，有些学者便认为柳永只不过把小令延长成慢词罢了[24]，不过，若仔细比较同一词牌的柳词与唐五代词的分句形式，便知道它们并无相同点可言。我同意王力所说的：即使词牌名称相同，小令与慢词并没有直接关系。[25]其实，小令与慢词各属于不同的乐曲，小令是为旧声（清乐）而写，而慢词却是为新声（俗乐）而作，两者迥异。例如，唐五代词的《应天长》的分句形式是：

（上片）7R−7R−6R−7R

（下片）6R−6R−6R−5R[26]

而在《乐章集》中的分句形式却是：

（上片）4R–5–4R–4–6R–5R–7R–3–4–4R

（下片）5R–5–4R–4–6R–5R–7R–3–4–4R[27]

找遍唐五代词，只有毛文锡的《接贤宾》勉强可以说与柳永的《集贤宾》（又名《接贤宾》）有些微关系。《接贤宾》的分句形式是：

（上片）7R–5R–6–4R

（下片）7–6R–7–6R–6–5R[28]

而《集贤宾》的分句形式却是：

（上片）7–4R–6–4R–6–6R–7–7R–6–5R

（下片）7R–5R–6–4R–6–6R–7–7R–6–5R[29]

也许，《集贤宾》下片的后半部6–6R–7–7R–6–5R是《接贤宾》的延长部分吧。

因为其他的词人极少采用柳永的词牌来填词，后世的词评家邹祇谟（1627—1670）及谢章铤（清）遂指斥柳永所采用的词牌是僻调[30]。我认为柳永所采用的词牌并非僻调，刚巧相反，却是当时流行于民间的歌曲，一般士大夫词人对里巷之曲有偏见，不屑于填写当时被高人雅士视为俚俗的慢词。而官职低微，音乐造诣高深，长期生活在民间的柳永，却勇敢摆脱拘束，大胆填写创制这些流行于民间的曲调，因此之故，他的慢词受尽当时士大夫的嘲讽与非议，以致一生不得志。然而，若不是柳永，北宋流行民间的慢词早已销声匿迹，这一份丰富的文学遗产便会付诸东流；若不是柳永大量填写慢词，奠定了长调的形式和体制，则在北宋小令山穷水尽之后，词的生命便会完结了。

第二章
柳词的主题世界

柳永不算是一个多产的词人，与作品数量多达600多首的辛弃疾比较起来，柳永一生只不过写了213首而已。虽然数目不算丰富，但是，他的词作在题材上具有相当的多样性，它们依内容可分为艳情、离别与羁旅以及城市风物三大类，此外，还有少量的祝颂、咏物、怀古和游仙词[1]，因为后者的代表性比较弱，故此，不在本章讨论之列。

谈及柳词的主题时，有些学者认为柳词突破了唐五代词的传统[2]，有些认为柳词染有浓厚的民间色彩[3]，至于柳词在哪方面突破了唐五代词的传统，哪些地方含有民间色彩，则极少有具体的例证与说明来支持他们的论点。另一方面，大多学者都说柳永奠定了慢词的体制，但他们很少进一步说明，在柳永运用慢词新形式之同时，已广拓了词的境界[4]。本章将以述说柳词的主题世界为主，而以上述的数点为辅，来进行讨论。

一、艳情

柳永的艳情词，占了他全部词作的三分之一。传统的所谓艳情词，是指那些专门描写香艳、冶荡之情的词篇。在这里，为了讨论上的方便起见，我们把柳永的艳情词分为四类：一、题咏词；二、闺怨词；三、思慕词；四、游冶词。柳永这些词，历来都受到词评家的非议，宋朝黄昇（1240—1249在世）就说：

　　耆卿长于纤艳之词，然多近俚俗。[5]

张炎（1248—1320）也说：

　　康柳词亦自批风抹月中来，风月二字，在我发挥，二公则为风月所使耳。[6]

清代的刘熙载（1813—1881）也批评柳词有“绮罗香泽之态”，所以“风期未上”[7]。陈锐甚至说“屯田词在小说中如《金瓶梅》”[8]，可见柳词被人非议的主因，乃在于这些艳情词的“俗”与“淫”。为什么词评家这样批评柳永的艳情词呢？他们的批评是否适当呢？让我们展开这些艳情词来看看。

1．题咏词

在第一部分柳永生平探讨中，我们知道柳永的词在民间非常流行，歌妓们若得柳永品题，便马上身价十倍[9]，在这种情形之下，《乐章集》很自然地便有相当数量（近20首之多）的题咏美人的词作。这些词既然是以为歌妓们作宣传为目的，因此，在内容上自然集中于舞艺歌喉与美貌的刻画，极少涉及歌妓的内心世界。除了上面我们提到柳永以《木兰花》所品题的心娘、佳娘、虫娘与酥娘等四人之外，较突出的是《柳腰轻》中的英英：

　　英英妙舞腰肢软。章台柳、昭阳燕。锦衣冠盖，绮堂筵会，是处千金争选。顾香砌、丝管初调，倚轻风、珮环微颤。

　　乍入霓裳促遍，逞盈盈、渐催檀板。慢垂霞袖，急趋莲步，进退奇容千变。算何止、倾国倾城，暂回眸、万人肠断。[10]

歌妓英英的舞姿、歌喉和美貌都在这首词中表露无遗。这样以整首词的篇幅来描述一个歌妓，并不是柳永的独创，唐五代词中早已有之，例如牛峤（约在890年在世）的《女冠子》（其二）便是如此：

绿云高髻，点翠匀红时世。月如眉，浅笑含双靥，低声唱小词。眼看唯恐化，魂荡欲相随，玉趾回娇步，约佳期。[11]

只不过这样的例子在唐五代词中屈指可数，远比不上《乐章集》中数量之多。柳永除了继承了唐五代词中那种典雅的作风来描写歌妓之外，还同时吸收了民间的那种开放粗犷的情调，他的《合欢带》便与敦煌曲子词中的《御制林钟商内家娇》在修辞作风上非常相似：

身材儿、早是妖娆。算风措、实难描。一个肌肤浑似玉，更都来、占了千娇。妍歌艳舞，莺惭巧舌，柳妒纤腰。自相逢，便觉韩蛾价减，飞燕声消。……《合欢带》[12]

两眼如刀，浑身如玉，风流第一佳人，及时衣着，梳头京样，素质艳丽青春，善别宫商，能丝调竹，歌令尖新，任从说洛浦阳台，谩将比并无因。……《内家娇》[13]

2．闺怨词

闺怨是唐五代词的重要主题，不过，这个主题所体现的人物，十居其九都是温柔敦厚、怨而不怒的妇女形象，例如温庭筠的《更漏子》（其一）便是其中的佼佼者：

……香雾薄，透帘幕，惆怅谢家池阁，红烛背，绣帘垂，梦君君不知。[14]

词中深闺妇女的相思之情，若隐若现，到最后一句才比较明显，然口气仍是那么的柔顺情深。唐五代词中，偶然也有少数比较大胆直率的闺怨词，例如被称为柳永闺怨词的先驱的顾敻（928年在世），他的《诉衷情》（其二）便是如此：

……怨孤衾。换我心为你心，始知相忆深。[15]

柳永的闺怨词，有两种极端不同的风格。以小令形式写的闺怨词较接近花间的含蓄典雅的作风；例如《甘草子》（其一），便被彭孙遹（1631—1700）称赞为"花间之丽句"[16]：

秋暮。乱洒衰荷，颗颗真珠雨。雨遇月华生，冷彻鸳鸯浦。池上凭栏愁无侣。　　奈此个、单栖情绪。却傍金笼共鹦鹉，念粉郎言语。[17]

不过，柳永以慢词形式写的闺怨词，绝大多数都染上浓厚的民间色彩。今只以脍炙人口的《定风波》为例：

自春来、惨绿愁红，芳心是事可可。日上花梢，莺穿柳带，犹压香衾卧。暖酥消，腻云亸。终日厌厌倦梳裹。无那。恨薄情一去，音书无个。

早知恁么。悔当初、不把雕鞍锁。向鸡窗、只与蛮笺象管，拘束教吟课。镇相随，莫抛躲。针线闲拈伴伊坐。和我。免使年少，光阴虚过。[18]

与唐五代的闺怨词比较起来，柳永笔下的妇女，已一洗温柔敦厚、怨而不怒的形象，而代之以充满强烈个性，敢怨、敢怒、敢言和敢爱的活生生的人物。这种违反唐五代花间派传统的作风，是正统的学者词人如晏殊等所不能忍受的，这就是柳永被晏殊讽刺、申斥的主要原因。柳永之所以能够创造有血有肉的妇女形象，主要是因为他长时期生活在低下阶层的市民当中，了解这些妇女的心态，用她们的语言，直率地写出她们的心声。在敦煌曲子词中。我们可以找到柳永闺怨词的民间渊源：

珠泪纷纷湿绮罗，少年公子负情多，当初姊妹分明道，莫把真心过与他，仔细思量过，淡薄知闻解好么？《抛毬乐》[19]

3．**思慕词**

唐五代词中的爱情主题，往往以闺怨词表达，因此，大多以女子口吻出之，至于以男子口吻来描写他对女子思慕之情，则少之又少。就是有，也表现得相当隐晦含蓄，例如李洵（855？—930？）的《西溪子》（其二）便是如此：

马上见时如梦，认得脸波相送，柳堤长、无限意。夕阳里，醉把金鞭欲坠，归去想娇娆，暗魂消。[20]

这首词表达了一份无法捉摸的恋情。主人公的爱，悄悄地在回忆与沉醉中燃烧，深婉动人。作风比较直率的韦庄（836—910），写起爱情来，也是缠绵悱恻，欲语还休，如他的《女冠子》（其二）：

昨夜夜半，枕上分明梦见，语多时，依旧桃花面，频低柳叶眉。　　半羞还半喜，欲去又依依，觉来知是梦，不胜悲。[21]

这些典雅温婉的思恋之词，到了柳永手中，便起了一个大幅度的转变。首先，是他大胆的以口语入词，其次，是他毫不避忌地描述了男主人公的思恋心态。他的《小镇西》在主题上与韦庄的一首相同，但刻画得更大胆、更口语化：

意中有个人，芳颜二八。天然俏、自来奸黠。最奇绝，是笑时、媚靥深深，百态千娇，再三偎着，再三香滑。

久离缺。夜来魂梦里，尤花殢雪。分明似旧家时节。正欢悦，被邻鸡唤起，一场寂寥，无眠向晓，空有半窗残月。[22]

此外，柳永甚至全用口语来表达他在爱情道路上的挫折，读来有民歌的意味，例如他的《木兰花令》：

有个人人真攀羡，问着洋洋回却面。你若无意向他人，为甚梦中频相见。不如闻早还却愿，免使牵人虚魂乱。风流肠肚不坚牢，只恐被伊牵引断。[23]

柳永毫无疑问已把通俗的民歌带进词中，敦煌曲子词中的《竹枝子》，就有“倘若有意嫁潘郎，休遣潘郎争断肠”[24]之句。不过，这些口语成分太高的词，并不是柳永的上乘之作。

4. 游冶词

自唐代以来，诗人与歌妓互相唱酬、共坠爱河乃是一种普遍的社会现象[25]，为此而作的小令也为数不少。可是，囿于士大夫的道德意识，与花间派的含蓄表现作风，寻芳选胜与男欢女爱的描写，都比较矜持，如：

……宝钗摇翡翠，香惹芙蓉醉，携手入鸳衾，谁人知此心。《菩萨蛮》（其三）[26]

……肌骨细匀红玉软，脸波微送春心，娇羞不肯入鸳衾，兰膏光里两情深。《临江仙》（其二）[27]

上述第一首魏承班（930在世）的《菩萨蛮》以及第二首和凝（898—955）的《临江仙》，是唐五代词中被认为是较为“淫冶”之作。但是，若看深一层，便知道此二词的结句“谁人知此心”及“兰膏光里两情深”其实含蓄婉转，点到即止。与唐五代这些词比较起来，柳永描写男欢女爱的词，确是大胆而毫无保留，以下的《斗百花》(其三)的结尾数句，比魏承班及和凝的露骨得多了：

满搦宫腰纤细，年纪方当笄岁。刚被风流沾惹，与合垂杨双髻。初学严妆，如描似削身材，怯雨羞云情意。举措多娇媚。

争奈心性，未会先怜佳壻。长是夜深，不肯便入鸳被。与解罗裳，盈盈背立银釭，却道你但先睡。[28]

不单如此，柳永敢于在词中透露自己往妓馆去偎红倚翠，甚至对男欢女爱也敢于大胆地描绘。如：

宠佳丽。算九衢红粉皆难比。天然嫩脸修蛾，不假施朱描翠。盈盈秋水。恣雅态、欲语先娇媚。每相逢、月夕花朝，自有怜才深意。

绸缪凤枕鸳被。深深处、琼枝玉树相倚。困极欢余，芙蓉帐暖，别是恼人情味。风流事、难逢双美。况已断、香云为盟誓。且相将、共乐平生，未肯轻分连理。《尉迟杯》[29]

以写实手法来坦露自己，在北宋词人的作品中，也甚为少见，更不用说唐五代词了。

从以上的讨论，我们知道柳永词中的题咏美人、闺怨、思慕女子以及游冶等主题，在唐五代词中都早已有之。那么，为什么历来的词评家对唐五代的艳情词推崇备至，而对柳永同样主题的词穷诋极毁呢？关于这个问题，我们可以从两个角度来探讨。首先，从修辞上来看，柳永的艳情词着实采用了不少民间的口语，比起典雅优美的小令，俚俗得多了。当然，适当地运用口语，可以增加修辞的新鲜活泼，不过，事实证明，柳永的艳情词大多数都有滥用口语的现象。第二，从表现手法上来看，唐五代的令词，基本上是以言有尽而意不尽的含蓄手法为金科玉律。无论写情写爱，都是点到即止，才算上乘。可是，柳永采用的却是言无不尽的写实手法，再加上他大胆露骨的性爱描写，便招惹来更严厉的批评了。宋代李之仪（1048—1117）批评柳词“较之花间，韵终不胜”[30]，相信就是针对柳永的艳情词而说的总评。

不过，我们也应一分为二地来看问题。柳永的艳情词固然有其不可取之处，有些甚至是词中的糟粕。可是，就中国韵文的发展来看，柳永的艳情词的大胆写实手法，以及口语的运用，正是金元曲子的源头。就拿董解元的《西厢记》来说，其中一些带有口语的香艳缠绵的描写，就与柳永的艳情词有一定程度上的渊源关系，如：

云鬟仿佛坠金钗，偏宜鬏髻儿歪，我将你钮扣儿松，我将你罗带儿解，兰麝散幽斋，不良会把人禁害哈，怎不回过脸儿来。[31]

正与上述柳永的《斗百花》有相似之处。诚然，比柳永稍后的一些北宋词人，例如黄庭坚（1045—1105）及秦观（1049—1100）等的作品之中，亦有风格内容相似的词篇，但是，我们不要忘记，柳永是这类词的先导。夏敬观（1875—1953）所说的柳永的俚词开金、元曲子之先声，甚为有理。[32]

二、离别与羁旅

与艳情词刚好相反，柳永以离别与羁旅为主题的词，自古以来都受到词评家的称誉，宋代的陈振孙（1211—1249）就指出柳永“尤工羁旅行役”；明代彭孙遹（1631—1700）认为读者不应在俚俗中求柳词，因为柳词“自有唐人妙境”[33]；清代宋翔凤（1776—1860）把柳词推崇备至，他说：

> 柳词曲折委婉，而中具浑沦之气，虽多俚语，而高处足冠群流，倚声家当尸而祝之，如竹垞（即朱彝尊）所录，皆精金粹玉。[34]

郑文焯（1856—1918）更称赞柳永说：

> 屯田北宋专家，其高浑处不减清真，长调尤能以沉雄之魄，清劲之气，写奇丽之情，作挥绰之声。[35]

以上评语中所说的“妙境”“高处”与“高浑处”，指的就是柳永的离别与羁旅的词所达到的艺术境界。为什么词评家在苛刻地批评柳永的艳情词之同时，又热烈地赞扬他的离别与羁旅的词篇呢？这点，我们不得不从这些词的内容、语言、表现手法、创作语境等各方面去找寻答案。离别与羁旅犹如一条河的上下流，没有离别便没有羁旅，故此，二者所流露的情思有某些相同之处，但为了解说上的方便，以下我们把二者分别来看。

1．离别词

伤离惜别是唐五代词（当然也是中国诗歌）中的重要主题，因为这个主题大多数以女子的口吻来表达，遂很自然地转化成为闺怨词的副主题之一。唐五代词中以男子口吻写的离别词，数量比较少，而所刻划的离别前后的种种复杂心情，亦因小令的短小体制，未能淋漓发挥。例如以下徐昌图的《临江仙》：

> 饮散离亭西去，浮生长恨飘蓬，回头烟柳渐重重。淡云孤雁远，寒日暮天红。

今夜画船何处，潮平淮月朦胧。酒醒人静奈愁浓。残灯孤枕梦，轻浪五更风。[36]

这是唐五代词中写得最有层次最详细的一首离别词，感情与景象配合得相当贴切。作者从别离写起，然后回首怅望，再而想到夜幕低垂、酒醒人静时旅程的孤独，情景层层展开，不失为一首出色的离别词。柳永的《雨霖铃》与这一首词很相似：

寒蝉凄切，对长亭晚，骤雨初歇。都门帐饮无绪，留恋处、兰舟催发。执手相看泪眼，竟无语凝噎。念去去、千里烟波，暮霭沉沉楚天阔。

多情自古伤离别。更那堪、冷落清秋节。今宵酒醒何处？杨柳岸，晓风残月。此去经年，应是良辰、好景虚设。便纵有千种风情，更与何人说。[37]

但若深看一层，便发觉二者之间在感情的深度上、在层次的进展上大有分别。徐昌图把离别时的情景以一句“饮散离亭西去”轻轻带过，柳永却以半首词的篇幅，依次把送别的气氛——寒蝉凄切、地点——都门的长亭、以及过程——留恋、催发、执手、相看、泪眼、无语、凝噎到念千里烟波，逐层逐层地呈现出来：焦点由近而远，感情由浅入深。在第二片，二者都描写到对别后景况的焦虑，徐昌图把焦虑集中在未来旅途的孤独上，柳永却已从一己的离别，而想到自古以来普天下有情人无可奈何的离别，已从狭隘的个人遭遇，领悟出人生的聚散无常的哲理，因此，境界愈深。

柳永的离别词，也描写了初别后那种心神不定和欲去还留的矛盾，广拓了此类词的另一境界，如：

> 薄衾小枕天气，乍觉别离滋味。展转数寒更，起了还重睡。毕竟不成眠，一夜长如岁。
>
> 也拟待、却回征辔。又争奈、已成行计。万种思量，多方开解，只恁寂寞厌厌地。系我一生心，负你千行泪。[38]

这首《忆帝京》用的纯粹是白描的表现手法，与意象茂密的唐五代词比较起来，确是一大变革。纵使平白的口语贯穿全词，然所表达的感情是迂回曲折的。他先描写失眠的痛苦；“展转”“数寒更”“起了还重睡”“不成眠”，跟着意念一转，他想“却回征辔”，可是，马上又想到自己无奈“已成行计”，就这样反反复复，思前想后，到最后，他还是忍受着痛苦，接受了别离的现实。结尾二句“系我一生心，负你千行泪”表示了他的决绝心情。唐五代词中，从未有这样以男子第一身观点，来坦白直率地道出他初上征途时的忐忑心绪。

至于久别后两地相思之苦况，柳永更是形容曲尽，如：

> 梦觉、透窗风一线，寒灯吹息。那堪酒醒，又闻空阶，夜雨频滴。嗟因循、久作天涯客。负佳人、几许盟言，便忍把、从前欢会，陡顿翻成忧戚。
>
> 愁极。再三追思，洞房深处，几度饮散歌栏，香暖鸳鸯被，岂暂时疏散，费伊心力。殢云尤雨，有万般千种，相怜相惜。
>
> 恰到如今，天长漏永，无端自家疏隔。知何时、却拥秦云态，愿低帏昵枕，轻轻细说与，江乡夜夜，数寒更思忆。[39]

这首《浪淘沙》共有三片，是柳永词中较长的一首。他先点出自己“久作天涯客”，在夜雨酒醒梦回之际，不觉想念以往与己山盟海誓的爱人。跟着，随着回忆的思路，浮现起往日的酒歌欢会。最后，他叹息不知何时才可以与所爱的人相聚，互诉心曲。

唐五代词中，与爱侣袂别多年的词篇，在内容上比柳永的简略得多，如顾夐的《浣溪沙》（其四）：

惆怅经年别谢娘，月窗花院好风光，此时相望最情伤。青鸟不来传锦字，瑶姬何处锁兰房。忍教魂梦两茫茫。[40]

不难看出，顾夐所要表达的基本感情与柳永的相若，所不同的是顾夐所思念的女子形象朦胧，甚至有点儿概念化，而柳永所思念的女子，通过他对过去浪漫生活的描述，显得真切而具体；顾夐的思念之情浮泛而无力，柳永的思念之情实在而深沉；顾夐所表达的只是一种无可奈何的离情，柳永则除了叹息与所爱天各一方之外，还描写了自己无限的悔意，以及对将来的愿望，内容宽广得多了。

2．**羁旅词**

以慢词长篇体制在词境上开拓更大的，是柳永描写羁旅的词。以羁旅为主题的词，在唐五代词中，只有寥寥之数，它们的内容都比较简括而缺乏明显的个性，如：

去去。何处。迢迢巴楚。山水相连。朝云暮雨。依旧十二峰前。猿声到客船。

愁肠岂异丁香结。因离别。故国音书绝。想佳人花下、对明月春风。恨应同。[41]

以上李珣的《河传》，上片先描写了旅途中的巴楚山水，下片遂转入描写自己的离愁别绪，以及对远方佳人的想念和对她的期望。

同样的主题，在柳永的笔下，便变得更富于写实意味，例如他的《塞孤》：

一声鸡，又报残更歇。秣马巾车催发。草草主人灯下别。山路险，新霜滑。瑶珂响、起栖乌，金镫冷、敲残月。渐西风紧，襟袖凄冽。

遥指白玉京，望断黄金阙。远道何时行彻。算得佳人凝恨切。应念念，归时节。相见了、执柔荑，幽会处、偎香雪。免鸳衾、两恁虚设。[42]

这样用上片描写旅程的艰辛，用下片描写对远方佳人的怀念，以及对回京的渴望，是柳永羁旅词一贯的结构模式。在中国传统诗歌里，诗人在江湖之外而提到“京城”，大多是暗示“身在江湖，心存魏阙”，但柳永提到京城（即汴京）时，想的却是往日的风流韵事：

想帝里看看，名园芳树，烂漫莺花好。追思往昔年少，继日恁、把酒听歌，量金买笑。别后暗负，光阴多少。《古倾杯》

羁旅。渐入三吴风景，水村渔市。闲思更远神京，抛掷幽会小欢何处？《洞仙歌》

皇都。暗想欢游，成往事、动欷歔。《木兰花慢》[43]

可见柳永的词侧重实说，纯粹是一己情怀的抒发，并不注重深远的托意。他不勉强自己要有所寄托，他只把心中的话写出来，因此，在柳永的词中，我们往往看到浓厚的自传意味。

以羁旅的主题，把一己的心路历程抒发得最淋漓尽致的，就是柳永 212 字的《戚氏》：

晚秋天。一霎微雨洒庭轩。槛菊萧疏，井梧零乱惹残烟。凄然。望江关。飞云黯淡夕阳间。当时宋玉悲感，向此临水与登山。远道迢递，行人凄楚，倦听陇水潺湲。正蝉吟败叶，蛩响衰草，相应喧喧。

孤馆度日如年。风露渐变，悄悄至更阑。长天净，绛河清浅，皓月婵娟。思绵绵。夜永对景，那堪屈指，暗想从前。未名未禄，绮陌红楼，往往经岁迁延。

帝里风光好，当年少日，暮宴朝欢。况有狂朋怪侣，遇当歌、对酒竞留连。别来迅景如梭，旧游似梦。烟水程何限。念利名、憔悴长萦绊。追往事、空惨愁颜。漏箭移、稍觉轻寒。渐呜咽、画角数声残。对闲窗畔，停灯向晓，抱影无眠。[44]

这是柳永《乐章集》中最长的一首词。全词分为三片。但因为换头处承接得不露痕迹，故此，前后一气呵成。他先从秋天着笔，描画了一幅满目残烟缭绕、败叶衰草的凄凉景象；接着，笔尖一转，描写了自己在孤馆中因望见秋月，而回忆起从前未名未禄时无拘无束的日子；最后他叹息自己为名利所困而劳碌奔波，结果是悲哀不已，向晓无眠。《戚氏》是柳永晚年自剖式的作品，也是柳永一生的缩影，通过这首词，我们可以看到柳永多么留恋他年轻时在汴京的日子，又看到他晚年为了生活也为了理想的宦游生涯，活在懊悔与自责中的孤独影子。

若果要为柳永的离别与羁旅的词作一小结的话，我们可以说，这些词的成功，第一，在于柳永感情的真挚，他不矫揉造作，又不怕他人嘲讽，怀念所爱，便大胆的用男子的口吻来写他的怀念，回忆起汴京，便写自己年轻时在汴京暮宴朝欢的生活，厌倦宦游，便写艰苦的旅途……他忠于自己的生活、忠于自己的感情，这是柳词的可贵之处，亦是这一种特质，造成柳词中浓厚的个人抒情色彩。第二，这些词适当地揉合了民间口语，使词作在典雅之中又有亲切感；比起他口语泛滥的艳情词，遣辞用字已达到成熟的阶段；第三，柳永在慢词长篇体制的基础上，熟练地运用他的铺叙技巧，使节奏抑扬顿挫，结构紧凑严密，配合起情景相生的意象，以达到较高的艺术效果。柳永的词若有其永恒的价值的话，就是他在经过了生活的挫折后所写的离别与羁旅的词篇。

三、描绘城市风物

在艳情词与离别、羁旅的词两大类风格迥异的作品之外，还有一类数目比较少，但又自成一格的城市风物的词。描写城市繁华景物的词篇，在唐五代词中只有屈指之数，例如毛文锡的《甘州遍》是比较突出的一首：

春光好，公子爱闲游。足风流。金鞍白马，雕弓宝剑，红缨锦襜出长楸。花蔽膝、玉衔头。寻芳逐胜欢宴，丝竹不曾休。美人唱。揭调是甘州。醉红楼。尧年舜日，乐圣永无忧。[45]

柳永利用慢词的长篇体制，以及他的铺叙技巧，在内容上大大突破及广拓了唐五代词的城市风物的主题，以下的《抛毬乐》便比《甘州遍》的内容丰富充实得多：

晓来天气浓淡，微雨轻洒。近清明，风絮巷陌，烟草池塘，尽堪图画。艳杏暖、妆脸匀开，弱柳困、宫腰低亚。是处丽质盈盈，巧笑嬉嬉，手簇秋千架。戏彩毬罗绶，金鸡芥羽，少年驰骋，芳郊绿野。占断五陵游，奏脆管、繁弦声和雅。

向名园深处，争泥画轮，竞羁宝马。取次罗列杯盘，就芳树、绿阴红影下。舞婆娑，歌宛转，仿佛莺娇燕姹。寸珠片玉，争似此、浓欢无价。任他美酒，十千一斗，饮竭仍解金貂贳。恣幕天席地，陶陶尽醉太平，且乐唐虞景化。须信艳阳天，看未足、已觉莺花谢。

对绿蚁翠蛾，怎忍轻舍？[46]

本词所描绘的清明时节的景象，芳郊名园年轻人的欢乐嬉戏，酒馆中的解貂买醉，这一切一切，就如一幅活灵活现的“清明上河图”，无怪乎宋代范镇（1007—1087）曾说：

仁宗四十二年太平，镇在翰苑十余载，不能出一语咏歌，乃于耆卿词见之。[47]

柳永在汴京生活最久，因此，对这个城市的佳节庆会如元旦、修禊、清明、七夕、中秋、重阳等都有所歌咏。此外，他对于异乡风物，尤其是江南一带，也有不少的描述。其中最为人称道的，就是歌咏钱塘的《望海潮》：

东南形胜，三吴都会，钱塘自古繁华。烟柳画桥，风帘翠幕，参差十万人家。云树绕堤沙。怒涛卷霜雪，天堑无涯。市列珠玑，户盈罗绮竞豪奢。

重湖叠巘清嘉。有三秋桂子，十里荷花。羌管弄晴，菱歌泛夜，嬉嬉钓叟莲娃。千骑拥高牙。乘醉听箫鼓，吟赏烟霞。异日图将好景，归去凤池夸。[48]

这是柳永城市风物词中的代表作，在词的领域中，鲜有能把一个城市的风貌歌咏得这么成功。全词所罗列的意象鲜明夺目，诗情画意，目不暇给。柳永如一个艺术摄影师，以远近镜头交替的方法，藉着富于代表性的意象，突出了钱塘的富丽画面。上片从开始到“自古繁华”，他用远景展示出钱塘的地理优势与悠久的古城风貌，接着，以近景“烟柳画桥，风帘翠幕”，呈现人民的幽雅居住环境，又以“参差十万人家”的俯览画面作一总结。镜头继续移向“怒涛卷霜雪，天堑无涯”的大自然，随着又以近景“市列珠玑”表示人民的富奢生活。下片从“重湖叠巘……三秋桂子。十里荷花”的自然景象，到人的活动“羌管弄晴、菱歌泛夜，嬉嬉钓叟莲娃”，镜头由远而近，画面由大而小，然后集中在一个焦点“千骑拥高牙”——孙何（这首词为柳永赠孙何之作，在柳永生平重构一章已述）的身上。最后，以孙何欣赏钱塘的陶醉姿态作结。罗大经在《鹤林玉露》中曾说，金主完颜亮读了这首《望海潮》之后，非常仰慕江南景物，于是立定大举南侵之意[49]，宋诗人谢处厚因此而责怪柳永不应写这首词[50]，由此可见柳永描写城市景物的手法相当成功。

因为这类词描写的，都是城市美好的一面，有些学者遂指责柳永不写人民的疾苦，以及官僚主义者对他们的剥削与压迫[51]。这些批评并非言之无据，因为柳永的确没有在城市风物的词中，揭露社会的黑暗面。这种现象，我们可以作这样的解释：首先，是词这种文体，本源于酒席间的歌咏之词，是题材比较狭窄的一种抒情文体，不适宜用来刻画人民生活的实况，至于反映民间疾苦的题材，用诗的形式来表达最为适合，柳永不是用七言长诗的形式，写过一首描写镇海县渔民凄凉生活的《鬻海歌》吗？（见第一部分）第二，从这些词歌咏佳节庆会的内容来看，很有可能柳永是受了教坊乐工之托而写的。至于像《望海潮》以及《一寸金》等赠给某些官僚友人的词，自然不会写入社会的黑暗面了。不过，从词体的发展上来看，这些词无疑广拓了唐五代词的范畴，把词从闺阁亭台的狭隘氛围中解放出来，而换之以开朗广阔的大自然背景，以及生气蓬勃的市民活动场面。这是柳永的城市风物的词在词中最有意义的贡献。

第三章

柳词的用字与意象

对于柳词的语言，一般学者都以“俚俗”一语来概括之，其实，这是非常片面武断的。柳词的语言，实具有相当的多样性，在上一章柳词的主题世界，我们已经附带谈及柳词中的口语与雅词，及其在不同主题的词中所担任的角色，本章将更详细地探察柳词在用字与意象上的特色。

一、用典

诗歌中最浓缩的意象就是典故。柳词中的典故，大多直用古人的姓名，因此比较容易辨认，例如：

> 动悲秋情绪，当时宋玉应同。《雪梅香》
>
> 自相逢，便觉韩娥价减，飞燕声消。《合欢带》[1]

有时，柳永亦借用古代的故事：

> 念解佩、轻盈在何处？《夜半乐》
>
> 人面桃花，未知何处，但掩朱扉悄悄。《满朝欢》[2]

典故在诗词中，可以产生相类或对立的效果。例如上述的“宋玉”悲秋，便吻合了当时主人公的心情，因此，“宋玉”这个典故，加强了悲秋之感情效果。至于“人面桃花”，则除了与主人公过去的艳遇相类之外，还与眼前物在人非的情景相对立，造成回忆境界与现实境界的强烈对比。

柳永用典不算频密，213 首词中，只用了八十多个典故，这些典故只出现一次的占百分之七十，重复使用的只有数个，例如宋玉（6 次）、赵飞燕（6 次）、潘岳（5 次）、楚宫腰（5 次）等[3]。柳词用典稀疏的原因有二：第一个原因是柳永时，慢词仍处于发展初期，是可歌唱的文体，繁密的用典仍未发展起来，一般市井之民也不易明白，慢词要待南宋当慢词的音乐性消退，并已成为文人刻意表达寄托之时，才开始成为用典的天地，南宋词人如吴文英（1195—？）和王沂孙（1140—1207）的词，便是用典繁密之表表者。第二个原因，是柳永喜欢用口语入词，用典不是他的主要填词技巧。

二、意象类型

相类的意象出现的频率高，便自自然然地形成一种意象类型。一个诗人的作品，无可避免地包含多种类型的意象，它们反映了诗人的各种经验世界。柳词中出现最多的，是自然意象（现依照它们出现次数的多寡排列如下，下同）：

天体意象：月、日、天、星、银河。

天气意象：雨、云、风、烟、波、霞、霭、露、雪、霜、冰。

地理意象：山、河、川、溪、岸、岛、路、径。

时间意象：秋、春、夜、黄昏。

植物意象：花（总称）以及花的品种：莲花（或荷花）、菊花、桃花、苹花、桐花、瑶花、榆花。

树（总称）以及树的品种：柳、枫、梧桐、杏、松、柏叶、草、蘅芜、蒹葭。

动物意象：鸳鸯、马、莺、燕、雁、鸿、鱼、蝉、蛩、鸡、蜂、蝶、鹦鹉。

柳词的自然意象，绝大多数出现于他的离别与羁旅的词中，一般来说，这些意象多用来布置一个美如山水画般的背景，它们并没有隐晦的象征作用。比如柳词中的“月”的圆缺象征了爱侣的悲欢离合，“日”的西斜掀动了回乡与回京的念头，“云”与“雨”象征男女性爱，“花”象征美丽的女子，“鸳鸯”象征了爱情等等，都是词中常用的象征手法。

柳词中第二个意象类型，是闺阁亭台的意象。这包括了室内的意象枕、衾、帏、被、灯、烛、漏、屏、窗、幕、炉和床等，以及室外的意象楼、馆、陌、台、园、桥、亭、堂、阶和堤等。这些意象多出现于闺怨词与游冶词中，作为气氛与空间的陪衬，甚少象征意义。柳词的第三个意象类型绝大多数是以女子的体貌为主，包括眉、眼、脸、腰、唇，以及女子的衣饰意象如裙、鞋、屐、衣带、袜和钗等，这些意象多集中于题咏美人的词中。有一点值得注意的是女子衣饰意象一共只出现了十多次，与唐五代词中满目金钗罗袜的字眼大大不同，这说明柳永已摆脱了女子表面衣饰的堆砌描写，而代之以朴素平易的词汇，去描绘女子的心理与动作。

三、意象的运用

对比与替代是柳永制造意象效果的主要技巧。在柳词中，互相比较的意象就有五十多组，例如：

天如水《迎新春》

一夜长如岁《忆帝京》

无花可比芳容《集贤宾》

旧游如梦《戚氏》

闲愁浓胜香醪《西江月》[4]

这些都是较常见的明喻。至于柳词中的隐喻（替代技巧之一）则大多与女子有关，例如称女子为“绮罗”“花”“红粉”“彩凤”“娇媚”“尤物”“婵娟”和“倾城”；或是称女子的头发为“翠云”和“香云”，眼睛为“娇波”和“层波”，及眉毛为“遥山”和“双蛾”等等，这类隐喻多为唐五代词中的陈腔滥调，艺术价值不高。比较突出而具有创造性的，是柳永的四字辞，这些四字辞共有 280 组之多，其中一半以上是两个自然意象的并列，四分之一是两个人的形态意象的并列。有一点值得注意的是这 280 组四字辞，几乎全部只出现一次，可见柳永经营新意象的苦心。

以两个自然意象并列配以不落俗套的形容词的四字词，比较突出的有：

1. 浪萍风梗　　2. 乱花狂絮

3. 晓风残月　　4. 露染风裁

5. 冷枫败叶　　6. 花开柳拆

7. 蝶稀蜂散　　8. 鹭飞鱼跃

其他的四字词例子：

1. 狂朋怪侣　　2. 役梦劳魄

3. 酒恋花迷　　4. 兰态蕙心

5. 金波银汉　　6. 只轮双桨

柳永喜欢用强烈的色泽来对比，在他的35组以颜色并列的四字辞中，有18组是红与绿的并列，例如：

1．红茵翠被　　2．翠消红减

3．眷红偎翠　　4．惨绿愁红

柳永也喜爱把雨和云作并列，例如：

1．雨收云断　　2．雨迹云踪

3．雨沾云惹　　4．怯雨羞云

我们试以上述红与绿及雨与云并列的四字词，来看看柳永制造不同意象效果的技巧。“红茵翠被”中的“红”与“翠”直接形容“茵”与“被”；“翠消红减”中的“红”与“翠”是隐喻，指的是女子脸上的胭脂与蛾眉；“眷红偎翠”中的“红”与“翠”指的是女子；“惨绿愁红”中的“绿”与“红”指的是叶与花，加上拟人感情的“惨”与“愁”，使意象更鲜明有力。至于在雨与云并列的例子中，“雨收云断”是直指；“雨迹云踪”中的“雨”与“云”比喻漂泊生涯；最后“雨沾云惹”与“怯雨羞云”中的“雨”与“云”是隐喻，指的是性爱，加上拟人动作的“沾”字与“惹”字，以及拟人神态的“怯”字与“羞”字，更觉生动，可见通过千变万化的组合，柳永时刻在营造鲜明强烈的意象效果。

四、白话入词

柳永是北宋词坛上第一个大量采用白话入词的词人，他之所以能够挥洒自如地运用白话，乃源于两个主要原因：一为柳永所用的慢词词牌，能够容纳更多的内容；二为柳永长期生活在底层市民之间，以反叛的精神，漠视一般士大夫文人以白话入词为俗的观念，大胆吸收民间的语言。

柳词中的白话，以闺怨词和思慕女子的词为最多，其次是离别与羁旅的词，最少是城市风物的词。柳永所用的白话，内容非常广泛，其中他最喜欢用的副词“恁”，共出现58次，还有“争”，出现36次，“处”20多次，“怎”10多次。语尾“得”字共出现49次，“成”字20多次，“了”字10多次。从以下的例子，可见柳词白话之一斑：

不会得都来些子事，甚恁底死难拚弃。待到头、终久问伊看，如何是？《满江红》（其三）

尽更深、款款问伊，今后敢更无端？《锦堂春》

当时事、一一堪垂泪。怎生得依前，似恁偎香倚暖，抱着日高犹睡。《慢卷紬》

近来憔悴人惊怪。为别后、相思煞。我前生、负你愁烦债。便苦恁难开解。《迎春乐》[5]

不过，柳永在遣辞用字方面的成功，乃在于他能够适当地揉合了白话与雅词。以下的《八声甘州》便是个好例子：

对潇潇暮雨洒江天，一番洗清秋。渐霜风凄惨（一作紧），关河冷落，残照当楼。是处红衰翠减，苒苒物华休。惟有长江水，无语东流。

不忍登高临远，望故乡渺邈，归思难收。叹年来踪迹，何事苦淹留。想佳人、妆楼颙望，误几回、天际识归舟。争知我、倚阑干处，正恁凝愁。[6]

本词一开始，便以自然意象“暮雨”“江天”“清秋”和有力的动词“洒”与“洗”，以及口语“一番”，泼出一幅气象恢弘的水墨画，跟着，以领字“渐”带起，用“霜风”“关河”“残照”，以及“凄惨”“冷落”呈现出阴气深深的景象。“是处”是口语，“红衰翠减”写众芳芜秽，万物凋零。“惟有”二句，以散文的语气一转，似乎表示诗人已经找到永恒的凭借，其实不然，因为长江也时刻在东逝。下片直切入诗人的心绪，依次用“不忍”“望”“叹”“想”“争知我”及“正恁”等白话带句，如抽丝剥茧般呈露出诗人的思想感情：从“归思”到自问“何事苦淹留”，又从猜想佳人“误几回、天际识归舟”，再回到目前的“凝愁”，千回百转，感情真挚。苏东坡评此词说：“唐人佳处，不过如此。”[7]可谓知言。

柳永以白话入词，历来都受到论词者的抨击。从北宋晁补之（1053—1110）为他辩护所说“世言柳耆卿曲俗，非也”[8]，可知当时词坛对柳词的一般看法。稍后，李清照（1084—1155）指斥柳词“言语尘下”[9]。王灼（1081？—1160？）更批评柳词：

> 浅近卑俗，自成一体，不知书者尤好之，予尝以比都下富儿，虽脱村野，而声态可憎。[10]

到了南宋，情况仍不好转，黄昇及沈义父（1247年在世）说柳词病于有“鄙俗语”[11]，曾慥的《乐府雅词》更把柳词摈之于门外。清代的《四库全书总目提要》批评柳词“以俗为病”[12]，郭麐（1767—1831）亦说“柳七则靡曼近俗矣。”[13]

近代的论词者比较客观，他们在否定柳词中某些因口语所造成的负面效果之同时，肯定了柳永以白话入词的创新之处，台静农（1902—1990）就极力赞誉柳永采用白话的勇气，他说：

> 他（柳永）那个时代，一般欧阳修之流，还拼命的复古，他是完全不在乎的，我想今日提倡文学革命的先生们，胆量也未见得超过柳氏。[14]

诚然，唐五代词的语言经过两百多年的重复使用，已逐渐变成陈腔滥调，若不革新，则会成为死文字，那么，词的生命也要完结了。幸好柳永及时利用慢词的形式，吸取了民间的口语，丰富了词的语言，恢复了词的生命。至于柳词中历来受人指斥的粗俗的作品，固然是他词中的糟粕，不过，这些词多归入艳情词的范围，是柳永早年之作，可算是他白话入词的试验，他后期所写的离别与羁旅的词，才是柳永把白话与雅词成功揉合的高度艺术表现。

第四章
柳词的节奏与连贯性

论词者多称赞柳永的慢词“协律”[1]，刘克庄（1187—1269）甚至把柳永比作北宋著名的歌者丁仙现[2]，李清照（1084—1155）与王灼（1081？—1162？）虽然力诋柳词“言语尘下”及“浅近卑俗”，但仍称之为“协音律”及能“择声律谐美者用之”[3]，以上这些评语无疑表示柳词有强烈的音乐节奏。同时，论词者又多称赞柳词“铺叙展衍，备足无余”[4]，以及“层层铺叙，情景兼能，一笔到底，始终不懈”[5]，他们所说的，其实就是柳词结构上的连贯性。本章试就这两种评语来讨论柳永怎样运用声、字和句的重复技巧，以及句式、领字和连绵句法来营造他的慢词的节奏与连贯性。

一、用韵、平仄、双声、叠韵、叠字及其他

1. 用韵

词话中虽然不时谈及柳词的用韵，但却只限于零零星星的数首而已[6]，若果详细审察柳词的用韵，可以得到以下的结论：柳词多用仄韵，在《乐章集》的213首词中，有108首通押上去声韵，7首全用去声韵，25首全押入声韵；他的平声韵极少与仄声韵合用，在55首平声韵词中，

只有两首平声韵与仄声韵通押[7]，但绝无与入声韵通押；入声韵词则“p”“t”及“k”分用[8]。

在协韵的词中，柳永多选用韵尾相近的韵部，这是一个自然的现象。例如他合用《词林正韵》中的第三部（韵尾为 oi）与第五部（韵尾为 ui）[9]，第七部（韵尾为 un）与第十部（韵尾为 a）[10]，第七部与第十一部（韵尾为 ng）[11]，第七部与第十四部（韵尾为 m）。柳词中韵尾为 m、n 及 ng 的韵字共用于同一首词中[12]，显示出北宋时，在柳永所说的方言中，这三个音的分别可能已经逐渐消失。（有关柳词用韵，请见附录三）

柳词中也有“借音”的现象，《昼夜乐》《鹊桥仙》《引驾行》《击梧桐》《祭天神》与《迷神引》词中的“负”字便是“借音”[13]。

一场寂寞凭谁诉？算前言、总轻负。《昼夜乐》

当媚景，算密意幽欢，尽成轻负。《鹊桥仙》

算赠笑千金，酬歌百琲，尽成轻负。《引驾行》

便认得、听人教当，拟把前言轻负。《击梧桐》

何期到此，酒态花情顿孤负。《祭天神》

时觉春残，渐渐飘花絮。好夕良天长孤负。《迷神引》

有时，柳永使用“暗韵”[14]，在不需要韵字的地方，用韵字来增强听觉效果，例如《雪梅香》的“临风，想佳丽，别后愁颜，镇敛眉峰”。[15]其中“峰”（p'i̯wong）是原韵，“风”（p' i̯ung）是“暗韵”。

在选择韵部方面，柳永偏重于韵字最多的第三部。又在采用某一韵部时，常表示他对用字上的偏爱，例如他用第四部的韵来写 31 首词，使用了“去”字 23 次，“处”字 18 次，“语”字 15 次，“雨”字 12 次及“树”字 11 次。题材相类的词，柳永常重复选用某些韵字，例如他的七首描写宴乐的词[16]，共有73个韵脚，就只用了27个韵字，它们是："价"（共用了6次）、"昼"（5次）、"雅"（4次）、"夜"（4次）、"暇"（3次）及"榭"（3次）。这些韵字在声音、意义及位置上的重复出现，突出了词的主题与节奏。

值得特别注意的，是柳永慢词的疏韵格律及其提供给柳词节奏前动性的条件。《乐章集》中，除了数首小令之外，绝大多数的慢词都是疏韵的，韵距都在两行以上，有些甚至相隔五、六行，例如他的《凤归云》便是个明显的例子：

（上片）3–4–4–4–4–4–4R–8–4R–8R–6–4R

（下片）7–4R–4–4–4–4–4R–3–6R–6–4R[17]

根据中国诗歌的一般传统句法，句与义的完整性往往与韵脚相配合，亦即是说，韵脚的出现就是句意完成的标志。唐五代词在近体诗的影响之下，韵距紧密（极少相距两行以上），意象孤立，节奏易趋缓滞，但慢词的稀疏韵距可延长语句，加上虚字的运用可淡化意象的浓度，进而强化节奏的前动性。

2．平仄

词的平仄格律比近体诗的来得复杂严谨，近体诗的平仄较为规律化，词则每个词牌有不同的平仄规格，近体诗只分平仄，词则除了区分平仄之外，平声还分阴阳，仄声还分上、去、入[18]。这种严谨的格律并不是一朝一夕形成的，夏承焘曾经指出，到了晚唐，温庭筠才开始注意分辨词的平仄[19]，到北宋，柳永更进一步分辨词的四声[20]。

柳永所用的127个词牌，其中86个只用过一次，因此，我们不能用这些词牌来比较平仄，有些词牌虽然名称相同，但长短及分句形式相异，所以也不能用作比较，这么一来，可以互相比较的是那些词牌名称相同、长短及分句形式也相同的词。在《乐章集》41 个有词两首以上的词牌中，其中 11 个的词的长短及分句形式均相同，这些词百分之九十以上都是平仄相应的，这证明柳永非常注意分辨词的平仄[21]。

慢词最后一句的声调对整首词的音乐效果非常重要[22]，精通音律的柳永，当然注意到这一点，《乐章集》中，用同一词牌而末句字数相同的词，百分之七十都紧守平仄，例如《玉蝴蝶》四首的最后一句：

1. 立尽斜阳　　t t p p
2. 那更重来　　t t p p
3. 合是相知　　t t p p
4. 忍负良天　　t t p p[23]

（t 表示仄声，p 平声）

有些词的末句不但紧守平仄，而且还紧守阴平与阳平，例如下面两首《永遇乐》的末句：

1. 南山共久　　p″ p′ c s
2. 融尊盛举　　p″ p′ c s[24]

（p″ 表示阳平，p′ 阴平，c 去声，s 上声）

在需要领字的位置，柳永常用去声，例如《尾犯》：

渐东郊芳草，染成轻碧　　c p′ p′ p′ s s p″ p′ j[25]

（j 表示入声）

此外，在两个仄声相连之处，柳永用“去上”或“上去”以增加词声的谐美，[26] 例如下面两首《临江仙引》的

1. 云愁雨恨难忘　　p″ p″ s c p′ c
2. 盈盈泪眼相看　　p″ p″ c s p′ c[27]

柳永亦注意入声的运用，在同一首词中，上片用入声之处，下片相应之处也用入声，例如《玉蝴蝶》的

（上片）出屏帏　　j p″ p′
倚风情态　　s p′ p″ c
约素腰肢　　j c p′ p′

（下片）结前期　　j p″ p′
美人才子　　s p″ p′
合是相知　　j c p′ p′[28]

词牌相同，长短及分句形式相同的两首词，若一首用入声，另一首在相应之处也用入声，在《乐章集》41个有两首词以上的词牌中，有19首如此，例如以下的两首《诉衷情近》：

1. 伫立江楼望处　　s j p′ p″ c c
重叠暮山耸翠　　p″ j c p′ s c
脉脉朱阑静倚　　j j p′ p″ c s
竟日空凝睇　　c j p′ p″ c
2. 渐入清和气序　　s j p′ p″ c c
莲叶嫩生翠沼　　p″ j c p′ c s
绮陌游人渐少　　s j p″ p c s
伫立空残照　　s j p′ p″ c[29]

柳永对于词中平仄的分辨，以后发展成为慢词平仄的特色，虽然我

们不能说他奠定了慢词四声的用法，但他对于平仄的进一步分辨，对慢词的格律形成有极大的定型作用。

3．双声、叠韵、叠字及其他

双声、叠韵及叠字是构成中国诗歌节奏的惯用技巧，柳词亦不例外。《乐章集》中的双声共有60对，合共出现差不多200次之多，声音多偏重于边音及齿音，内容多描写阴暗的自然景象，以及个人的不愉快心境，例如“冷落”“牢落”“零落”“惆怅”和“憔悴”等等。叠韵用得比较少，只有40多对，合共出现约一百多次，发音部位与描写内容没有双声那么集中，例如“缱绻”“烂漫”和“缠绵”等等。

柳永的叠字用得比较多，也比较出色。他一共用了99对不同的叠字，合共出现了269次之多，其中百分之五十只出现一次，百分之二十只出现两次，可见他用字的广泛。他还采用了大量的俗语（占全部叠字的百分之四十），其中他最喜欢的是“厌厌”（17次），此外，“巴巴”“频频”“可可”和“故故”等俗语，都只出现一次，这些俗语叠字使柳永的词平易近人，活泼流利。

叠字在句中不同位置出现，可营造不同的艺术效果，例如《少年游》的

长安古道马迟迟（R）。[30]

“迟迟”（d’i d’i）位在句末的韵脚上，形成一个停顿，这个停顿，突出了一个失意颓倦、在象征成功与繁华的长安古道上的天涯行客的心境。

叠字在句的中间部份出现，效果又不同，例如《西施》（其二）的

万娇千媚，的的在层波（R）。[31]

“万娇千媚”，只不过是一般性的美态形容，而“的的”（tiek tiek）二字，

以其急脆清爽的入声，把女子的流波美目描绘得活灵活现。

当叠字出现在一组平行句时，效果更突出，例如《凤归云》的；

驱驱行役，苒苒光阴（R）。[32]

“驱驱”（k’i̯u k’i̯u）首先引起了我们的注意，“苒苒”（ńźiäm ńźiäm）的出现更给人一个意外。“苒苒”回应及强化了“驱驱”。这两个平行句子的节奏都是 2 / 2，把叠字放置在两个平行句子的前头，就如音乐中两个重拍子与两个轻拍子交替重复出现。重拍子的叠字强调了它们在句中的含义：旅途的艰巨与时光的转移。

除了叠字之外，柳永还偶用隔字重叠，例如“多情多病”和“未名未禄”便是。因为这类四字辞牵涉一字的重复，故此，可说是叠字的扩大运用。它们所营造的艺术效果，比叠字更强，例如《安公子》的

当此好天好景，自觉多愁多病，行役心情厌（R）。[33]

第一行中的“好”字重复与“天”字及“景”字相配，强调了外在的大自然之美，第二行中的“多”字与“愁”字及“病”字相配，强调了诗人内在的颓废心态与薄弱的体质，两者在内容上成一强烈的对比：第一行以“好”字的重复着意点明外界的美，而目的在于反衬第二行的内心悲哀，上下两行各用隔字重叠，在增强美与悲的同时，构成一种尖锐的矛盾，以浓化了下一行的悲哀意味。

在某些情形下，柳永重叠句中某字，以突出主题，例如《六么令》的

波声渔笛，惊回好梦，梦里欲归归不得（R）。[34]

首二行暗指主人公正在旅途、夜里、船上。他的美梦刚被波浪声及渔笛

声惊破了，到此为止，意境并无突出之处，但是，第三行开头的“梦”字一出现，便立即把我们的注意力拉回到“梦”字上面，此句“归”字的重复，更加强调了主人公似箭的归心。

二、对句与铺叙

对句在柳词中占有很重要的角色，以下将从三个角度，即对句的平仄、内容与位置来探讨。

词的对句与近体诗的不同，后者的两联要平仄相对、语义相对[35]，对联的位置一般在诗的第二、三（指绝诗而言）及第三、四、五、六（指律诗而言）句；前者则不同，特别是慢词，对句的平仄不一定要相对，平仄相同的字也可以相对[36]，故此，在柳词中，我们常见到平仄相同的对句，例如《鹤冲天》的

离魂乱　　　　p p t

愁肠锁　　　　p p t[37]

有时，柳永连用三个排句，平仄尽同，以下的《女冠子》，别的词人都不用三个排句，而柳永用之：

银河浓淡　　　　p p p t

华星明灭　　　　p p p t

轻云时度　　　　p p p t[38]

既然词的对句不需要上下联平仄相异，那么，对句就可以同时落在两个韵脚上[39]，亦即是说，上下联的最后一字可以平仄相同，柳词中常有此现象，例如《菊花新》的

欲掩香帏论缱绻　　ttpptt t

先敛双蛾愁夜短　　ptppptt（R）[40]

在某些情形下，柳永重复对句的某一部份，例如《小镇西》的

再三偎着　　tptt

再三香滑　　tppt[41]

柳词中常出现流水对，例如《昼夜乐》（其一）的

早知恁地难拚　　tpttpt

悔不当时留住　　ttpppt（R）[42]

由于流水对上联在意义上的不完整，就有把句子向前推动的力量。流水对多由虚字及口语组成，无形中使柳词更加明白流畅。

柳词的对句（约有 300 组）因词的主题不同而多寡有别，描写城市风物的词和祝颂词的对句最密，其次是离别与羁旅的词，再次是艳情词。描写城市风物的词和祝颂词的对句意象多金碧辉煌（此类对句占柳词全部对句的七分之一），以配合其主题，例如《送征衣》的

瑶图缵庆　　pptt

玉叶腾芳　　ttpp（R）[43]

至于离别与羁旅的词的对句，则多融情入景（此类对句占柳词全部对句的三分之一），例如《夜半乐》的

败荷零落　　tppt

衰杨掩映　　pptt（R）[44]

柳永的艳情词的对句，多用人物情态意象组成（此类对句占柳词全部对句的七分之一），例如《玉蝴蝶》（其三）的

绛唇轻笑歌尽雅　　　tpptptt
莲步稳举措皆奇　　　pttttpp（R）[45]

以对句的长短而论，《乐章集》中最多为四言对句，占百分之六十二，这是词中的普通现象，因为四言句是中国语文最常见的结构，而且，营造一组四言对句亦比较其他长度的对句易于为工。柳词中的四言对句大多由领字带引（关于领字的讨论，请看下文），尤其是当对句在词的中间部分为然。柳词中的七言对句占百分之十五，它们有一个特征，就是小令的七言对句节奏全部是 4 / 3，而慢词的则全是 3 / 4，这显示小令与慢词在节奏上的差别。柳词中的三言与六言对句数量甚少，各占百分之八，五言对句则最少，不足百分之五。

词的对句除了平仄与词性不甚严谨之外，它们在词中的位置亦无一定（多数依词牌之规格而定），一般来说，当两个相连的句子字数相等时，便可以制造对句。在柳词中，通常在领字的带引之下，可以把两个本来长短不一的相连句子造成对句，例如《望海潮》的

有三秋桂子　　　tpptt
十里荷花　　　ttpp（R）[46]

有时，柳永也用当句对（或称句中对），例如《倾杯》的

渐秋光老清宵永　　　tpptppt（R）[47]

柳词的对句在词中位置的分布上有三个特色：第一，位置不在词起头或结尾的对句多冠以领字；第二，对句甚少在词的结尾出现，在柳永

的213首词中，只有11首的上片用对句结尾，[48]这11首词中，有三首的下片用对句结尾，[49]只有一首《永遇乐》(其一)是上下片均用对句结尾，[50]这两种现象，极有可能与词牌本身的格律有关；第三、柳永有31首词的上片用对句起头，[51]13首的下片用对句起头，[52]值得注意的是，这些以对句在上片起头的词牌，有一半是他创制的，这表示用对句起头乃是柳永慢词结构的技巧之一。

现在，我们且用柳永的《笛家弄》来阐明他用对句的技巧：

1. 花发西园
2. 草薰南陌
3. 韶光明媚
4. 乍晴轻暖清明后（R）
5. 水嬉舟动
6. 禊饮筵开
7. 银塘似染
8. 金堤如绣（R）
9. 是处王孙
10. 几多游妓
11. 往往携纤手 （R）
12. 遣离人、对嘉景
13. 触目伤怀
14. 尽成感旧（R）[53]

这片词描写春景及其所引发的感怀，这里一共用了四组四言对句和一组三言对句，稀疏的韵距把这片词的十四句分成四个意义段落。在吟咏时，传统上是一口气吟到韵脚才停止，这无形中使同一韵距内的句子连绵不断，再加上这些对句的下联都不落在韵脚上，没有了韵脚所造成的停顿，配合着意义段落的层层推展，使词的连贯性更强。

这片词的五组对句的平仄既不相对又不相同，每一组四言对句的第二字及第四字的平仄相对（除了第七、八句之外），又每一组对句均在语法及语义上相对。第一组对句“花发西园，草熏南陌”一开始便排展了两个春天景象，第三句“韶光明媚”概括了上述的春景，肯定了第一组对句的描述，这种排次是柳永用对句起头写慢词的惯用手法。第四句“乍晴轻暖清明后”再把季节明显点出。这样，以一连串对句一口气地层层揭示意象，立刻增加了词的气势，同时，又马上吸引了读者的注意。第二组对句（第五、六句）比第一组复杂，“水嬉舟动”与“禊饮筵开”除了相对之外，它们本身内又各自相对，即是“水”与“舟”对，“嬉”与“动”对，“禊”与“筵”对，“饮”与“开”对；这组对句的语序倒置（即宾语放在动词之前：水、舟、禊及筵分别放在嬉、动、饮和开之前），把主要的名词意象突出。第三组对句（第七、八句）“银塘似染”“金堤如绣”再展开两个春天景象。第四组对句（第九、十句）“是处王孙”“几多游妓”顺手拈来，一笔触及了诗人的心迹。最后一组对句（第十二句）“遣离人、对嘉景”是当句对，因为这组三言对句与以上一连串的四言对句在节奏上骤然相异，遂给人一种突然的感觉。这一对句有承上接下的作用，它是外在景物与内在感情的接点，也是快乐与悲哀、过去与现在的转折点。第十三、十四句“触目伤怀，尽成感旧”清楚有力地诉说主人公对过去的缅怀。现在，他整个人陷入痛苦的回忆中，又同时被热闹的春景包围着，这种矛盾的景状，全赖一连串的对句所营造的春景（第一、二句）及人物活动（第五、六、九、十句）构成。每一组对句都推出一个新的春天意象。这种对句运用技巧阐明了柳词为什么被称赞为“铺叙展衍，备足无余”[54]以及“确有层折”[55]。

三、句式、领字及连绵句

1. 句式

在近体诗的笼罩之下，唐五代词的五言句的意义节奏与音乐节奏都是 2/3，七言句都是 4/3，例如温庭筠的十五首《菩萨蛮》的节奏都是 2/3 与 4/3，现以其中一首为例：

1. 小山重叠 / 金明灭
2. 鬓云欲度 / 香腮雪
3. 懒起 / 画蛾眉
4. 弄妆 / 梳洗迟
5. 照花 / 前后镜
6. 花面 / 交相映
7. 新帖 / 绣罗襦
8. 双双 / 金鹧鸪[56]

这种近体诗的惯用节奏，紧紧地围绕着唐五代词和敦煌曲子词，北宋早期小令词人绝大多数作品亦不出此例。

虽然我们无法从现存数据中知道慢词的唱法，但可以相信，柳永是随着慢词的节拍来填词的，因此，在《乐章集》中，我们随时随地看到与小令节奏迥异的句子。传统近体诗及小令的四言句的节奏通常是 2/2，但柳词中却有十多处是 1/3 节奏，例如《木兰花慢》的

见 / 新雁过[57]

唐五代词及敦煌曲子词中的五言句的节奏极少是 1/4，[58]但在《乐章集》

中，1/4 节奏的五言句共有 180 多处，例如《殢人娇》的

　　恨 / 浮名牵系[59]

这些 1/4 节奏的五言句很多时以对句的形式出现，例如《临江仙引》的

　　况 / 绣帏人静
　　更 / 山馆春寒[60]

柳词中的六言句，除了常见的 2/4 及 4/2 节奏之外，还有 3/3 及 1/5 节奏，例如《归去来》及《洞仙歌》的

　　歌筵罢 / 且归去
　　况已结 / 深深愿[61]

又如果六言句的后面五个字的意义节奏是 2/3 的话，则其 3/3 节奏也可作为 1/5 节奏，所以

　　况已结 / 深深愿

又可读成

　　况 / 已结深深愿

柳词中的七言句已经完全脱离了近体诗的影响，变化更多，在《乐章集》中，有 240 多个七言句的节奏是 3/4，这些 3/4 节奏的句子通常是两层意义的并合，例如《玉蝴蝶》（其一）的

　　水风轻 / 蘋花渐老[62]

不过，由虚字构成的七言句，则基本上只有一层意义，例如《洞仙歌》的

怎奈向 / 此时情绪[63]

在某些情况之下，3/4 节奏可读成 1/6 节奏，例如《昼夜乐》(其一)的

对满目 / 乱花狂絮[64]

可读成

对 / 满目乱花狂絮

这是因为六言句本身的节奏停顿是在第二、四、六字，亦即是七言句的第三、五、七字之故。柳词中有些七言句的节奏包括有两个大停顿，有些是 1/3/3 节奏，例如《倾杯》的

渐 / 秋光老 / 清宵永[65]

有些是 2/5 节奏，例如《倾杯》的

惨咽 / 翻成心耿耿[66]

八言句的节奏通常是 3/5，但柳词中却有 1/7 节奏，例如《八声甘州》的

对 / 潇潇暮雨洒江天[67]

这些 1/7 节奏的八言句，其实是一字逗与一个普通 4/3 节奏七言句的并合。至于九言句的节奏普通是 4/5 或是 5/4，但柳词中却有 2/7 及 3/6 节奏，例如《倾杯乐》及《秋夜月》的

未曾 / 略展双眉暂开口

便唤作 / 无由再逢伊面[68]

柳词中这些节奏“反常”的句子，除了使句子节奏多变化之外，有时可把词中的意象表现得更深刻，例如《夜半乐》的

叹 / 浪萍风梗知何去[69]

这是一字逗“叹”字与普通七言句“浪萍风梗知何去”的并合。“浪”句本身意义完整，它以自然意象“浪萍”与“风梗”表达了一般性的无根飘零的感慨，但是，“叹”字加置在句前，后面跟着一个节奏上的停顿，遂把流浪的感慨显得更深切、更个人化。

2．领字

领字的运用是柳词的最大特色之一。在唐五代词及敦煌曲子词中，领字寥寥无几，到了北宋词中才真正有领字出现，柳永就是北宋第一个成功地大量运用领字的词人。领字对慢词的影响极大，它不但影响了慢词的句式与节奏，还改变了慢词的结构，故此，领字的运用可说是柳永对词的结构甚具意义的贡献。

顾名思义，领字是位在句子的最前头，用来带领句子的。它又称为一字逗，或是领调字[70]，传统的词评家称之为虚字[71]，不过，这种虚字与一般的“之乎者也”之类的虚字不同，它包括多种词类（有动词、形容词、副词等），而且多为仄声，尤以去声为多，它通常以单字、双字或三字的形式出现。[72]

柳永采用了大量各式各样的仄声字为领字，所用的单字有“渐”“奈”“正”“念”“有”“咏”“继”“想”和“叹”等；双字领字有“须信”“立望”“遥认”“又是”“幸有”和“望处”等；三字领字有“更可惜”和“常只恐”等，双字及三字领字的最后一字绝大多数是仄声。

因为慢词的音乐已经散失，唱法已无法详知，根据耐得翁的《都城

纪胜》所载，唱慢词要“重起轻杀”[73]，从这句话，我推想领字就位在这些“重”拍子上。龙榆生曾经指出，领字位在曲中换气的地方[74]。王力给慢词下定义时指出，慢词韵疏，韵与韵之间的句子读起来要快[75]，故所需的时间短，拍子要轻快。综合这些意见，我们可以推论：领字为重拍子，它所领的句子为轻拍子，领字与所带引的句子之间，有一个较大的停顿。

柳词中的领字，多用来带引四言句，例如：

奈／好景难留，旧欢顿弃《内家娇》

恨／薄情一去，音书无个《定风波》

惭／霜风凄惨，关河冷落，残照当楼《八声甘州》

长是／因酒沉迷，被花萦绊《凤归云》

最苦是／好景长天，尊前歌笑，空想遗音《离别难》[76]

有时，领字也用来带引其他长度的句子，例如：

觉／客程劳，年光晚《迷神引》

观／露湿缕金衣，叶映如簧语《黄莺儿》

会／乐府两籍神仙，梨园四部弦管《倾杯乐》

渐／天如水，素月当午《迎新春》

乍／露冷风清庭户，爽天如水，玉钩遥挂《二郎神》[77]

领字可以影响语序，如果仔细分析柳词中领字所带引的句子，便发现双字及三字领字所带引的句子语序不变，单字领字如果是及物动词时，也不改变语序，例如《倾杯乐》的

报／青春消息[78]

但如果单字领字为不及物动词时，则语序有所改变，这些语序改变本身并不稀奇，值得注意的，是由语序改变所加强的意象效果，例如《安公子》(其一)的

立 / 双双鸥鹭[79]

这句一般的语序应该是

双双鸥鹭立

但是，“立”字移置在句首，马上突出了鸥鹭的形象与动作，此外，副词领字也使语序改变，例如《尾犯》的

渐 / 东郊芳草，染成轻碧[80]

一般的语序是：

东郊芳草，渐染成轻碧

但是，“渐”字移置在“东郊芳草”之前，遂强调了春天芳草颜色转变的过程，同时，“东郊芳草、染成轻碧”一口气吟咏，节奏更觉紧凑。又例如下面的《木兰花慢》的

正 / 艳杏烧林
缃桃绣野
芳景如屏[81]

在意义上可以解作：

艳杏正烧林

细桃正绣野

芳景正如屏

当副词“正”字移置到这组排句之前，则强调了即时即地、无所不在的春景，而且，三个排句一连串吟咏起来，意象层层推出，更具气势！

以下，我们以柳永的《竹马子》的上片为例，来阐明他运用领字的技巧：

1. 登 / 孤垒荒凉

2. 危亭旷望

3. 静临烟渚（R）

4. 对 / 雌霓挂雨

5. 雄风拂槛

6. 微收烦暑（R）

7. 渐觉 / 一叶惊秋

8. 残蝉噪晚

9. 素商时序（R）

10. 览景想前欢

11. 指神京

12. 非雾非烟深处（R）[82]

这片词描写了萧杀的秋景及孤独的天涯行客的心境，是柳词的典型主题。这里，柳永一共用了两个单字领字，“登”“对”和双字领字“渐觉”。从节奏上来看，因为由领字所带引的句子要一口气吟咏到韵脚才止，使本词有强劲的前动力，加上短促的四言句，节奏更紧凑。从意义上来看，“登”领带第一、二、三句，“对”领带第四、五、六句，“渐觉”领带第七、八、九句，这些领字分别把首九句分成三个较大的意义段落，拉紧了整首词的结构。其结构可用下表示之：

这片词中，每一个领字都有它独特的功能，“登”字所带领的三个排句，在节奏与意义上给本词一个强而有力的开始，它立即显示了诗人的踪迹所在；“对”字所领带的三个排句跟着点明了天气的变幻；“渐觉”所领带的三个排句再进一步表达了诗人对秋天来临的惊觉。这样，由地点、空间而内心，藉着领字的功能，层层推出，到最后三句“览景想前欢，指神京，非雾非烟深处”，感情才进入高潮，曳然不止。

3．**连绵句**

连绵句（或作跨行句）的运用是柳永慢词的一大特色。可以说，柳永是北宋第一个大量运用此种句法的词人，也是第一个利用连绵句大大改革了词体结构的词人。

《乐章集》中，除了极少数的小令之外[83]，其他的词都有连绵句，反观唐五代词中的连绵句则寥寥可数，绝大多数的词都是以一行一句的形式出现：即每一行构成一个意义完整的句子，只有在偶然的情形下，才有连绵句，韦庄（836—910）可说是唐五代词人中用连绵句较多的一个，例如他的《荷叶杯》（其二）：

记得那年，花下，深夜，初识谢娘时。[84]

至于敦煌曲子词，因为白话较多的关系，连绵句也比较多，但仍只局限于两行而已，例如《云谣集》中的

幸因今日，得睹娇娥。[85]

《云谣集》中长调的连绵句的出现，反映了一种长篇幅的词体，正酝酿着一种新的句式结构。

柳永之所以能在慢词中大量使用连绵句，实有赖于以下几个条件：第一，慢词的长篇体制能够容纳更多的字数；第二，慢词稀疏的韵距可使语句延长；第三，慢词分句参差不齐，短句多，难以构成意义完整的一行一句式的句子；第四，柳永善于音律，不为词牌的分句形式所局限，能随着节拍来填词。这些连绵句中杂用的虚字，往往淡化名词意象的密度，随而减少由孤立名词意象所造成的词义模糊，增强词句之间的连绵不断。

柳词连绵句的特色之一是问句与答句（共出现 107 次）的运用，柳永常以明显的疑问字来作为一个问句的开始，例如《锦堂春》及《少年游》（其七）的

> 几时得归来，香阁深关（R）？
>
> 试问伊家，阿谁心绪，禁得如许无聊（R）？[86]

有些连绵句在第一句制造一种情境，跟着来一个反诘问句，例如《慢卷紬》的

> 对好景良辰，皱着眉儿，成甚滋味（R）？[87]

问句在一首词中的位置，可在不同的程度上强化词的前动性。大致来说，柳词中百分之八十的问句都不在词首或词尾，它们大多是没有答句的问句，其所引起读者追求答案的功能，乃是柳词连贯性的条件之一。那些位在上片末的问句，可把读者对答案的期望心理伸展到下片，造成感情上的持续效果。又柳词中那些一问一答式的语式多出现在词的下片结尾，如《看花回》的

赏心何处好？唯有尊前（R）。[88]

读者对答案的期望可加强问句与答句之间的张力，此力量直到答句的出现才舒缓下来。“唯有尊前”表示了主人公对俗世事务的洒脱态度，“唯有”指出了他的最后领悟，是有力的结尾手法。

柳词连绵句的另一特色是逻辑性的惯用语式的运用。任何一种语言都有其惯用语式，例如我们看见英文的 not only 便想到 but also，这种语序有一定逻辑性的联系，第一部分的出现引起了对第二部分的期望。《乐章集》中，此类的语式很多，例如《昼夜乐》（其一）、《倾杯》及《合欢带》的

早知恁地难拚，悔不当时留住（R）。
最苦正欢娱，便分鸳侣（R）。
自相逢，便觉韩娥价减，飞燕声消（R）。[89]

以上的惯用语式："早知——悔不""正——便"和"自——便"可造成词意的连绵。

柳词中有很多连绵句以判断句的形式出现，例如《鹤冲天》的

才子词人，自是白衣卿相（R）。[90]

此句中的“才子词人”是主词，“白衣卿相”是谓语。有时，柳永的判断句可延续至数行，例如《引驾行》的

红尘紫陌，斜阳暮草长安道，是离人断魂处，迢迢匹马西征（R）。[91]

此处，第一、二句是主词，第三、四句是谓语。柳词中，有些判断句的“是”字是不出现的，例如《尾犯》的

最无端处，总把良宵，只恁孤眠却（R）。[92]

“最无端处”引起了问句“为什么?”应该跟着“处”字后面出现的“是”字隐藏了。“总把良宵”进一步引起了问句“怎么样?”然而，直到第三行“只恁孤眠却”的出现，读者的期待才得到满足。

柳词中的连绵句，有很多运用带假设意味的动词，例如，《彩云归》的

算得伊鸳衾凤枕，夜永怎不思量（R）? [93]

更富于连贯性的是动词在前一行的末端，而宾语在下一行，例如《满江红》（其四）及《浪淘沙》的

人是宿，前村馆（R）。

再三追思，洞房深处，几度饮散歌阑，香暖鸳鸯被（R）。[94]

以上我们所举的连绵句，都是在两个韵脚之间，但在很多种情形之下，柳永的连绵句甚至跨越韵脚，例如《如梦令》的

想娇媚（R），那里独立鸳帏静，永漏迢迢，也应暗同此意（R）。[95]

此类跨越韵脚的连绵句，因为其本身意义的不完整，造成的连贯性也最强。

柳词中大量的连绵句引起了一些词评家的非议，沈雄在《古今词话》中曾指斥说：

柳永句句联合，意过久许，笔犹未休，此是其病。[96]

我认为连绵句的运用绝对不是柳永的缺点，相反地，却是他对慢词流动

性节奏与连贯性的结构的巨大贡献。在近体诗的笼罩之下，小令的语式是一行一句的，名词意象是孤立浓缩的，这两个特性用诸慢词均不适宜，原因之一是吟咏慢词时，韵距之间的句子要一气呵成，一行一句式的语句结构，会阻碍慢词的前动节奏；另一个原因是大量铺排孤立浓缩的名词意象于长篇幅的慢词中，会造成凝滞的效果[97]。其实，慢词需要一种富于前动性节奏的语句结构，也可以说，写慢词的关键技巧在于怎样把一首词向前推动。我认为柳永已经掌握了这个关键技巧，用连绵句来创造了慢词的流动性节奏与连贯性的结构，无怪乎夏敬观称誉柳词：

> 层层铺叙，情景兼能，一笔到底，始终不懈。[98]

总括而言，慢词比小令长，句子又参差不齐，韵脚又疏，节奏又多变化，因此，柳永在运用慢词词牌填词时，便要考虑到各方面的调整与改革。他对慢词的音韵特别注意，以符合其音乐性质，他又改变句式来配合慢词的节奏。慢词的长篇幅更使柳永想到用对句、排句、领字和连绵句来制造慢词的连贯性与统一性。这种种的变革，充分表现了柳永的创造性。在他手上定立起来的填写慢词的技巧，后来都成为词人们写作的楷模。

第五章
柳词的结构特色

慢词的长篇体制及其参差不齐的句式需要一种与小令截然不同的表现手法。早在宋代，词评家张炎（1248—1320？）针对慢词的结构特色，就曾经指出：

> 作慢词看是甚题目，先择曲名，然后命意，既了，思量头如何起，尾如何结，方始选韵，而后述曲，最是过片不要断了曲意，须要承上接下。[1]

言外之意，是说写慢词要注意“起”“承”“转”“收”的技巧，换言之，就是如何安排及组织词中的意象，或是怎样安排“情节”（姑且借用小说之技巧）的发展。

柳永是第一个倾毕生之力于慢词创作的词人，在处理这个新形式时，他就意识到慢词需要一种具有连绵性质的铺叙手法。北宋李之仪（1038—1117）首先注意到柳永这种独特的表现技巧，他说：

> 耆卿词铺叙展衍，备足无余。[2]

清代的周济（1781—1839）曾称赞柳词的结构说：

> 柳词以平叙见长，或发端、或结尾、或换头，以一二语勾勒提掇，有千钧之力。[3]

到了清末民初，郑文焯（1856—1918）更进一步具体地说：

> 私辑柳词之深美者，精选三十余解，更冥探其一词之命意所注，确有层折，如画龙点睛，神观飞越，只在一二笔，便尔破壁飞去也。[4]

以上这些词评可谓甚有见地，但可惜未曾进一步作系统性的分析。如果按照《乐章集》中的每一首词的“情节”发展一一列出，便会发现柳永的词的确有几种发展模式，以下我们分别举例阐明。

一、叙事与白描

顾名思义，“叙事”是述说事情的来龙去脉，“白描”是指用朴素的语言来描述。柳永的叙事手法多用于他的艳情词（共30多首），这类词的（情节）发展一般都很规律化：上片通常描写女子的容貌才艺，或是主人公的冶游，下片转入男欢女爱的描述，例如《昼夜乐》（其二）便是个典型：

> 秀香家住桃花径。算神仙、才堪并。层波细翦明眸，腻玉圆搓素颈。爱把歌喉当筵逞。遏天边，乱云愁凝。言语似娇莺。一声声堪听。
>
> 洞房饮散帘帏静。拥香衾、欢心称。金炉麝褭青烟，凤帐烛摇红影。无限狂心乘酒兴。这欢娱、渐入嘉景。犹自怨邻鸡，道秋宵不永。[5]

这类词除了偶然有些地方描写情爱之外，绝大多数是即兴之作，格调不高，故不在本章详细分析之列。

令人注目的是柳永以白描手法写的以爱情为主题的词（30多首），这类词不是单线式的平铺直叙，而是通过白话化的语言，婉转倾吐哀怨缠绵的感情，以下他创制的《婆罗门令》便是其中之表表者：

上片　1. 昨宵里恁和衣睡（R）

2. 今宵里又恁和衣睡（R）

3. 小饮归来

4. 初更过醺醺醉（R）

5. 中夜后何事还惊起（R）

6. 霜天冷

7. 风细细（R）

8. 触疏窗闪闪灯摇曳（R）

下片　9. 空床展转重追想

10. 云雨梦任攲枕难继（R）

11. 寸心万绪

12. 咫尺千里（R）

13. 好景良天

14. 彼此空有相怜意（R）

15. 未有相怜计（R）[6]

本词一开始便披露了全词的主导气氛。首二句的重复，马上点出主人公颓唐不振的形态及为情所困的烦恼。第三、四句暗示主人公曾在外面借酒消愁，第五至八句写他中夜酒醒后的感受和四周孤冷的气氛。从第一句至第四句，乍读来语句平凡，其实，它们包括了多层意思。由

"昨宵""今宵""初更"至"中夜后"表示时间的递进，"昨宵"与"今宵"暗示主人公已非一夕一朝如此颓唐。"和衣睡"和"醺醺醉"描写主人公的醉态。这片词的转折点落在第五句上；主人公在中夜惊起之后，才发觉自己又如昨夜一样"和衣睡"，才想起自己"小饮归来"后，到初更过了仍是醉醺醺。他惊起之后，才知道冷风把他吹醒，才看见在细风中摇曳的残烛（第六至八句）。

下片续写主人公酒醒后的心情。上片第五句的问句"何事还惊起"，可以在这一片中找到答案。所谓日有所思，夜有所梦，日间对所爱者的思念，夜间遂成云雨之梦。第九、十两句描写了"云雨梦"的破灭，同时，又把"云雨梦"与眼前的冷冷空床成一强烈的对比。"攲枕""展转"写主人公受着爱情的煎熬。第十一、二句为对句，"寸心"而有"万绪"，"咫尺"之距犹如"千里"，以数目之差别，极言自己的困境。全词的感情高潮落在最后两句上，"彼此"与"相怜"表示主人公的爱不是单方面的，"相怜"在上下联的重复出现，强调了主人公与所爱者的深情，然而，这种深情却被"空有"与"未有"所否定，特别是在"好景良天"的气氛之下，这个否定所造成的感情破灭更强烈。最后两句在全首词中扮演了重要的角色，因为它们的重复，在形式上呼应了首二句的重复，在内容上解释了主人公颓唐不振的原因。"未有相怜计"暗示他仍然念念不忘去设法亲近她，这么一来，他目前的处境将会延续下去，回复到上片所说的状态，于是，整首词遂变成一个循环的整体。

贯穿全词的平易语言使之流畅亲切。名词意象方面，柳永只用了一个象征性爱的惯用典故"云雨梦"（这是柳词中出现最多的性爱象征），此外，自然意象"夜""霜天""风"以及室内意象"疏窗""灯""空床"和"枕"均是顺手拈来，不露痕迹。柳永又用了跨行句来增加全词的连续性。例如第一句"昨宵里恁和衣睡"，会引起"那么，今宵呢？"的问句，第三句“小饮归来”会引起“又怎么样？”的问句。再加上本词用男子的第一身观点来写，读来犹如亲身倾听一个在苦恋中挣扎的多情种子的独白。所有这些特色，都说明柳永被称为白描圣手的原因。

二、层层铺叙

清代词评家夏敬观（1875—1953）曾经称誉柳词的结构说：

> 耆卿词当分雅、俚二类，雅词用六朝小品文赋作法，层层铺叙，情景兼融，一笔到底，始终不懈。[7]

夏敬观所说的俚词，就是艳情词中的粗俗之作。雅词就是柳永的离别与羁旅之词，这些雅词大多数是以大自然为背景，而以个人的感情发展为主轴。因为这些词中自然景象与感情有不同程度的揉合，于是产生不同的层层铺叙方式。

1. 戏剧性的呈现

戏剧性的呈现，是柳永惯用的结构之一。以下的《夜半乐》便是这种手法的典型例子：

第一片　1. 艳阳天气
2. 烟细风暖
3. 芳郊澄朗闲凝伫（R）
4. 渐妆点亭台
5. 参差佳树（R）
6. 舞腰困力
7. 垂杨绿映

8. 浅桃秾李夭夭
9. 嫩红无数（R）
10. 度绮燕、流莺斗双语（R）

第二片　11. 翠娥南陌簇簇
12. 蹑影红阴
13. 缓移娇步（R）
14. 抬粉面、韶容花光相妒（R）
15. 绛绡袖举
16. 云鬟风颤
17. 半遮檀口含羞
18. 背人偷顾（R）
19. 竞斗草、金钗笑争赌（R）

第三片　20. 对此嘉景
21. 顿觉消凝
22. 惹成愁绪（R）
23. 念解佩、轻盈在何处（R）
24. 忍良时、孤负少年等闲度（R）
25. 空望极、回首斜阳暮（R）
26. 叹浪萍风梗知何去（R）[8]

本词是柳词中较长的一首，共 145 字，全词分为三片。第一片以一连串的自然意象，经营出一个彩色缤纷的春景（春景乃是用戏剧性呈现手法的词的常用背景）。高远处有艳阳的天气、温暖的细风和澄朗的芳郊，近处有佳树、绿杨、桃李与燕莺，由远而近，景物逐渐呈现，层次分明。第二片中，柳永又用同样的铺叙手法描画阳春佳节中的人物：游春的少女。她们自“南陌”的“红阴”，缓缓行近，她们的衣着发式、含羞偷顾、斗草争赌都一一呈现在眼前。然而，在第一、二片所刻意经营的欢乐情景，都在第三片中，因主人公突然而来的伤感而荡然无存。由眼前的嘉景，而想到自己逝去的青春，由眼前的少女，而想到自己远方的所爱，主人公的感情逐步逐步随日落而下沉，飘零感从四方八面向他侵袭过来，终于凄伤地自问：“叹浪萍风梗知何去？”

这首词充分表达了柳永戏剧化的呈现手法的特色。在感情方面来说，第一、二片（一般的词是上片）描写的情景是快乐的、充满希望的，第三片（一般的词是下片）是哀伤的、绝望的。在时间及空间方面来说，第一、二片是“此时”“此地”，第三片是“该时”“该地”。第一、二片的重点在于外在景物的铺排，第三片在于内在感情的倾吐。这些对比的转折点，刚好落在第二、三片（一般的词为上下片）的转换处，于是，由第一、二片的快乐气氛转入第三片的哀伤气氛，遂造成一种突兀与惊愕。第一、二片的气氛愈快乐，与第三片的哀伤对比愈强烈，因而戏剧性亦愈浓厚。

除了感情、时间与空间的对比之外，第一、二片的韵距与第三片的韵距也成强烈的对比。第一、二片的稀疏韵距便利了对句与跨行句的铺排，因为少了韵脚的停顿，使这二片词的节奏轻快，正好配合了春景之欢乐气氛。但是，第三片韵距密，最后五句，一连五个韵，一句一顿，正好配合了主人公凝重的心情。节奏由轻快而至缓慢，使快乐与哀伤的戏剧性对比效果更强烈。

2．情景之递进

除了制造前后的戏剧性对比之外，柳永大部分融情入景之作，都是以一种充满伤感的情调贯穿全词。这些词有些是上片着重自然景物的铺排，下片着重个人感情的描写，以上片末处作为两片之间的过渡桥梁。有些是上下片均以旅途中的景物为背景，主人公的感情依随旅途景物的移递而变化，这是二者相异之处。相同之处是二者都以秋天为时间背景，而以羁旅、离愁、悔恨、怀旧（特别是汴京的生活）为主要的感情内容。

现在，先以《倾杯》一词，来阐明上述的第一种融情入景的铺叙结构：

上片　1. 鹜落霜洲
2. 雁横烟渚
3. 分明画出秋色（R）
4. 暮雨乍歇
5. 小楫夜泊
6. 宿苇村山驿（R）
7. 何人月下临风处
8. 起一声羌笛（R）
9. 离愁万绪
10. 闻岸草、切切蛩吟如织（R）

下片　11. 为忆（R）
12. 芳容别后
13. 水遥山远
14. 何计凭鳞翼（R）
15. 想绣阁深沈
16. 争知憔悴损
17. 天涯行客（R）
18. 楚峡云归
19. 高阳人散

20. 寂寞狂踪迹（R）

21. 望京国

22. 空目断远峰凝碧（R）[9]

本词以对句起首，马上展现了两个秋天的景象："鹜落霜洲"与"雁横烟渚"。"鹜"与"雁"点出了季节，又暗示了主人公不能与之同归的乡思；"霜洲"与"烟渚"描画了凄冷萧疏的气氛。落在韵脚上的第三句"分明画出秋色"总括及重申了首二句的景象。第四、五、六三句层层递进，由"雨乍歇"而"夜泊"，再而"宿苇村山驿"，侧写了主人公的旅途。第七、八二句暗示主人公深夜不寐，因听见惹人乡思的羌笛和凄切的蛩吟，涌现出离愁万绪。既然是离愁满襟，自然念到远方的所爱。第二片换头"为忆"二字，有力地引发了主人公的所感所思。第十二至十四句写他与所爱别后千里相隔，音讯难递。第十五至十七句语气一转，猜想远方深闺的她，无论如何也不能想象到自己如今已成为憔悴疲倦的天涯行客。这一猜想，把旅途——此地，与深闺——该地，交叠起来。第十八至二十句，进一步表示云情雨梦的不再，以及当年酒朋诗侣的零散。最后两句回应了天涯行客的寂寞和他的离愁万绪，"空目断远峰凝碧"像把感情投射向半空，凝结在那里，造成感情摇曳不尽的效果。

以流动的自然景象为背景，交叠着感情的发展，是柳永另一种融情入景的层层铺叙手法，今以《引驾行》一词来说明：

上片　1. 虹收残雨

2. 蝉嘶败柳长堤暮（R）

3. 背都门、动消黯

4. 西风片帆轻举（R）

5. 愁睹（R）

6. 泛画鹢翩翩

7. 灵鼍隐隐下前浦（R）

8. 忍回首、佳人渐远

9. 想高城、隔烟树（R）

下片　10. 几许（R）

11. 秦楼永昼

12. 谢阁连宵奇遇（R）

13. 算赠笑千金

14. 酬歌百琲

15. 尽成轻负（R）

16. 南顾（R）

17. 念吴邦越国

18. 风烟萧索在何处（R）

19. 独自个、千山万水

20. 指天涯去（R）[10]

本词的结构清晰明朗，上片描写主人公与所爱长堤相别，扬帆远征。下片的上半部（第十句至第十五句）描写主人公回忆中的景象，下半部（第十六句至末）再折回进行中的旅程。

第一至第三句点出离别的地点是都城外的长堤，时间是雨后的黄昏。“残”“败”和“消黯”逐层暗示主人公的离情别绪。第四至第九句，名词意象“西风”“片帆”“画鹢”和“灵鼍”，与带有动性的字眼“背”“动”“轻举”“翩翩”“泛”“下”“回首”“渐远”和“隔”共同构成一个流水行船的活动画面。第五、六句写主人公因看见别人的归帆，而悲伤自己的远征，对比尤为强烈。以下写他渐行渐远，长堤上送别的她，愈来愈迷糊，不久，连汴京也隐没在烟树之中。

上片最后一句“想高城、隔烟树”，顺理成章地把主人公推入回忆之中，下片换头处紧接上，随即以对句呈现出一幕幕汴京的生活片断：“秦楼永昼”“谢阁连宵”“赠笑千金”“酬歌百琲”。然而，所有这些，都被领字“算”字一一勾销，以往的一切都“尽成轻负”。这样，欢乐与幻灭，遂在第十至十五句中互相交叠出现。

第十六句“南顾”，马上把主人公从回忆带回现实的旅途中，他此刻才想到自己的前程。第十七句“念吴邦越国”点出他的目的地，但第十八句“风烟萧索在何处”马上起了否定作用，掀起了何去何从的彷徨感。最后两句“千山万水”与“天涯”呈现出一幅广阔无际的画面，“独自个”的渺小与孤单，在这个广阔无涯的天地间，如天地一沙鸥，无所依凭，前路茫茫。结句的“指”字，意味着主人公在一番挣扎之后，无奈下了决心，奔向天涯。这样的结句，有力而使人回肠荡气，确为柳词意境之独到之处。

从以上的举例与分析，可见柳词层层铺叙的主要面貌。为什么层层铺叙的手法可以在柳永慢词中开花结果呢？我认为首先是慢词的稀疏韵距很自然地把全词的内容分为几个较大的意义与节奏单元，因此，全词的进序脉络分明；其次，慢词的长篇体制容许对句、排句和跨行句的大量利用，造成铺陈的必须条件；再次，是领字可以带引大量的跨行句，使语句连绵不断，领字更可以点明意义单元之间的转折，使“情节”的发展层次明显。

慢词这种新的形式，经过柳永悉心处理之后，层层铺叙已成为慢词的基本表现手法，情景交融更是此种手法的首要技巧，后世的慢词作者，都依照柳永的层层铺叙模式来发展，可见柳永对慢词结构的定型，有重大的贡献。

结论

柳永的生平和他的作品的研究，到了最近数十年，才开始出现。它们或考据柳永的生卒与死葬，或谈论柳词的内容，各有所偏，但始终未能作出一个较为全面性的研究，尤其是柳词艺术技巧方面的探讨，更是付之阙如。柳永生平之研究得不到应有的重视，最主要的原因，是他的生平数据贫乏，这是可以理解的。至于对柳词的分析的不受重视，则是令人费解。柳永是北宋的大词人，也是慢词的奠基者，了解柳永的生平，有助于我们认识词体的发展历史，分析柳词，会使我们重新认识慢词的形式、艺术技巧与内容各方面的特色。

本书第一部分，已把柳永的生平的有限数据，以及其他学者在这方面的探讨，做出一个综合性的研究。虽然，在目前资料残缺的情况之下，我们不能用编年的方式罗列柳永一生的活动，从而窥探他的感情的发展，不过，我们已勾勒出他一生的粗略轮廓，以及他的精神面貌。

柳永一生的际遇，与词分不开，他因词成名，亦为词所累，所以，词是贯串他一生命运的主线。

柳永成名得早，首先，固然是因为他本身禀赋的音乐与文学的天才所致；其次，便是环境造成。柳永自少喜爱作曲填词，加上他不拘小节的性格，很自然地，便与汴京的教坊乐工及歌妓们打成一片，经过一段时间的耳濡目染，他逐渐从社会低下阶层的艺人中，学会了民间词，并且掌握了慢词的创作关键。民间词的用语构思往往比较粗糙简单，柳永遂用他文人的笔触，在民间词的基础上，修饰与创制艺术效果更佳的慢词。借由教坊乐工与歌妓们的传唱，柳永的名字遂不胫而走，不久，便传遍京城，这时，柳永也不禁有点飘飘然，对自己充满了自信，他在词中自比宋玉[1]，自比才子[2]，就是这种心态的呈露。

柳永性格直率狂放，当他看到民间词需要人收集润饰之时，便倾全力而为之。同时，因为他家境清贫，故此，每当教坊乐工叫他填词，就算是祝颂应制之词，他也就去了，每当歌妓们叫他品题，即使是艳情之词，他也答应了，他只想到自己一方面实验填写慢词，一方面赚钱维持生活，没有什么不可。他住在小街斜巷，过着无拘无束的生活，把赚来的钱，与酒朋诗侣花费在秦楼酒肆之中，大有千金散尽还复来的气概。他那里想到，这时期所填的艳情词，所过的浪漫生活，竟成为日后青云道上的绊脚石呢？

人们每每看到柳永艳情词中所反映的浪漫词人的形象，而忽略了柳永人格中严肃的一面。他虽然流连红楼绮陌之中，但从没有忘记考取功名，希望藉着官职，来实现出仕的抱负。他这种不胜不休、力争上游以求出仕的积极进取精神，乃是中国士大夫的传统精神。柳永人格中严肃的一面，在景佑元年（1034）他高中进士为官之后，得到具体的发展。这一年，可算是柳永生命中的分界线，之前，他过的是狂放不羁的浪漫生活，肩上没有重责；之后，他过的是收敛风情的官宦生涯，为人民的父母。他在定海县所写的《鬻海歌》[3]，描写海滨人民生活的苦况，正好具体地呈露了柳永悲天悯人、富于人道主义精神的地方官的形象。此后，他虽然担任一些低微的官职，但只要有机会为人民做点事，他便跋涉前往，他在词中偶然对游宦滋味的埋怨，只不过是仕途不得志的牢骚罢了。

柳永的悲剧在于他不甘失败的性格。这可从他不因屡次落第而放弃功名的事实看得出来。他这种性格，正遇上了对他有偏见的统治阶层的人物，自然到处碰壁，逃不了失败的厄运。从柳永睦州受荐被排斥，到受晏殊责难，再到最后因《醉蓬莱》一事被宋仁宗斥退为止，每次都是为词所累。所以，后期的柳永，着实在挫折与痛苦中度过。

柳永对感情的处理态度，并非如他在词中所说的“忍把浮名，换了浅斟低唱”[4]般的不在乎，也不如他所说的散发扁舟般的洒脱[5]。柳永对感情实具有一份沉溺与执着，牢紧得放不开。他在《凤栖梧》一词中说：“衣带渐宽终不悔，为伊消得人憔悴。”[6]王国维（1877—1927）说这二句所呈现的境界，是古今之成大事业、大学问者必经之第二境界[7]，我相信王国维所暗示的，正是柳永这种锲而不舍的意志。在柳永后期的词中，他时常写自己夜半酒醒，思前想后，充满了懊恨与悲伤，在孤窗烛影之下，无眠待晓，这正是他在痛苦深渊中不能自拔的写照。他为了寻求解脱，把感情寄托于大自然中，但他并不成功，到头来，他只看见满目淡烟衰草，浪萍风梗，反觉更加伤情。在他的词中，我们往往看到以“立尽斜阳”及“又送残阳去”等日落的意象作结，所表达的，就是这种无可奈何解脱不了的情绪。

柳永是个主观的词人，这是因为他的词作尽是他主观感情的流露，而缺少一种哲理性的反省。他写旅途中的景物，便把云都染上了他的愁，把雨都染上了他的恨；他写艳情，便把缠绵鸳被的情味也坦白地写出来。他忠于自己的感情，所以，他的作品往往反映了他的处境。如果说柳永与李后主有相似之处的话，那便是二者的一生都有截然不同的前后期：前期是浪漫快乐的，后期是寂寞悲哀的，又二者的性情都很真挚，却又逃不出悲剧的命运。

柳永的一生，虽然为词所累，郁郁不得志，但是，另一方面，他在词方面的成就，是难以估量的。

人不能脱离社会而生存，犹如作品不能脱离传统而存在一样。要衡量一个诗人的作品，势必要把他的作品放在传统的坐标上，才可以看出他在历史上的地位。柳词在词史上的地位，亦应以同样的观点来衡量。

我认为柳永在词方面的成就，最主要的是他在词的形式、艺术技巧，以及内容上的革新。以下依次说明：

柳永对词体的最巨大的贡献，是他继承了民间的慢词，把慢词的地位提高，进而取代小令而成为韵文中的正统文体。王国维在《人间词话》谈论文体的盛衰时指出：

> 盖文体通行既久，染指遂多，自成习套。豪杰之士，亦难于其中自出新意，故遁而作他体，以自解脱。一切文体所以始盛终衰者，皆由于此。[8]

小令萌芽于中唐，盛放于五代，而结果于北宋。到了柳永时，小令的体制，已沿用了二百多年了，修辞用字已到了陈腔滥调的地步，内容更是千篇一律，如果没有一种新形式出现替代，则词的命运将会日薄西山。当时，与流行于士大夫词人之间的小令同时存在的，是流行于民间的慢词，照理，向民间词中求取新的形式，并非难事。问题在于一般保守的士大夫词人，认为俚俗之词，不能登大雅之堂的观念牢不可破，所以不屑为之。但生活在教坊乐工与歌妓社会低下阶层的柳永，却没有这种成见，他大量搜集民间词牌，自己修饰与创制，大量填写慢词。所以，要不是柳永，民间慢词便不能保存下来，待小令的生命完结之后，词的生命也跟着完结了。

有了慢词的形式，并不意味着一种新的词体的诞生，因为形式只是一个支架，需要适当的肌理内涵，才有充实的生命。慢词比小令长，句子比较参差不齐，韵脚又较稀疏，节奏又多样化，所有这些，都需要柳永作艺术技巧上的调整与改革。

柳永首先面临的挑战，就是慢词的组织与结构。换句话说，就是如何安排意象，好使它们在长篇的形式中，能够互相紧扣如链，具有强烈的连贯性与统一性。要达到这种艺术效果，则意象之间，必要有一种联系作用。柳永在赋中获得启示，创造了他的层层铺叙的主导结构手法。他利用对句和排句的形式，把词性相类或相反的意象连结起来，造成一个单元。这样，当对句或排句在一首词的开头时，则倾泻而出的连串意象，气势迫人，马上摄住读者的注意力；当它们在词的中间部分时，则可以增加两句之间的连贯性与前动性；当它们在词的结尾时，则可以强调结句的力量，这些都是对句和排句的功用。可是，对句与排句的营造，需要一连两句或三句长度相等的句子才可以进行，为了打破这个限制，熟识音律的柳永，便在节奏上动脑筋。终于，他创造性地在慢词换气及重拍子的地方，用领字带引句子，这么一来，则两个或三个长度不等的相连句子，也可以造成对句或排句。

领字的运用，是柳永在词的结构上的一大贡献。领字可以把所带引的句子连接起来，形成一个较大的意义单元，这些句子之间有强烈的连贯性，而且，领字多能点明词意的转折，使词的情节进展，脉络分明。

造成慢词的连贯性与统一性，如果单依靠对句和排句，其效果必定会单调死板，而且，慢词的参差不齐的句子，也不容许太多的对句或排句。在这种情况下，柳永便创新性地采用连绵句。这些连绵句，多是散文形式，间中杂用虚字与口语，它们能够缓和太多对句或排句所造成的规律化的倾向，又能冲淡浓密意象所造成的凝滞效果，结果不但能使词意连绵不断，而且使词的节奏抑扬顿挫。

在柳永的反复试用之下，对句、排句、领字和连绵句便成为填写慢词的基本技巧。柳永再融合这些技巧，用来制造他的层层铺叙的结构模式，戏剧性的呈现，以及情景的递进。这些结构模式遂成为后代词人的模仿对象，尽管后来慢词的结构渐趋复杂，但若追索其源头，都是脱胎自柳永的层层铺叙。从贺方回（1052—1125）和周邦彦（1056—1121）慢词的结构，便可见柳永深刻的影响。

柳永在词的语言方面的改革，莫如白话的运用。柳永前期的慢词（大多为艳情词），口语与雅词揉合得不适当，以致有些词滥用口语，造成粗俗之恶果，为论词者所抨击。柳永后期的离别与羁旅的词，在口语与雅词的混合应用上，已达到挥洒自如的境界。柳永大胆以白话入词，确是有先见之明，因为小令满纸罗襟凤帐、金钗云鬓的陈腔滥调，已失去其原有的感发力量。再不改革，就成了“死文字”了。白话不但可以丰富词的用字，还向词注入了新鲜活泼的生命。柳词之所以能够传遍四方，与他的白话入词、明白流畅有很大的关系。

以上我们总结了柳永在形式与艺术技巧方面的贡献，最后，我们来看看柳永在词的内容方面的成就。

柳永的词在内容方面的最大成就，是它们能够突破了唐五代词的范畴，拓广了词的主题，以及奠定了个人抒情的格调。他的艳情词，虽然因淫俗受尽论词者的指责，亦未尝不有其可取的一面，例如他笔下塑造的女子形象，个性鲜明，生动活泼，比起唐五代词中那些面目模糊的女子形象，便真实得多。这表示柳永已全然推翻了专门描写女子体态衣饰的堆砌手法，而转向刻画人物的心理与活动，这是描述手法上的一大突破。

柳永的艳情词，在不同的社会阶层产生不同的影响。在士大夫词人的阶层中，模仿柳永的就有秦观和黄庭坚，此外，王观更把自己的词集名为《冠柳集》，可见他对柳永的崇拜程度，其他受柳永艳情词影响的词人，还有沈公述、李景元、孔方平、孔处度、晁次膺等。在社会低下阶层，柳永的艳情词，却成为金、元曲子的先声，这不能不算是一个意外的收获。

柳永在词境上的开拓，更突出与成功的，是他后期的代表作：离别与羁旅的词。这些词，无论在遣词用字、表现手法，还是意境内容上，都远远超越过前期的艳情之作。这显示柳永已从民间词的试验时期，走上了成熟的阶段。

柳永的离别与羁旅的词，除了以情景交融著称之外，便是其个人抒情格调。这种格调之形成，主要是因为柳永用第一身的观点来抒发一己主观的情怀。柳永把整个精神、人格与感情毫无保留地投入词中，所以，尽管他写的是个人的悲欢离合，但他把离别之时、离别之初，与久别之后的种种心情全盘托出，就自有其打动人心的感发力量。尽管他抒发的是一己的羁旅之情，但他以自剖式的坦诚，把主观的感情融入大自然景物之中，就自有其动人心弦的冲击力。而且，柳永把一己的乡思、爱情、挫折、懊恨、自怜和流浪感等种种情绪，都揉合表现于一首词中，这无形中丰富了柳词的抒情内容，强化了它的动人力量。

在内容上独树一帜的，是柳永的城市风物的词。这些词描写了北宋大都市的风貌，我们不必在这些词中找社会的黑暗面，因为词体本非适宜于描写社会现实之主题（柳永的七言长诗《鬻海歌》正好证明他是有勇气揭露社会黑暗的），而且，光明面何尝不是社会的一面呢。从词的发展上来看，这些城市风物的词，确已把小令的不出围墙之外的狭窄场景，搬移到充满了人的活动的大都市中，这是柳永在词的题材上的一大突破。

总而言之，柳词是柳永一生的际遇、感情与艺术才华的总结合，柳词所呈现的世界，就是柳永在不同际遇环境之下的感受的反映，他以写实的手法，把这些感受层层托出，他并不着意要暗示什么高深的哲理与寓意，所以，我们不必在柳词中强求寄托。

柳永的慢词被士大夫词人们瞧不起，因而看去似乎慢词处于非常恶劣的地位，其实不然，稍为对词体的发展有认识的词人，都知道词的形式若不改革，则其生命将不能维持下去。于是，慢词的形式渐受士大夫词人的注意，到了十一世纪中叶，慢词已逐渐取代小令，而成为词的主流。一生为词名所累的柳永，已成功地把流行于民间的慢词，提升到文学的正统地位，他对词的各种改革，已成为后代词人填写慢词的典范，因此，柳永在词史上的贡献是伟大的。

外一章

柳词的结尾

一首诗到了不需要继续下去的时候，便要结束。这仿佛是理所当然的事情。但是，想深一层，事情好像没有那么简单。究竟是什么让读者（听者）意识到诗在某一点就要结束了呢？

巴巴拉·史密斯（Barbara Hernstein Smith）在甚有影响的《诗的结尾研究》（*Poetic Closure: A Study of How Poems End*）一书中，对于英语传统诗的结尾（closure）有系统的讨论。她认为一首诗的结尾

> 1. 表示读者觉得达到一个合适的休止点。
>
> 2. 表示诗不需要再发展下去。
>
> 3. 确认了读者的终结、完成和完整的感觉。
>
> 4. 提供一个点，让读者可以回顾各组成部分之间的关系，以获得最终极的统一与和谐。

就是说，一首诗的结尾，应该让读者感到水到渠成、合乎期待，而文本本身又达到了一个完整的结束。一首诗的完结点，是读者期待与文本的最完美的汇合点。巴巴拉·史密斯详细讨论道，诗的结尾其实受制于三个基本条件：读者的期待、诗的形式与诗的主题内容。

巴巴拉·史密斯的归纳，我们可以借来观察柳词的结尾。

每首词，都是根据词牌的格律而填写的，字数、平仄、押韵和句长，都有定格。当词仍是可歌唱的年代，熟悉词牌的听者，都知道什么地方应该押韵，什么地方应该结束。对形式的了解决定了对一首词的结尾的期待。慢词一般都是两片，听者知道在上片末了，一个停顿；下片末了，是结尾。如果听者知道词牌是《戚氏》，这个词牌有三片，他的期待便不同，他会在第二片之后，期待第三片出现。所以，越熟悉词的格律传统，越能预知其结尾的出现。

当词已经跟音乐脱离，变成了写在纸上的文字时，读者依靠的主要就是语言。词是语言的艺术，其语言符号具有意义，读者在阅读时，从意义中获得了其文本的方向性，跟随着到达词的结尾。

慢词的篇幅比小令长，句子较为参差不齐，韵脚距离长短不一。因此，怎样安排意象，怎样连贯它们，使整首词能一气呵成，是慢词写作的关键。换言之，如何维持节奏与连贯性，保持读者的期待，直到词的结尾，是慢词写作的不二法门。

宋代张炎曾经就慢词创作要注意之点，作以下的概括：

> 作慢词看是甚题目，先择曲名，然后命意，思量头如何起，尾如何结，方始选韵，而后述曲，最是过片不要断了曲意，须要承上接下。[2]

柳永是北宋第一个大量创制慢词的词人，是慢词的奠基者。他毕生从事慢词的创作，在技巧和格律上，奠定了慢词独特的形态、规范和美学。我在拙作《柳永及其词之研究》第二部分第四章“柳词的节奏与连贯性”曾经作了一些分析，认为柳永慢词之所以能够一气呵成，实得力于两个技巧：

一是柳永的铺叙方法：他善于利用写赋的方法，铺排对句，营造定向叠景。在词的开端和中间部分，他创造性地运用了领字，带动对句和排句，把意象连连展开，把时间、空间和情感与思绪层层递进，在扩大了词的意境和视野的同时，造成词的前动力，提供了方向感。

二是柳永利用了大量的连绵句子，在句子与句子之间，词义连绵不断，加上了虚字的适当运用，稀疏了大量浓密度的名词意象造成的凝滞效果，增加了词的流动性节奏。

柳永有技巧地运用上述两种方法，把慢词的结构奠定下来。在他的慢词中，可以处处发现他在结构上的经营苦心。宋代王灼（1081？—1160？）曾说柳词“叙事闲暇，有首有尾”。[3]清代词评家周济（1781—1838）针对柳永慢词的结构特色也说：

> 柳词以平叙见长，或开端、或结尾、或换头，以一二语勾勒提掇，有千钧之力。[4]

上述的词评家，都不约而同地点出开端、换头和结尾。可见，这三处，是慢词结构的重要环节。

我在拙作《柳永及其词之研究》中，曾经讨论过柳词在开端和中间部分，怎样运用领字，对句，以及连绵句，在此不再重复。对于结尾，当时没有提出来特别讨论，欠缺周详。本文的目的，是审视柳词的结尾，希望从柳词结尾的形态分类，找出他的慢词结尾的规律，从而补充以前没有研讨的课题。

柳词结尾的两大形态

柳永词的结尾，一般落在长度不等，由两个或三个连绵句子组成的意义单元。单个句子的结尾比较少。当然，这些意义单元都落在韵脚上。柳永喜欢用对句，但对句甚少在词的结尾出现，在柳永 213 首词中，只有 11 首词的上片用对句结尾，这些词中，只有三首的下片是对句结尾。柳词有 31 首的上片用对句起头，其中一半是他创制的。可见用对句起头，是柳词的特色。不用对句结尾，也是柳词的特色。[5]

从柳词结尾的意义单元来看，可分为稳定的结尾和不稳定的结尾两大类，每一类又可以细分为几种，现分别举例说明。

一、稳定的结尾

柳词中具有稳定结尾的词，有的比较直露，有的运用隐喻，不一而足。它们基上合乎上述巴巴拉・史密斯给结尾定下的要求。这些结尾可以分为四种：

1. 表示终结、应许、承诺的结尾

这些词的结尾处，主人翁的心绪经过一番波动后达到平衡，因此，稳定有力，让读者有满足感和完成感。例如：

> 隐隐棹歌，渐被蒹葭遮断，曲终人不见。《河传》
>
> 衣带渐宽终不悔，为伊消得人憔悴。《凤栖梧》
>
> 不免收心，共伊长远。《秋夜月》
>
> 待这回，好好怜伊，更不轻离拆。《征部乐》
>
> 向绣幄，醉倚芳姿睡，算除此外何求？《如鱼水》
>
> 为盟誓，今生断不孤鸳被。《玉女瑶仙佩》[6]

上面第一首中的“曲终”是明显的终结指认。第二首表示的坚贞不二被王国维借用来称赞为古今大事业大学问者的境界。[7] 这种坚决的口吻，包含的就是一种义无反顾的肯定。第三、第四和第五首，表示的是一种允诺和满足口吻。第六首的“盟誓”，是最强烈的承诺。

2. 以归去、回京、望乡为结尾

回家与回乡，或是回到精神之乡，都是中国诗歌常见的母题，用在

词的结尾，含有深厚的终结意味。对官宦生涯的疲倦和退隐江湖的向往，是中国士大夫失意时常有的思绪。考虑到柳永在官场上的各种挫折，这种归隐思想出现词中，便不足为奇了。例如：

可堪向晚，村落声声杜宇。《西平乐》

共君把酒听杜宇。解再三、劝人归去。《思归乐》

听杜宇声声，劝人不如归去。《安公子》

幸有五湖烟浪，一船风月，会须归去老渔樵。《凤归云》

回首江乡，月观风亭，水边石上，幸有散发披襟处。《过涧歇近》[8]

杜宇劝归，浪迹江湖，都是对一种隐逸归宿——另一个空间——的向往。不过，柳永的“归去”母题，常与他个人的风流情事分不开：

浪萍风梗诚何益。归去来，玉楼深处，有个人相忆。《归朝欢》

又争似、却返瑶京，重买千金笑。《轮台子》[9]

因为“归”的涵义，使得这些词的结尾，强而有力。虽然主人翁本人未能真正地归去，他的归去意愿，已经足使词作含有终结的意味。

3. 以离去和浪迹天涯结尾

柳永的离别与羁旅之作中，往往是自然景物层层铺叙，旅程的递进与心绪的矛盾相互交织。若在词的结尾处，则可把离情别绪与自然意象紧密结合起来。例如：

更回首、重城不见，寒江天外，隐隐两三烟树。《采莲令》

独自个，千山万水，指天涯去。《引驾行》

望断处，杳杳巫峰十二，千古暮云深。《离别难》

认去程将近，舟子相呼，遥指渔灯一点。《安公子》[10]

以上这些结尾，把感情投射到远方景象，是一个转折，是一种离开此时此地，移到他处的转换。

4. 以黄昏和日落结尾

这些词，几乎都是羁旅行役之作。结尾处出现的意象“斜阳”“残阳”“残照”“落日”“黄昏”和“暮”是含有终结意味的时间意象，使得这类词的结尾，理所当然，强而有力。例如：

斜阳暮草茫茫，尽成万古遗愁。《双声子》

断鸿声里，立尽斜阳。”《玉蝴蝶》

纵凝望处，但斜阳暮霭满平芜。赢得无言悄悄，凭栏尽日踟蹰。《木兰花慢》

凝情望断泪眼，尽日独立斜阳。《临江仙引》

南楼画角，又送残阳去。《竹马子》[11]

又例如：

帝城信阻，天涯目断，暮云芳草。伫立空残照。《诉衷情近》

盈盈泪眼，望仙乡，隐隐断霞残照。《留客住》

芳草连空阔，残照满。佳人无消息，断云远。《迷神引》[12]

或者：

思心欲碎，愁泪难收，又是黄昏。《诉衷情》

家何处？落日眠芳草。《小镇西犯》

凝泪眼、杳杳神京路、断鸿声远长天暮。《夜半乐》

暮云过了，秋光老尽，故人千里。竟日空凝睇。《诉衷情近》

伤心脉脉谁诉？但黯然凝伫。暮烟寒雨。望秦楼何处？《鹊桥仙》[13]

值得注意的，是柳词中的日落、斜阳、残照和暮，有两种常见的联想，一是对家乡、京城（汴京）和所爱女子的思念。他所思的女子，明显地是平康巷陌的风尘女子。跟中国传统诗中，表面思念“京城”和“佳人”实为思君的隐喻有所违背。他对京城的思念，虽然带有仕途的期望，但更多的，是怀念所爱及昔日的风流买醉。他以男子的口吻，直抒个人对秦楼女子的爱恋，在词的主题开拓上，立一大功，但其悲剧反讽是，柳词始终被排斥于北宋正统主流士大夫词人之外。二是飘泊生涯的无尽。这个日落意象，又常与孤独中凭栏、伫立一起出现，肯定了主人翁的离情别绪，与不能共落日同归的飘零感。

二、不稳定的结尾

柳词中的不稳定结尾，足以与稳定的结尾分庭抗礼，平分秋色。这些词，有很多是白描之作。所用的对句比较少，意象的密度相对稀疏，连绵句法大量出现。

1. 以问句结束

柳永写离别后的思念之情，多从室外自然景象转到室内，时间由黄昏到夜晚。主人公在夜间辗转反侧，难以成眠成为这些词结尾的常用意象。主人翁的内心独白，以问句出现，直接而亲切。所问的人，有时是不特定的，有时是特定的“你”和“伊”。优雅意象糅合了生动直接的口语“问甚时”“问怎生”“怎得”“怎忘得”“甚时”和“谁”等，体现了柳永真挚的表达方式。例如：

> 问甚时与你，深怜痛惜还依旧？《倾杯乐》
>
> 待到头、终久问伊看，如何是？《满江红》
>
> 奈片时难过，怎得如今便见？《安公子》
>
> 怎忘得、香阁共伊时，嫌更短？《满江红》

香虬烟断，是谁与把重衾整？《过河歇近》

这欢娱、甚时重恁？《宣清》

还经岁，问怎生禁得，如许无聊？《临江仙》

夜厌厌、凭何消遣？《阳台路》

便纵有千种风情，更与何人说？《雨霖铃》

纵写得、离肠万种，奈归云谁寄？《卜算子》

望秦楼何处？《鹊桥仙》

又争忍、把光景抛掷？《轮台子》[14]

这些词的结尾，没有“日落”“黄昏”，以及“归去”的稳定和完满感。因为以问句结尾，没有回答，造成不肯定的感觉。主人翁心绪不定，牵挂悬疑，有所期待。

2. 以猜度和表示意愿的结尾

跟问句相类似的结尾，是在旅途中怀念所爱的人，并猜想对方是否同样想念自己？是否埋怨自己？还有一些结尾，是主人翁表示意愿，希望能够与对方相见，希望共享好天良夜。当然，这些猜度和意愿，都是无法获得确认与回答的。例如：

算孟光、争得知我，继日添憔悴。《定风波》

算伊心里，却冤成薄幸。《红窗听》

纵再会，只恐恩情，难似当时。《驻马听》

鸳帏寂寞，算得也应暗相忆。《六么令》

永漏迢迢，也应暗同此意。《梦还京》

想别来，好景良时，也应相忆。《两同心》

愿常恁、好天良夜。《洞仙歌》

愿天上人间，占得欢娱，年年今夜。《二郎神》[15]

上述的“算”对方如何如何，“应”如何如何，“恐”如何如何，“愿”怎样怎样，都是戏剧性的独白，它们纯粹是猜测成分。因此，不能提供读者一个稳定和完满的感觉。

3. 以无法解决和没有着落的景况为结尾

柳词中一些羁旅和离别词的结尾，表达了没法解脱的愁绪，主人翁万般思索，辗转反侧，持续不息。例如：

念平生、单栖踪迹，多感情怀，到此厌厌，向晓披衣坐。《祭天神》

对闲窗畔，停灯向晓，抱影无眠。《戚氏》

一场寂寥，无眠向晓，空有半窗残月。《小镇西》

厌厌无寐，渐晓雕阑独倚。《佳人醉》

断不成眠，此夜厌厌，就中难晓。《倾杯》

千里清光又依旧，奈夜永、厌厌人绝。《望汉月》

彼此空有相怜意，未有相怜计。《婆罗门令》

好天良夜，无端惹起，千愁万绪。《女冠子》[16]

以上的结尾，透露的情绪是无望的、延续的，具有往返回环的特质。第一到第四，以“晓”作结，另一天的开始，周而复始。第七首的“空有”和“未有”，极言无法解决的困境。个别的结尾处，例如第八首，还表示是某种愁绪的起始，引向更无尽的愁绪。

以上都是下片的结尾分类和说明。而慢词基本上都是两片（三片的词只偶然出现），因此，其实有两个结尾。上片的结尾位置特殊，负有连接和过度下片的功能，词义似断未断。下片的开始，无论是同一感情和空间的连续，或是感情和空间的转换，都表示了层次的扩张。

观察柳词最有成就的羁旅与离别词的上下片结尾，发现二者有两种连系方式。第一种连系方式，是上片结尾跟下片结尾的意象相类，意义相近，而后者强化前者。例如：

上片：极目处、微云暗度，耿耿银河高泻。

下片：愿天上人间，占得欢娱，年年今夜。《二郎神》

上片：虽看坠楼换马，争奈不得鸳鸯伴。

下片：惟有画梁，新来双燕，彻曙闻长叹。《御街行》

上片：冷浸书帷梦断，却披衣重起。

下片：厌厌无寐，渐晓雕阑独倚。《佳人醉》

上片：聚宴处，落帽风流，未饶前哲。

下片：杯兴方浓，莫便中辍。《应天长》[17]

第二种方式是下片的结尾在较大的幅度上转移了上片营造的地理或者感情空间。例如：

上片：念去去千里烟波，暮霭沉沉楚天阔。

下片：便纵有、千种风情，更与何人说？《雨霖铃》

上片：惟有长江水，无语东流。

下片：争知我、倚栏杆处，正恁凝愁。《八声甘州》

上片：无事孜煎，万回千度，怎忍分离？

下片：纵再会，只恐恩情，难似当时。《驻马听》

上片：忍回首、佳人渐远，想高城、隔烟树。

下片：独自个、千山万水，指天涯去。《引驾行》[18]

从上述的两组例子，可见柳词的层层铺叙，有的是围绕一个情景，用相类的意象，往返叙述。有的连续移换情景，富于前动感，不过，后者回应前者，强化前者，是共有的特质。

小结：结尾之后

归纳了柳词的稳定与不稳定两大类型的结尾，再回头看巴巴拉·史密斯对于诗的结尾所定下的要求，便知道其局限性。柳词有不少词的结尾稳定，但是，有相当慢词的结尾，是不稳定的，延续的，回到开端的，回环不息的。

要郑重指出的是结尾稳定与否，跟一首词的感发力量和艺术成就高低没有必然的关系。柳永的羁旅与离别之词，是他的上乘之作，这是公认的。它们的结尾，有的稳定，有的不稳定。下面的《玉蝴蝶》是稳定结尾的例子：

> 望处雨收云断，凭栏悄悄，目送秋光。晚景萧疏，堪动宋玉悲凉。水风轻、蘋花渐老，月露冷，梧叶飘黄。遣情伤。故人何在，烟水茫茫。
>
> 难忘。文期酒会，几孤风月，屡变星霜。海阔山遥，未知何处是潇湘。念双燕、难凭远信，指暮天，空识归航。黯相望。断鸿声里，尽斜阳。[19]

《玉蝴蝶》是柳词羁旅怀旧之作。自然景象以四字词的对句方式，在领字“望处”的带领下，层层展开。上片的结句“故人何在，烟水茫茫”，把思念之情，投射到远景，意味着空间的转折。下片“难忘”两字，引入了另一个层面，怀念的是过去的高阳朋侣。跟着，又想到所念的人，她可能看见扁舟，误作自己的归航。接着，空间再转移到自己断鸿般的孤独，相伴西沉的夕阳，徐徐作结。

下面柳永脍炙人口的佳作《雨霖铃》的结句为问句，词义凄切，是开放式的结尾：

> 寒蝉凄切，对长亭晚，骤雨初歇。都门帐饮无绪，留恋处、兰舟催发。执手相看泪眼，竟无语凝噎。念去去千里烟波，暮霭沉沉楚天阔。
>
> 多请自古伤离别。更那堪、冷落清秋节。今宵酒醒何处，杨柳岸、晓风残月。此去经年，应是良辰、好景虚设。便纵有、千种风情，更与何人说？[20]

这首词的成就，历来的评论家已经指出，不必在此费辞。全词层次分明，情景交融意境凄美，抑扬顿挫，是千古名篇。要指出的是，它的结尾“便纵有、千种风情，更与何人说？”的问句，开放另一个空间之余，又回应词的开端的“无绪”“无语”和以下的离别情景。

这种回到开端的力量，来自不稳定的结尾。这并非说，《玉蝴蝶》在结尾之后，读者不会回到开端，重新审视整首词，而是说，《玉蝴蝶》以斜阳结尾，合乎人类对结束性的时间意象的期望，读者因而感到满足，感到完结。而《雨霖铃》的问句结尾，所产生的开放性、不完结性，和前向的动力，意犹未尽，产生一个回到开端，重新再开始的环形动势。

开头、中间和结尾，是慢词结构的关键，本文粗略察看柳词的结尾部分，值得深入探讨之处尚多，这只是一个尝试。

* 本文发表于 2001 年 4 月 11—14 日由福建社会科学院于武夷山举办的第一届柳永研究国际研讨会，后收入刘庆云主编《柳永新论》(海峡文艺出版社，2002，页 329-341)。

注 释

第一部分：柳永生平的重构

1. 王禹偁（954—1001）的传记，见托托及欧阳玄等编《宋史》（香港：文学研究社，1959。以下本书所引之正史，均由文学研究社出版），卷293，页5278–5279。

2. 王禹偁，《小畜集》，收入《四部丛刊》初编（上海：商务印书馆，1936），卷30，页209–210。

3. 柳冕之传记，见刘昫（887—947）等撰《唐书》，卷149，页3479。又见何乔远（明）编订《闽书》（中国北平善本丛书，胶卷第1001号，1628年影印本），卷42，文莅，页6下至7上。

4. 林鸿年（1805—1885）编，《福建通志》（1868年正谊书院之影印本），卷175，《宋列传》，页24下至25上。柳崇的传记乃节录自王禹偁之《建溪处士赠大理评事柳府君墓碣铭并序》。

5. 朱彝尊（1629—1709），《词综》，收入《四部备要》，第265函，第6册，卷5，页7上；胡适（1891—1962）校订，《词选》（上海：商务印书馆，1928），页86。此外，持同一观点者还有杜文澜（清）《词人姓名录》，收入万树（约1680—1692在世）之《校刊词律》（上海：普益书局，出版日期不详），页4上；陈锐（清）《两宋词人时代先后小录》，收入《词学季刊》，第1卷，第3期（1933

年12月号），页83。

6. 关汉卿（1230—1280），《钱大尹智宠谢天香》，收入卢前（卢冀野，1905—1951）编订之《元人杂剧全集》（上海：上海杂志公司，1935—1936），第1册，页29；罗锦堂（1929年生）之《现存元人杂剧本事考》（台北：中国文化事业股份有限公司，1960），页106，已指出此一错误。

7.《福建通志》，卷175，页24下至25上，记载王审知（862—925）（即王延政之父亲）请柳崇出任沙县丞，但据柳崇《墓碣铭》，可知柳崇生于917年，王审知去世之时，柳崇才八岁。《福建通志》所记可能不实，应该是王延政请柳崇出任才对。

8.《闽书》，卷16，《方域》，页11下至12上。

9. 王禹偁在柳崇的《墓碣铭》说柳崇有六个儿子，但《闽书》卷16《方域》页11下至12上则说柳崇还有一子名柳密。照理王禹偁与柳家谙熟，不会不知柳崇有多少个儿子，此处存疑。

10. 王禹偁，《小畜外集》，卷10，页22，收入《四部丛刊》，初编。

11. 王禹偁，《小畜集》，卷20，页140–141。

12. 除了叶梦得（1077—1148）及冯梦龙（1574—1646）之外，其他记载都说柳永原名柳三变。见叶梦得，《避暑录话》，卷下，页2上，收入《学津讨原》，第14集，第2册；冯梦龙编、李田意校订之《众名姬春风吊柳七》，收入《古今小说》（台北：世界书局，1958，天许斋本影印），上册，卷12，页13上。

13. 同上，《众名姬春风吊柳七》。

14. 王辟之（1068年进士），《渑水燕谈录》，收入《笔记小说大观·续篇》（台北：新兴书局，1962），第2册，页1755。

15. 陈师道（1053—1101），《后山诗话》，收入何文焕（1732—1809）编之《历代诗话》（台北：艺文印书馆，1956），页186。

16. 陈廷焯（1853—1952），《白雨斋词话》，收入唐圭璋（1901—1990）编订之《词话丛编》（台北：广文书局，1967），第11册，页3806。

17. 见注5，陈锐，《两宋词人时代先后小录》。

18. 叶庆炳（1927—1993），《中国文学史》（台北：广文书局，1971），下册，页372；郑骞，《词选》（台北：中华文化出版事业社，1964），页35。

19. 引文见吴曾（宋），《能改斋漫录》，收入《词话丛编》，第1册，页83。

20. 如赵景琛（1902—1985），《中国文学史新编》（上海：北新书局，1935），页150；陈荆，《中国文学讲座》（香港：大光出版社，1958），页59；陆侃如（1903—1978）和冯沅君（1900—1974），《中国诗史》（北京：作家出版社，1956），第3册，页626；陈国治，《词与词人》（上海书局，1962），页48。

21. 唐圭璋（1901—1990）、金启华（？—2011），《柳永事迹新证》，《文学研究》，1957年，第3期，页91–98；又见唐圭璋，《宋词四考》（南京：江苏文艺出版社，1959），页17。

22. 罗大经（1196—1252后），《鹤林玉露》，收入《笔记小说大观续编》，第2册，页2282。至于《望海潮》一词，见柳永《乐章集》，收入唐圭璋编订《全宋词》（北京：中华书局，1968），第一册，页39。以下所引《全宋词》，均指此书第一册。

23. 孙何（961—1004）的传记，见《宋史》，卷306，页5309–5310。

24. 唐圭璋、金启华，《论柳永的词》，收入《唐宋词研究论文集》（香港：中国语文学社，1969），页72。

25. 依次可见于王禹偁的《小畜集》，卷11，页83；卷9，页63；卷9，页63–64；卷19，页129–130；卷25，页177；卷11，页81–82。

26. 孟元老著，邓之诚校注，《东京梦华录注》（北京：商务印书馆，1959），卷之二，页67–68。

27. 同上，页72–73。

28.《戚氏》，《全宋词），页35。

29. 见注12，叶梦得，《避暑录话》，卷下，页1下。

30. 同上，页1下至2上。《倾杯乐》见《全宋词》，页16。

31. 见注12，冯梦龙，《众名姬春风吊柳七》，页3上。又见罗晔（宋）《醉翁谈录》（上海：古典文学出版社，1957），页32。

32.《玉蝴蝶》(其四),《全宋词》,页 41。

33.《木兰花》,同上,页 34。

34. 见注 11。

35. 夏承焘(1900—1986),《温飞卿系年》,《唐宋词人年谱》(上海:中华书局,1961),页 409。

36. 谢天香见于关汉卿之《钱大尹智宠谢天香》;楚楚见于叶申芗在《本事词》中引自《青泥莲花记》之记述,《词话丛编》,第 7 册,页 2247–2248;宝宝、冬冬和朱玉见于罗烨(宋)之《醉翁谈录)(上海:古典文学出版社,1957),页 30–34;周月仙和谢玉英见于冯梦龙《众名姬春风吊柳七》,第 1 册,卷 12,页 13 上;师师、香香、安安见于柳词《西江月》,《全宋词》,页 55;秀香,见于《昼夜乐》(其二),页 15;英英,见于《柳腰轻》,页 15;瑶卿,见于《凤衔杯》,页 18;虫虫,见于《征部乐》及《集贤宾》,页 22、31;心娘、佳娘、酥娘、虫娘,见于《木兰花》,页 34。

37. 收入厉鹗(1692—1752)及马曰琯(1688—1755)编之《宋诗纪事》(上海:商务印书馆,1937),卷 13,页 354。

38. 邓嗣禹,《中国考试制度史》(台北:学生书店,1967),页 152–153。

39. 郑琳认为柳永在晚年去钱塘,并写《望海潮》赠孙何,她可能犯了时序上的错误,因为孙何在 1004 年已逝世,见她的《柳永词研究》(硕士论文,私立中国文化学院文学研究所,1968),页 14;陈桂芬也有相似见解,她说柳永高中进士之后,为睦州推官之时去探访孙何,其实柳永高中之时为 1034 年,时孙何已逝。见她的《浅斟低唱柳三变》(台北:庄严出版社,1978),页 47–51。

40. 此二词见于《全宋词》,页 22–23。

41. 同上,页 20。

42. 见《宋史》,卷 8,页 4512。

43. 见《全宋词》,页 51–52。

44. 例如张忠江,《妓女与文学》(台北:康乃馨出版社,1969),页 122–125,便有这样的看法。

45. 冯梦龙，《众名姬春风吊柳七》，页 13 上。

46. 见《全宋词》，页 22。

47.《长寿乐》，同上，页 39。

48. 严有翼（1127 在世），《艺海雌黄》，引载于胡仔（1147 在世）之《苕溪渔隐丛话》，后集，《词话丛编》，第 1 册，页 130。

49. 吴曾，《能改斋漫录》，《词话丛编》，第 1 册，页 97；王奕清（1644？—1736？）在他的《御选历代诗录》中说，仁宗"临轩发榜特落之"，与吴曾之载略有出入，见《词话丛编》，第 4 册，页 1220。

50. 见 E.A.Kracke Jr., Civil *Service in Early Sung China*（Cambridge, Mass：Harvard University Press，1953），页 66。

51. 王栐（宋），《燕翼诒谋录》，卷 5，页 12 下。收入《学津讨原》，第 6 集，第 6 册。

52. 见注 50。

53. 释文莹（1078 年在世），《湘山野录》，卷中，页 17 下至 18 上，收入《学津讨原》，第 17 集，第 12 册。据《范文正公集》中之《范文正公年谱》（上海：扫叶山房，1919），页 8 所说，范仲淹在 1034 年转官睦州，随在 1035 年改官苏州，可见释文莹之载属实。《满江红》一词，见《全宋词》，页 41。

54. 绝大多数资料说柳永在景佑元年（1034 年）高中进士，唯王辟之则言柳永在景佑末年（即 1038 年）高中，但柳永在 1034 年已为睦州推官（见下文）可知王说之误。此外，沈雄（1653 年在世）在《古今词话》，《词话丛编》，第 3 册，页 1039 中说柳永在景佑中高中，但查《宋史》，卷 10，页 4515 所载，景佑年间只有两次考试，一在 1034 年，另一在 1038 年，沈说可能不确。

55. 叶梦得，《石林燕语》，卷 6，《笔记小说大观续篇》，第 1 册，页 155。

56. 见张吉安及朱文藻编之《余杭县志》，《中国方志丛书》，华中地方，第 56 号（台北：成文出版社，1919 年版影印本），卷 19，职官表上，页 18 上。此处记载柳永在 1034 年为余杭令，根据上述资料，可知此年份不确。

57. 同上，卷 17，古迹，页 6–7。又见洪楩编之《柳耆卿诗酒玩江楼记》，

《清平山堂话本》(北京：文学古籍刊行社，1955)，页14。

58. 陈训正和马瀛编之《定海县志》,《中国方志丛书》，华中地方，第75号(台北：成文出版社,1970,1924年版影印本)，舆地，页44下，及职官，页1下。《留客住》一词见于《全宋词》，页30。

59. 同注37。

60. 提到淮楚的词有《戚氏》《安公子》《小镇西犯》《迷神引》和《河传》(其二)，见《全宋词》，页35、38、44及47；提到扬州的是《临江仙》，页四五；提到姑苏的词有《永遇乐》(其二)、《双声子》、《木兰花慢》(其三)和《瑞鹧鸪》(其二)，见页26、28、48及49。

61. 王栐,《燕翼诒谋录》，卷2，页13上。

62. 依次见《全宋词》，页21、42、50。

63. 同上，页37、45。

64. 夏承焘,《二晏年谱》,《唐宋词人年谱》，页237–241。

65. 引文载于许士鸾之《宋艳》,《笔记小说大观》(台北：新兴书局，1962)，第6册，页6203。

66. 见《全宋词》，页29–30。

67. 同上，页33–34，另见《透碧霄》，页47。

68. 同上，页32。

69. 同注14，林鸿年编之《福建通志》，卷189，页10下，指出都知名史志。

70. 同注15。

71. 见《全宋词》，页29。

72.《宋史》，卷56，页4619。

73. 同上，卷55，页4615。

74. 冯梦龙,《众名姬春风吊柳七》，页14上。

75. 祝穆,《方舆胜览》，引文见唐圭璋编《宋词三百首笺注》(香港：中华书局，1974年再版)，页26。

76. 曾敏行(？—1175),《独醒杂志》,《笔记小说大观》，第1册，页228。

77. 申嘉瑞和李文编的《仪真县志》，中国北平善本丛书，胶卷第706号（天一阁影印本），卷2，页15下。

78. 王士祯（1634—1711），《池北偶谈》，《笔记小说大观》，第5册，页4671。王氏之说已被杨棨（清）否定，见杨编的《京口山水志》，《中国方志丛书》，华中地方，第6号（台北：成文出版社，1970年，1884年版影印本），卷1，页43上。

79. 见注12，叶梦得，《避暑录话》。潘承弼认为柳永在润州去世，但葬在仪真，此说缺乏证据。见《柳三变事迹考略》，《史学集刊》，第2期（1926年10月），页212。

80. 王应麟（1223—1296）编，《镇江府志》，中国北平善本丛书，胶卷第744号，万历（1573—1620）影印本，卷32，墓，页15。又见何绍章和杨履泰（清）编，《丹徒县志》，《中国方志丛书》，华中地方，第11号（台北：成文出版社，1970，1879年影印本），卷8，陵墓，页8。

81. 黄之隽（1668—1748）等编，《江南通志》，《中国省志汇编》，第1号（台北：中华书局，1967，1737年影印本），卷119，选举志，进士，页14下。又见何绍章、杨履泰编之《丹徒县志》，卷22，科目，页6。

82. 王和甫（1034—1095）的传记，可见《宋史》，卷327，页5357–5358。

83. 董史曾言，柳淇精于书法，曾抄写李觏（1009—1059）之《袁州州学记》，并刻之于杭州之石上。见《皇宋书录》，收入《知不足斋丛书》，中编，页38下。

84. 见注21，唐圭璋、金启华《柳永事迹新证》，页97。

85. 见《少年游》（其一）、《轮台子》、《引驾行》、《望远行》和《临江仙引》，《全宋词》，页32、35、42–43、48。

86. 见注60。

87. 《一寸金》，《全宋词》，页25。

88. 同上，《满江红》（其一），页41。

89. 见注60。

90. 厉鹗、马曰琯编《宋诗纪事》，卷 13，页 355。

91. 同上，页 354。

92. 同注 88。

93.《轮台子》,《全宋词》，页 38。

94. 同上,《瑞鹧鸪》(其二)，页 50。

95. 见注 60。

第二部分：柳词研究

第一章：柳永的词牌特色

1. 王力（1900—1986）,《汉语诗律学》(上海：新知识出版社，1958)，页 520。

2. 见万树（清）,《词律发凡》,《词律》，页 1 下。

3. 其他的有《少年游》10 首,《倾杯乐》8 首,《巫山一段云》及《玉蝴蝶》各 5 首,《瑞鹧鸪》及《满江红》各 4 首,《斗百花》《女冠子》《凤栖梧》《洞仙歌》《安公子》《临江仙》《西施》及《木兰花慢》各 3 首。

4. 陈廷焯（1853—1892）,《白雨斋词话》,《词话丛编》，第 11 册，页 3806。

5. 很多学者都注意到这一点：见王又华《古今词论》,《词话丛编》，第 2 册，页 611；王易,《词曲史》(台北：广文书局，1960)，页 113；徐棨,《词律笺榷卷》，收入《词学季刊》，第 2 卷，第 2 期（1953 年 1 月），页 16。

6.《全宋词》，页 31。

7. 同上，页 45。

8. 同上，页 88-90。

9. 同上，页 132-136，156-157。

10. 这些词牌是《尾犯》《倾杯乐》《鹤冲天》《女冠子》《木兰花》《定风波》《凤归云》《引驾行》《洞仙歌》《祭天神》《安公子》《归去来》《燕归梁》《长寿

乐》《迷神引》《瑞鹧鸪》和《望远行》。

11.《全宋词》，依次为页 51、16、27、16。又据凌廷堪的《燕乐考源》（粤雅堂丛书，第 8 集），卷 2 页 5 至卷 5 页 23 所说，宋时流行因旧声作新声，《倾杯乐》被编入全部宫调，由此可见此调在当时非常流行。

12.《全宋词》，页 50、42、36。

13. 这 15 个词牌是《看花回》《御街行》《法曲献仙音》《永遇乐》《少年游》《轮台子》《夜半乐》《过涧歇近》《如鱼水》《玉蝴蝶》《满江红》《临江仙》《西施》《河神》及《小镇西犯》。

14.《全宋词》，页 35。

15. 同上，页 38。

16. 张先有 16 个词牌列入两个不同的宫调，6 个词牌列入 3 个不同的宫调，列入这些宫调的词，即使名称相同但分句形式不同。有一、二字之差别的词牌只有《感皇恩》《玉连环》《少年游》和《御街行》。

17.《全宋词》，页 39。

18. 同上。

19. 崔令钦，《教坊记笺订》（上海：中华书局，1962），页 63–165。

20.《宋史》，卷 142，页 4882。

21. 认为柳永是慢词的首创者的有吴梅（1883–1939），《词学通论》（香港：太平书局，1964），页 11；李冰若，《论北宋慢词》，《国学丛刊》，第 2 卷，第 3 期（1962 年 9 月），页 19；张友仁，《论北宋慢词》，收入郑振铎（1898–1958）编之《中国文学研究》（香港：中国文学研究所，1963），页 225；刘子庚，《词史》（台北：学生书局，1972），页 55；张梦机，《词笺》（台中：三民书局，1971），页 27；丰嘉华、刘定中，《柳永和慢词》，《光明日报》（1958 年 1 月 19 日）。

22. 依次见 James Liu，*Major Lyricists of the Northern Sung*（Princeton：Princeton University Press, 1974），页 98；郑琳，《柳永词研究》（硕士论文，私立中国文化学院研究所，1968），页 157；Yuh Liou–yi, *Liu Yung, Su Shih, and Some Aspects of the Development of the Early Tz'u Poetry*（Ph. D. Dissertation, University of Washington,

1972），页125。

23. 依次见《全宋词》，页13、15–16、17、19、20、30、32、38、46、18、51–52。

24. 王易，《词曲史》，页113；宛敏灏，《二晏及其词》（上海：商务印书馆，1934），页26–27。

25. 王力，《汉语诗律学》，页529。

26. 林大椿，《唐五代词》（香港：商务印书馆，1972），页117。

27.《全宋词》，页32。

28. 见注18，页147。

29.《全宋词》，页31。

30. 邹祇谟（1627—1670），《远志斋词衷》，《词话丛编》，第2册，页640；谢章铤（约1820—1903在世），《赌棋山庄集》，《词话丛编》，第10册，页3290。

第二章：柳词的主题世界

1. 祝颂词有《送征衣》、《玉楼春》（其一、二、三）、《御街行》（其一）和《永遇乐》（其一），见《全宋词》，页14、19至20、22、27–28；咏物词有《黄莺儿》、《受恩深》、《瑞鹧鸪》（其一）和《玉楼春》（其一至五），见页1、18、49–50、52；怀古词有《双声子》、《瑞鹧鸪》（其二），见页28、50；游仙词有《巫山一段云》（其一至五）。有关游仙词之讨论，见长田夏树之《诗词曲の接点〈乐章集〉——宋词觉え书き・その一》，《神户外大论丛》，19，第3号（1968），页30–34。

2. 例如张振镛（1892—？），《中国文学史分论》（长沙：商务印书馆，1939）、第3册，页68；黄振民，《四大词人及其词》（台北：文源出版社，1959），页66–67；张长弓，《中国文学史新编》（上海：开明书局，1941），页167；李冰若，《论北宋慢词》，《国学丛刊》，第2卷，第2期（1924年9月），页20。

3. 例如王致远，《历代词曲评选》（台北：上海印刷厂，1964），页 41；苏雪林（1897—1999）、《中国文学史》（台中：光启出版社，1970），页 170。

4. 例如刘麟生（1894—1980），《中国文学史》（香港：南岛出版社，1956），页 259；嵇哲，《中国诗词演进史》（台北：华联出版社，1972），页 194；佘雪曼（1908—1993），《佘雪曼词学演讲录》（香港：雪曼艺文院，1955），页 46，佘雪曼甚至认为柳永为北宋词人中跟随花间派之代表，此说实欠公允。

5. 黄昇（1240—1249 在世），《花庵诗选》（香港：中华书局，1973，胡季直 1249 年序），页 93。

6. 张炎（1248—1320），《词源》，《词话丛编》，第 1 册，页 220。

7. 刘熙载（1813—1881），《艺概》，《词话丛编》，第 11 册，页 3771。

8. 陈锐，《袌碧斋词话》，《词话丛编》，第 12 册，页 4211。

9. 见以上第一部分《柳永生平的重构》中之注 12、冯梦龙，《众名姬春风吊柳七》。

10.《全宋词》，页 15–16。

11. 见林大椿辑《唐五代词》，页 129–130。

12.《全宋词》，页 32。

13. 任二北（1897—1991）校注，《敦煌曲校录》（上海：文艺联合出版社，1955），页 24。

14. 见林大椿，注 11，页 61。

15. 同上，页 180。

16. 彭孙遹（1631—1700），《金粟词话》，《词话丛编》，第 2 册，页 708。

17.《全宋词》，页 14–15。

18. 同上，页 29–30。

19. 见任二北，注 13，页 27。

20. 见林大椿，注 11，页 166。

21. 见林大椿，注 11，页 110。

22.《全宋词》，页 43。

23. 同上，页46。

24. 见任二北，注13，页12–13。

25. 王书奴，《中国娼妓史》（上海：生活书店，1935），页78–107；张忠江，《妓女与文学》，页24–31。

26. 见林大椿，注11，页151。

27. 同上，页103。

28.《全宋词》，页14。

29. 同上，页21。

30. 李之仪（1048—1117），《跋吴思道小词》，《姑溪居士文集》，卷40，页3上，收入《粤雅堂丛书》。

31.《绘图西厢记》（上海：启新书局，1924），页7，页5下。

32. 夏敬观（1875—1953），《手评乐章集》，引文见韩穗轩，《心远楼词话》（香港：1972），页16。

33. 陈振孙（1211—1249在世），《直斋书录题解》（台北：广文书局，1968），卷21，页1271；又见注16，页709。

34. 宋翔凤（1776—1860），《乐府余论》，《词话丛编》，第7册，页2469。

35. 郑文焯（1856—1918），《大鹤山人词论》，引文见唐圭璋《宋词三百首笺注》，页29。

36. 见林大椿，注11，页309–310。

37.《全宋词》，页21。

38. 同上，页49。

39. 同上，页26–27。

40. 见林大椿，注11，页183。

41. 见林大椿，注11，《河传》（其一），页172。

42.《全宋词》，页49。

43. 同上，依次见页27、42、47。

44. 同上，页35。

45. 见林大椿，注 11，《甘州遍》（其一），页 148。

46.《全宋词》，页 31。

47. 引文见祝穆，《方舆胜览》。见第一部分，《柳永生平的重构》，注 75。

48.《全宋词》，页 39。

49. 见第一部分，《柳永生平的重构》，注 22，罗大经，《鹤林玉露》。

50. 同上。

51. 冯其庸（1924—2017），《论北宋前期两种不同的词风》，收入《唐宋词研究论文集》（香港：中国语文学社，1969），页 57；王起，《怎样评价柳永的词》，见《唐宋词研究论文集》，页 82；郁贤浩和周福昌，《必须用批判的态度对柳永的词重新估价》，《光明日报》，第 322 期（1960 年 7 月）。

第三章：柳词的用字与意象

1.《全宋词》，页 13、32。

2. 同上，页 53。

3. 宋玉，出现于《雪梅香》、《戚氏》、《玉蝴蝶》（其一、其四）和《爪茉莉》词中，依次见《全宋词》，页 3、35、40–41、54；赵飞燕，出现于《斗百花》（其一）、《浪淘沙令》、《凤归云》、《合欢带》、《木兰花》（其一），见页 14、27、31、32 及 34；潘岳，出现于《迎新春》《宣清》《合欢带》《促拍满路花》，见页 17、29、32、44；楚宫腰，出现于《斗百花》（其三）、《少年游》（其二）、《促拍满路花》、《长寿乐》、《倾杯》，页 14、32、44、50–51。这些资料正与刘若愚（James Liu）所说的柳永的典故"tend to be repetitious"（倾向于重复）互相抵触。见他的 *Major Lyricists of the Northern Sung*（Princeton：Princeton University Press，1974），页 87。

4. 依次见《全宋词》，页 17、49、31、35、16。

5. 同上，依次见页 42、29、21、30。

6. 同上，页 43。铃木虎雄在《口语を使用せる填词》称赞柳永在此词中适当地揉合了百分之六十雅词与百分之四十俗词。见《支那文学研究》（弘文堂书房，1967），页498。

7. 引文见吴曾，《能改斋漫录》，《词话丛编》，第1册，页83。据赵德麟（宋）之《侯鲭录》，见《笔记小说大观》，第1册，页955，此为苏东坡之语。江润勋认为苏东坡在他的学生晁补之（1053–1110）面前提过此语，后由晁补之记录下来。见江润勲《词学评论史稿》（香港：龙门书店，1966），页30。

8. 同上。

9. 引文见田同之（康熙59年，1720年举人），《西圃词说》，《词话丛编》，第五册，页1480–1481。

10. 王灼（1081？—1160？），《碧鸡漫志》，《词话丛编》，第1册，页34。

11. 黄昇，《花庵词选》，页93；沈义父（1247年在世），《乐府指迷》，《词话丛编》，第1册，页230。

12. 纪昀、永瑢（清）等编，《四库全书总目提要》（上海：商务印书馆，1933），第4册，第40、集部，词曲类一，页41。

13. 郭麐（1767—1831），《灵芬馆词话》，《词话丛编》，第5册，页1523。

14. 台静农（1902—1990），《宋初词人》，收入郑振铎（1898–1958）所编之《中国文学研究》，页221。

第四章：柳词的节奏与连贯性

1. 例如谢章铤，《赌棋山庄集》，《词话丛编》，第10册，页3379；冯金伯，《词苑萃编》，《词话丛编》，第5册，页1689。

2. 王奕清引刘克庄（1187—1269）语，《御选历代诗余》，《词话丛编》，第四册，页1221。有关歌者丁仙现的事迹，见孟元老著，邓之诚《东京梦华录注》，页68–70。

3. 见第三章，注9及10。

4. 沈雄引李端叔（约1073在世）语，见《古今词话》，《词话丛编》，第3册，页1040。

5. 夏敬观（1875—1953）语，见韩穗轩《心远楼词话》，页16。

6. 有关《木兰花慢》一词的用韵评语，见吴师道（1283—1344）的《吴礼部词话》，《词话丛编》，第1册，页241；沈雄的《古今词话》，《词话丛编》，第3册，页839–840。关于《醉蓬莱》一词用韵，见焦循（1763—1820）的《雕菰楼词话》，《词话丛编》，第5册，页1519–1520。有关《诉衷情近》一词的用韵，见吴衡照（1771—？）的《莲子居词话》，《词话丛编》，第7册，页2406。有关《引驾行》和《迎春乐》的用韵，见焦循（1763—1820）的《雕菰楼词话》，《词话丛编》，第5册，页1516–1518。有关《二郎神》一词的用韵，见毛奇龄（1623—1716）的《西河词话》，《词话丛编》，第2册，页572–573。

7.《曲玉管》和《减字木兰花》，见《全宋词》，页17、46。

8.《轮台子》一首在《全宋词》（页38）中，月（韵尾为t），与碧、色、隔、息、织、得、侧、益、陌、魄、役和掷（韵尾均为k）通叶。然而，在王奕清辑的《词谱》（出版地点不详，1715年序）卷36，页3上中，“月”作“璧”。又严宾杜的《词范》（台北：中华丛书委员会，1959）卷8上，页47上作“璧”，故此，此词仍算是一韵到底。

9. 如《玉蝴蝶》（其二）、《西施》（其一）及《瑞鹧鸪》（其一），见《全宋词》，页40、46及49。

10. 如《巫山一段云》，同上，页23。

11. 如《清平乐》，同上，页54。

12. 如《凤归云》，同上，页31。

13. 依次见同上，页15、26、35、36、37、52、54。

14. 有关“暗韵”的讨论，见梁启勋（1876—1965）《词学》（香港：汇文阁书店，出版日期不详），页50下。

15.《全宋词》，页13。

16.《柳初新》《一寸金》《二郎神》《抛毬乐》《望远行》《甘州令》及《洞仙歌》，同上，页19、25、29、42–43、46、50。

17. 同上，页31。

18. 万树，《词律发凡》，《校刊词律》，页5下。

19. 夏承焘、吴熊和，《词学》（香港：宏图出版社，出版日期不详），页53–55。

20. 同上，页55。又见夏承焘，《唐宋词论丛》，页58–66。

21. 如《斗百花》（其一、二）、《甘草子》（其一、二）、《昼夜乐》（其一、二）、《诉衷情近》（其一、二）、《迷神引》（两首）、《临江仙引》（其一、二），见《全宋词》，页14、15、30、44–45、48。

22. 见注18，页6右。

23. 《全宋词》，页40–41。

24. 同上，页25–26。

25. 同上，页34。

26. 见注22。

27. 《全宋词》，页48。

28. 同上，页40–41。

29. 同上，页30。

30. 同上，页32。

31. 同上，页46。

32. 同上，页45。

33. 同上，页38。

34. 同上，页44。

35. 王力，《汉语诗律学》，页142。

36. 同上，页655。

37. 《全宋词》，页18。

38. 同上，页19。其他词人康与之、蒋捷、李邴填此词时，皆不用三个排句。见《词谱》，卷4，页5下至8下。

39. 王力，《汉语诗律学》，页656。

40. 《全宋词》，页38。

41. 同上，页43。

42. 同上，页 15。

43. 同上。

44. 同上，页 37。

45. 同上，页 40–41。

46. 同上，页 39。

47. 同上，页 51。

48. 上片以对句结尾的词有《柳腰轻》、《迷仙引》、《永遇乐》(其一)、《凤归云》、《抛毬乐》、《合欢带》、《木兰花》(其二、三)、《玉蝴蝶》(其五)、《小镇西》和《瑞鹧鸪》(其二)，见《全宋词》，页 15–16、22、25–26、31、32、34、36–37、41、43。

49.《永遇乐》(其一、二)、《忆帝京》，同上，页 25–26、49。

50.《永遇乐》(其一)，页 25–26。

51. 例如《早梅芳》、《倾杯乐》(两首)、《迎新春》、《两同心》(其二)、《慢卷䌷》、《巫山一段云》(其一、二、三及五)、《清曲第二》、《永遇乐》(其一)、《古倾杯》、《倾杯》、《破阵乐》、《内家娇》、《醉蓬莱》、《锦堂春》、《长相思》、《击梧桐》、《望海潮》、《如鱼水》(其一)、《竹马子》、《六么令》、《甘州令》等等，见《全宋词》，页 14、16–17、19、21、23–29、33–34、37、39–40、43–44、46、51。

52. 如《西江月》、《凤衔杯》(其一、二)、《玉楼春》(其三)、《凤归云》(两首)、《离别难》、《安公子》、《女冠子》、《甘州令》、《倾杯》(两首)、《鹧鸪天》，见《全宋词》，页 16、18、20、31、45、36–37、38、45、46、51。

53. 同上，页 16。

54. 李之仪，《跋吴思道小词》，《姑溪居士文集》，卷 40，页 2 下。

55. 郑文焯，《大鹤山人词论》，语见唐圭璋《宋词三百首笺注》，页 29。

56. 林大椿，《唐五代词》，页 56–60。

57.《全宋词》，页 47–48。

58. 1/4 节奏的句子，在唐五代词中，有“漫 / 留罗连带”、“对 / 淑景谁同”、

“见 / 坠香片片”等，见林大椿，《唐五代词》，页 182、207、302。在任二北辑的《云谣集》，只有“愿 / 皇寿千千”是 1 / 4 节奏，见《敦煌曲校录》，页 26。

59.《全宋词》，页 31–32。

60. 同上，页 48。

61. 同上，页 38–39、36。

62. 同上，页 40。

63. 同上，页 42。

64. 同上，页 15。

65. 同上，页 51。

66. 同上。

67. 同上，页 43。

68. 同上，页 16–17、23。

69. 同上，页 53。

70. 郑骞（1906—1991），《从诗到曲》（台北：科学出版社，1961），页 97。

71. 张炎，《词源》，《词话丛编》，第 1 册，页 207。

72. 同上。

73. 耐得翁（灌园耐得翁），《都城纪胜》（1235 年序，辑入《东京梦华录》外四种。上海：古典文学出版社，1956），页 96。

74. 龙榆生（1902—1966，龙沐勋），《宋词发展的几个阶段》，《新建设》，第 8 期（1957 年 8 月），页 47。

75. 王力，《汉语诗律学》，页 530。

76. 见《全宋词》，页 28、29–30、43、31、36–37。

77. 同上，页 44、13、16、17、29。

78. 同上，页 52。

79. 同上，页 50。

80. 同上，页 34。

81. 同上，页 48。

82. 同上，页 43。

83. 如《玉楼春》(其一、四)、《诉衷情》及《燕归梁》，见《全宋词》，页19、20、35、39。

84. 林大椿，《唐五代词》，页 118。

85. 任二北，《敦煌曲校录》，页 8–9。

86.《全宋词》，页 29、33。

87. 同上，页 21。

88. 同上，页 18。

89. 同上，页 15、27–28、32。

90. 同上，页 51–52。

91. 同上，页 42。

92. 同上，页 13–14。

93. 同上，页 36。

94. 同上，页 42、26–27。

95. 同上，页 17。

96. 见沈雄《古今词话》，《词话丛编》，第 3 册，页 854。

97. 刘体仁（约 1655 年在世），《七颂堂词绎》，《词话丛编》，第 2 册，页628。谢章铤也同意这种见解，见注 1，页 3283。

98. 见注 5。

第五章：柳词的结构特色

1. 张炎，《词源》，《词话丛编》，第 1 册，页 205。

2. 李之仪，《跋吴思道小词》，《姑溪居士文集》，卷 40，页 2 下。

3. 周济（1781—1839），《宋四家词选》，引文见唐圭璋笺注《宋词三百首笺注》，页 28。

4. 郑文焯（1856—1918），《大鹤山人词论》，语见唐圭璋笺注《宋词三百首笺注》，页 29。

5.《全宋词》，页 15。同类的词例如《玉女摇仙佩》、《斗百花》（其三）、《两同心》、《尉迟杯》、《集贤宾》、《少年游》（其三）、《洞仙歌》、《玉蝴蝶》（其三、四）、《洞仙歌》等。依次见页 13、14、19、21、32–33、36、40–41、50。

6. 同上，页 24。

7. 见第四章，注 5。

8.《全宋词》，页 53。

9. 同上，页 51。

10. 同上，页 35–36。

结论

1. 见《击梧桐》、《玉蝴蝶》（其四），《全宋词》，页 37、41。

2.《玉女摇仙佩》、《玉蝴蝶》（其三），同上，页 13、40–41。

3. 见第一部分，柳永生平的重构。

4.《鹤冲天》，见《全宋词》，页 51–52。

5.《过涧歇近》，同上，页 37。

6. 同上，页 25。

7. 王国维（1877—1927），《人间词话》，涂经诒译（香港：同文书局，1972），页 17。

8. 同上，页 38。

外一章

1. *Poetic Closure: A Study of How Poems End*. Chicago：The University of Chicago Press, 1968. 页 36.

2.《词源》，收入《词话丛编》（台北：广文书局，1967 年，1934 年影印本），第 1 册，页 205。

3.《碧鸡漫志》，收入《词话丛编》，第 1 册，页 34。

4. 引自唐圭璋，《宋词三百首笺注》（香港：中华书局，1974），页 28。

5. 见本书第四章，“对句与铺叙”一节。

6. 唐圭璋《乐章集》，收入《全宋词》（台北：世界书局，1976 年出版），第 1 册，依次页码 47，25，23，22，40，13。

7.《人间词话》，涂经诒的中英译本（香港：同文书局，1972），页 17。

8. 载《全宋词》，依次页 24，32，50，45，37。

9. 载《全宋词》，依次页 22–23，35。

10. 载《全宋词》，依次页 23，35–36，36–37，38。

11. 载《全宋词》，依次页 28，40，47–48，48，43。

12. 载《全宋词》，依次页 30，44。

13. 载《全宋词》，依次页 35，44，37，30，26。

14. 载《全宋词》，依次页 16–17，40–41，50，42，38，29，73，28，21，26，51，38。

15. 载《全宋词》，依次页 21，45，34–35，44，17，19，50，29。

16. 载《全宋词》，依次页 35，43，22，51，38，24，19。

17. 载《全宋词》，依次页 29，22，32。

18. 载《全宋词》，依次页 21，43，34–35，35。

19. 载《全宋词》，页 40。

20. 载《全宋词》，页 21。

参考资料

一、柳永生平的重构

（以下名称依拼音字母次序）

1. 陈锐（晚清），《两宋词人时代先后小录》，收入《词学季刊》，第 1 卷，第 3 期（1933 年 12 月），页 81–93。

2. 陈师道（1053—1101），《后山诗话》，收入何文焕（1732—1809）编辑之《历代诗话》，1770 年序，1770 年本影印。台北：艺文印书馆，1956，页 181–189。

3. 陈训正、马瀛（清代），《定海县志》，《中国方志丛书》，华中地方，第 75 号影印本。台北：成文出版社，1970。

4. 村上哲见，《柳耆卿家世阅历考》，《东洋学集刊》，第 25 期（1971 年 5 月），页 52–66。

5. 邓嗣禹（1905—1988），《中国考试制度史》。台北：学生书局，1967。

6. 董史，《皇宋书录》，收入《知不足斋丛书》，第 15 函。

7. 范仲淹（989—1052），《范文正公全集》，苏轼（1036—1101）1089 年序，依 1919 年文学社重校本石刻。上海：扫叶山房，1925。

8. 冯梦龙（1574—1646），《众名姬春风吊柳七》，收入李田意编之《古今小说》，天许斋影印本。台北：世界书局，1958，第 1 册，卷 12，页 1 上至 15 上。

9. 关汉卿（1230—1280），《钱大尹智宠谢天香》，收入《元人杂剧全集》，卢前（卢冀野，1905—1951）编。上海：上海杂志公司，1936，第 1 册，页 29–58。

10. 何乔远（1558—1632）编，《闽书》，中国北平善本丛书，胶卷第 1001 号，1628 年本影印。

11. 何绍章、杨履泰（清）编，《丹徒县志》，1879 年本影印，收入《中国方志丛书》，华中地方，第 11 号。台北：成文出版社，1970。

12. 洪楩（明）编，《柳耆卿诗酒玩江楼记》，收入《清平山堂话本》，书成于 1541 年至 1551 年。天一阁本影印。北京：文学古籍刊行社，1955，页 11–18。

13. 黄昇（1240—1249 在世），《花庵词选》，胡季直 1249 年序。香港：中华书局，1973。

14. 黄之隽（1668—1748）等编，《江南通志》，尊经阁 1737 年本影印。收入《中国省志汇编》，第 1 号。台北：中华书局，1967。

15. 季灏（1912—1982），《两宋词人小传》，1947 年序，第 2 版。台北：维新书局，1967。

16. Kracke，A.E. Jr. *Civil Service in Early Sung China*，Cambridge，Massachusetts：Harvard University Press，1953.

17. 厉鹗（1692—1752）、马曰琯（1688—1755）辑，《宋诗纪事》，1746 年序。上海：商务印书局，1937。

18. 林鸿年（1805—1885）编，《福建通志》，1871 年序，书成于 1737 年，正谊书院 1868 年本。

19. 罗大经（1196—1242），《鹤林玉露》，收入《笔记小说大观续篇》，秦毓斋原本影印。台北：新兴书局，1962，第 2 册，页 2281–2339。

20. 罗锦堂（1929 年生），《现存元人杂剧本事考》。台北：中国文化事业股份有限公司，1960。

21. 罗烨（宋），《醉翁谈录》。上海：古典文学出版社，1957。

22. 孟元老（宋），邓之诚注，《东京梦华录注》，1147 年序。北京：商务印书馆，1959。

23. 潘承弼（1907—2004），《柳三变事迹考略》，《史学集刊》，第2期（1926年10月），页209–217。

24. 庞德新，《从话本及拟话本所见之宋代两京市民生活》，博士论文，香港大学，1971。

25. 青山定雄（1903—1983？）编，《宋代史年表（北宋）》，东洋文库，1967.

26. 申嘉瑞、李文（明）编，《仪真县志》，中国北平善本丛书，胶卷第706号，天一阁本影印。

27. 释文莹（1078年在世），《湘山野录》，三卷。收入《学津讨原》，第17集，第12册。

28. 唐圭璋（1901—1999），《〈小畜集〉中关于柳永家世的记载》，《艺林丛录》，第7辑。香港：商务印书馆，1973，页252–254。

29. 唐圭璋、金启华，《柳永事迹新证》，《文学研究》，第3期（1957），页91–98。

30. 托托、欧阳玄（1283—1357）等编，《宋史》，书成于1345年。《二十五史》。香港：文学研究会，1959。

31. 许士鸾（清），《宋艳》，史梦兰1891年序，共12卷。收入《笔记小说大观》，秦毓斋原本影印。台北：新兴书局，1962，第6册，页6164–6257。

32. 王辟之（1031—？），《渑水燕谈录》，1095年序。收入《笔记小说大观续篇》。台北：新兴书局，1962，第2册，页1730–1759。

33. 王士祯（1634—1711），《池北偶谈》，1691年序。收入《笔记小说大观》，第5册，页4535–4704。

34. 王书奴，《中国娼妓史》。上海：生活书店，1935。

35. 王应麟（1223—1296）编，《镇江府志》，万历（1573—1620）本影印，中国北平善本丛书，胶卷第744号。

36. 王栐（宋），《燕翼诒谋录》，1227年序。收入《学津讨原》，第6集，第6册。

37. 王禹偁（954—1001），《小畜集》，1000 年序。瞿氏宋原本缩印，收入《四部丛刊》初编。上海：商务印书馆，1936。

38. 王禹偁，《小畜外集》，宋本缩印。收入《四部丛刊》，初编。上海：商务印书馆，1936。

39. 杨棨（1787—1862）编，《京口山水志》，1884 年本影印。收入《中国方志丛书》，华中地方，第 6 号。台北：成文出版社，1970。

40. 叶梦得，《避暑录话》。收入《学津讨原》，第 14 集，第 2、3 册。

41. 叶梦得（1077—1148），《石林燕语》，收入《笔记小说大观续篇》。台北：新兴书局，1962，第 1 册，页 137–169。

42. 余思牧（1925—2008），《中国历代文学家略传》。香港：侨光书店，1958。

43. 曾敏行（1118—1175），《独醒杂志》，杨万里 1125 年序，收入《笔记小说大观》。台北：新兴书局，1962，第 1 册，页 219–248。

44. 中田勇次郎，《两宋词人姓氏考》，《支那学》，第 3 卷，第 2 期（1936 年 4 月），页 77–123。

45. 朱文藻、张吉安（清代）等编，《余杭县志》，张吉安 1808 年序，1919 年本影印。编入《中国方志丛书》，华中地方，第 56 号。台北：成文出版社，1970。

46. 朱彝尊（1629—1709），《词综》，1678 年序，《四部备要》，第 265 函，依宋本重印。上海：中华书局。

二、柳词研究

（一）评论柳词之论文

1. 长田夏树，《诗词曲の接点《乐章集》——宋词觉え书き . その一》，《神户外大论丛》，第 19 集，第 3 期（1968 年），页 27–44。

2. 村上哲见，《柳耆卿词の形态上の特色について》，《东方学》，第43期（1972年1月），页61–76。

3. 村上哲见，《柳耆卿词综论》，《东北大学教养部纪要》，第17期（1973年2月），页105–134。

4. 丰嘉华、刘定中，《柳永和慢词》，《光明日报》，《文学遗产》，第192期（1958年1月19日）。

5. 何方洲，《关于柳永及〈乐章集〉》，《唐宋词研究论文集》。香港：中国语文学社，1969，页85–91。

6. Liu，James，"The Lyrics of Liu Yung"，*Tamkang Reiew*，Vol.I. No. 2，1970. pp.1–44.

7. 苏赓哲，《柳永〈乐章集〉考略》，《文史学报》，第4期（1967），页80–93。

8. 唐圭璋、金启华，《论柳永的词》，《唐宋词研究论文集》。香港：中国语文学社，1969，页70–79。

9. 唐圭璋、金启华，《再论柳永的词》，《光明日报》，《文学遗产》，第201期（1958年3月28日）。

10. 王起（1906—1996），《怎样评价柳永的词》，《唐宋词研究论文集》。香港：中国语文学社，1969，页86–90。

11. 王水照（1934年生），《谈谈宋词和柳永词的批判继承问题》，《光明日报》，《文学遗产》，第346期（1961年1月8日）。

12. 夏承焘（1900—1986），《唐宋词人年谱》。上海：中华书局，1961。

13. 野口一雄，《柳永における羁旅の词——频用语を通しての一考察》，《日本中国学会报》，第29集，页124–138。

14. 郁贤浩、周福昌，《必须用批判的态度对柳永的词重新估价》，《光明日报》，《文学遗产》，第322期（1960年7月17日）。

15. Yuh，Liou-yi，*Liu Yung, Su Shih, and Some Aspects of the Development of Early Tz'u Poetry*. Ph.D dissertation，University of Washington，1972.

16. 郑琳，《柳永词研究》，硕士论文，私立中国文化学院文学研究所，1968。

17. 周国灿（1934 年生），《论柳永及其〈乐章集〉》，《中文学会报》，新加坡大学，第 6 期（1965 年 6 月），页 62–76。

（二）其他论文

1. 坂井健一，《宋词押韵字にみられる音韵上の一二特色》，《东方学》，第 38 集，第 2 期（1955 年 9 月），页 85–113。

2. Baxter，Glen William. “Metrical Origins of the Tz'u,” Bishop John L. ed. *Studies in Chinese Literature*. Cambridge, Massachusetts:Harvard University Press，1965，pp.186–224.

3. 村上哲见，《词に対する认识としての名称の变迁》，《日本中国学会报》，第 23 期（1971），页 100–119。

4. 冯其庸（1924—2017），《论北宋前期的两种不同的词风》，《唐宋词研究论文集》。香港：中国语文学社，1969，页 43–69。

5. 高友工、梅祖麟著，黄宣范译，《唐诗中的意义、隐喻和用典》，《中外文学》，第四卷，第 7 期（1975 年 12 月），页 116–129；第 8 期（1976 年 1 月），页 66–84；第 9 期（1976 年 2 月），页 166–190。

6. Gao Yougong（Kao Yu-kung）高友工，Mei Tsu-1in 梅祖麟，“Syntax, Diction and Imagery in T'ang Poetry”，*Harvard Journal of Asiatic Studies*, Vol. 31, 1970, pp. 49–136.

7. Hu Pin-ching 胡品清（1921—2006），“The Origin and Growth of Tz'u, Poetry for Singing”，*Chinese Culture*，Vol.VII, No.1，1966，pp.103–119.

8. 李冰若（1899—1939），《论北宋慢词》，《国学丛刊》，第 2 卷，第 3 期，页 19–21。

9. 铃木虎雄，《口语を使用せる填词》，《支那文学研究》，弘文堂书房，1967，页 491–499。

10. Liu, James, J. Y. *Some Literary Qualities of the Lyric (Tz'u). Studies in Literary Chinese Genre*, ed. by Cyril Birch. Berkeley：University of California Press, 1974, pp. 133–153.

11. 龙沐勋（龙榆生，1902—1966），《两宋词风转变论》，《词学季刊》，第2卷，第1期（1934年10月），页1–23。

12. 龙沐勋（龙榆生），《宋词发展的几个阶段》，《新建设》，第8期（1957年8月），页44–50。

13. 台静农（1902—1990），《宋初词人》，《中国文学研究》，郑振铎编。香港：中国文学研究所，1963，页213–223。

14. 夏承焘，《宋词四声》，《艺林丛录》，第7辑。香港：商务印书馆，1973，页240–243。

15. 徐棨，《词律笺榷：卷一》，收入《词学集刊》，第11卷，第2期（1935年1月），页127–162。

16. 张友仁，《论北宋慢词》，《中国文学研究》，郑振铎编。香港：中国文学研究所，1963，页225–230。

17. 中田勇次郎，《唐五代词韵考》，《支那学》，第3卷，第4期（1936年11月），页65–101。

三、其他参考书目

1. 北京大学中文系文学专门化1955级编，《中国文学史》。北京：人民文学出版社，1959。

2. 波多野太郎，《宋词评释》。东京：樱枫社，1972。

3. 陈国治、王祥第，《词与词人》。香港：上海书局，1962。

4. 陈振孙（1211—1249在世），《直斋书录题解》，1773年序。台北：广文书局，1968。

5.《词学季刊》，三卷（1933—1936）。台北：学生书局，1967，上海广智书局影印本。

6. 崔令钦,《教坊记》，任二北校。上海：中华书局，1962。

7. 董解元（1189—1208 在世）,《明嘉靖本董解元西厢记》，张羽 1557 年修订本，中华书局上海编辑所编辑。上海：中华书局，1963。

8. 戈载（清）,《词林正韵》，1821 年序。台北：文源出版社，1967，出版地点不详。

9. 韩穗轩,《心远楼词话》。香港：1972，出版者不详。

10. 胡适,《词选》。上海：商务印书馆，1928。

11. 胡云翼,《词学概论》。香港：实用书局，1950。

12. 胡云翼,《宋词选》。香港：中华书局，1975，再版，作者 1961 年序。

13. 胡云翼,《中国词史略》。上海：大陆书局，1933。

14. 黄振民,《四大词人及其词》。台北：文源出版社，1959。

15. 嵇哲,《中国诗词演进史》。台北：华联出版社，1972，再版。

16. 江润勋,《词学评论史稿》。香港：龙门书店，1966。

17. 姜尚贤,《词曲欣赏》。台南：1961，出版者姜尚贤。

18. 姜尚贤,《宋四大家词研究》。台南：1962，出版者姜尚贤。

19. 姜尚贤,《唐宋名家词新选》。台南：1963，出版者姜尚贤。

20. Karlgren, Bernhard（1889–1978）. *Grammata Serica Recensa*. Stockholm; Reprint from the Museum of Far Eastern Antiquities, Bulletin 29, 1957.

21. 梁启勋（1879—1965）,《词学》。香港：汇文阁书店，出版日期不详。

22. 林大椿辑,《唐五代词》，1928 年序。香港：商务印书馆，1972，再版。

23. 凌廷堪（清）,《燕乐考源》，伍崇曜 1853 年序，收入《粤雅堂丛书》，页 93–96。

24. 刘大杰,《中国文学发展史》。香港：古文书店，1973，再版。

25. Liu, James, J. Y. *Major Lyricists of the Northern Sung*. Princeton, New Jersey: Princeton University Press,1974.

26. Liu, James, J.Y. *The Art of Chinese Poetry*. Chicago: The University of

Chicago Press，1967.

27. 刘子庚（？—1928），《词史》。台北：学生书局，1972。

28. 龙沐勋（1902—1966），《中国韵文史》。香港：太平书局，1964。

29. 卢冀野（卢前，1905—1951），《词曲研究》。上海：中华书局，1934。

30. 陆侃如（1903—1978）、冯沅君（1900—1974），《中国诗史》，三册。北京：作家出版社，1956。

31. 梅应运，《词调与大曲》。香港：新亚出版社，1961。

32 耐得翁（南宋），《都城纪胜》，1245 年序，一卷，收入《东京梦华录》，外四种。上海：古典文学出版社，1956。

33. Pian Rulan Chao, *Song Dynasty Musical Sources and Their Interpretation*. Cambridge, Massachusetts：Harvard University Press, 1967.

34. 饶宗颐（1917—2018），《词籍考》。香港：香港大学出版社，1963。

35. 任二北（1897—1991），《敦煌曲初探》。上海：上海文艺联合出版社，1955。

36. 任二北（1897—1991），《敦煌曲校录》。上海：上海文艺联合出版社，1955。

37. 佘雪曼（1908—1993），《佘雪曼词学演讲录》。香港：雪曼艺文院，1955。

38. Smith, Barbara Herrnstein, *Poetic Closure: A Study of How Poems End*. Chicago：The University of Chicago Press, 1968.

39. 谭蔚，《唐宋词百首浅释》。长沙：湖南人民出版社，1958。

40. 唐圭璋（1901—1990）辑，《词话丛编》。台北：广文书局，1967，1934 年本影印。

41. 唐圭璋，《宋词三百首笺注》。香港：中华书局，1974，再版。

42. 唐圭璋，《宋词四考》。南京：江苏文艺出版社，1959。

43. 宛敏灏，《二晏及其词》。上海：商务印书馆，1934。

44. 万树（1680—1692 在世）辑，《校刊词律》，20 卷，1876 年本影印，杜文澜（1815—1881）校刊。上海：普益书局，出版日期不详。

45. 王国维（1877—1927），《人间词话》，涂经诒译。香港：同文书局，1972。

46. 王力（1900—1986），《汉语诗律学》。上海：新知识出版社，1958。

47. 王易（1889—1956），《词曲史》。台北：广文书局，1960。

48. 王奕清（1644？—1736？）等辑，《御制词谱》，1715 年序，出版地点不详。

49. 王致远，《历代词曲评选》。台北：上海印刷厂，1964。

50. 闻汝贤，《词牌汇释》。台北：1963，出版者：闻汝贤。

51. 吴梅（1883—1939），《词学通论》。香港：太平书局，1964，再版。

52. 夏承焘（1900—1986），《唐宋词论丛》。上海：中华书局，1962。

53. 夏承焘、吴熊和，《词学》。香港：宏图出版社，出版日期不详。

54. 薛励若，《宋词通论》。台北：启明书局，1974。

55. 严宾杜，《词范》，原本影印。台北：中华丛书编审委员会，1959。

56. 叶嘉莹，《迦陵谈词》。台北：纯文学出版社，1970。

57. Ye Jiaying [Yeh Chia-ying] 叶嘉莹 "Wu Wen-ying's tz'u：A Modern View." Offprint from *Harvard Journal of Asiatic Studies*, Vol. 29, 1969.

58. 叶庆炳（1927—1993），《中国文学史》。台北：广文书局，1965—1966。

59. 叶咏琍，《慢词考略》，自费出版，1970。

60. 赵崇祚辑，李一氓校，《花间集》，1940 年序。香港：商务印书馆，1973。

61. 张梦机，《词笺》。台北：三民书局，1971。

62. 张相，《诗词曲语辞典》。台北：中华书局，1973，第 3 版。

63. 张忠江，《妓女与文学》。台北：康乃馨出版社，1969。

64. 郑骞，《词选》。台北：中国文化出版事业社，1964。

65. 郑骞（1906—1991），《从诗到曲》。台北：科学出版社，1961。

66. 郑振铎，《插图本中国文学史》。香港：商务印书馆，1973，再版。

67. 郑振铎，《中国俗文学史》。北京：作家出版社，1954。

68. 周法高（1915—1994），《中国语言学论文集》。香港：崇基书店，1968。

69. 周振甫（1911—2000），《诗词例话》。北京：中国青年出版社，1962。

70. 朱谦之，《中国音乐文学史》。上海：商务印书馆，1935。

附　录

附录一、柳永世系表

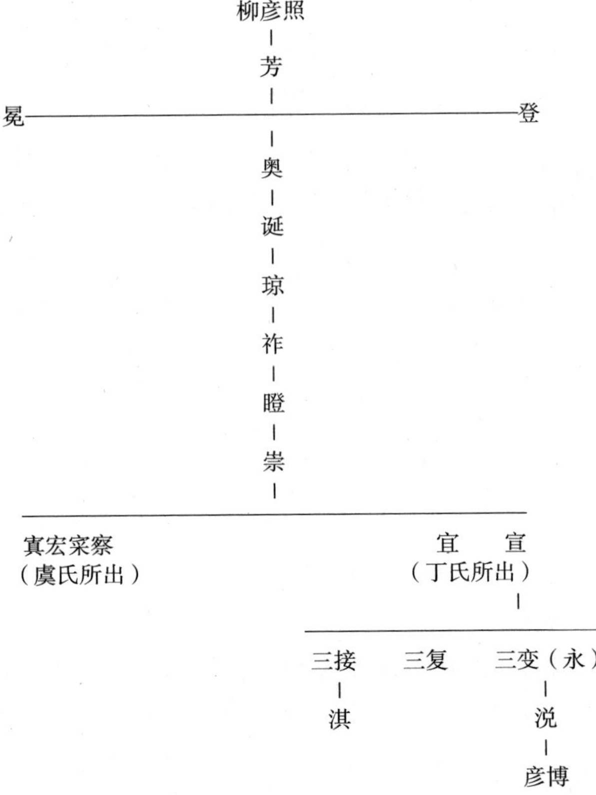

附录二、柳永家族的官职

柳宜：柳永之父。宋太宗雍熙二年（985年）进士。南唐时，曾任太子校书郎、江宁县（在今江苏）县尉、贵溪、崇仁（均在江苏）、建阳（在福建）三县县丞。入宋后，曾为雷泽（今山东濮县东南）、任城（今山东济宁县）、费县（在山东）令，国子博士、工部侍郎、全州（广西全县）通判、赞善大夫。

柳宣：柳永长叔。南唐时，曾任大理评事，入宋后为校书郎、济州（在山东）团练推官、节度推官。

柳寘：柳永二叔。《福建通志》（卷147、页8下）记载柳寘在宋真宗大中祥符五年（1012年）高中进士，《闽书》（卷97，页2上）则言他是大中祥符八年（1015年）进士，王禹偁的《建溪处士赠大理评事柳府君墓碣铭并序》也说柳寘为进士，但王禹偁在宋真宗咸平四年（1001年）已逝世，这么说来，《福建通志》与《闽书》的记录似乎失实。

柳宏：字巨卿，柳永三叔。宋真宗咸平元年（998年）进士。为德化县（今江西九江县）县丞，都官员外郎、光禄寺卿、胡州军知、安吉州知。

柳寀：柳永四叔。礼部侍郎。

柳察：柳永五叔。水部员外郎。

柳三复：柳永长兄。宋真宗天禧二年（1018年）进士。

柳三接：柳永次兄。宋仁宗景佑元年（1034年）进士，曾任都官员外郎，太常博士。

柳淇：柳三接之子。宋仁宗至和元年（1054年）进士，曾任太常博士。

柳涚：柳永之子，字温之。宋仁宗庆历六年（1046年）进士，曾任著作郎，陕西省司户参军，大理寺丞。

附录三甲、用两个或以上韵部的词数

次序	词林正韵韵部	词数	词总数
1	第三部、第五部	3	15
2	第三部、第五部或第十部	2	
3	第三部、第八部	1	
4	第六部、第七部	1	
5	第七部、第八部	1	
6	第七部、第十部	1	
7	第七部、第十一部	1	
8	第七部、第十四部	1	
9	第七部、第十七部	1	
10	第十七部、第十八部	1	
11	第十一部、第十七部、第二部	1	
12	第十一部、第十二部、第十部	1	

附录三乙、柳词在《全宋词》（第一册）中页数及各词韵部

词号	词名	全宋词页数	词林正韵韵部
1	黄莺儿	13	4
2	玉女摇仙佩	13	3
3	雪梅香	13	1

续表

词号	词名	全宋词页数	词林正韵韵部
4	尾犯	13–14	16
5	早梅芳	14	3
6.1	斗百花	14	7
6.2	斗百花	14	4
6.3	斗百花	14	3
7.1	甘草子	14–15	4
7.2	甘草子	15	4
8	送征衣	15	2
9.1	昼夜乐	15	4
9.2	昼夜乐	15	11
10	柳腰轻	15–16	7
11	西江月	16	8
12	倾杯乐	16	7
13	笛家弄	16	12
14	倾杯乐	16–17	12
15	迎新春	17	4
16	曲玉管	17	12
17	满朝欢	17	8
18	梦还京	17	3
19.1	凤衔杯	18	7
19.2	凤衔杯	18–19	7

续表

词号	词名	全宋词页数	词林正韵韵部
20	鹤冲天	18	9
21	受恩深	18	4
22.1	看花回	18	3
22.2	看花回	18	7
23	柳初新	19	10
24.1	两同心	19	8
24.2	两同心	19	17
25	女冠子	19	4
26.1	玉楼春	19	4
26.2	玉楼春	19–20	3
26.3	玉楼春	20	17
26.4	玉楼春	20	3
26.5	玉楼春	20	18
27	金蕉叶	20	3
28	惜春郎	20	17
29	传花枝	20	8
30	雨霖铃	21	18
31	定风波	21	3
32	尉迟杯	21	3
33	慢卷紬	21	3
34	征部乐	22	17

续表

词号	词名	全宋词页数	词林正韵韵部
35	佳人醉	22	3
36	迷仙引	22	4
37.1	御街行	22	4
37.2	御街行	22	7
38	归期欢	22–23	17
39	采莲令	23	4
40	秋夜月	23	7
41.1	巫山一段云	23	7、8
41.2	巫山一段云	23	7、10
41.3	巫山一段云	23	3、8
41.4	巫山一段云	23–24	11、17、2
41.5	巫山一段云	24	11、12、10
42	婆罗门令	24	3
43	法曲献仙音	24	17
44	西平乐	24	4
45.1	凤棲梧	24	7
45.2	凤棲梧	25	3
45.3	凤棲梧	25	2
46	法曲第二	25	8
47	秋蕊香引	25	17、18
48	一寸金	25	10

续表

词号	词名	全宋词页数	词林正韵韵部
49.1	永遇乐	25–26	12
49.2	永遇乐	26	4
50	卜算子	26	3
51	鹊桥仙	26	4
52	浪淘沙	26–27	17
53	夏云峰	27	13
54	浪淘沙令	27	6
55	荔枝香	27	7
56	古倾杯	27	8
57	倾杯	27–28	4
58	破阵乐	28	7
59	双声子	28	12
60	阳台路	28	7
61	内家娇	28	3
62	二郎神	29	10
63	醉蓬莱	29	3
64	宣清	29	13
65	锦堂春	29	7
66	定风波	29–30	9
67.1	诉衷情近	30	3
67.2	诉衷情近	30	8

续表

词号	词名	全宋词页数	词林正韵韵部
68	留客住	30	8
69	迎春乐	30	5
70	隔帘听	30–31	8
71	凤归云	31	7、14
72	抛毬乐	31	10
73	集贤宾	31	1
74	殢人娇	31–32	3
75	思归乐	32	4
76	应天长	32	18
77	合欢带	32	8
78.1	少年游	32	3
78.2	少年游	32	8
78.3	少年游	32–33	11
78.4	少年游	33	6
78.5	少年游	33	6
78.6	少年游	33	6
78.7	少年游	33	8
78.8	少年游	33	2
78.9	少年游	33	12
78.10	少年游	33	13
79	长相思	33–34	11

续表

词号	词名	全宋词页数	词林正韵韵部
80	尾犯	34	17
81.1	木兰花	34	4
81.2	木兰花	34	15
81.3	木兰花	34	6
81.4	木兰花	34	8
82	驻马听	34–35	3
83	诉衷情	35	6
84	戚氏	35	7
85	轮台子	35	8
86	引驾行	35–36	4
87	望远行	36	3
88	彩云归	36	2
89	洞仙歌	36	7
90	离别难	36–37	13
91	击梧桐	37	4
92	夜半乐	37	4
93	祭天神	37	9
94	过涧歇近	37	4
95	安公子	38	14
96	菊花新	38	7
97	过涧歇近	38	11

续表

词号	词名	全宋词页数	词林正韵韵部
98	轮台子	38	17
99	望汉月	38	18
100	归去来	38–39	4
101	燕归梁	39	13
102	八六子	39	8
103	长寿乐	39	3
104	望海潮	39	10
105.1	如鱼水	39–40	2
105.2	如鱼水	40	12
106.1	玉蝴蝶	40	2
106.2	玉蝴蝶	40	3、5
106.3	玉蝴蝶	40–41	3
106.4	玉蝴蝶	41	7
106.5	玉蝴蝶	41	12
107.1	满江红	41	16
107.2	满江红	41	17
107.3	满江红	42	3
107.4	满江红	42	7
108	洞仙歌	42	4
109	引驾行	42	11
110	望远行	42–43	10

续表

词号	词名	全宋词页数	词林正韵韵部
111	八声甘州	43	12
112	临江仙	43	8
113	竹马子	43	4
114	小镇西	43	18
115	小镇西犯	44	8
116	迷神引	44	7
117	促拍满路花	44	7
118	六么令	44	17
119	剔银灯	44	3
120	红窗听	45	11
121	临江仙	45	6
122	凤归云	45	8
123	女冠子	45	16
124	玉山枕	45	3
125	减字木兰花	46	7
126	木兰花令	46	7
127	甘州令	46	10
128.1	西施	46	3、5
128.2	西施	46	9
128.3	西施	46	8
129.1	河传	47	7

续表

词号	词名	全宋词页数	词林正韵韵部
129.2	河传	47	7
130	郭郎儿近拍	47	3
131	透碧宵	47	7
132.1	木兰花慢	47–48	4
132.2	木兰花慢	48	11
132.3	木兰花慢	48	12
133.1	临江仙引	48	2
133.2	临江仙引	48	7
133.3	临江仙引	48–49	1
134.1	瑞鹧鸪	49	13
134.2	瑞鹧鸪	49	12
135	忆帝京	49	3
136	寒孤	49	18
137.1	瑞鹧鸪	49	5
137.2	瑞鹧鸪	50	12
138	洞仙歌	50	10
139.1	安公子	50	4
139.2	安公子	50	7
140	长寿乐	50–51	3
141	倾杯	51	8
142	倾杯	51	11

续表

词号	词名	全宋词页数	词林正韵韵部
143	倾杯	51	17
144	鹤冲天	51–52	2
145.1	木兰花	52	3
145.2	木兰花	52	7
145.3	木兰花	52	3
146	倾杯乐	52	17
147	祭天神	52	4
148	鹧鸪天	53	1
149	归去来	53	4
150	梁州令	53	8
151	燕归梁	53	8
152	夜半乐	53	4
153	清平乐	54	7、11
154	迷神引	54	4
155	（失调名）	54	/
156	爪茉莉	54	3
157	女冠子	54	4
158	十二时	55	3
159	红窗回	55	12
160	西江月	55	9
161	凤凰阁	55	16

附录四、柳词的版本（依时序排列）

1.《乐章集》，一卷，毛晋（1598—1659）校并跋。收入《四部备要》，集部，《宋六十名家词》，第 267 函，第 1 册。汲古阁本。此版本包括编入不同宫调的词 192 首。此版本错误最多。

2.《乐章集》，一卷（分上、中、下卷），收入《山左人词》，石莲庵木刻本，吴重熹校，书成并序于 1901 年于南京。此版本共有词 206 首，其中 13 首来自手钞本。词均列入宫调。此外，还有缪荃孙校勘记一卷，曹之忠校勘记补遗一卷，及逸词一卷。

3.《乐章集》，三卷（分上、中、下），收入《疆村丛书》，朱祖谋（1857—1931）校并跋。此版本源于毛斧季之校本（毛本又源于宋含经堂本及周氏孙氏手钞本）。共包括词 206 首，其中 12 首来自手钞本，词列入不同宫调，此外，包括朱祖谋校勘记，此乃比较完善之版本。

4.《乐章集》，收入唐圭璋编之《全宋词》，第 1 册，页 13 至 57。唐圭璋校刊标点。北京中华书局 1956 年出版。本版本乃依朱祖谋本，包括词 213 首，其中 7 首搜自其他词书及笔记。此外，又列出其他出处的词牌名称 17 个（其中只有 6 个保存内容）。

5.《乐章集校笺》，梁冰枬，硕士论文，台北：国立师范大学国文研究所 1966 年出版。

原版后记

第一次读到柳永的词，是中学二年级的时候，记得那年夏天，外祖父陈孔楚先生送给我一把白纸扇，扇面上写的，正是柳永的《望海潮》，我念着念着，不知不觉就被那抑扬顿挫的音韵与风流俊雅的词采所吸引住了。有谁料到呢，若干年后，柳永的词，竟然成为我的研究题目。外祖父爱好作诗填词，精于书法，如今我还记得他坐在我身旁，督促我一笔一划临《玄秘塔》的情景。可惜他不及亲眼看见我的著作得以出版，不然，他一定感到很欣慰了。

《柳永及其词之研究》一书能够顺利完成，首先要感谢的，是我的论文导师叶嘉莹教授，没有她多年来的指导、启发、鼓励与超乎师生之间的关怀，我是没有信心投入这项研究的。从英文稿到中文稿，她不知花了多少时间与精力，即使她回国讲学的繁忙日程中，仍然抽空来为我审阅定稿（当然，文误由我负责），我对她的感谢，都是非笔墨所能形容万一的。

我想借此机会感谢多年来一直关心我、鼓励我的 Ranbir Vohra 博士，以及挚友周国正和陈洁珩，在译稿过程中向我提出宝贵意见。三联书店编辑部对我的热切帮助，我是永不忘记的。最后，感谢外子雷灿华给我的无限量的精神支持。

A Study of Liu Yong and His Lyrics

Table of Contents

Part One:

Reconstructing the Life of Liu Yong: the Sojourned Poet

Liu Yong 柳永 is generally recognized as the most important pioneer of *manci* 慢词 (mid-length and long lyrics), which is accepted as the most popular literary form during the Song Dynasty (960–1279). However, there are no records of Liu Yong's life in the official *History of the Song Dynasty* (*Song Shi* 宋史), and no scholars have written a biography on him either. His lyrics are neither dated, nor do they provide information about his circumstances at the time. As such, one can only refer to a handful of brief anecdotal accounts that are randomly scattered throughout the texts found in scholars' jottings and sketches (*biji* 笔记), commentaries on lyrics (*cihua* 词话), and local gazetteers (*difangzhi* 地方志). However, the information found in these records frequently overlaps, and therefore cannot sufficiently provide a complete look into the life of Liu Yong. Although several stories about him can be found in classical vernacular fiction that are derived from the content found in the prompt books of storytellers (*huaben* 话本) and dramas from the Yuan Dynasty, there are no means to verify the accuracy of these records. In short, factual information concerning Liu Yong's life is extremely scarce, even information pertaining to his basic demographics is subjected to a difference of opinions: his name, his hometown, his year of birth, the year he received his advanced scholar degree (*jinshi* 进士), the official titles he has held, his place of burial, and more importantly, the main events and activities surrounding his life, remains shrouded in mystery. With such limited source materials, one cannot expect a detailed biography of Liu Yong to be provided. What follows, however, is an attempt to reconstruct a biographical contour for the readers, tracing various events of significance in the life of Liu Yong, the sojourned poet.

A. Family History

The most informative record of Liu Yong's family history is "An Epitaph with Preface for Mr. Liu, the Judicial Investigator of the High Court of Justice, from the Recluse Scholar of Jianxi 建豁处士赠大理评事柳府君墓碣铭并序" (hereafter to be referred to as "Epitaph"),[1] written by Wang Yucheng 王禹偁 (954–1001).[2] Wang Yucheng was a close friend of Liu Xuan 柳宣, who was Liu Yong's eldest paternal uncle. As such, the "Epitaph" was written at the request of Liu Xuan to commemorate Liu Yong's paternal grandfather: Liu Chong 柳崇. In the "Epitaph," Wang Yucheng revealed that the Liu family was originally from the area of Hedong 河东 (present day the province of Shanxi 山西). However, Liu Ao 柳奥 (Liu Yong's ancestor, seven generations removed), later decided to accompany his uncle, Liu Mian 柳冕[3] to the province of Fujian 福建. Later, Liu Mian, who was a historian, was sent to the province of Fujian to accept a position as an official. Liu Mian was later promoted to the position of Office Chief (*zhangshi* 长史) of Jianzhou 建州 (present day Jian'ou County 建瓯县), and thus decided to settle there permanently. At the time, the Liu family settled in a district called Wufu Li 五夫里 in Chong'an County 崇安县. Therefore, it can be said that Chong'an County was the ancestral home of Liu Yong. This refutes the theory supported by many scholars that Liu Yong's hometown was located in Le'an County 乐安县[4] in the province of Jiangxi 江西, and repudiates the claim that his hometown was in Qiantang 钱塘 (present day Hangzhou 杭州) as described by the Yuan drama *Magistrate Qian Pampering Xie Tianxiang* 钱大尹智宠谢天香 (*Qian Dayin zhichong Xie Tianxiang*).[5]

According to Wang Yucheng's "Epitaph" and the local gazetteers, Liu Yong's grandfather Liu Chong (courtesy name Zigao 子高)[6] had lost his father (Liu Deng 柳瞪) at a young age, and was brought up by his mother (surnamed Ding 丁). By the time Liu Chong had reached adulthood, he had already established a good reputation for his Confucian learning and moral integrity. As such, whenever there were disputes, the villagers would always turn to him for the final verdict. It did not take long for Liu Chong's honorable reputation to reach the ears of Wang Yanzheng 王延政[7] who had just taken over the province of Fujian. As a result, Wang Yanzheng attempted to appoint Liu Chong to the position of Assistant Sub-prefect (*cheng* 丞) of Sha County 沙县 (present day Yaosha County 洮沙县). However, Liu Chong declined the offer due to Wang Yanzheng's notorious ways of exploiting the people. From that point forward, Liu Chong led the life of a recluse in a residence beneath Golden Goose Peak (Jin'e Feng 金鹅峰).

Liu Yong's grandfather had two wives. The first wife, surnamed Ding 丁, bore him two sons: Liu Yong's father Liu Yi 柳宜 and the previously mentioned Liu Xuan. The second wife, surnamed Yu 虞, bore him four sons: Liu Zhi 柳寘, Liu Hong 柳宏, Liu Cai 柳寀, and Liu Cha 柳察. Altogether, Liu Yong's grandfather had six sons and five daughters.[8] However, aside from simply stating that all the daughters were married into good families, Wang Yucheng had made no further attempts to provide additional information about them.

Liu Yong's father Liu Yi (courtesy name Wuyi 无疑) would eventually become the Sub-prefect (*zai* 宰) of Fei County 费县 (present day the province of Shandong 山东). As such, Liu Yong's grandfather left Golden Goose Peak to pay a visit to Liu Yong's father. At around the same time, his grandfather also visited Liu Yong's eldest uncle Liu Xuan, who was carrying out duties as the Militia Prefectural Judge (*tuanlian tuiguan* 团练推官) of Jizhou 济州 (present day Jining County 济宁县 in the province of Shandong). Afterwards, his grandfather travelled to the capital city, Bianjing 汴京 (present day Kaifeng 开封 in the province of Henan 河南), where he fell ill. He then returned to Jizhou, and passed away in November of 980 (fourth year during the reign of Taiping xingguo 太平兴国 of Taizong 太宗), at the age of sixty-three. As such, it can be deduced that Liu Yong's grandfather, Liu Chong, was born in 917.

According to Wang Yucheng's "Bidding Farewell to Liu Yi on His Journey to Become the Vice-administrator of Quanzhou, a Preface 送柳宜通判全州序,"[9] Liu Yong's father first served duties under the reign of the Southern Tang Dynasty 南唐 (937–975). (Note: Quanzhou 全州 is the past equivalent of present day Quanzhou County 全县 of Guangxi Zhuang Autonomous Region 广西.) His father's outspoken and upright attitude towards state affairs made him highly esteemed by the ruler of the Southern Tang Dynasty, Li Yu 李煜 (937–978), a ruler that was also well known for his lyrical poetry.[10] As a result, Liu Yong's father was eventually promoted to the position of Investigating Censor (*jiancha yushi* 监察御史). When the Southern Tang Dynasty collapsed in 978, his father served duties under the courts of the Song Dynasty. In 979, his father became the Sub-prefect (*ling* 令) of Leize 雷泽 (located southeast of present day Pu County 濮县 in the province of Shandong). It was during this time period when Liu Yong's father became acquainted with Wang Yucheng. Shortly after, in 980, Liu Yong's father was appointed to the position of Sub-prefect of Fei County. According to the gazetteer of Fujian province, Liu Yong's father received his advanced scholar degree in 985 (second year of Yongxi 雍熙 during the reign of Taizong).[11] The precise reasons as to why Liu Yong's father decided to take this examination many years after holding many official posts remains a mystery. There is the possibility that the record in the gazetteer is inaccurate, or the possibility that Liu Yong's father had wanted to take the advanced scholar examination under the new regime in order to raise his status.

In 990, while holding the title of Sub-prefect of Rencheng 任城 (present day Jining County in the province of Shandong), Liu Yong's father filled thirty scrolls with his own writing and left for the capital city. Upon arrival, with the help of the eunuchs, his thirty scrolls were delivered to Emperor Taizong 太宗. The Emperor was impressed by the writings within the scrolls and immediately ordered the prime minister, Zhao Baozhong 赵保忠, to prepare a test by the next morning for Liu Yong's father. As a result, Liu Yong's father was soon appointed to the position of Professor of the Directorate of Education (*guozi boshi* 国子博士), serving duties in the Imperial Library. In 994, his father was transferred to the judgeship of Quanzhou. However, in 996, he returned to the capital city once again and was appointed to the position of Critic-Advisor to the Heir Apparent (*zanshan dafu* 赞善大夫).[12] As a commendation for Liu Yong's father's promotion, Wang Yucheng wrote "A Preface to the Portrait of Critic-Adviser Liu 柳赞善写真赞并序" which revealed that Liu Yong's father was fifty-eight years old in the year 996 (fourth year of Xianping 咸平 during the reign of Zhenzong 真宗). As such, it can be deduced that Liu Yong's father was born in 938.

According to Wang Yucheng's "Epitaph" and the local gazetteers, all five of Liu Yong's paternal uncles became officials, and two were confirmed holders of the advanced scholar degree. Liu Yong's brothers, Sanjie 三接 and Sanfu 三复, were also known holders of the advanced scholar degree. Additionally, Liu Yong's son Liu Shui 柳涚, and Liu Yong's nephew Liu Qi 柳淇 were both successful recipients of the same degree. Not surprisingly, these men all advanced to become officials (see Appendix A). Thus, it can be concluded that starting from the Tang Dynasty, the Liu family did not belong to the common class. In fact, it appears that the Liu family had been a part of the scholar-gentry class, and it was likely that Liu Yong had grown up in a family that had emphasized Confucian teachings, and thereby encouraged official achievements. As will be demonstrated in the following discussion, these factors all held a great impact on Liu Yong's life.

B. Name and Year of Birth

It is with certainty that Liu Yong's birth name was Sanbian 三变 because his two brothers were named Sanjie 三接 and Sanfu 三复.[13] He was given the courtesy name of Qiqing 耆卿.[14] At the same time, in vernacular fiction, he was often referred to as Liu Qi 柳七, the seventh son of the Liu clan.[15] However, as to why and when he decided to adopt the name of "Liu Yong 柳永," there appears to be quite a divergence of opinions on the matter. Wang Pizhi 王辟之, advanced scholar of 1068, had written that Sanbian had fallen ill shortly after receiving his advanced scholar degree. As such, he decided to adopt the name "Yong 永" (eternal), and changed his courtesy name to Jingzhuang 景庄.[16] On the other hand, Chen Shidao 陈师道 (1053–1101) believed that he had adopted the name of "Liu Yong" in order to be promoted to another official position.[17] Unfortunately, concrete supporting evidence cannot be found for either theory, and as such, the exact reasons as to why Liu Yong adopted his name will remain unknown.

Liu Yong's year of birth still remains a controversial issue. Some scholars supported the theory that *manci* was derived from *xiaoling* 小令

(short lyric). Since Liu Yong was the first lyrical poet to compose a large number of *manci*, these scholars held the view that Liu Yong was born some time after prominent poets that had concentrated their efforts on writing *xiaoling* such as Yan Shu 晏殊 (991–1055), and Ouyang Xiu 欧阳修 (1007–1072).[18] Some scholars supported the claims of Chao Buzhi 晁补之 (1053–1110), who had stated that Liu Yong and Zhang Xian 张先 (990–1078) were both famous during the same time period.[19] Therefore, Liu Yong was born in 990, which was the same year as Zhang Xian.[20] However, some other scholars had different views. Chen Rui 陈锐 of the late Qing Dynasty believed that Liu Yong was born after Yan Shu, Fan Zhongyan 范仲淹 (989–1052), and Zhang Xian.[21] On the other hand, the modern scholar Zheng Qian 郑骞 (1906–1991) had speculated that Liu Yong was either born in the early years of Emperor Zhenzong's 真宗 reign (997–1022), or was twenty-two years older than Su Shi 苏轼 (1037–1101).[22] Yet another scholar, Ye Qingbing 叶庆炳 (1927–1993), asserted that Liu Yong, Yan Shu, and Zhang Xian were all roughly the same age. As such, Liu Yong should be at least ten years older than Ouyang Xiu.[23] Regrettably, none of these scholars were able to produce convincing evidence to support their statements.

However, the article "New Evidence on Liu Yong's Life 柳永事迹新证"[24] that was published in 1957 by Tang Guizhang 唐圭璋 (1901–1990) and Jin Qihua 金启华 provided strong evidence to support their claims on the birth year of Liu Yong. Similar to the claims of Chao Buzhi, both authors believed that Zhang Xian and Liu Yong were simultaneously famous, and therefore, they must have been born around the same time. As such, they also concluded that Liu Yong was born approximately around the time of 990. However, unlike Chao Buzhi, they were able to provide more concrete evidence to make their claims more persuasive. They centered their argument around the writings of Luo Dajing 罗大经 (1196–1252?) that states that Sun He 孙何 was the Fiscal Attendant (*zhuanyun shi* 转运使) of Liangzhe 两浙 which comprised of Zhedong 浙东 and Zhexi 浙西 during the Northern Song Dynasty (present day the province of Zhejiang 浙江 and Jiangsu 江苏).[25] Sun He was born in 961, and received his advanced degree in 992. Shortly after completing his term of office as the Fiscal Attendant, Sun He passed away in 1004.[26] Interestingly, when Sun He was in office as the Fiscal Attendant, Liu Yong had written the long lyric "Gazing at the Sea Tides" (Wang-hai-chao 望海潮) for him. Tang Guizhang and Jin Qihua believed that in order for Liu Yong to write this particular lyric, he would have already reached adulthood. Based on the above information, the latest date for the composition of this lyric would therefore be 1004. Thus, the authors concluded that Liu Yong was born in 987, the fourth year of Yongxi under the reign of Emperor Taizong. In another article published by the same authors at a later date, it was stated that Liu Yong's year of birth was 985.[27]

Additional evidence can be provided to verify the records of Luo Dajing. Wang Yucheng's personal collection entitled *Xiaoxu Ji* 小畜集 contains many of his poems that were written for Sun He and his brother Sun Jin 孙瑾 (967–1017).[28] The existence of these poems indicates that Wang Yucheng and the Sun brothers were good friends. However, one should not forget that Wang Yucheng was also closely acquainted with Liu Yong's father and uncle. Furthermore, when Sun He obtained his advanced scholar degree in 992, Liu Yong's father was also in the capital city Bianjing fulfilling his duty as the Professor of the Directorate of Education. Therefore, sharing Wang Yucheng as a mutual friend, it was very likely that their paths would eventually cross, and become friends as well. As such, the probability of Liu Yong writing a lyric for Sun He was very high.

C. Life in Bianjing (Kaifeng)

Based on the contextual clues found in Liu Yong's lyrics, as well as notes, jottings, and records from vernacular stories, it is evident that Liu Yong had spent his youth in Bianjing, the capital city. Since the reunification of China in 960 by the Song Dynasty, and the adoption of the centralization policy by the government, the country became peaceful for the decades to come. Naturally, Bianjing flourished and soon became the political, economical, and cultural center of China. Alongside its flourishing industries of trade and commerce, various types of urban entertainments began to appear along the streets of Bianjing. As such, it did not take long for Bianjing to develop into an urbanized city. For example, Meng Yuanlao's 孟元老 (fl.c. 1127) *Records of the Glorious Past of Kaifeng* (*Dongjing Menghua Lu* 东京梦华录) documented that there were wine houses, tea houses, and restaurants that remained open day and night, allowing for extensive feasting and drinking throughout the city.[29] There were also "tile halls" (*wazi* 瓦子) that were large enough to accommodate several thousand people, offering various types of entertainment such as drama, singing performances, and storytelling.[30]

Along with the growth of these entertainment businesses, pleasure quarters also boomed. Courtesans and prostitutes filled the wine houses, tea houses, and restaurants as described by Meng Yuanlao:

> All the front doors of the wine houses in the capital city are decorated with colorful silk [. . .] When night comes, lights are shining from above and below. Hundreds of courtesans in heavy makeup gather along the corridors, waiting for the drinkers to call. They appear like fairies at first glance [. . .] [31]

Thus, this was the urban environment that encircled Liu Yong during his early years in Kaifeng, the capital city.

Unfortunately, there is not enough information to determine the precise location of the Liu residence. However, in his lyric written to the tune pattern "Recent Rhythm of Guo Lang'er" (Guo-lang-er-jin-pai 郭郎儿近拍), Liu Yong reveals that he lives amidst the "small alleys" (*qu* 曲) deep inside the "block" (*fang* 坊).[32] According to the study of Kato Shigeru 加藤繁, the Imperial Street (*yujie* 御街) ran down the middle of Bianjing, splitting the city into two sections. Each section was then subdivided into small grids known as "fang," and within each "fang" were smaller alleys called "qu."[33]

During this period, Liu Yong led the life of a socialite that frequented brothels. It was likely that a majority of his leisure time was spent in these entertainment quarters. He participated in popular activities such as visiting famous gardens, engaging in horseback riding competitions, watching chicken fights, and playing soccer (*cuju* 踘蹴).[34] It was a known fact that his brother, Liu Sanfu, was an expert in the game of soccer.[35] Liu Yong was also an enthusiastic participant of many kinds of festive activities.[36] He spent his hours in the wine houses with "crazy friends and strange companions."[37] As mentioned earlier, he was an especially frequent visitor of the brothels; often he would "tour all over the small towers and obscure alleys."[38] He once boasted that he "bought flowers in bunches, filled wine in carts, and invited courtesans at the price of hundreds of pieces of jade, and thousands of pieces of gold."[39]

When compared to other lyricists, Liu Yong's name has been linked to the names of the largest number of courtesans. From the limited availability of source materials, including texts found in his lyrical compositions, a total of eighteen names belonging to courtesans were found, such as Xiuxiang 秀香, Yingying 英英, Yaoqing 瑶卿, Chongchong 虫虫, Xinniang 心娘, Jianiang 佳娘, Chongniang 虫娘, Suniang 酥娘, Shishi 师师, Xiangxiang 香香, and An'an 安安.[40] By contrast, when compared to his male counterparts, aside from the aforementioned Sun He, Liu Yong only wrote one other regular style poem (in *shi* 诗 form) for a eunuch by the name of Sun Kejiu 孙可久.[41] It appears that Liu Yong was especially fond of courtesans who excelled in dancing and singing.[42] His favorite was a high-class courtesan that went by the name of Chongchong, whom he was deeply infatuated with.[43]

It was described in various notes and jottings that "Liu Yong had a supreme talent when he was young, and especially excelled in music."[44] Since he also "excelled in the writing of song words" his fame reached every corner of the capital city.[45] Traditional vernacular fiction indicated that the courtesans were extremely fond of Liu Yong's lyrics, and was honored to meet with him.[46] This was understandable: if a courtesan was able to convince Liu Yong to compose a piece for her to sing during her performance, her performance fee would naturally be raised to a much higher price.[47] For these reasons, Liu Yong became a highly anticipated presence amongst the brothels, to the point where the madams of each brothel competed to pay for his living expenses, just so that he could come for a visit.[48] This may also explain why so many names of courtesans appear in his lyrics.

Aside from the brothels, Liu Yong was also popular amongst the musicians at the Musical Institute (*jiaofang* 教坊) as recorded by Ye Mengde 叶梦得 (1077–1148):

> Liu Yong [. . .] excelled in the writing of song words. Whenever the Musical Institute's musicians composed a new tune, they would request Liu Yong to write

the words because only then could the tune become popular [. . .] [49]

It would be reasonable to assume that Liu Yong was paid by these musicians for his work. This was perhaps how Liu Yong began his career as a professional song writer.

Through the performances conducted by the musicians at the Musical Institute, many of Liu Yong's lyrics, such as the one written to the tune pattern "Happily Tipping the Wine Cup" (Qing-bei-le 倾杯乐)[50] gained popularity. In fact, his popularity was widespread even within the Imperial Palace.[51] This newfound fame and growing popularity made Liu Yong conceited. He proudly expressed within his lyrics that his works had such a refined style that no one would be able to exceed him.[52] He openly stated that, "all my life, I have been proud of my romantic temperament and talent."[53] He further compared his own talent to that of Song Yu 宋玉, a famous poet that flourished during the era of the Warring States.[54] As such, he regarded himself as a "gifted scholar" (*caizi* 才子) that should only be matched to beautiful ladies.[55] All in all, in the eyes of the young Liu Yong, the world was full of happiness: his future was bright, and was filled with hope and success.

D. Attempts and Frustrations

Being raised by a family of the scholar-gentry class that held strong Confucian values, Liu Yong naturally aspired to obtain the advanced scholar degree and become an official as a means to realize his ambitions. The exact date of his first attempt to write the examination is unknown. However, if he was born on or before the year of 985, it can be speculated that he would have begun his examination attempts during the later years of Emperor Zhenzong's reign (968–1022). What can be certain though, was that Liu Yong had failed his initial attempts at the examination. During the early Song Dynasty, for a person to obtain the advanced scholar degree, he had to pass the prefectural examination or its equivalent, the school examination, the departmental examination, and the palace examination. [56] It was likely that after experiencing the failures in his examination, Liu Yong left Bianjing and went to Qiantang (present day Hangzhou), which was where he wrote the long lyric to the tune pattern "Gazing at the Sea Tides" (Wang-hai-chao 望海潮) for Sun He.[57]

Although it was uncertain as to how long Liu Yong had remained in Qiantang, what can be certain is that, after some years of travelling about, Liu Yong eventually returned to the capital city. This is supported by the fact that Liu Yong had composed lyrics surrounding the events of the descent of the "Heavenly Book" (*tianshu* 天书).[58] In order to witness this event, he would need to be in Bianjing at the time when the Heavenly Book "descended" upon the Imperial Palace. However, the difficulty lies in the fact that there were documentations of two separate instances when the Heavenly Book made its "descent": the first time was in 1008,[59] and the second time was in 1019.[60] Due to the limited availability of sources, it is difficult to determine whether Liu Yong had witnessed the first or second event, or both. As such it makes it difficult to ascertain the precise date of Liu Yong's return to the capital city. However, what can be certain is that Liu Yong was most definitely in Bianjing in 1018, because he had written a lyric to the tune pattern "Jade Tower in Spring" (Yu-lou-chun 玉楼春) that describes the witnessing of the crowning of the nine-year-old Prince Renzong 仁宗, which happened in 1018.[61]

After Liu Yong returned from his sojourn in the South, it was likely that he attempted the Imperial Examination several more times, but without success. After one of these particular failed attempts, he wrote the lyric to the tune pattern "The Ascent of the Crane" (He-chong-tian 鹤冲天), which would later become an obstacle in his path to official advancement.

Accidentally I lost the chance to be on the top of the golden list.
This glorious era has temporarily abandoned a talented person.
What can I do about it?
As I failed to achieve a high position
Why not let myself go?
Why talk about gains and losses?
A talented *Ci* poet is naturally a prime minister in commoner's clothing.

Amidst these winding alleys and obscure pathways
There are painted screens.
Luckily, there is my sweetheart for me to visit.
I cuddle my lover like thus and
Enjoy this romantic moment to my heart's content.
Youth is but a short moment.
I am willing to exchange my empty fame for some light drinking and soft singing.[62]

On the surface, this lyric seems to show that Liu Yong was a carefree person: he did not care whether he failed or passed the examination, as it was nothing but an "empty fame." Accepting this narrow interpretation, some scholars then concluded that Liu Yong had no desire to climb up the official ranks of the political ladder.[63] However, upon a closer inspection, his choice of using the words "accidentally" (*ou* 偶) and "temporarily" (*zan* 暂) suggests that Liu Yong is still hopeful that he would eventually pass the Imperial Examination at a later time. Beneath the surface of the seemingly carefree tone of this lyric lies an expression of his frustration and rebellious spirit. Since he was not the only one to have failed the examination, this lyric soon gained wide appeal amongst the many unsuccessful candidates within the capital city. It became so popular that the line "a prime minister in commoner's clothing" (*baiyi qingxiang* 白衣卿相) was incorporated into vernacular fiction in the form of storytelling.[64]

In another lyric written to the tune pattern "Like a Fish in Water" (Ru-yu-shui 如鱼水), Liu Yong reveals that after failing the examination, he led a decadent life, squandering his time away out of sheer boredom:

> I led a loose life in the capital.
> For several years I have been indulging myself in wine and women.
> I toured wildly around the nine paths.[65]

He further wrote within the same lyric that he "intends to cast away this empty fame, and rather not think about what is right, and what is wrong." Stated in such a carefree manner! In actuality, as was mentioned previously, Liu Yong's desire to get ahead was firmly rooted deep within his subconscious mind. This was supported by another statement he had made further down the lyric: "when the time comes my high ambitions will be fulfilled." In other words, his current failure was just bad luck, all he needed was to wait for the right opportunity to come along, and his talent would eventually be recognized. This idea is further supported by a statement he wrote in yet another lyric, to which he had asked his beloved Chongchong to treat him well, since he might pass the next examination, and become an official.[66] His desire to pass the Imperial Examination was so intense that he had likened the joy of sex to that of receiving the advanced scholar degree from the Imperial Palace.

> My feelings are getting better and better.
> It is the right moment to continue our cloud-rain affair.
> This is exactly like late spring inside the Imperial Palace

When the imperial incense burner is sending out its fragrance and
When the Emperor has left his seat to conduct the palace examination,
Facing him a few feet away
I will definitely win the top position.
Until then, you wait for my return to congratulate me [. . .] [67]

Liu Yong eventually came close to achieving his deepest desires, just as he had once boastfully predicted in his lyrics; however, much to his great disappointment and surprise, he was ultimately rejected and disqualified. This was largely due to his notorious reputation brought on by his decadent lifestyle, made evident in his lyrics, which openly detailed his overindulgence on the wine and the women from the brothels. It was deemed morally inappropriate, and an overall embarrassment, as documented by Yan Youyi 严有翼 (fl.c. 1127) in *Random Notes on Art* (*Yihai Cihuang* 艺海雌黄):

Liu Sanbian [Liu Yong] [. . .] was fond of writing *Ci*, but was poor in conduct. Once, someone recommended him to the Emperor. The Emperor asked, "Is it the Liu Sanbian that keeps writing *Ci*?" That person replied, "Yes." The Emperor said, "Then just let him continue doing so." Because of this, Liu Yong was very disappointed. He lingered around brothels and wine houses with gallants every day. He no longer restrained his behavior. He called himself "Liu Sanbian who writes *Ci* under the Emperor's decree. [. . .]"[68]

On the other hand, in *Random Notes of the Able-to-Change Studio* (*Nenggaizhai Manlu* 能改斋漫录), Wu Zeng 吴曾 (fl.c. 1163) provided, in more details, a somewhat different account of the same event:

Emperor Renzong closely followed the refined elegance emphasized by Confucian teachings, and was devoted to the fundamentals of Dao. He condemned pompous and flowery writings. In the beginning, the advanced scholar Liu Sanbian was fond of composing erotic songs. His songs spread everywhere.

> Once he wrote a lyric to the tune pattern "The Ascent of the Crane" (He-chong-tian) which says, "I am willing to exchange my empty fame for some light drinking and soft singing." When the Emperor left his seat to announce the examination results, people around [Liu Yong] said to him, "Just go get some light drinks and soft singing, why bother pursuing the empty fame?" [69]

As mentioned above, for a person to obtain the advanced scholar degree in the early Song Dynasty, he had to pass the prefectural examination or its equivalent, the school examination, the departmental examination, and the palace examination. The competitions in the prefectural and departmental examinations were so stiff that the average for passing candidates was about ten percent. The palace examination had been in practice since 975, and was not abolished until 1057,[70] which was after the death of Liu Yong. During the palace examination, the Emperor had the liberty to, as he pleased, fail between thirty to fifty percent of all eligible candidates.[71]

It was quite possible that Emperor Renzong had rejected Liu Yong specifically based on the disrespect he had displayed in the lyric that he had written to the tune pattern "The Ascent of the Crane." In particular, the line comparing a lowly *Ci* poet to an esteemed official like the prime minister, and the line comparing the honorable advanced scholar degree to an empty fame, would all be considered insulting in the eyes of the Emperor. Nonetheless, by documenting that Liu Yong was able to meet the Emperor face to face, Wu Zeng had indirectly revealed that Liu Yong was able to successfully pass the departmental examination. Unfortunately, just when he thought he was going to finally succeed, he was personally disqualified during the palace examination by the Emperor. Sadly, due to his own impulsivity and perceived misconduct, Liu Yong inevitably became one of the many victims of these subjective examinations.

Needless to say, following Liu Yong's disqualification at the palace examination in a time period that was possibly dated as early as 1022 (which was the year Emperor Renzong ascended the throne), he became thoroughly dejected. Liu Yong lived recklessly amongst the brothels and the wine houses, calling himself "Liu Sanbian, who writes *Ci*, under the Emperor's decree." To the unknowing outsider, it seemed like an honorable title. In actuality, it was a mockery of Liu Yong's self-perceived absurd predicament, fully capturing his bitter sentiments, while expressing his anger and deepest frustrations. His reckless lifestyle would continue until 1034, which will be examined in more details below.

E. Official Career

Despite the countless failed attempts to pass the Imperial Examination, Liu Yong did not give up. Finally, in 1034 (the first year of Jingyou 景祐), Liu Yong was awarded the advanced scholar degree. It should be noted that to date, there are still controversies revolving around the exact year in which Liu Yong had obtained his advanced scholar degree. Some claimed that it was during the middle years of Jingyou, while others claimed that it had happened during the last year of Jingyou (1038).[72] According to the *History of the Song Dynasty*, only two examinations were held during the years of Jingyou, which was in 1034 and 1038. The piece of evidence that supported the claim that Liu Yong had obtained his degree in the early years of Jingyou could be found in Shi Wenying's 释文莹 (fl.c. 1078) *Random Records from Fragrant Mountain* (*Xiangshan Yelu* 香山野录) which said that when Fan Zhongyan 范仲淹 (989–1052), a famous Song Dynasty official, was demoted to Muzhou 睦州 (present day Jiande County 建德县 in the province of Zhejiang) in 1034, he heard the local people singing Liu

Yong's lyric for "The River is All Red" (Man-jiang-hong 满江红).[73] Given the fact that Liu Yong was already appointed to the position of Prefectural Judge (*tuiguan* 推官) of Muzhou during the middle of Jingyou, it was clear that Liu Yong had gained his advanced scholar degree in 1034, as Ye Mengde (1077–1148) revealed in *Swallows' Words from the Stone Forest* (*Shilin Yanyu* 石林燕语),

> In the time of our ancestors, it did not require merit ratings to recommend a person. During the middle year of Jingyou, Liu Sanbian was the Prefectural Judge of Muzhou. He was praised because of his lyrics. After he had assumed office for over a month, he was soon recommended by Lü Wei 吕尉, the Administrator (*zhizhou* 知州). Guo Quan 郭劝, the Censor (*shiyushi* 侍御史), commented, "Sanbian has just obtained his advanced scholar degree and has only been an official for just over one month, where are his administrative achievements?" Thus, he immediately rejected the recommendation.[74]

Furthermore, as shown in the *Gazetteer of Yuhang* (*Yuhang Xianzhi* 余杭县志) (present day Hangzhou), Liu Yong was the Sub-prefect of this city in 1034[75] and was listed as a good official. During his term of office, he had also built the Wanjiang Tower 玩江楼.[76] Liu Yong was later appointed as an official for Xiaofeng Salt Field 晓峰盐场, located in Dinghai County 定海县 (present day Zhenhai County 镇海县 in the province of Zhejiang).[78] During this time period, he wrote the long narrative poem "Song of Drying the Sea" (Zhuhai ge 鬻海歌). It has thirty-two lines with seven characters per line, providing a realistic depiction of the harsh life of the common people, thereby disclosing another aspect to Liu Yong's personality. Through his sentiments expressed in the poem, an image of a sympathetic official who was deeply concerned about the hardships of his people began to emerge:

[. . .]
What do the salt workers make for a living?
Women have no silk to weave and men have no land to plough.
Government tax has yet to be paid.
The local tax is already pressing.
They abandon wives and sons and work hard.
Although they have the form of a human, their face is as pale as a vegetable.
How bitter is the life of the salt workers!
When will their mothers and sons be out of poverty? [. . .] [79]

While serving his term in Dinghai County, Liu Yong also wrote a long lyric to the tune pattern "Keeping a Guest" (Liu-ke-zhu 留客住) to express his nostalgia.[80] After leaving Dinghai County, it appeared that Liu Yong had taken on various positions as a petty official in various places that was mainly situated within the Yangtze region. As a petty official during the Northern Song Dynasty, each transfer meant a hard journey ahead.[81] Therefore, after many transfers while seeing no opportunities for a promotion, Liu Yong began to feel weary of his itinerant lifestyle:

My official journey has become a rootless wandering.[82]

With this endless travelling and this lengthy sickness
I have faced enough of the bitterness of these official journeys.[83]

Frustrated by his lifestyle filled with endless wandering, Liu Yong began to question the value of fame and profit, and expressed his desires to retreat into solitude:

At this moment
How can I chase after fame and profit?
How can I wear the official cap and endure the fierce heat of the dusty nine paths?

> I look back to the river village.
> There are towers in the moonlight and pavilions in the breeze.
> On the rocks along the river bank,
> Fortunately, there is a place where I can untie my hair and open my lapel.[84]

Liu Yong was not alone in his desire to retreat from worldly affairs; in fact, it was a rather common Daoist desire amongst the Chinese intellectual officials. However, his self-congratulatory lyrics,[85] along with his persistent attempts to obtain the advanced scholar status, indicated that Liu Yong was not one who would easily forego fame and achievement. On the contrary, there was a record documenting that Liu Yong had returned to the capital city to visit Yan Shu (991–1055). At the time, Yan Shu was the prime minister during the period of 1042–1044.[86] As a fellow *Ci* poet, it was likely that Liu Yong had hoped that their shared common interest would make it easier for him to convince Yan Shu to become his sponsor, and recommend him for a promotion to a higher official rank. Unfortunately, the outcome of the visit was a great disappointment for Liu Yong, as described by Zhang Shunmin 张舜民 (fl.c. 1065) in *Records on Poets and Paintings* (*Hua Man Lu* 画墁录):

> Because Liu Sanbian [Liu Yong] had offended the Emperor with his *Ci*, the Ministry of Personnel refused to change his official position. Sanbian could not bear the situation and went to the government. Yan [Shu] asked [Liu Yong], "Sir, do you write songs?" Sanbian replied, "Just like your honor, who also writes songs." Yan [Shu] said, "Even though I write songs, I have never written such lines as 'Idly holding a needle and thread I would sit next to him.'" Thus, Liu Yong withdrew.[87]

Sadly, it was a rather predictable outcome: Yan Shu and Liu Yong came from different backgrounds, had different personality traits, and held different statuses. Even if one were to set aside these differences, there was another factor that likely held a prominent weight in Yan Shu's decision: their difference in attitude and style towards writing *Ci*. Yan Shu held a more reserved style, adopting the lofty tone of *xiaoling* writing in the style of *Huajian Pai* 花间派 ("Amidst the Flowers School" of the Tang and Five Dynasties) as his typical standard. Liu Yong, on the other hand, took on the style of *manci*, and adopted an abundance of folk music, colloquialisms, and direct expressions in his creations.

During Liu Yong's stay in the capital city, he returned to his old friends—the courtesans. However, by this time, Liu Yong had already been an official for many years, and had since restricted his lifestyle accordingly. As a result, his interest in wine and women had greatly reduced, as he had revealed reluctantly with a sigh:

> How would she know
> Restricted by the reputation as an official
> I have totally reduced my romantic feelings for years.[88]

It appeared that Liu Yong's personality had undergone a dynamic transformation: he was no longer the self-absorbed socialite that recklessly indulged himself with wine and women. Rather, he had transformed into an official who was conscious of his public behavior, and how it would consequently affect his public image. Interestingly, this sensitivity coincided with the voice of the sympathetic official in the "Song of Drying the Sea."

According to the epitaph written for Liu Yong, he had been a Staff Author (*zhuzuo lang* 著作郎) at some point in time. He was later summoned to the Imperial Court by Emperor Renzong. At one point, he was appointed to the position of Sub-prefect of Lingtai County 灵台县 (located in the present day province of Gansu 甘肃). Afterwards, he was promoted to the position of Professor of Imperial Sacrifices (*taichang boshi* 太常博士). Unfortunately, dates pertaining to time period in which Liu Yong had held each of these positions could not be confirmed.[89]

During the years of Huangyou 皇祐 (1049–1055) under the reign Emperor Renzong, there was another incident in which Liu Yong was once again openly rejected by the Emperor for his *Ci*. Wang Pizhi 王辟之 (fl.c. 1068) had indicated in his records that, by the middle years of Huangyou, Liu Yong was still unable to get a promotion. There was an official at the time surnamed Shi 史 (another source claimed that it was Shi Zhi 史志[90]) who had appreciated Liu Yong's talents, and greatly sympathized with his misfortune. As such, Shi Zhi had wanted to extend a helping hand to Liu Yong when the right opportunity came along. One time, during a performance in which the musicians from the Musical Institute presented a new tune "Drunk in the Fairyland, Penglai" (Zui-peng-lai 醉蓬莱), the Imperial astronomer reported that the auspicious Canopus star had been sighted. As such, Emperor Renzong was elated. Taking advantage of the Emperor's good mood, Shi Zhi recommended Liu Yong to compose a verse to commemorate the occasion. Unfortunately, the Emperor was displeased with Liu Yong's choice to use the words *jian* 渐 (gradually) and *fan* 翻 (to overthrow) in his *Ci*. As a result, Liu Yong was disfavored and was to never be used by the Imperial court again.[91]

Since the Canopus star was believed to signify longevity, some said that the lyric was written on the Emperor's birthday. However, this assumption is questionable. Historical records had indicated that Emperor Renzong was born in the spring on April 14,[92] but the season described in Liu Yong's lyric was clearly autumn.[93] Furthermore, according to *History of the Song Dynasty*, there were no recorded sighting of the Canopus star during the reign of Emperor Renzong (1022–1063).[94] However, there was a recorded sighting of Venus (*taibai* 太白) and the Southern Dipper (*nandou* 南斗) during the first year of Huangyou on September 18th, 1049.[95] In his lyric, Liu Yong had written: "among the stars of the Southern Dipper, the Canopus is manifesting its auspiciousness." What likely happened was that the astronomer had reported the sighting of Venus and the Southern Dipper, and Liu Yong had intentionally included the Canopus star to add a flattering tone for the poem that was meant to celebrate a happy occasion.

Liu Yong had possibly written this poem when he was serving his duties as the Professor of Imperial Sacrifices. According to Chen Shidao 陈师道 (1053–1101), there happened to be a shuffle of officials in the capital city during this time period.[96] Deducing from this documentation, it was very likely that after falling out of favor with the Emperor because of this poem, Liu Yong was transferred during the shuffle, to the position of Assistant Officer of the Agricultural Branch in the Ministry of Works (*tuntian yuanwai lang* 屯田员外郎). Liu Yong would hold this position until his death.

F. Place of Burial

Similar to the controversies surrounding Liu Yong's year of birth, opinions about his place of burial are many as well. One classical vernacular story claimed that Liu Yong was buried in Leyou Yuan 乐遊原 (Pleasure Field) by courtesans.[97] The reason for selecting this location was likely due to the fact that Leyou Yuan held many memories for the romantic Liu Yong, as it was a place for amusement that he would often go to during his free time. On the other hand, Zhu Mu 祝穆 (?–1255) offered a different opinion on the matter:

> [. . .] [Liu Yong] died in Xiangyang 襄阳 (located in the present day province of Hubei 湖北). The day he died, he had no money left. A group of courtesans collected money and buried him outside the Southern Gate. They went to visit his grave every spring and called it "Mourning Liu Qi" (Diao Liu Qi 吊柳七).[98]

Zeng Minxing 曾敏行 (?–1175) provided, yet another, slightly different account:

> After [Liu Yong] died, he was buried on Flower Mountain in Zaoyang 枣阳 (in the province of Hubei). Every year during the Qingming festival, people from near and far carried wine and meat, and drank beside [Liu] Qiqing's grave, calling it the "Commemorating Liu Meeting" (Diao Liu Hui 吊柳会).[99]

It was also recorded in *Gazetteer of Yizhen County* (*Yizhen Xianzhi* 仪真县志) that "Liu Qiqing's grave was situated seven *li* to the west of Yizhen 仪真 (present day Yizheng County 仪征县 in the province of Jiangsu) near the area of Xupu 胥浦."[100] Taking this information into consideration, Wang Shizhen 王士祯 (1634–1711) stated that "Liu Qiqing's grave is situated in a place called Xianren Zhang 仙人掌, in the western region of Yizhen County."[101]

Similarly, Zhu Mu and Zeng Minxing were both sympathetic of Liu Yong's misfortune, and had indicated that he was actually quite popular among the common people. As shown in his lyrics, he had been to all of these areas at some point in his lifetime. After he died, courtesans from these areas began to gather and practice the custom of Diao Liu 吊柳 (Commemorating Liu). Perhaps this was the reason that led to the belief that Liu Yong was buried in Xiangyang and Zaoyang at the same time. It was also reasonable to assume that the courtesans, whom had all admired Liu Yong so deeply, would set up a grave so that a ceremonial custom could be formalized just for him. This may explain the discrepancies between the records from the *Gazetteer of Yizhen County* and Wang Shizhen.

These are not the only speculations pertaining to the burial location of Liu Yong. Aside from the earlier speculations mentioned above, Ye Mengde offered an even more persuasive record regarding the burial location of Liu Yong:

> [. . .] [Liu] Yong died while on a journey in the monastery of Runzhou 润州 (present day Zhenjiang County 镇江县 in the province of Jiangsu). When Wang Hefu 王和甫 (1034–1095) was the magistrate of Runzhou, he had searched for Liu's descendents but he could not find any of them, so he buried him. [. . .][102]

However, perhaps the most detailed and reliable account regarding the place of burial for Liu Yong was from *Gazetteer of Zhenjiang Prefecture* (*Zhenjiang Fuzhi* 镇江府志):

> In Ge Shengzhong's 葛胜仲 (a native of Yongkang 永康, in the province of Zhejiang) *The Danyang Collection* (*Danyang Ji* 丹阳集), his "Epitaph to Chen Chaoqing 陈朝清" records: "When Wang Hefu was the magistrate of Runzhou he wanted to bury Liu Yong, but after a long time no one claimed his body. Thus, Chen Chaoqing bought a piece of land in a high and dry area, and took charge of the funeral. Only then Sanbian was buried. In this year, Yang Zi 羊滋, the Commander of the Navy (*shuijun tongzhi* 水军统制), ordered the soldiers to dig the ground. They found Liu Yong's epitaph and a jade comb. They looked for the gravestone and found that the epitaph was written by Liu Yong's nephew. The heading, written in seal characters says, 'The Epitaph of Mr. Liu: the late Langzhong 郎中 of the Song Dynasty.'" [. . .] It also says that my uncle had been dead for over twenty years.[103]

Wang Hefu was an official in Runzhou in 1075.[104] It was likely that the unnamed nephew mentioned in the above source was Liu Qi, who had excelled in calligraphy.[105] Nonetheless, the source revealed that he had written the epitaph at least twenty years after the death of Liu Yong. As such, in "New Evidence on Liu Yong's Life," Tang Guizhang and Jin Qihua concluded that Liu Yong had died in 1053 (the fifth year of Huangyou).[106] Lastly, to further support this theory, *Gazetteer of Dantu County* (*Dantu Xianzhi* 丹徒县志) and *General Gazetteer of the Southern Yangtze Regions* (*Jiangnan Tongzhi* 江南通志) had both documented that Liu Yong's son, Liu Shui 柳涚, was a native of Dantu 丹徒 (which was located in Runzhou).[107] Thus, it can be confirmed that Liu Yong had spent his final years in Runzhou.

G. Liu Yong's Official Titles and the Places He Had Visited

To summarize the content of the epitaph written for Liu Yong, and related information from the sources that were made available, it can be concluded that these were the official positions that Liu Yong had held at some point during his lifetime:

1. Prefectural Judge of Muzhou 睦州推官
2. Sub-prefect of Yuhang 余杭令
3. Staff Supervisor of Sizhou 泗州判官
4. Supervisor of Xiaofeng Salt Field in Dinghai County 定海晓峰盐场盐监
5. Sub-prefect of Lingtai 灵台令
6. Staff Author 著作郎
7. Professor of Imperial Sacrifices 太常博士
8. Assistant Officer of the Agricultural Branch in the Ministry of Works 屯田员外郎
9. Langzhong (title incomplete) 郎中

Additionally, based on the contextual clues found in the lyrics of Liu Yong and a summary of the information from various sources, it can be certain that Liu Yong had also visited the following places (see map):

1. Chang'an 长安[108]
2. Yangzhou 杨州[109]
3. Chengdu 成都[110]
4. Tongjiang 桐江 (in the province of Zhejiang)[111]
5. Gusu 姑苏 (present day Suzhou 苏州)[112]
6. Kuaiji 会稽 (present day Shaoxing 绍兴 in the province of Zhejiang)[113]
7. Jianning 建宁 (Liu Yong's hometown)[114]
8. Yanling Beach 严陵滩 (in Tonglu County 桐庐县)[115]
9. Jiuyi Mountain 九嶷山 (located sixty li to the south of Ningyuan County 宁远县, in the province of Hunan 湖南)[116]
10. South of the Wei River 渭水[117]
11. The area of Huai 淮 (in the province of Anhui 安徽) and Chu 楚 (the provinces of Hubei and Hunan)[118]

Map of Liu Yong's Life

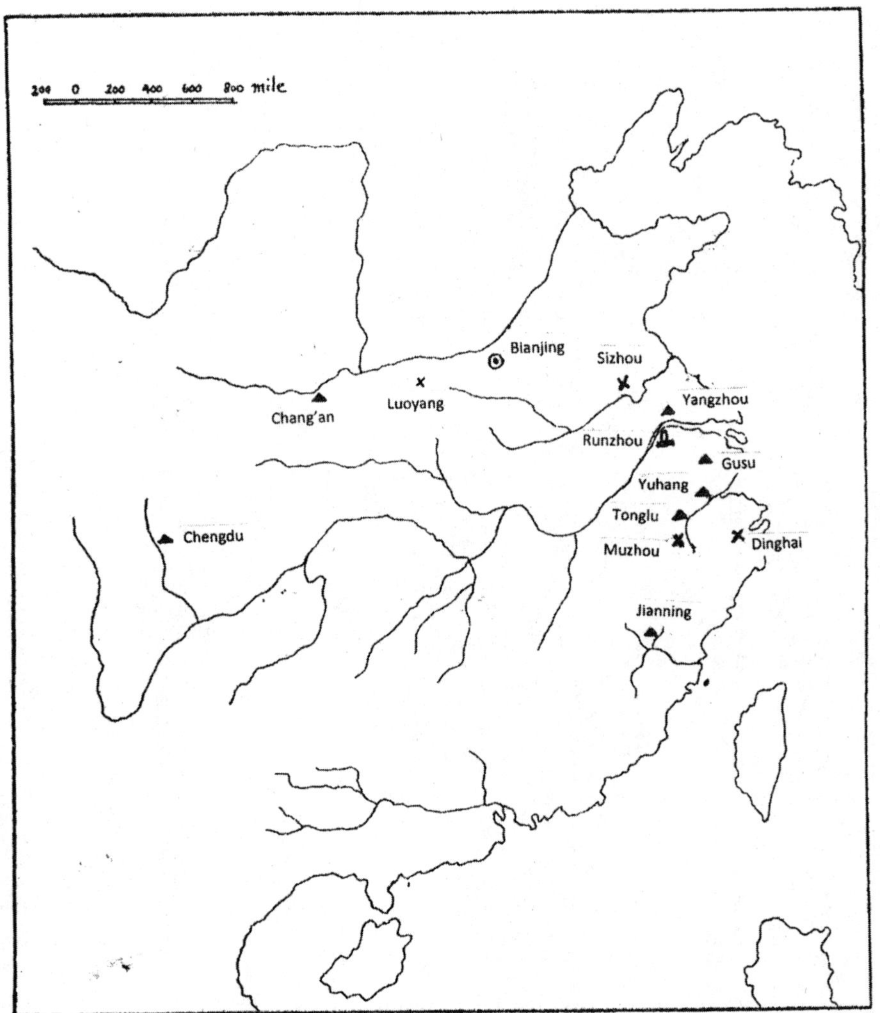

⊙ place where Liu Yang grew up

× places where Liu Yang held official positions

▲ places visited

place of burial

Part Two:

A Study of Liu Yong's Lyrics

Chapter I: Innovator of Tune Patterns

Ci (lyrics) can sometimes be referred to as song words (*quzi ci* 曲子词) or as long and short lines (*changduan ju* 长短句). It is meant to be sung in accompaniment to a melody. This melody is known as a tune pattern (*cipai* 词牌) or as a lyrical tune (*cidiao* 词调).[1] Each tune pattern has a tune title (*diaoming* 调名) that belongs to a specific musical mode (*gongdiao* 宫调).[2] There are no restrictions as to how each of these tune patterns may be used. As such, one tune pattern may be used by various lyricists to write about different topics. The process of writing *Ci* begins with the lyricist choosing the desired tune pattern. Following the prescribed meter and tonal pattern of the selected tune pattern, the lyricist then carefully fills in the characters to accompany the music. Thus, the act of writing *Ci* is commonly referred to as *tianci* 填词, which literally means "to fill in with words."

Without a doubt, Liu Yong had made great contributions to the development of the *Ci* genre. He was the first lyricist to use a large amount of tune patterns. In the following sections, Liu Yong's tune patterns will be compared with the tune patterns of three other prominent lyricists during his time, which will include Yan Shu (991–1055), Ouyang Xiu (1007–1072), and Zhang Xian (990–1078),[3] the tune patterns found in *The Lyrics of the Tang and Five Dynasties* (*Tang Wudai Ci* 唐五代

词, hereafter *TWDC*),[4] and the tune patterns from the folk songs found in the Dunhuang caves, a treasure house of cultural relics along the silk road. These comparisons will reveal the quantitative data of a prolific lyricist that held a deep breadth of musical knowledge, with wisps of folk influence wafting in between his lyrical and musical compositions.

A. Characteristics of Liu Yong's Tune Patterns

Originally, during the time of Liu Yong, depending on the length of the tune pattern, *Ci* was divided into two major categories: *xiaoling* and *manci*. Tune patterns with a shorter length meant shorter lyrics, and is known as *xiaoling* (short lyrics). On the contrary, *manci* is written with more words to accompany a tune pattern that has a greater length. According to the sources that were available, *manci* emerged during the middle of the Tang Dynasty (771–835) and was supposedly written to accompany Yan music 燕乐.[5] Yan music was a type of music that was commonly played as a form of entertainment during banquets, and the musical instrument of choice was likely the flute.[6] Unfortunately, due to lost records of musical notes, facts that pertained to the precise method used to sing *manci* is still a topic to be explored.[7] Song Xiangfeng 宋翔凤 (1776–1860) believed that *manci* was sung in a slow rhythm, and that was why it was called "*man* 慢," which was the literal character for "slow."[8] However, there was a possibility that the character "*man* 慢" was not referring to speed, but rather it could have been referring to a specific type of music. Due to the limited availability of sources, it is unclear as to which would have been the likelier possibility. On the other hand, Wang Li 王力 (1900–1986) said that the rhyming scheme of *manci* is sparse, and therefore needed to be sung in a quick rhythm. He had also indicated that the character "*man*" was used to indicate that the length of time required to sing *manci* was much longer.[9] However, it should be noted that *manci* did not become popularized until after Liu Yong's compositions became popularized by the masses. After the passing of Liu Yong, during the middle years of the Song Dynasty, *manci* was further divided into specialized subcategories of mid-length lyrics (*zhongdiao* 中调) and long lyrics (*changdiao* 长调).[10]

There were two prominent theories that speculated the specifics when it came to categorizing lyrics by length. The first theory, provided by Wang Li, indicated that any lyric with 62 characters or less should be categorized as *xiaoling* and anything longer should be considered as *manci*.[11] The second theory was put forth by a scholar from the Qing Dynasty: Mao Xianshu 毛先舒 (1620–1688). He proposed that lyrics with 58 characters or less should be categorized as short lyrics, lyrics between 59 to 90 characters should be categorized as mid-length lyrics, and lyrics with 91 or more characters should be categorized as long lyrics.[12]

Liu Yong had written a total of 213 lyrics during his lifetime, and perhaps one of the most distinctive characteristics of Liu Yong's tune patterns was the overwhelming amount of *manci*. Between the two major categories of *xiaoling* and *manci*, Liu Yong had the tendency to concentrate his efforts on *manci* composition. Based on the criteria outlined by Wang Li, 157 of Liu Yong's *Ci* were *manci*, while only 56 would be considered as *xiaoling*. On the other hand, if the second theory proposed by Mao Xianshu were to be applied to Liu Yong's *Ci*, 102 would be considered as a long lyric, while 57 would be categorized as a mid-length lyric, and 54 would be considered as a short lyric. Regardless of which theory was being used, when compared to Yan Shu, Ouyang Xiu, and Zhang Xian (see Figure 1.1), it is with certainty that Liu Yong had highly favored *manci* over *xiaoling*. As illustrated below, with the exception of Liu Yong, *xiaoling* was highly favored by the other three lyricists. Both Yan Shu and Ouyang Xiu wrote more than 60% of their lyrics in the form of *xiaoling*. However, it was striking that *xiaoling* had equally dominated Zhang Xian's compositional style. This is interesting because Zhang Xian had been highly praised for the quality of his *manci* by traditional scholars,[13] and thus it is surprising that only 12% of Zhang Xian's *Ci* were *manci*. If we consider Zheng Qian's 郑骞 (1906–1991) opinion that lyrics over 80 words are long lyrics, then 57% of Liu Yong's output are long lyrics, compared to Yan Shu's 2%. Ouyang Xiu's 5% and Zhang Xian's 11%.[14]

Poets	Total No. of Lyrics	% of Long Lyrics	% of Mid-length Lyrics	% of Short Lyrics
Liu Yong	213	48%	27%	25%
Yan Shu	136	2%	30%	68%
Ouyang Xiu	241	5%	34%	61%
Zhang Xian	165	12%	22%	66%

Figure 1.1: A cross-comparison of the types of lyrics composed by Liu Yong, Yan Shu, Ouyang Xiu and Zhang Xian. Based on Mao Xianshu's theory.

Additionally, aside from composing a larger amount of *manci* than his literary counterparts, Liu Yong also had the tendency to use a greater variety of tune patterns to accompany his *Ci* (Figure 1.2). As one can see, Liu Yong used a total of 127 different tune patterns,[15] which was significantly more than the amount that was used by his contemporary counterparts. When compared to his contemporary lyricists, Liu Yong's total was approximately of Yan Shu's overall total, 1.8 times of Ouyang Xiu's overall total, and was 1.3 times more than that of Zhang's Xian's overall total. Moreover, as one can expect, Yan Shu and Ouyang Xiu had the tendency to be more conservative in their compositions. As such, their choice of tune patterns had the tendency to be in close adherence to those found in *TWDC*. Similarly, although Zhang Xian was more flexible by comparison, almost a third of his tune patterns remained similar to those found in *TWDC*. On the contrary, despite the large amount of tune patterns that were used by Liu Yong, only a small amount found matches to the tune patterns from *TWDC*. Furthermore, as will be demonstrated later, even when Liu Yong referred to traditional sources for his tune patterns, he had the tendency to make changes, and generally had the tune pattern adjust its form to his own preferences.[16]

Out of the 127 tune patterns used by Liu Yong, almost 27 of them have the same names as those found in *TWDC* (Figure 1.2).

As such, there were many scholars that held the belief that *manci* had originated from *xiaoling*: Liu Yong had simply just extended the form

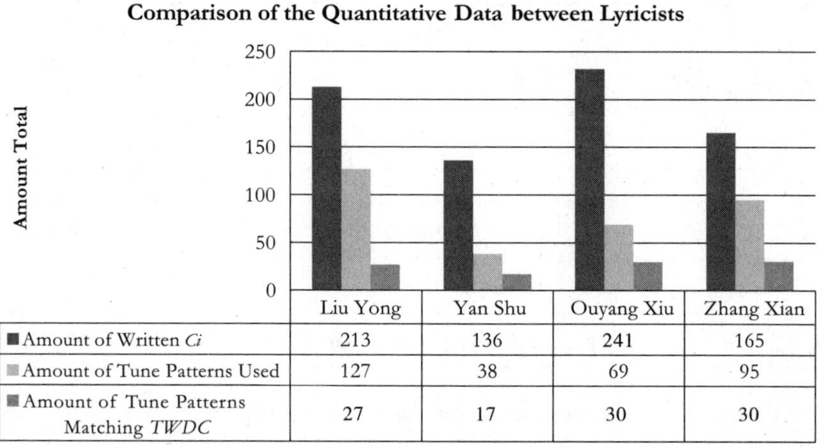

Comparison of the Quantitative Data between Lyricists

Amount Total (0–250)

	Liu Yong	Yan Shu	Ouyang Xiu	Zhang Xian
Amount of Written *Ci*	213	136	241	165
Amount of Tune Patterns Used	127	38	69	95
Amount of Tune Patterns Matching *TWDC*	27	17	30	30

Figure 1.2: A cross-comparison of the quantitative characteristics of the use of tune patterns between contemporary lyricists Liu Yong, Yan Shu, Ouyang Xiu, and Zhang Xian.

length of *xiaoling* to produce the structural form for *manci*.[17] However, a cross-comparison of the forms between *xiaoling* and *manci* that shared the same tune pattern titles within Liu Yong's *Collection of Songs* (*Yuezhang Ji* 乐章集) did not produce any clear similarities between the two forms. The results derived from this comparison supports the claims of Wang Li, in which he had believed that even during circumstances where a *xiaoling* and a *manci* may share the same title, there is absolutely no direct relationship between the two.[18] It appears that the form differences between *xiaoling* and *manci* are due to the fact that they are meant to be different types of lyrics written for different types of music. *Xiaoling* is meant to be the lyrical form for "old music" (*jiusheng* 旧声), while *manci* is meant to be the lyrical form for "new music" (*xinsheng* 新声). For example, the tune pattern with the title of "Vast Sky" (Ying-tian-chang 应天长) is found in both *TWDC* and in Liu Yong's *Yuezhang Ji*. However, the line divisions of the *Ci* for the same tune pattern are drastically different:

Stanza 1										
Tang Wudai Ci[19]	7r	7r	6r	7r						
Yuezhang Ji[20]	4r	5	4r	4	6r	5r	7r	3	4	4r

Stanza 2										
Tang Wudai Ci	6r	6r	6r	5r						
Yuezhang Ji	5r	5	4r	4	6r	5r	7r	3	4	4r

As illustrated above, although these two lyrics share the same tune pattern with the same tune title, the one in *TWDC* is clearly a *xiaoling*, while the one in *Yuezhang Ji* is a *manci*. From a slightly different aspect, there are no identical matches found in *TWDC* for Liu Yong's "Inviting

Guests" (Ji-xian-bin 集贤宾). The closest match is the tune pattern "Welcoming Guests" (Jie-xian-bin 接贤宾) by Mao Wenxi 毛文锡 (fl.c. 913). However, the similarities between the two are slight:

Stanza 1										
"Welcoming Guests" by Mao Wenxi[21]	7r	5r	6	4r						
"Inviting Guests" by Liu Yong[22]	7	4r	6	4r	**6**	**6r**	**7**	**7r**	**6**	**5r**

Stanza 2										
"Welcoming Guests" by Mao Wenxi	7	6r	7	6r	6	5r				
"Inviting Guests" by Liu Yong	7r	5r	6	4r	**6**	**6r**	**7**	**7r**	**6**	**5r**

An examination of the ending clause of both stanzas within Liu Yong's composition (the passages set in bold) will reveal that they are practically identical. Some may then argue that the above example would thus support the earlier claims that Liu Yong had just extended the structural form of *xiaoling* to produce the form for *manci*. Based on the line divisions set out in this example, the bolded passage in Liu Yong's first stanza could perhaps be taken as a simple extension of Mao Wenxi's first stanza. However, under the presumptions claimed by this theory, then the passages that remain after the elimination of the bolded passage should have similar, if not identical, line divisions. As illustrated above, this is clearly not the case. Therefore, this theory lacks clear supporting evidence to be of full persuasion.

Another way to study the quantitative data of Liu Yong's tune patterns would be to analyze the tune pattern to *Ci* ratio for each lyricist (Figure 1.3).

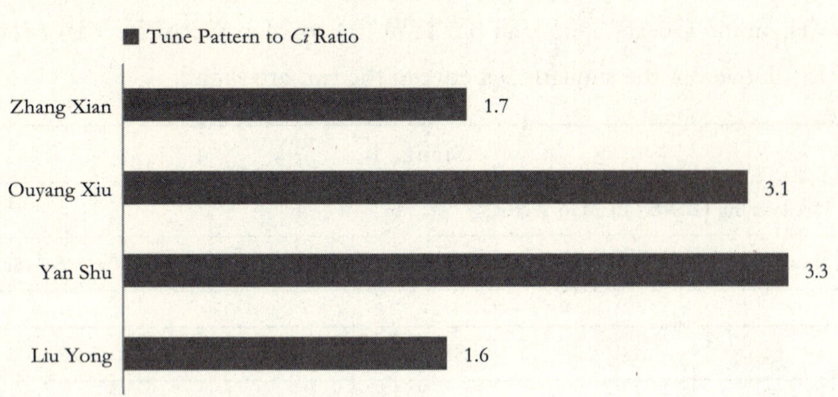

Figure 1.3: A cross-comparison of the amount of *Ci* composed per tune pattern used by each lyricist.

As can be interpreted from the illustration above, Liu Yong was more adventurous, and showed a willingness to explore different tune patterns during his compositions. On average, Liu Yong had written 1.6 lyrics for every tune pattern that was used. Out of his three literary counterparts, Zhang Xian shared the closest similarity to Liu Yong on this aspect, composing an average of 1.7 lyrics for every tune pattern that was used. On the other hand, Yan Shu and Ouyang Xiu had each composed a little over three lyrics for every tune pattern that was used, which was almost double the amount used by Liu Yong. A specific example would be the fact that during his lifetime, Ouyang Xiu had composed a total of 34 lyrics to accompany the tune pattern "Jade Tower in Spring" (Yu-lou-chun 玉楼春), and used the tune pattern of "Fishermen's Pride" (Yu-jia-ao 渔家傲) for a total of 44 lyrics.[23] As illustrated below, these numbers far surpassed the amount of *Ci* that Liu Yong had ever used for one particular tune pattern:

Title of Tune Patterns	Number of *Ci* Sharing the Same Tune Pattern
Mu-lan-hua 木兰花, also named Yu-lou-chun 玉楼春	13
Shao-nian-you 少年游	10
Qing-bei-le 倾杯乐	8
Wu-shan-yi-duan-yun 巫山一段云	5
Yu-hu-die 玉蝴蝶	5
Rui-zhe-gu 瑞鹧鸪	4
Man-jiang-hong 满江红	4
Dou-bai-hua 斗百花	3
Nü-guan-zi 女冠子	3
Feng-qi-wu 凤楼梧	3
Dong-xian-ge 洞仙歌	3
An-gong-zi 安公子	3
Lin-jiang-xian-yin 临江仙引	3
Xi-Shi 西施	3
Mu-lan-hua-man 木兰花慢	3

Although the musical creativity of Liu Yong was undeniable, there was controversy surrounding the precise numbers of tune patterns that were actually created by Liu Yong. There was a divergence of opinions on the matter, to which some scholars had claimed that Liu Yong had created a total of 115 tune patterns, while some had claimed that the total was only 73, and there were still others that had claimed that the total was only 15.[24] To date, perhaps the most reliable source of evidence would be those facts derived from prosody books such as *The Prosody of Ci* (*Ci Lü* 词律, preface dated 1687), *The Tune Patterns of Ci* (*Ci Pu* 词谱, preface dated 1707), and *The Modules of Ci* (*Ci Fan* 词范, publication date 1959).

Compiled during a later period after the Song Dynasty, these prosody books contain a large collection of tune patterns that were gathered from various periods throughout history. These prosody books not only provide the musical meter for each tune pattern, but also include a small blurb that provided details on the historical background of each tune pattern as well. The tune patterns associated with Liu Yong are generally labeled with the following comments within these prosody books:

Comment	Number of Tune Patterns	Source
"This tune pattern was composed by Liu Yong."	18	*The Tune Patterns of Ci*
"No other tune pattern available for comparison."	37	*The Tune Patterns of Ci*
"Only one *Ci* existed for this tune pattern, this *Ci* was written by Liu Yong."	13	*The Prosody of Ci*
"This tune pattern first appeared in Liu Yong's collection *Yuezhang Ji*."	89	*The Modules of Ci*

To elaborate, tune patterns with the first three comments meant that only Liu Yong's name was associated to them. As such, some scholars believed that this meant that these tune patterns were the creations of Liu Yong. However, this is not necessarily true, just because the tune pattern had made its first appearance in Liu Yong's collection did not mean that it could not have existed elsewhere beforehand. Likewise, just because the tune pattern was only used by Liu Yong did not necessarily mean that it had to have originated from him either. The above table contains a total of 157 tune patterns, a number that far surpassed the total amount of 127 tune patterns that were used by Liu Yong (Figure 1.2). Therefore, it could be safely concluded that within these tune patterns, there are overlaps between the categories. When such overlaps are eliminated, a total of 95 different tune patterns remain. Additionally, among these 95 tune patterns, only those with the comment "this tune pattern was composed by Liu Yong" can be accepted with certainty to be the creations of Liu Yong. As illustrated above, only the 18 tune patterns documented within *The Tune Patterns of Ci* would meet this criterion.[25] Furthermore, it should be noted that upon the creation of a tune pattern, the first lyric composed for the tune pattern generally matches its content to that of its respective tune title.[26] However, upon a closer examination, a majority of the content composed by Liu Yong does not correspond to its respective tune title, which hints that Liu Yong may not have been the original creator of these tune patterns. Within the 77 remaining tune patterns, only 11 tune patterns have their titles correspond to the content expressed within the *Ci*.[27] Within these 11 tune patterns, eight of them were already previously acknowledged by *The Prosody of Ci* to be the creations of Liu Yong. Thus, after eliminating these overlaps, three tune patterns remain: "The Beauty Xi Shi" (Xi-Shi 西施), "Gazing at the Moon of Han" (Wang-Han-yue 望汉月), and "Welcoming Spring" (Ying-xin-chun 迎新春). Although there is the possibility that Liu Yong might have intentionally matched the content of his *Ci* to fit the tune title, the most conservative estimation would be that at least 26 of the 127 tune patterns used by Liu Yong were of his own creation.

In summary, these statistical data reveals an image of a passionate lyricist that composed diligently and creatively. Unlike his contemporary counterparts, Liu Yong was not restricted by conventions, and was often more willing to venture and explore new tune patterns. He wrote tirelessly, producing high volume creative compositions that were each unique in its own way. Because of his efforts, he had retained for later generations a large number of tune patterns, which would become a valuable part of Chinese poetic tradition.

B. A Showcase of Liu Yong's Musical Knowledge

Liu Yong was musically talented and exceedingly confident. These two personality traits were perhaps what allowed Liu Yong to become so successful in his compositions. As will be illustrated below, his deep breadth of musical knowledge had allowed him to visualize compositions differently, and his exuberant confidence provided him with the courage he needed to follow through with his unique visions.

As was previously mentioned, Liu Yong had used a total of 127 tune patterns during his career. Although there were a few lyrics that had shared the same tune pattern, Liu Yong had skillfully made adjustments to match his preferences and to fulfill the essence of his *manci*. As such, even when his lyrics shared the same pattern, they differed in terms of length, rhyming scheme, and line divisions.[28] As a result, a total of 31 tune patterns used by Liu Yong had lyrics composed in variant forms (*yiti* 异体). For instance, Liu Yong had written two lyrics for the tune pattern "Phoenix Returning to the Clouds" (Feng-gui-yun 凤归云), and the line divisions for each were as follows:

Stanza 1												
Lyric #1[29]	3	4	4	4	4	4	4r	8	4r	8r	6	4r
Lyric #2[30]	3	7r	4	5r	4	4	5r	6	4	6r		

Stanza 2														
Lyric #1	7	4r	4	4	4	4	4r	4	4	4r	3	6r	6	4r
Lyric #2	4	4	4	4	5	3r	4	4	5r	6	4	7r		

This technique had set him apart from the other three lyricists. Contrary to Liu Yong, his literary counterparts were prone to follow closely to the prescribed tune pattern in its original form. For example, Yan Shu had composed 13 lyrics to the tune pattern "Washing by the Stream" (Huan-xi-sha 浣溪沙). Within these 13 lyrics, a total of nine lyrics were almost identical to each other in terms of length, rhyming schemes, and line divisions.[31] The remaining four showed minor differences in length with a variance between one to two characters each.[32] Another example would be Ouyang Xiu, who had composed 34 lyrics to the tune pattern "Jade Tower in Spring" (Yu-lou-chun). Additionally, Ouyang Xiu had also composed another 21 lyrics to the tune pattern "Butterflies Love Flowers" (Die-lian-hua 蝶恋花). Once again, lyrics that shared the same tune pattern have displayed almost identical traits in terms of length, rhyming scheme, and line division.[33] There are few exceptions, and even then, the differences are slight.[34] Lastly, Zhang Xian, who had appeared to have held the most similarities to Liu Yong, was no different from Yan Shu and Ouyang Xiu upon a closer analysis. When previously compared to Yan Shu and Ouyang Xiu, Zhang Xian had a much lower tune pattern to *Ci* ratio (Figure 1.3). Furthermore, when his compositions shared the same tune pattern, Zhang Xian had also displayed a higher frequency of variant forms than Yan Shu and Ouyang Xiu. However, similar to Yan Shu and Ouyang Xiu, the differences in Zhang Xian's compositions usually involved only one to two characters as well.[35] For example, the tune pattern "Nymph by the River"

(Lin-jiang-xian 临江仙) was a tune pattern that was collectively used by Yan Shu, Zhang Xian, and Liu Yong. However, for this particular tune pattern, both Yan Shu and Zhang Xian had closely adhered to the original pattern, and created multiple lyrics at an identical length of 58 characters each. On the other hand, Liu Yong had produced lyrics of varying lengths that ranged between 58 characters and 93 characters, which was a total difference of 35 characters.[36] As such, it was a significant difference that would have had an impact on how the *Ci* was performed.

Liu Yong's creative pliability and musical mastery was further exemplified through a detailed examination of the relationships between his tune patterns with their respective musical mode. As was previously mentioned, Liu Yong's tune pattern to lyric ratio is 1.6, which means that an average of 1.6 lyrics had shared one tune pattern. Of the 127 tune patterns used by Liu Yong, 41 tune patterns are used for more than one lyric (please note that although two lyrics were written to the tune pattern "Moon Above the Western River" [Xi-jiang-yue 西江月], the musical mode for one is lost and is therefore not included in this total). Seventeen of these 41 tune patterns have multiple lyrics that share the same tune pattern while using a different musical mode.[37] Furthermore, of these 17 tune patterns, with the exception of the short lyric written for the tune pattern "Magnolia" (Mu-lan-hua 木兰花), the other 16 lyrics are composed in variant forms. For instance, Liu Yong had composed a total of eight lyrics to the tune pattern "Bottoms Up" (Qing-bei 倾杯), also named "Tipping the Wine Cup, An Ancient Tune" (Gu-qing-bei 古倾杯), or "Happily Tipping the Wine Cup" (Qing-bei-le 倾杯乐). Within these eight lyrics, a total of five different musical modes are used, and are expressed in six different forms of varying lengths of 104, 106, 107, 108, 110, and 116 characters.[38] Additionally, Liu Yong had composed three lyrics to the tune pattern "Cave

Nymph" (Dong-xian-ge 洞仙歌). These three lyrics use three different musical modes, and are expressed in variant forms of 121, 123, and 126 characters.[39]

Liu Yong's tendency to deviate from the norm is further illustrated with a comparative analysis between lyrics that share the same tune patterns. In his collection *Yuezhang Ji*, among the 41 tune patterns that are used more than once, 23 tune patterns are listed under the same musical mode. Among these 23 tune patterns, 15 are expressed in variant forms.[40] For example, two lyrics are composed to the tune pattern "Tune from Luntai" (Lun-tai-zi 轮台子),[41] and both are listed under the same musical mode. The line divisions for the two lyrics are as follows:

Stanza 1													
Lyric #1	6	7r	6	6r	6	8r	5	7r	6	7r			
Lyric #2	4	5r	5	4	4r	7	9r	7	7r	3r	4	5r	5r

Stanza 2														
Lyric #1	3	5	4r	5	4r	5	5r	7r	7	5r				
Lyric #2	8r	4	3r	5	4	4r	7r	5	4r	4	5	7r	4r	8r

As illustrated above, the line divisions between the two lyrics are drastically different. This is quite a common manipulation for Liu Yong. However, the same could not be said for Zhang Xian. Upon a closer examination, all of Zhang Xian's *manci* that shares the same tune pattern also shares the same musical mode. As such, it can be concluded that when compared to Liu Yong, Zhang Xian was more reserved when it came to exploring the use of different musical modes for his *manci*. It should be noted that there are some instances in which Zhang Xian had composed different *xiaoling* to the same tune pattern, but had employed a different musical mode for each.[42] However, these lyrics showcased the extreme form rigidity of *xiaoling*, to which Zhang Xian was unable to overcome in his compositions. As a result, although these lyrics may have been able to employ different musical modes, they remain restricted by the original pattern of the tune, which results in a multiple number of lyrics that are practically identical in form. On the other hand, with his musical sensitivity and his flair for creative artistry, Liu Yong was able to make a breakthrough on this aspect. Two examples would be his two short lyrics composed to the tune patterns of "Return Home" (Gui-qu-lai 归去来) and "Return of the Swallows" (Yan-gui-liang 燕归梁). Although both lyrics share the same musical mode, each lyric held a drastically different form.[43] To be able to achieve such a breakthrough revealed the great musical gifts of Liu Yong. His confident personality disposition made him a great performer; he understood how to showcase a musical piece at its fullest glory. As such, it made him sensitive to the needs of the singer, which enabled him to modify characters during appropriate intervals to help the singer transfer breaths, and enhancing the climax to another level. His deep mastery of musical knowledge provided him with full dexterity to manipulate the forms and adjust to the tune patterns as he pleased. This was probably what led to the result of the vast amount of variant forms in Liu Yong's compositions.

C. The Influence of Folk Music on Liu Yong's Lyrics

As established earlier, between the two major categories of lyrics, *xiaoling* has a more formalized structure that is highly stylized in a short form, and was thus generally more popular within the literati circles at the time.

Manci, on the other hand, is much more challenging. Yet at the same time, it is also more versatile in form, as there is plenty of creative room for variations. As seen earlier, Liu Yong saw the creative liberty that *manci* had to offer, and thus devoted most of his efforts towards *manci* compositions. As a result of his extensive production of *manci*, there was a widespread belief that Liu Yong was the creator of *manci*. However, the following discussion will illustrate that this was not the case.

It is worth noting that while *manci* was not popular within the literati circle, it was extremely popular amongst the commoners. In fact, Feng Qiyong 冯其庸（1924–2017）once stated in his analysis that the simultaneous existence of the two different categories of *Ci* was the reflection of the broader class differences in society at the time.[44] Indeed, Yan Shu and Ouyang Xiu had both belonged to the literati-official class, and had thus closely adhered to the refined and stylized form of *xiaoling*, while viewing the *manci* with disdain. Although Liu Yong had also received an upper class education, he had also lived amongst the common people. As such, Liu Yong was not a stranger to folk literature. This is important because the versatile form of *manci* actually shows a close resemblance to folk literature. More specifically, while *xiaoling* was becoming popular with the upper class, a type of folk literature known as a medley (*zhugong diao* 诸宫调) was also becoming equally popular amongst the common class. Medley is a type of storytelling, during which the performer sang the tale to the audience. The content of the story becomes the lyrics, which are generally written to the same tune pattern in variant forms, strung together in a medley. As such, caught between the classes, Liu Yong was able to eloquently capture these sentiments, and gracefully combined the two types of literary form into a vibrant renaissance for *manci* that became livelier than ever before.

The close relationship between Liu Yong's *Ci* and folk literature could also be traced through a comparison of the tune patterns in Cui Lingqin's 崔令钦 *Records of the Musical Institute* (*Jiaofang Ji* 教坊记) from the Tang Dynasty with Ren Erbei's 任二北 (1897–1991) *Edited Records of Dunhuang Songs* (*Dunhuang Qu Jiaolu* 敦煌曲校录). *Records of the Musical Institute* contains a total of 324 tune patterns that mostly came from folk origin. Within the 127 tune patterns that were used by Liu Yong, 63 were similar to those found in *Records of the Musical Institute*. Among these 63 tune patterns, 31 held identical titles, while 25 held similar titles that have endured slight alterations over time.[45] Unfortunately, most of the lyrics for the tune patterns in this book have been lost, and thus a comparison could only be conducted on tune titles instead. However, a point of interest is the fact that amongst the tune patterns that had only appeared in Liu Yong's compositions, approximately two-thirds of the overall total were similar to those found in *Records of the Musical Institute*. A possible explanation for this similarity can be found documented within the *History of the Song Dynasty*.

Apparently, during the Song Dynasty, it was common practice to convert old songs into new ones.[46] Furthermore, the musicians in the Musical Institute had the tendency to adopt tune titles that were used by their predecessors from the Tang Dynasty.[47] Additionally, Ye Mengde (1077–1148) had documented that upon the completion of a new tune, the musicians of the institute would then send the tune to Liu Yong to "fill in the words."[48] Therefore, it could be said that the tune titles from Liu Yong's compositions, and those found in *Records of the Musical Institute* came from a common folk origin. As such, since the tune patterns composed during the Song Dynasty had derived its tune titles from those originating from the Tang Dynasty, then the fact that a majority of the tune titles used by Liu Yong bearing a striking resemblance to those found in *Records of the Musical Institute* would be less of a surprise. On the other hand, the contents of *Edited Records of Dunhuang Songs* have been well preserved, and provide a source that further confirms the influence of folk literature on the musical compositions of Liu Yong. It contains an impressive record of 56 tune patterns, and 545 lyrics. Within these 56 tune patterns, sixteen shared identical titles to those used by Liu Yong.[49] However, while they may share identical tune titles, these tune patterns are usually not identical in form. Amongst these 16 tune patterns, only two short tunes are identical in form: "Moon above the Western River" (Xi-jiang-yue 西江月) and "Nymph by the River" (Lin-jiang-xian 临江仙). On the other hand, there are also four tune patterns that have identical forms and is expressed in the form of *manci*: "Phoenix Returning to the Clouds" (Feng-gui-yun 凤归云), "Cave Nymph" (Dong-xian-ge 洞仙歌), "Happy Bottoms Up" (Qing-bei-le 倾杯乐), and "Charming Wife" (Nei-jia-jiao 内家娇). Thus, this documented existence of *manci* in *Edited Records of Dunhuang Songs* provides a strong rebuttal to the widespread belief that Liu Yong was the original creator of *manci*.[50]

Sadly, albeit the rich cultural origin of Liu Yong's tune patterns, they were often rejected by other lyricists. *Ci* critics such as Zou Zhimo 邹祇谟 (1627–1670) and Xie Zhangting 谢章铤 (1820–1903) had criticized Liu Yong for his use of obscure tune patterns (*pidiao* 僻调), and had believed that it was for this reason Liu Yong's tune patterns were not accepted by the literati circles.[51] However, this was not a fair critique given the fact that the tune patterns used by Liu Yong were derived from popular songs of the time, and thus should not be obscure. A possible explanation for the widespread rejection of Liu Yong's tune patterns amongst the other literati lyricists could just be a simple case of upper class arrogance. These lyricists tended to hold the view that *manci* had been tainted by its vulgar folk origin, and were thus reluctant to lower their status by writing lyrics for slow tunes (*manqu* 慢曲).[52] On the contrary, Liu Yong's tendency to stray from the norm, and as a "prime minister in commoner's clothing" could not be bothered by such detrimental prejudice. He was a free soul, and often did as he pleased. As such, based on these personality traits, his exclusive use of these seemingly tainted tune patterns of folk origin should be of no surprise. Unfortunately, the harsh treatments that he had endured during his official career was perhaps likely due to this tendency to break conventions. Nonetheless, as was evident in the vast amount of *manci* composed by Liu Yong, he was not hindered by these prejudices. The longer tune patterns with a storytelling aspect derived from folk songs was employed by Liu Yong to broaden the scope, and establish the rhythm, language, and formal structure of *manci*. As a result, Liu Yong successfully created a powerful revolution for *manci*, popularizing its form among the general population. From a historical perspective, he had brought *manci* to the main stream of Chinese literature.

Chapter II: The "Worlds"[1] of Liu Yong's Lyrics

The 213 lyrics of Liu Yong can be broadly grouped into three major thematic categories: women and love, separation and rootless wandering, and life in the city. Liu Yong had also covered other themes such as congratulatory compositions for the Emperor and his court, nostalgic recollection of the past, object portrayal, and imaginary scenes of roaming alongside fairies.[2] However, these latter themes only comprise a relatively small amount of his overall compositions, and as such, will not be discussed in detail here.

Liu Yong had been the subject of many conversations that were often flanked by various opinions, however, concrete evidence was rarely provided to support such opinions. This chapter will be considering these aspects, while providing supporting evidence for each aspect through an analysis of the three major thematic categories listed above. First and foremost, although scholars generally recognized Liu Yong for establishing the form for *manci*, little credit had been given to Liu Yong for broadening the scope of *manci*.[3] There were scholars who had acknowledged Liu Yong for breaking the conventions and confinements of traditional lyrics as dictated during the eras of the Tang Dynasty and the Five Dynasties. However, many had failed to provide concrete evidence nor were they able to explain precisely how Liu Yong had broken away from the norm.[4] Secondly, there were also scholars who had conceded the influence of folk literature on Liu Yong's lyrical compositions, but they had also failed to produce supporting evidence for their statements.[5] To explicate these two aspects, a comparison will be conducted on Liu Yong's *Ci* that shares the same themes found in *The Lyrics of the Tang and Five Dynasties* (*Tang Wudai Ci* 唐五代词, hereafter *TWDC*) and in the folk songs found in Dunhuang caves as documented by Ren Erbei's 任二北 (1897–1991) *Edited Records of Dunhuang Songs* (*Dunhuang Qu Jiaolu* 敦煌曲校录). Lastly, it has been well established in the previous chapters that Liu Yong's *Ci* had received extreme receptions. In general, responses to his *Ci* depicting women and love were mostly negative. On the other hand, his *Ci* depicting separation, rootless wandering, and life in the city had won him high acclaim. The reasons leading to these extreme reactions will be revealed through a thematic examination of Liu Yong's *Ci*.

A. Lyrics on Women and Love

Among Liu Yong's compositions, the amount of lyrics that can be categorized under the theme of women and love constitutes over a third of his overall total. Based on the style and content of these lyrics, it is very likely that they are the creations of his earlier years. Perhaps one of the most striking features of Liu Yong's lyrics under this theme is its ability to display a marked departure from the lyrics covering the same theme in *TWDC*, while maintaining the strong influential flavors from folk literature at the same time. As its term "yanqing 艳情" (literally, beautiful, love) suggests, this thematic category can be separated into two subcategories: women, and love.

1. Lyrics on Women:

There is an approximate total of 30 lyrics that correlates to the theme on women. These 30 lyrics can be further divided into two smaller groups based on contextual differences, and the point of view it employs. Lyrics depicting the physical beauty and the artistic talents of women from a third person perspective will be categorized under one group, while lyrics depicting the emotions and the inner monologues of women from a first person perspective will be categorized under a second group.

Although Liu Yong's lyrics and those found within *TWDC* share the same theme on women, the way they are presented drastically differs between the two. Most of the lyrics within *TWDC* is in the form of *xiaoling*, and thus necessitates the texts to be brief and concise due to its short length. Naturally, instead of a full detailed account, most of these *xiaoling* are only able to provide a brief sketch of the event discussed. Thus, while there are many descriptions found within *TWDC* depicting the physical beauty and the artistic talents of women, they often appear as a subordinate theme rather than as the central theme. Moreover, lyrics that are entirely devoted to providing a physical description of women are scarce. Additionally, the female protagonists depicted in such texts are often heavily laden with exquisite ornaments, hinting towards a nobility background and an upper class upbringing. By contrast, the female persona takes center stage and dominates the lines of Liu Yong's creations. Taking advantage of the extensive length of *manci*, Liu Yong often devotes the entire length of his lyric towards the description of the beauty before his eyes. Interestingly, however, contrary to the noblewomen featured in *TWDC,* Liu Yong's female protagonists are generally the courtesans, singers, and dancers from the brothels that he has so often frequented.

Liu Yong's selection of the prototypes for his female protagonists is inseparable from his life experiences. It is a well known fact that during his early years in the capital city, Bianjing, Liu Yong was often found in the brothels, and befriended singers and musicians. According to the excerpts found in the prompt book fictions of storytellers, Liu Yong was often sought after for his lyrics. At the time, his lyrics were so popular that if a courtesan could persuade Liu Yong to praise her in his compositions, her performance fee would subsequently rise exponentially. As such, many courtesans and madams from brothels fought to pay Liu Yong in exchange for a praise within his lyrics.[6] Hence, it can be conjectured that writing lyrics of such nature became a natural source of income for Liu Yong, and is perhaps the reason why the tone in some of these lyrics has a rather commercial approach. In fact, there are four short lyrics written to the tune pattern "Magnolia" (Mu-lan-hua 木兰花) that not only include the courtesans' name, but also list the asking price, and the location of their brothels as well.[7] A representative example from this thematic subcategory is Liu Yong's "Dainty Willow Waist" (Liu-yao-qing 柳腰轻):

Yingying is dancing beautifully,
Gracefully moving her dainty waist, like Zhangtai Liu and Zhao Feiyan.
Dressed in exquisite brocade gowns and noble hats, while feasting in this magnificent hall,
All are bidding thousands of pieces of gold to win her companionship.
The air is fragrant; she turns her head to face the stairs.
She begins to tune the strings on her instrument.
The dangling rings on her jade ornament jingle softly
In the gentle breeze.

Suddenly the quick beats of the Song of the Rainbow Dance fill the air,
Coyly showing off her grace and beauty, she gradually speeds up the castanets.
She slowly lowers her intricate and delicate sleeves,
Swiftly moving her lotus feet,
Shifting back and forth, splendidly transforming her graceful form endlessly.
Her beauty can not only overrun cities and ruin empires,

But even just a brief glance from her will be enough to
Captivate thousands to fall under her spell.[8]

As can be seen from the above example, the entire lyric is devoted to the physical description of a courtesan by the name of Yingying. Through Liu Yong's phrasing, even without meeting Yingying in person, his audience can still visualize her with ease. She is dressed intricately in a dance costume with delicate fabric. She has an enticing body and a remarkably beautiful face. Additionally, she has incredible musical talent, can play various instruments, and is able to dance wonderfully. Naturally, she is extremely popular amongst the wealthy noblemen in the audience. Most importantly, she is up for "sale," blatantly revealing her identity as a courtesan in the brothels. Liu Yong's lively and detailed descriptions do not come without their sources. In fact, the style of this lyric precisely reveals the influence of folk literature on Liu Yong's creations. For instance, the following lines are found from one of the folk songs from Dunhuang:

Her eyes are as bright as a knife's blade.
Her skin is smooth and creamy like jade.
She is the most romantic beauty.
Her clothing is fashionable.
Her hairstyle is like that found in the Capital.
She is pure, beautiful, and young.
She excels in music.
She is especially good at playing the bamboo pipes.
Her songs are fresh and new. [9]

The parallel themes centered around the physical description of women between the above lines and Liu Yong's "Dainty Willow Waist" is noticeable. Both female protagonists are beautiful and excel in music. One is romantic and fashionable, while the other is absolutely mesmerizing. If the above excerpt from the folk songs of Dunhuang is compared to Liu Yong's "Love Belt" (He-huan-dai 合欢带), the similarities in theme and diction become even more apparent:

> Her figure is already luscious.
> As for her alluring charm, it is beyond what words can describe.
> Her skin is smooth and creamy like jade.
> Moreover, she is blessed with many charms.
> When she sings with her sweet voice, and dances with her wonderful grace,
> The orioles will feel ashamed of their beautiful voice,
> The willows will envy her slim waist.[10]

In these lyrics, the description remains at a superficial level, and focuses on the physical traits and talents that can be easily observed and relayed by an onlooker. Unfortunately, the door to the inner thoughts and emotions of these female protagonists remain closed for the audience. Nonetheless, when compared to the brief sketches of female nobilities that appear in *TWDC*, Liu Yong's vivid and attentive descriptions of the physical beauty, as well as the singing and dancing talents of these female protagonists are much more detailed, and provide a much closer look into a part of society that has only lurked in the shadows beforehand. As such, the once highly regulated formal arrangements of *Ci* that was meant to be shared amongst upper class intellects has now evolved into a form of lighthearted entertainment that is accessible for all who holds the desires to participate. This transformation was how Liu Yong had successfully expanded the scope of *Ci*, spreading its popularity across the common people.

The second type of lyric within the subcategory of women is written from a first person perspective, generally from the angle of the female protagonist herself. These lyrics are typically grouped under sentiments from the boudoir (*guiqing* 闺情), of which will be simply referred to as "boudoir lyrics" from this point forward. As the name suggests, these compositions tend to unveil the inner monologues of these women as they sit alone in their bedchambers, revealing a torrent of inner thoughts, sentiments, and emotions such as sadness, disappointment, loneliness, complaints about an unfaithful lover, and a yearning for love. These themes are used often by Liu Yong and the lyricists in *TWDC*. However, Liu Yong's language, form of expression, and the character traits of his female protagonists for these boudoir lyrics greatly depart from the style that is typically found in *TWDC*.

The traditional cultural construct at the time required emotions to be best kept to oneself, and during circumstances in which emotions were to be expressed, it must be done so in a manner of reserved expression (*hanxu* 含蓄) as a sign of refinement and elegance. As such, boudoir lyrics found in *TWDC* are not only restricted by the limited amount of lines typical to the structural form of *xiaoling*, but also limited by the cultural restriction to express oneself in a reserved manner. An example of this type of expression can be seen in an excerpt from the following boudoir lyric composed by Wen Tingyun 温庭筠 (812–870):

> With my back facing the red candle,
> The embroidered curtains are lowered,
> I have a long dream but he does not know.[11]

In the lines above, the female protagonist has her back to the burning candle, which means that she is obstructing the light from the flame with her body, and is therefore facing the shadows. The use of a candle hints that she is inside an enclosed area in the middle of the night; the embroidered curtains reveal that she is likely inside her bedchamber. Although these two lines appear to be simply describing her surroundings and setting the mood, there is a hidden theme of secrecy between these two lines. The fact that her face is towards the shadow rather than towards the light suggests that she is looking towards her darker side that is hidden from the public view. In other words, she has a secret. The choice of the bedchamber, an intimate and private space that is generally closed off from the public eye, continues this theme of secrecy and concealment. Additionally, within this private sphere, the curtains are lowered, which is another way to say that they are drawn shut. This is a subtle way to say that the female protagonist not only has a secret, but it is a secret that she has hidden behind closed curtains. Precisely then, what would be her secret? Once again, in congruence to the indirect manner typical of reserved expression, she does not directly tell us. Instead, she simply calls it a long dream involving a male persona. From this final line, the audience can then infer that this is a poem of longing, the female protagonist is kept awake because she is in love with someone and wants to be with him, but yet, this person is not aware of her desires. Rather than explicitly stating these emotions within the lines, the sentiments are expressed between the lines in a roundabout way. Such is the style of reserved expression. Another example from *TWDC* is an excerpt from Niu Qiao's 牛峤 (fl.c. 890) composition:

> The grass has turned green in the courtyard,
> I have been expecting his return.
> Even now, I have yet to hear from him.
> He must have betrayed me.
> I regret opening my heart for him.
> I tried to tell Heaven, but Heaven did not hear me.[12]

The excerpt begins with the grass turning green, indirectly telling us that another season has come. The female protagonist is expecting the return of someone, but there is no news of him. This leads to her conclusion that she has been betrayed, and she expresses her regrets indirectly for opening her heart for him. Similar to the first excerpt, this is also a composition about a woman yearning for her love, but ends up with a broken heart. Instead of openly expressing her disappointment and sadness, these sentiments are simply concealed behind the facade of mere regret. To show the mannerisms of reserved expression, the female protagonist only confides her secret to an unresponsive Heaven. Although these restrictive characteristics are much more apparent in the Chinese original, the submissive nature of these women and their indirect expressions of sorrow can still be recognized within the lines of the English translations above. This manner of reserved expression is not just a norm for the *xiaoling* found in *TWDC*, but it is also the norm for many other lyrical creations during the Northern Song Dynasty.

On the other hand, acknowledgement should be given to the fact that there are a few exceptions to the above norm. In fact, a small amount of boudoir lyrics found in *TWDC* is composed in a more direct manner, to which sentiments are explicitly stated within the line. An example can be found in an excerpt from Gu Xiong's 顾敻 (fl.c. 928) "Pouring My Heart Out" (Su-zhong-qing 诉衷情):

> If you exchange my heart with yours,
> Then you will know how much I miss you.[13]

This lyric is considered by Shen Xiong 沈雄 (fl.c. 1653) as the forerunner of Liu Yong's style.[14] Unlike the earlier examples, instead of the usual roundabout way of dropping hidden clues in between the lines for the audience to infer the protagonist's inner emotions, the protagonist in the excerpt above is bold and direct, explicitly stating that she is missing her lover.

This direct style is drastically different from the style of the previous excerpts, however, such explicit style is only representative of a few exceptional cases during the time, and should not be taken as part of the norm.

The Late Tang Dynasty saw the emergence of a school of *Ci* known as "Amidst the Flowers School" (*Huajian Pai* 花间派) to refer to the group of lyricists collected in the *Amidst the Flowers Collection* (*Huajian Ji* 花间集), which is the first *Ci* collection written in *xiaoling* style with a characteristic use of elegant diction and reserved manner. Several of Liu Yong's boudoir lyrics composed in *xiaoling* form can be categorized as stylistic examples of this school.[15] The following creation of Liu Yong was praised by Peng Sunyu 彭孙遹 (1631–1700) for the beautiful artistry of his lines in the style of the "Amidst the Flowers School" (*huajian zhi liju* 花间之丽句):[16]

Autumn evening,
Rain splashes on wilted lotus, each drop a pearl.
After the rain the moon appears.
And coolness fills the mandarin-duck bank.

I lean against the railing by the pond,
Sad for a companion.
How can I bear this loneliness?
I approach the golden cage
And with the parrot repeat the words of my beloved. [17]

The similarity between the above example and the previous excerpts from *TWDC* is noticeable. Similar to the earlier examples from *TWDC*, Liu Yong begins the composition by describing the beautiful scenery thereby setting the backdrop for his imagery. It is late autumn, as the flowers have already withered away. It rains from dusk to late evening until the moon comes out. As is typical for the season, the temperature has dropped considerably, and the bank that was once filled with couplets of mandarin ducks is now empty. While resting against the railings by the pond, the female protagonist becomes overwhelmed by sadness. Yet the only thing she could do is turn to the parrot in the cage beside her, and whisper the promises that she was once told. At first glance, it appears that the lyric is dedicated to the scenery by the pond, where the female protagonist is saddened by the missing mandarin ducks. In actuality, the missing couplets are a projection of her own loneliness from a missing lover. The parrot in the golden cage becomes a microcosm of her world. Like the parrot, she listens passively to those beautiful promises coming from outside the cage. Sadly, like the parrot, no matter how beautiful the outside world is, she is helplessly trapped in the golden cage of loneliness without a companion. True to the characteristic form of reserved expression, this symbolic parallelism is implied in between the lines rather than explicitly stated within the lines.

However, boudoir lyrics composed by Liu Yong under the form of *manci* displays a pronounced departure from the reserved mannerisms above. Through the lengths of *manci*, Liu Yong transforms the submissive, almost static, female personae into dynamic beings that actively experience various psychological states throughout the lines of his lyrics. Aside from these dimensional changes, the female protagonists also undergo a dramatic identity transformation as well. No longer are they ladies of noble background confined within the walls of a luxurious bedchamber, restricted by moral virtues of refinement, modesty, and emotional constraint. Instead, the female protagonists are now unleashed as a courtesan from the lower class. However, in exchange for the lost status and prestige that comes with this new identity and class transformation, the courtesans gain expressional freedom in return. Ostracized by society, and generally viewed as amoral due to the nature of their work, courtesans are less restrained by the burden of moral ideals. For these courtesans, there is no need to conceal their sorrows behind a modest facade with ambiguous terms like "a long dream," or mere "regret," nor is there any need to be discreet and direct their silent grievances to unresponsive heavens. As a result, through these courtesans, the female personae have found a bold voice that expresses themselves directly and openly in an unpretentious manner. An example of such changes can be found in the lines from the long lyric "Happy Day and Night" (Zou-ye-le 昼夜乐) by Liu Yong:

> With whom can I confide about my loneliness?
> In the end, he has broken all of his previous promises.
> If I had known that it would be so difficult to forget him,
> I would have made him stay.
> He is handsome, romantic and
> Certainly has traits that capture my heart.
> A day spent without thinking of him and
> My eyebrows would knit together a thousand times.[18]

With the above example, the protagonist's shift in attitude and personality is evident. Instead of employing discreet symbolism and hidden parallelism, the female protagonist admits that she has a lover and that she is feeling lonely since his departure. Within this internal monologue, she expresses her loneliness, regrets, and anxieties. For this particular protagonist, there is nothing to hide, as she admits without shame that she cannot spend a day without thinking of him. In fact, precisely because her lover is handsome, romantic, and charming, it is only natural that she would give her heart away. Perhaps one of the more interesting lines from this particular excerpt is "I would have made him stay," an assertive statement that implicates an ability to choose. Such reactive power emulating from the female protagonist is novel, as the earlier examples have all featured vulnerable and helpless women that are simply reacting rather than responding to their situational predicaments. Liu Yong successfully unveils the women hiding behind the facades of modesty and reserved mannerisms that were once predominant within the traditional culture as the idealized norm. Liu Yong further elevates this expressional liberation within his boudoir lyrics, explicitly discussing topics that had only been, at most, dealt with in an elusive manner by *TWDC*.

Another example in which sexual allusions are even more explicit is the following excerpt from Liu Yong's "Spring in the Brocade Hall" (Jin-tang-chun 锦堂春):

> Just like before, he has missed our date of reunion.
> Why did I let him persuade me to secretly give him a lock of my hair in the first place?
> When he returns, the doors to my bedchamber will be shut.
> When he wants to bond together like the clouds with the rain,
> I shall wrap myself up with the embroidered quilt,
> Rather than share any pleasures with him.[19]

Once again, the female persona has evolved. In this particular example, she is not just sad, but she is also angry. Unlike her predecessors, rather than accepting the possibility that she has been abandoned, she is certain that he will eventually come back to her. Thus, in the midst of her anger, she visualizes the day that he should come back to her, and she will then shut the doors on him. If there is the chance that he is able to enter her bedchamber before she shuts the doors, and has the audacity to want to "bond together like the clouds with the rain" (a metaphor for sexual copulation), she will reject him. Thus, under the creative manipulations of Liu Yong, the female literary figure has transformed into a vibrant persona with multiple dimensions to her personality, and is equipped with decision making capacities that she exercises with confidence and awareness. In other words, she transforms from a passive receiver into an active contributor to the outcome of her situational predicaments. Another particularly notorious example is Liu Yong's "Calming the Wind and Waves" (Ding-feng-bo 定风波):

Ever since spring came with its grieving green and sad red,
I have lost interest in doing anything.
The sun has risen to the tip of the flowers;
The orioles are flying through the willow branches.
Still I lie on the perfumed quilt,
The warm cream on my face having faded,
My hair hanging down.
All day long I feel too languorous to do my makeup.
What else can I do?
I hate the fickle one, who, once gone,
Sends me not a word.

Had I foreseen this, I would have locked his carved-saddle.
Forcing him to sit in his study,
I would give him only Sichuan paper and an ivory brush,
And make him recite his lessons.
I would follow him closely, never leaving him alone.
Idly holding a needle and thread,
I would sit by him,
And he would be with me alone.
Thus, my youth would not be spent in vain.[20]

The above example shows little remnants of the modesty and reserved mannerism that is formerly celebrated by the style of *huajian*. The direct and frank outpour of her emotional sufferings since the departure of her lover, and the protagonist's use of colloquialisms in her speech marks a drastic departure from the typical refined style of *Ci* circulating within the literati circle at the time. Perhaps it was due to these characteristics that had led this particular boudoir lyric to be heavily condemned by Liu Yong's contemporary lyricist, Yan Shu.[21] On the other hand, these precise characteristics were likely also what led this lyric to become popular among the common people. Due to the gained popularity within the common class, this lyric was later incorporated by many storytellers into their vernacular fiction during the Song Dynasty.[22] During the Yuan Dynasty, it was adapted with slight modifications, into a drama entitled *Magistrate Qian Pampering Xie Tianxiang* (*Qian dayin zhichong Xie Tianxiang*).[23]

Perhaps the inspiration for such a "modernized" evolution of the female figure within Liu Yong's creations can be partially tied to his life experiences. In particular, Liu Yong was known to frequent brothels, and through the act of writing lyrics for the sing-song girls, he became closely acquainted with them. Through frequent interactions and exposure, he became familiar with their way of life, learned their language, and understood the dynamics of their emotional complexes. This explained how he was able to imitate their speech pattern within his creations. It should be noted that this unrestrained female figure with her vivacious personality and spontaneous outpour of emotional sentiments can be linked to the characteristics of folk boudoir lyrics. The following example from the collections of Dunhuang illustrates such precise characteristics:

> My tears kept falling, soaking my silk clothes.
> Most young men do not know how to cherish.
> Since the beginning, my sisters have clearly told me,
> "Do not fully give him your heart!"
> I had to think about this carefully:
> If I had treated him like a common friend
> Would it not have been better?[24]

With words such as "common friend" "heart" "cherish," and "tears," the context and subject of this boudoir lyric becomes apparent. Rather than concealing her sorrows, the female protagonist weeps openly, soaking her clothes with tears. There is no doubt that she is in agony, regretting her decisions that ultimately leads to her heartbreak. Similar to the female protagonists in Liu Yong's creations, rather than passively accepting that the heartbreak is beyond her control, she actively reflects that her predicament is the result of her own initial decision to fall in love. She is upset and is not ashamed to show her despair and bitterness. Similar to the female protagonists featured in Liu Yong's compositions, this particular female protagonist also experiences multiple stages of dynamic emotional loss that begins with sorrow, which eventually leads to anguish, regret, and then bitterness. The similarities drawn from this precise characteristic of the female protagonists, along with their bold and vivacious personalities found in Liu Yong's lyrics and in the lyrics from the collection of Dunhuang, can perhaps be considered as one of the most persuasive indicators of folk influence on the creations of Liu Yong.

2. Lyrics on Love from a Male's Perspective

The theme of love is a conventional one in Chinese poetry. Thus, it is not surprising that Liu Yong had dedicated over a quarter of his overall compositions to the theme of love. Liu Yong's love lyrics include topics such as descriptive scenes from dreams about a lover, missing a lover, and the pains of unrequited love. Contrary to boudoir lyrics, the protagonists of these love lyrics are generally male. However, similar to boudoir lyrics, love lyrics have also displayed the traditional values of reserved expressions, and it is therefore rare for the male protagonists to explicitly express their feelings within the lyrics. Thus, the predominant style of love lyrics found within *TWDC* is generally brief and reserved descriptions. An example is the following short lyric by Li Xun 李珣 (c. 855–c. 930):

> When I saw her from my horse, it feels like a dream.
> Our eyes meet and I am struck by the passion radiating from her eyes.
> There is no end to the banks where the willows grow,
> Just like there are no limits to her passionate desires.
> The setting sun is casting a golden glow,
> In a drunken state, I lower the whip in my hand.
> I return home thinking about her enchanting beauty in private,
> I am in a trance.[25]

The male persona portrayed by Li Xun is shy and timid. Even though he is absolutely captivated by this stunning beauty by the willow banks, he can only watch from afar and think about her in private. On the other hand, Liu Yong's male protagonists are just as bold and explicit as his female protagonists. When compared to his boudoir lyrics, Liu Yong's love lyrics, including the ones composed in the form of *xiaoling,* display an even greater departure from the traditional standards found in *TWDC* as shown in the following short lyric "Cheerfully Welcoming Spring" (Ying-chun-le 迎春乐):

> Recently people are surprised at my haggard looks.
> This is because after our parting
> I have been pining for her.
> In my previous life
> I must have owed you a debt of sorrow.
> Thus, it is so difficult to cheer myself. [26]

Contrary to the earlier imagery of Prince Charming riding his horse under the radiant sun created by Li Xun, the male protagonist created by Liu Yong is pitiful. He is miserable and he is well aware of it. At the same time, he is not hindered by the male pride, as he has explicitly stated that he is only in such a terrible state because he is missing her. He expresses that he is beyond sad, he is actually suffering. Such frankness is not something that is easily found in *TWDC*. In the second stanza of the same composition, Liu Yong continues to elevate the depth of expressional liberation, revealing the erotic desires of the male protagonist explicitly within the lines:

> The night is long but beautiful.
> I cannot help but think about my love.
> Inside this brocade quilt, her fragrance still remains.
> How can I have her here like before, under the glow of this lamp,
> Indulging in our desires while embracing her smooth tenderness.

The sexual connotations in the above passage are strong and should not require additional explanations. However, a point of interest is in the second line during which the male protagonist admits that his thoughts are naturally preoccupied by his lover. Despite being mesmerized, Li Xun's male protagonist has exercised restraint and control in the face of temptation, an action that would be highly praised by traditional culture. The male protagonist in Liu Yong's example, however, is the exact opposite. Not only does he give in to temptation, he allows his erotic thoughts to overtake his mind, and relishes the memories. In other words, he willingly allows himself to become vulnerable, and he is not ashamed of it. As such, Liu Yong's love lyrics were heavily criticized for being shallow, vulgar, and downright despicable by his literati counterparts. However, Liu Yong's love lyrics deserve more merit than what was given, as shown in the following short lyric "Magnolia" (Mu-lan-hua-ling 木兰花令):

> There is a maiden of great beauty
> Yet when I talk to her she turns her face away repeatedly.

If you do not care for me,
Why then do you often appear in my dream?

You had better grant me my wish sooner,
Lest you should disturb my empty soul.
My amorous heart is weak,
I fear it will break for being attached to you.[27]

Traditionally, in *TWDC*, the expression of the emotional pains endured in love is highly stylized, typically in the form of recollection. Perhaps it is to allow a distance for the male protagonist to be separated from the pain inducing event, thereby allowing him to be portrayed as an ideal character that is morally noble and almost indifferent to the emotional pains being described. Correspondingly, the tone used by these male personae is generally grave and sorrowful, conveying an image of a man who takes love seriously. Under such techniques, the idealized masculinity of strength and upright virtues belonging to these male personae are emphasized and commemorated, thus validating the cultural expectations of masculinity for society at the time. However, Liu Yong is not to be hindered by such moral boundaries. As illustrated in the above example, the tone and diction employed by the protagonist is playful, teasing, and suggestive. At first glance, it appears that the maiden in question does not return his feelings since she turns her face away when he tried to talk to her. In reality, he calls her "sweetheart," and mentions that he is waiting for her to fulfill his wish, suggesting that this is not their first encounter. Thus, we may infer that when he talks to her, he has said something suggestive that makes her blush and turn her head away out of modesty. The male protagonist is well aware that she has returned his feelings, and continues to tease her coyly: If you are not interested in me, then why do you keep showing up in my dreams? He further escalates into a dramatic flair, claiming that his heart is fragile and that it will shatter if he waits too long. In traditional society, this kind of expression was not the voice of a gentleman at all, but a hoodlum. However, what initially appears as an assault of indecency on the moral upbringings of the upper class is actually a new form of emotional liberation for the mass. Liu Yong does not allow his male personae to cower behind a facade of distance created by separating the protagonist from the occurrence of the event. Rather, he places the protagonist in the midst of the occurrence, creating an experience that is immediate and concrete, and thus relatable. This manner of expression can be found in the following line from a Dunhuang folk song:

> If you have the intention to marry me, please do not cause my heart to break![28]

Such undeniable similarities between these examples further illuminate the folk influence on the works of Liu Yong.

Aside from the emotional turmoil experienced during heartbreak, another common subject that appears frequently in love lyrics concerns the courtesans and the brothels. Since the Tang Dynasty, visiting brothels and having romantic affairs with courtesans had been a common pastime for poets.[29] As such, there are many lyrics found in *TWDC* that feature this particular topic. However, restrained by Confucian standards of morality, and the convention of reserved expression, the content of these love lyrics is elusive, and often employs the use of metaphors and euphemisms. For example, brothels are often referred to as red towers, jade towers, or phoenix towers.[30] Rather than directly calling the courtesans by name, they often appear discreetly in these lyrics as Xieniang 谢娘 (Ms. Xie), and Xiaoniang 萧娘 (Ms. Xiao).[31] Concrete descriptions of the actual visits to the brothels or details pertaining to love scenes are often avoided and are thus an extremely rare occurrence in *TWDC*. Naturally, none of these conventions applies to Liu Yong. Taking advantage of the extra length offered by *manci*, Liu Yong proudly describes his frequent visits to the brothels:

> Along every side street and obscure alleyway, I went.
> Thoroughly indulging myself in all the brothels that I could find.
> Addicted to the wine, I drank one cup after another.
> I got lucky and had chosen a girl whose beauty surpasses the beautiful girls of Wu.[32]

The male protagonist has made it a blatant point that he has actively searched for these brothels, scouring through every side street and obscure alleyway where these brothels are typically located. In these brothels, he drinks and drinks. The term "chosen" further implies that he is surrounded by girls, all fighting for his attention, hoping to become the chosen one. (As a famous lyricist who can promote them in his lyrics, this is understandable.) Sometimes, Liu Yong ventures as far as to publicly revealing the courtesan's name within his lyrics:

> I have feverishly explored all the small towers in the obscure alleys.
> The girls are many, but
> Only one is especially worthy of my affection, and that is Chongchong.[33]

Since he finds Chongchong in one of the small towers tucked away in the deep alleys, there is little doubt about her identity as a courtesan. As a frequent visitor of brothels, Liu Yong's promiscuity is not a secret. In fact, Liu Yong has often utilized these love lyrics as an open outlet, freely admitting his promiscuous attitude towards love:

> That beauty's charming smile was worth a thousand pieces of gold.
> At the time, we were both deeply in love.
> Often after having a few drinks,

The candles dim, our bodies warm, her scent fragrant,
We would share our love deep inside the mandarin duck quilt.[34]

During this wonderful moment,
You and I are young,
How can we not be tempted to bond intimately together like the clouds with the rain?[35]

I promise that,
During this lifetime,
You will never sleep alone beneath this mandarin duck quilt.[36]

Liu Yong's explicit sexual descriptions are a drastic departure from the traditional style found in *TWDC*. During the rare occasion in which a love lyric depicting an erotic scene is found in *TWDC*, the descriptions are generally written in an implicit manner. An example can be found in the following lines from Wei Chengban's 魏承班 (fl.c. 930) composition:

Hand in hand,
We enter the mandarin duck quilt.
Who can better understand our feelings during this moment?[37]

Contrary to the explicit style of Liu Yong, the presence of the mandarin duck quilt in the above passage is the only suggestive hint. In a style that is typical of reserved expression, everything is left in between the lines. Another example from *TWDC* can be found in the following lines from the creation of He Ning 和凝 (898–955), a lyricist notorious for his erotic lyrics:[38]

Her skin is soft and silky, her complexion is smooth and rosy like pink jade.
Her intense gaze is filled with lust and passion.
She is lovely but shy, and
Hesitant to come inside the mandarin duck quilt.
Beneath the glowing ambience of the orchid oil lamp,

Our love is deep.[39]

Even coming from someone who had a notorious reputation for writing erotic lyrics, the scene depicted above is rather implicit when compared to Liu Yong. Both examples from *TWDC* have utilized a male protagonist, and have ended with a suggestive tone, leaving it up to the audiences' imagination to visualize the subsequent events. This reticence conforms to the stylistic norms of the *Huajian School* which directs that the closing line should "leave something unsaid."[40] On the other hand, Liu Yong's compositions are less ambiguous. For instance, the following lines from Liu Yong's lyric illustrates a rather explicit love scene that leaves little to the imagination:

However, she does not know how to seduce her lover.
Often, late into the night,
She would still be reluctant to enter the mandarin duck quilt.
Even after I untie her silk robe,
She continues to stand rigidly, with her back to the silver lamp,
Only to tell me to go to sleep first.[41]

Similar to the previous example from He Ning, a bedroom scene between two lovers is depicted in both examples, during which the female persona is shy and hesitant in front of her lover. He Ning has chosen to linger on her hesitance and uncertainty, ending the scene rather abruptly with a suggestive line, and leaving the rest to be completed by the audience's imagination. As such, the love scene becomes idealized in He Ning's example. On the contrary, Liu Yong is much more explicit, and extends the lens of the viewer by describing the precise actions of the lovers in detail. The following is an example of an even greater extreme, and was thus criticized as Liu Yong's most erotic love lyric of all times:[42]

When I am about to close the perfumed curtain to indulge in love,
She knits her eyebrows and complains that the night is short.
She urges me to go to bed first,
To get warm under the mandarin-duck quilt.

After a while, she puts down her unfinished needle-work,
And removes her silk skirt,
Exhibiting her passion with abandon.
In front of the curtain, I leave the lamp on,
So that I can look at her face
Time and time agan.[43]

Interestingly, the female persona in the above example performs a series of actions that reflects her inner psychological state. Each change of action mirrors a change in her emotions. In the beginning, she wants to get ready for the night by lowering the curtains of the canopy, reflecting a relatively calm emotional state. Suddenly, she knits her eyebrows together, reflecting a state of anxiety stemming from the worry that the night will not be long enough. Thus, she becomes impatient, and rushes her lover to warm the bed first while she finishes her needlework. However, it does not take long before she eventually gives up on the needlework. She then quickly undresses and engages in passionate love with her lover. By leaving the lamp by the bedside, her lover has a clear visual of her face. She thus transforms from the modest lover that is shyly lowering the curtains in the beginning, to a passionate and confident lover that undresses herself and allows her lover a full view of herself beneath the light of the lamp. Similarly, from the perspective of the male protagonist, a series of actions can also be observed from the lyrics. It begins with the male protagonist watching for the signs that his lover is ready to lower the curtains, which is when he catches sight of her knitted eyebrows. He is then rushed to bed, where he waits for her to finish her needlework. It is likely that after a short while, he becomes impatient and urges her to stop sewing. He then watches her undress and they engage in making passionate love, during which he has a clear view of her lovely face that is illuminated by the lamp in front of the curtains. As such, rather than the traditional monologue that is previously observed in boudoir lyrics and traditional love lyrics, an interactive dialogue emerges from Liu Yong's composition. Such interactive dialogues successfully create a dynamic setting for the characters to grow and expand their personalities within the context of the love lyrics. Evidently, Liu Yong does not shy away from explicit descriptions pertaining to the enjoyment of sexual pleasures, which thus become a distinct characteristic of his erotic love lyrics. Such a topic was not a subject to be ventured by *huajian* poets. As such, it is not a surprise that the following lines from multiple compositions of Liu Yong were categorized under the section of "taboo" in Shen Xiong's (fl.c. 1653) *Commentaries on Ci, Past and Present* (*Gujin Cihua* 古今词话): [44]

> The growing intensity of the wine has unleashed my unbridled lust and passion.
> Waves of red embroidery ripples across the mandarin duck quilt.[45]
>
> Endless desires are accentuated by drunken merriness,
> As this pleasure gradually enters a climax.[46]
>
> Deep within the mandarin duck quilt,
> Like white snow resting on a tree branch, she rests her weight on me.
> After exhausting ourselves,
> The passion that remains in the warm lotus canopy is especially arousing.[47]

Therefore, based on the predominant social conventions at the time, Liu Yong's erotic love lyrics were generally not well received by *Ci* critics. For example, Zhang Yan 张炎 (1248–?) had criticized Liu Yong for his inappropriate literary use, and regarded Liu Yong as a "prisoner of erotic love" (*wei feng yue suo shi* 为风月所使) and a "slave for romantic emotions" (*wei qing suo yi* 为情所役).[48] Zhang Yan then concluded that Liu Yong's *Ci* "has lost the air of elegance and appropriateness."[49] Similarly, Liu Xizai 刘熙载 (1813–1881) had stated that the reason Liu Yong's *Ci* was not morally esteemed was due to the fact that Liu Yong had written too many compositions on women and love.[50] Additionally, Chen Tingzhuo (1853–1892) had also criticized Liu Yong for his "debauchery that saw no limits or boundaries" (*dang er wang fan* 荡而忘返), and had regarded Liu Yong's *Ci* to be filled with improper content that violated moral structure.[51] Moreover, Chen Rui 陈锐 had claimed that the explicit description of sexuality in Liu Yong's lyrics within the genre of *Ci* was akin to the notoriety of the novel *Golden Lotus* (*Jin Ping Mei* 金瓶梅) in the world of fiction.[52] Both were deemed morally destructive and were viewed with disdain.

To summarize, Liu Yong's lyrics on women and love have been harshly criticized throughout history for being vulgar (*su* 俗)[53] and lewd (*yin* 淫).[54] There are two possible reasons that led to these two criticisms: Liu Yong's departure from *huajian* tradition, and Liu Yong's adoption of folk literature in his composition. Furthermore, these two aspects are interrelated and should be considered together. As was discussed earlier, there are common themes shared between Liu Yong's *Ci* and those found in *TWDC*. This is particularly true in terms of *Ci* that has a thematic focus on women and love. However, Liu Yong had the tendency to approach sensitive topics within his compositions which predisposes him to a greater risk of possibly violating moral conventions. Examples include the expression of boudoir feelings, brothel visits, and love scenes in the bedroom. Despite the fact that there are also a few occurrences within *TWDC* that share these topics, the manner of expression and presentation is drastically different. As established earlier, the standard mode of expression at the time was reserved expression, and the emphasis that the composition should not fully exhaust the topic (*bujin* 不尽), leaving some room for imagination for its audience. As such, emotions are expressed implicitly, during which the audience is made to feel that "even when the words are finished the meaning is not; even when the meaning is finished the emotion is not."[55] Only then, would a composition be considered elegant (*ya* 雅) and dignified (*yun gao* 韵高) in style. Naturally, Liu Yong went against this tradition, and adopted a direct mode of expression originating from folk literature. His explicit style and upfront expression of the sentiments, actions, desires, and sexual pleasures in detailed descriptions had exposed topics that were meant to be hidden and kept behind closed doors, thereby pushing him further past the boundaries of moral conventions esteemed by traditional *Ci* poets.[56] His unconventional style led to the subsequent marginalization of his already sensitive topics, whereby they officially became labeled as taboo items by other lyricists. Hence, Chao Buzhi (1052–1110) had heavily condemned Liu Yong's *Ci* for lacking a dignified style that merited respect.[57] Li Zhiyi 李之仪 (1038–1117) had also criticized Liu Yong's *Ci* with the following comment:

> If we compare [Liu Yong's *Ci*] to those in the *Huajian Collection*, [we can say] that his style is still inferior.[58]

To add further damage, another detrimental factor is Liu Yong's tendency to use a large amount of colloquialisms within his lyrics, which is a rare occurrence for the lyrics found in *TWDC*. The general perspective was that colloquialism belonged to the streets where the lower classes lived, and had no place in the refined writings of the elegantly educated. Thus, without surprise, orthodox *Ci* critics heavily criticized Liu Yong's poor taste in language, regarding his use of colloquialisms as vulgar. Additionally, Liu Yong's use of *manci* tune patterns, which are written to popular music rather than traditional music, further accentuated the distasteful vulgarity of his lyrics.

However, these adverse opinions were simply the reflection of the moral viewpoint held by traditional critics of *Ci*. In actuality, Liu Yong's departure from social conventions, and his subsequent choices in the face of adversity had all contributed greatly to the growth of *Ci*. He had given individual voice not only to the female protagonists, but also the male protagonists. More specifically, Liu Yong's unreserved descriptions of love scenes have held a great influence on the development of medley and Yuan drama. For instance, in the novel *The Western Chamber* (*Xixiang Ji* 西厢记), there are many erotic lines that strongly resemble the ones found in Liu Yong's love lyrics, using terms like "bond together like the clouds with the rain" (*tiyu youyun* 殢雨尤云), and "waves of red embroidery ripples across the brocade quilt" (*jinbei fan honglang* 锦被翻红浪).[59] As such, it accentuates the fact that while Liu Yong was heavily criticized for his unconventional style within his literati circle, he was also greatly embraced for his creativity among the common people.

B. Lyrics on Separation and Rootless Wandering

The total amount of compositions by Liu Yong regarding the theme of separation and rootless wandering constitute over a third of his overall compositional collection. These compositions are largely the works of his later years, especially the ones that contain details about his official journeys, which not only perfectly capture Liu Yong's personal feelings but also demonstrate his literary accomplishments at their best. It should be noted that hereafter, *Ci* with a theme focused on separation will be collectively referred to as separation lyrics, and *Ci* with a theme focused on rootless wandering will be collectively referred to as sojourn lyrics.

1. Lyrics on Separation

Liu Yong has precisely composed a total of 36 separation lyrics, and all have displayed a marked departure from the separation lyrics found in *TWDC*. Separation lyrics found in *TWDC* are mostly written in *xiaoling* form using a female perspective[61] and thus, are often treated as a subtheme of boudoir lyrics. Furthermore, similar to the boudoir lyrics found in *TWDC*, the short length of *xiaoling* form limits the description of separation, which is usually rendered in a manner that is brief and lacks individuality. As such, the complex emotions experienced during and after separation remain largely unexplored in *TWDC*. Liu Yong, on the other hand, writes his separation lyrics in *manci* form using a male perspective. The added length of the *manci* form allows Liu Yong to elaborate on the theme of separation throughout his entire composition. His separation lyrics are multifaceted. Among them, are lyrics that depict scenes during the moment of parting, after separation, and the emotional turmoil experienced during separation. The lyric that best illustrates such feelings is "The Rain-Soaked Bell" (Yu-lin-ling 雨霖铃); its English version can be found in a translation completed by Professor James Liu.[61] The following lyric, "Tipping the Wine Cup" (Qing-bei 倾杯), is a lesser known but equally effective example of Liu Yong's separation lyrics:

> It is getting emotional during this farewell meal.
> The magnolia boat is waiting,
> It is time to bid farewell along the Southern Bank.
> I know perfectly well that in life,

It is impossible to expect the bright moon to always remain full,
And the colorful clouds will always remain clustered together.
In one's lifetime,
There is no sadness that surpasses the grief of parting.
The most agonizing pain comes from the sudden separation of
A pair of lovers passionately in love.
Drops of tears roll down her soft and pale face, like
Drops of spring rain splattering onto the delicate petals of a pear blossom.

Her dark brows are lowered, but her beautiful face remains expressionless.
We are both consumed by anguish.
Once again, I hold her delicate hands in mine,
Bidding farewell.
Yet, again and again, she compulsively asks,
"Must you really go?"
She then whispers urgently in my ear,
"Our countless vows, endless promises for the future, and my everlasting love,
From this moment on,
Will be dependent on the fishes and the birds as our only messenger."[62]

Scenarios like the one depicted in the above passage are rarely explicitly described in *TWDC*. By contrast, with great detail, Liu Yong depicts a scene shared between two parting lovers, intricately describing their movements, and the complexity of their emotions during this difficult moment. Through the manipulation of sequential presentation, the pressing timeline of the lovers is already revealed. The lovers are painfully sharing a final meal together, reluctant for time to move, so better to stay in each other's company for a moment longer. However, the image of the docked magnolia boat is silently urging the lovers to hurry, as the boat is about to leave. The male protagonist is thus torn between the urgency of boarding the magnolia boat, and his desire to stay by his lover's side.

Through the imagery of the bright moon and the colorful clouds, the audience sees the world through the protagonist's eyes and reaches a conclusion with him at the same time: the world is beautiful but it is not perfect. With every union comes a time for separation, such is the natural cycle of life that is beyond the control of an individual. Such is their love as well. His lover's lowered eyebrows, her tear splattered face, and the despair that immobilizes her from within, rendering her beautiful face emotionless, makes her suffering apparent. He savors each detail longingly, as he is also consumed by the anguish and despair that is eating away at him. Nonetheless, he understands that the separation is inevitable, and thus all he can do is hold her hands for the last time and say his goodbyes. His lover's compulsive behavior to repeat herself indicates that she is still in denial, hoping that maybe the answer will be different if she asks yet another time. She holds onto her lover tightly, hoping that he will change his mind, as suggested by the fact that she has to be close in order to whisper into his ear. In the end, comes the heart shattering moment, when she has no choice but to accept the fact that her only way of communicating with him in the future would be through letters that needed to travel long and far, as alluded by the metaphorical use of the fish-shaped letter box and birds as her messenger. Despite such distance, her love will last for all of eternity, thus the final parting lines are her whispering plea to her lover to remember her always. Each event in the sequence comes with its associated set of emotions that tugged at the heartstring of the audience. Liu Yong skillfully uses these sequences as a priming contour to evoke similar emotions within the audience, thereby allowing them to naturally let their emotions flow and join the lovers. With each passing image, a new layer is added to the growing complex of emotional sentiments. When the emotional tension eventually inclines towards the climax, that precise moment of heartbreak will become a much more personalized experience that will resonate powerfully within the audience.

In the following examples of "Remembering the Capital" (Yi-di-jing 忆帝京) and "Halt the Horse and Listen" (Zhu-ma-ting 驻马听), Liu Yong further explores the contradictory and complex mix of sentiments following the moments after separation:

I had thought about drawing the reins and turning back,
But my travel plans have already been confirmed.
I have thought about it a thousand times, and had
Tried various ways to comfort you and justify my decision.
In the end, I could only let the image of your lonely and frail figure,
Be forever etched onto my heart, whereby
I will owe you the debt of a thousand tears.[63]

Now, as the distance between us gradually grows,
I begin to realize that even if I should experience regret,
I can no longer turn back.
I can send her a letter here and there,
But what good would it do in the long run?
I have also thought about rekindling our love,
But my thoughts tend to waver and change.
Even if we were to meet again,
I am afraid that it would be difficult for our love to be the way it was before.[64]

Similarly, these lyrics also depict a series of scenic events for the audience. The lone figure on his horse is thinking about the sad and lonely maiden watching his departure. He expresses his reluctance to leave and his thoughts about turning back. Nonetheless, he continues towards his journey, but he does not forget her. On the contrary, he worries constantly that the distance would change their relationship. These are all common psychological conflicts of newly parted lovers. Without a doubt, Liu Yong is the first lyricist to provide an explicit capture of such intricate feelings in a single composition within the greater length of *manci*, thereby successfully expanding the scope and means of expression for separation lyrics. Within his compositions that pertain to the agony surrounding the state of separation, Liu Yong often includes a rich array of emotions. For example:

> All is quiet by the windowsill, and
> The light from the candle is dim.
> I am alone in bed and the night is long.
> Lying on my side, I am having trouble falling asleep.
> I begin to carefully recount all my past affairs
> Which have brought me some merriness, but
> None of which I have loved to my fullest and experienced to my heart's content.
> Thus I am now filled with immense regret, as
> I can do nothing but add to my current misery.
> It is such a beautiful moment,
> Yet my brows are deeply furrowed together.
> Oh the irony![65]

In the above lines, it is late into the night, as is evident by the dim candle and the stillness outside the window. However, the protagonist is kept awake, likely from insomnia since the night feels long. He then proceeds to reminiscent past events in his life, which, according to him, has brought some happiness at one point, but it is not complete. Thus, the protagonist is likely to be Liu Yong himself, as he reflects on his life in the capital city. (Although he thoroughly enjoyed himself during his indulgence of wine and women from the brothels, he was also disappointed by the progression of his career as an official. He had worked hard to pass the Imperial Examination and earn an advanced scholar's degree, but only to end up in his current predicament: alone and far away from his beloved back home.) As the text progresses, the protagonist then regrets thinking about her and the events back home, as it only makes his current loneliness even more apparent. He expresses self-pity for his distressed state. Furthermore, he demonstrates a conscious awareness of the irony of his situation: it is meant to be a beautiful moment of peace and tranquility, yet he is unhappy. In the following example, Liu Yong proceeds with the revelation of even more details pertaining to his regrets towards his broken promises:

> I suddenly awaken from my dreams.
> The wind has found its way through the window, and
> Blown out the candle during the cold night.
> Oh the misery, to awaken from a state of drunkenness and
> Listen to the endless trickle of the night rain dribbling onto the empty steps.
> How exasperating! I have been a wanderer for such a long time.
> I have disappointed my lover,
> Breaking so many promises and
> Ruthlessly allowing all our previous happiness and romantic memories to
> Suddenly become a source of loneliness and grief.[66]

In the above example, aside from the misery experienced during separation, a new element of a wanderer is added to the composition as well. Overall, the theme of rootless wandering is not perceived to be one of importance in *TWDC*. As such, there are only a sparse amount of lyrics pertaining to this theme, which is once again composed in *xiaoling* form that briefly describes the thoughts and sentiments of the traveler using the male perspective.[67] Generally, feelings pertaining to the traveler's loneliness, homesickness, and longing for his distant lover are described; but once again, due to the constraints of space and length allowed by the structural shortness of *xiaoling*, these descriptions tend to be vague and rudimentary. As such, it is difficult for the development of a clear image for the protagonist. On the other hand, as exemplified by the previous two examples, Liu Yong has utilized the greater length of *manci* form to elaborate on these sentiments, transforming separation and sojourn lyrics into a unique medium of expression that extends inward to include the descriptions of one's life experience. With Liu Yong, as seen in the earlier examples, the particular individual tends to be himself. Nonetheless, while they may be of his own particular life experiences, he is still able to eloquently capture common feelings shared by ordinary travelers, thus creating powerful lyrics that are deeply infectious across the mass.

2. Lyrics on Rootless Wandering

Liu Yong has composed a total of 37 sojourn lyrics depicting his journeys as an itinerant official. Within this category, he is particularly fond of using nature as his backdrop to set the mood for his lyrics. It appears that he has the frequent tendency to gravitate towards autumn as his seasonal setting, as illustrated in the example below:

> The rooster crowed, announcing the end of yet another night.
> I have fed the horse and harnessed it to the carriage,
> I am pressed to begin my journey.
> Under the light of the lamp, I hastily bid farewell to the innkeeper.
> The roads on the mountain road are rough and perilous, and
> Made slippery by the morning frost.
> The jingling of the jade ornaments on the horse's bridle
> Awakens the roosting birds.
> The gold stirrups are cold.
> Sounds of the trotting hooves echo beneath the fading moon.
> Gradually, the autumn wind blows faster and harder,
> Ripping my sleeves and garment lapel in the bitter cold.[68]

At first glance, the frost and semi-darkness in the above example sets the mood to resemble a dream-like state. In actuality, it is precisely reflecting the foggy mental state of the half asleep protagonist. He has awakened before dawn to prepare for his treacherous and lonesome journey ahead. Liu Yong has included intricate details such as the sleeping birds, and the fading moon to emphasize the earliness of the hour. The frost and the absence of the sun ensures that the cold extends outward to reach the audience, so that they too could feel the coldness of the metal on the stirrup as they watch the protagonist brave the harshness of the autumn wind. Such vivid depiction is typical of Liu Yong's lyrics, of which careful consideration has been extended towards creating realistic imageries of spatial and temporal settings. For instance, spatial indicators of place could be found throughout the text: the innkeeper signifies that the protagonist is staying at an inn, and he is by the stable to prepare the horse and carriage. He eventually travels through a mountain where there are plenty of trees to roost the sleeping birds. Temporal indicators of season and time is also apparent: the crow of the rooster and the fading moon suggests that it is just before daybreak, when it is still relatively dark as it requires the use of a lamp. The described season becomes apparent with words such as "frost", "chilliness" and "the autumn wind." Such exquisite detailed descriptions are new elements that mark another departure from the idealized and typically vague lyrics found within *TWDC*. Furthermore, it can be certain that the above example is a description of Liu Yong's personal experience as an itinerant official. According to the historical records of the Song Dynasty, every transfer for a low ranking official foresaw a long and hard journey ahead.[69] Since Liu Yong had been a petty official at various locations throughout the nation, he naturally experienced the hardships of such journeys. Therefore, it can be concluded that most of his sojourn lyrics that describes the physical hardships endured during these journeys are the realistic revelations of his personal experience. The following is another example of such revelations:

> As soon as I laid my head onto the pillow during the cool night,
> I had a beautiful dream,
> Only to be sadly interrupted by the crowing of the neighbor's rooster.
> I hurriedly cracked the whip to begin my journey.
> My vision is clouded by the morning mist that hovers over the dead grass.
> The horse trots ahead, and the wind gently strokes the jade ornaments on its bridle.
> As I cross the frosty woods, the noise startles all the roosting birds.
> Braving the dust and dirt of the roads as I set off on this faraway journey,
> I begin to understand the sufferings one must endure in exchange for
> Fame on the street of Chang'an.
> I press onward, as I pass yet again, another desolate village.
> I look across the broad horizon towards the southern sky,
> Only to see the darkness before dawn.[70]

Once again, the clouded vision induced by the morning mist reflects the foggy mental state of Liu Yong as he is abruptly awakened mid-dream by the neighbor's rooster. In a hurry like always, he rushes to set off on his travels before having a chance to fully awaken. He slowly awakens to his surroundings: the landscape is barren, the roads are dirty, and dust is everywhere. Fame always comes with a price, and this is especially true for the scholars competing for higher ranks in the capital city, which is symbolized in this lyric by Chang'an (present day Xi'an in the province of Shaanxi), the capital city of many dynasties. He quickly brushes away his bitter thoughts and presses onward to find another secluded village, suggesting that by this time, he has already travelled a far distance. Despite so, it is still dark, indicating that he has started extremely early.

Nonetheless, he still has a long journey ahead. The following lyric vividly combines his itinerant official journey with homesickness:

> I have left all my happiness behind,
> To come to this place as an itinerant official.
> I realize that the travels of this journey are toilsome,
> While another year has come to a close.
> This foreign landscape is devastatingly barren and desolate.
> It only adds to my burden of sadness and deepens the lines of my frown.
>
> The Capital is far away, and the Qin tower is beyond my reach.
> My wandering soul is troubled.
> The green grass stretches into the distant horizon,
> Merging into the setting sun.
> My beloved has not sent me a single letter and has become as remote
> As roaming clouds moving across the broad horizon.[71]

The desolate landscape of his current location is foreign and cannot be considered as his home. His home is back in the capital city, where his lover resides. Qin tower is a metaphor for brothel. The protagonist is thus troubled by the loneliness that engulfs him in this foreign land, which is intensified by the distressing thought in which he believes that everything that has once brought him such happiness is back home, a place that is no longer within his reach. Particularly, he is waiting for a letter from his beloved who is faraway. The following example reveals similar sentiments from a different aspect:

> My position as an itinerant official has become a rootless wandering.
> With a sigh, I lean against the lowered mast.
> Idly I stand, gazing into the distance.
> In myriad landscapes of infinite waters and sweeping mountains that
> Stretched near and far, I am lost.

Where is the way back home?
Since our parting, the vacant pavilions are devoid of your presence, as
I sit alone by the waterside gazing into the moonlight.
The stark absence of your love breaks my heart
Intensifying the devastation that separation brings.
I can hear the calls of cuckoo birds,
Urging me to just go home instead.[72]

In this example, Liu Yong is more explicit about his homesickness. The solitude of his journeys has taken a toll on his mental state. He has left home for so long that he can no longer even find the way home. No matter where he is, whether it is the vacant pavilions, the beautiful moonlight by the water, there is something that reminds him of his beloved back home, which further emphasizes the emptiness that surrounds him. Historically, ancient Chinese people have likened the call of the cuckoo birds to the phrase "*buru guiqu* 不如归去," which means "just go home instead." However, from an emotional perspective, the inclusion of such imagery solidifies the intensity of Liu Yong's mental anguish and his burning desire to return home to his beloved. Often, this desire is accompanied by a regretful account of all his broken promises to her due to the endless travelling required by his journeys:

The boat slowly enters the borders of Three-Wu region, and
The water villages and fisheries come into view.
My wandering thoughts tend to revolve around memories of the faraway Capital.
I have given up the pleasures and happiness of my romantic gatherings,
Only to end up where?
Alone and miserable, I lean against the raised mast,
Gazing longingly into the west towards the setting sun.
The road back to that flourishing city of my youthful years is beyond my reach.

I can only let out an exasperated sigh,
Thinking back to all my previous words and promises that have
Now become broken and unfulfilled with time.
My greatest pain comes from that of a broken heart.
I stay standing there for a long while,
Facing the distant clouds as evening falls across the blue sky.
Here I am in this faraway river valley,
Momentarily overtaken by an uncontrollable wave of loneliness and grief.[73]

In this lyric, Liu Yong directly expresses his strong desire to return to the capital, Bianjing, which is where he had spent his youthful years. However, his endless travels have prevented him from doing so, and thus preventing him from fulfilling the promises he has made to his beloved. back home. The thought of the disappointment he has brought to his beloved breaks his heart. He then expresses his exasperation towards the disappointing outcome of his official journeys, causing him to fall into an even deeper state of suffering. In the following example, Liu Yong's mental deterioration becomes even more apparent:

Why had I so easily walked away from her heavenly chamber?
Now it has become difficult to hear a word from her, and
The year passed by with emptiness.
The endless travels and unbearable loneliness have all recently
Allowed me to have a comprehensive taste of the bitterness of official journeys.
Even if I were to write all these sentiments into a letter,
Who can help me deliver it to her hands?
How would my beloved Meng Guang
Know that I am slowly wasting away day by day.[74]

Meng Guang was the historical representative of a virtuous wife that was completely devoted to her husband. Liu Yong uses this allusion to show that even virtues and devotion cannot overcome the barriers of distance and separation. With no means to directly communicate with his beloved, she would thus have no means to know that he is in such a state of distress, thereby enhancing his state of loneliness. Being unable to share his hardships with another person means that he is not only physically alone, but he is also emotionally lonely as well. Such devastation and disappointment brought on by these unrewarding official journeys is perhaps what leads to his eventual condemnation of officialdom, and the subsequent desire to become a recluse:

> At this moment,
> How can I chase after fame and fortune?
> In the dirt and dust of the open road,
> My official cap and robe is burning under the fierce summer heat.
> I think back to the villages in the river isles,
> Where I could enjoy the moonlight in the breeze from a pavilion, and
> On the rocks by the river bank,
> Luckily, I could loosen the sash and let my hair hang freely?[75]

Through the use of comparisons in his lyrics, Liu Yong's growing discomfort in the political realm of officialdom becomes evident. Although the roads to fame and fortune are now open, it is dirty and troublesome, much like the progression of his own career path. Additionally, the official cap and robe that many wear with pride is suffocating him under the summer heat. Instead, he would much rather return to the secluded river villages, where he can relax in the breeze by the water and do as he please, as symbolized by the loosen sash and letting his hair hang loose. Such desires of a reclusive life, where one follows one's natural desires instead of appealing to arbitrary standards of goodness set out by orthodox conventions are a reflection of Liu Yong's thoughts later in life. As such, within a single composition, Liu Yong has skillfully combined an expression of his weariness, his struggles with separation, his longing for past happiness, and his idealized Daoist way of life. The inclusion of Daoist awareness can also be seen in the following example:

> The endless hardships make official journeys toilsome, as
> Time slips slowly away.
> The wealth and profit gained is as small as a fly's head,
> The success and rank earned is as minute as a snail's tentacle.
> What will ultimately become of all this?
> They are nothing but empty praises.
> I had cast aside pleasuring indulgences in order to
> Dip my hands into this pool of worldly affairs,
> Only to watch my ideals and aspirations nonchalantly erode away.
> Luckily, hiding behind the billowing mist,
> There lies a heavenly retreat with five lakes and a small boat for me to
> To leisurely enjoy the breeze and look at the moon.
> A place to which I shall return to experience the joys of
> Fishing and chopping my own firewood,
> And there I shall remain, until the day I grow old.[76]

The influence of Daoist thoughts are scattered throughout the text, as Liu Yong ridicules the meaningless chase for an empty fame that hides behind the facade of officialdom, expressing his regrets of wasting his youthful aspirations on something that is the size of a fly's head and a snail's tentacle. He then concludes with his desires to return to the river valleys deep in the mountains and live the life of a hermit, where his days will be spent fishing and cutting his own wood. This concluding thought is in alignment with Daoist teachings and undoubtedly brings Liu Yong's lyrics to a new height.

Not surprisingly, Liu Yong's separation and sojourn lyrics have a wide appeal, and are recognized by *Ci* critics as a paragon of Liu Yong's poetic talent. The reasoning behind this claim can be explained through the consideration of three noteworthy traits. The first prominent trait revolves around the fact that these lyrics are derived from Liu Yong's personal life experience. As discussed earlier, Liu Yong had made multiple unsuccessful attempts to pass the Imperial Examination. Frustrated by these failures, he had made many trips to the South in between his attempts, and thus broadened his eyes to the outside world. Later, after he became an official, he had endured many transfers to various locations throughout China. As was made apparent in his lyrics, these journeys had exposed him to various sufferings and hardships, providing him with a comprehensive look into the unsettled life as an official. The combined experiences of these trips had provided an enriched fountain of writing inspirations for Liu Yong. His use of the longer form of *manci* further creates a generous platform that allows him to liberally express the various sentiments experienced during his sojourning, which in turn had increased the appeal of his lyrics. Secondly, the inclusion of vivid imageries that skillfully captivates the beauty of nature further heightens the visual aesthetics of his lyrics. These captivating images of nature not only act as a beautiful setting for his lyrics, but are chosen for the resulting emotions it can evoke. Liu Yong further accentuates the emotional effect of these powerful images by attributing human emotions to these natural phenomena. For instance, likening the broken lotus branches to his wandering, using the calls of the cuckoo birds to accentuate his desire to return home, are all examples of his skillful assimilation of the external environment with his internal feelings and emotions. In fact, Zhou Ji 周济 (1781–1839) had praised Liu Yong for his ability to "seamlessly fuse emotions into the scenery" (*rongqing rujing* 融情入景).[77] This literary technique was further commended by Feng Xu 冯煦 (1842–1927):

> [Liu Yong can] describe scenes that are hard to describe, and explore emotions that are difficult to explore, and he writes these naturally. He is certainly a master of the Northern Song Dynasty.[78]

Lastly, within the context of his separation and sojourn lyrics, Liu Yong is able to successfully combine the use of both colloquial and refined poetic diction with the mode of direct expression. According to Liu Xizai 刘熙载 (1813–1881), this skillful combination allows the lyrics to become "delicate and flowing, lucid and informal."[79] Ji Yun 纪昀 (1724–1805) further added the remark that the combination made Liu Yong's lyrics "gentle and close to human sentiment, and easy for people to understand."[80]

In summary, Liu Yong's separation and sojourn lyrics highlights the epitome of his poetic creations. These lyrics are the results of a successful combination of his skilful use of poetic techniques with his vivid expression of his profound emotions as an individual. Such literary achievements not only require creative talent, but also a sensitive understanding of the psychology of emotion, as well as a keen observation of human nature as a universally inclusive experience that is not affected by gender, class, or status. As such, Liu Yong had successfully elevated the form of *manci*, established its lyrical tradition, and officially earning *manci* an orthodox position within the history of Chinese poetry.

C. Lyrics on City Life

Within *TWDC*, there are few lyrics that concern city life, and the rare examples are extremely limited and brief in content.[81] Liu Yong was the first lyricist to use the theme of city life in a significant way. Two precursors have led to Liu Yong's innovative use of this theme. The first factor is Liu Yong's gravitation towards the form of *manci*. The greater length offered by *manci* has worked in great favor with Liu Yong's expansive technique, which thus enables him to include more details within the span of one lyric. Secondly, Liu Yong was the first *Ci* poet who had taken great pleasures in city life. His experiences gained during his early years in Bianjing, as well as the extensive travelling he had done during his fulfillment of his official duties had provided a rich inspirational basis for his writings about life in the city. Similar to Liu Yong's other lyrics, his lyrics on city life are multifaceted and realistic. As expected, within his lyrics, Liu Yong has included many descriptions of life in Bianjing. However, he has also written extensively about the various landscapes and lifestyles found in other famous cities such as Hangzhou, Suzhou, and Chengdu.[82] For example:

A scenic spot in the South-East
The capital city of the Three-Wu region
Qiantang has been bustling since ancient days.
There are misty willows and painted bridges;
There are swaying blinds and green jade curtains
Amidst a hundred thousand households in rows.
Trees soar into the sky around the dykes and the sands.
Furious billows hurl up frost and snow.
The river stretches endlessly.
In the markets, pearls and gems are displayed.
Houses are full of people in silk,
Vying with each other in showing off their wealth.

Lakes adjoining lakes and peaks upon peaks are clear and beautiful,
With autumn cassia
And miles of lotus flowers.

On sunny days, Qiang flutes pipe.
At night, water-caltrop songs are heard everywhere.
Happy are the old fishermen and the lotus girls.
Thousands of cavalrymen escort the lofty banners.
Tipsy, I listen to the lutes and the drums,
Chanting poetry and admiring the mist and clouds
Some day, I will go back to the capital
And proudly describe this beautiful scene to my colleagues.[83]

Within the context of this lyric, Liu Yong is able to expansively present the military advantages of the geographical location, historical background, population count, and the typical human activities and prosperous lifestyle of Qiantang (present day Hangzhou). According to the writings of Luo Dajing, this lyric was written for Sun He, the Fiscal Attendant of Qiantang at the time.[84] As such, there were many speculations that the nobility inside the palanquin that was accompanied by the mounted troops was Sun He. Regardless, the unconfirmed identity of the mysterious nobleman does not detract one's appreciation for Liu Yong's vivid imageries of Qiantang. Under his skilful penmanship, the beautiful cityscape of Qiantang comes to life, drawing the audience into the scenery of mountain summits and merging lakes, as they "watch" the luxurious procession next to the tipsy Liu Yong. In fact, it had been rumored that it was precisely Liu Yong's vivid imageries of this beautiful and prosperous city that had enticed the Emperor of Jin Dynasty, Wanyan Liang 完颜亮 (Digunai, 1122–1161), to invade China. These baseless rumors eventually led Xie Chuhou 谢处厚, a poet from the Song Dynasty, to denunciate Liu Yong for writing such lyric.[85] While these rumors may be unfounded, the existence of such rumors not only validated Liu Yong's superior literary techniques but had also successfully illustrated the infectious appeal of his lyrics as well.

A majority of the compositions within this thematic category is devoted to the description of the various festive activities celebrated annually in Bianjing. These celebrated festivals include the Festival of the First Full Moon, the Qingming Festival 清明 and the exorcist performance by the riverside, the Double-Seventh and Double-Ninth Festivals, as well as the many other annual activities of the royal house.[86] Within these compositions are scenes of entertainers performing at Jinming Pond, young men competing on horseback, beautiful girls preparing needle and thread for the Double-Seventh Festival, as well as scenes of people enjoying a boat ride in the lakes. All of these festive activities depicted by Liu Yong are historically accurate, and can be supported by the records found in various historical works such as *Records of the Glorious Past of Kaifeng.*[87] Lyrics within this thematic group are characterized by refined poetic diction, and often include temporal and spatial indicators, as well as descriptions of the festive decorations, beautiful girls, and handsome young men enjoying wine and music. As such, the protagonist is not a distant observer but is a rather enthusiastic participant who is completely immersed in the festivities, and wholeheartedly enjoying the scenery that surrounds him. Thus, these lyrics become a personalized story that can portray sentiments, historical facts, and knowledge in a genuine and lively manner:

The bamboo pipes begin to take the Vernal Note.
Spring awakens to the auspicious festivities in the capital city,
Genial warmth returns to the sunny city.
People are joyously celebrating the first full moon of the year.
Colorful floral lanterns hang from every corner of every household.
All over the streets and avenues,
Stand crowds of people dressed in their finest silk, as
The wind gently wafts their perfumed scent into the air.

All the trees are lit from far and near, looking majestic and magical.
The mountain of paper lanterns stands erect.
Vibrating notes of the vertical flutes and the
Thundering beats of the drums echo through the air.

Gradually, the sky begins to resemble the waters,
The brilliant white moon is at its highest point.
The flower shrubs by the secluded paths,
Bears witness to countless romantic meetings.
Deep into the night, when the lanterns cast a shadow onto the flowerbeds,
A young man can often come across a surprise encounter.
During this peaceful era,
The whole nation is full of joy, as people live in prosperity,
Thus they can gather leisurely, celebrating festivities to their hearts' content.
In the face of such happiness, how can I return home alone and sober?[88]

In ancient China, seasons were calculated using a system of pitch pipes made from bamboo. Each pipe was sealed on one end, with one pipe representing the duration of one month, creating a system of twelve pitch pipes for the whole year. The height of each pitch pipe was cut in accordance to specific measurements to produce a unique note that symbolized a particular season. Each of these notes had their own respective names. The above passage begins with the pitch pipes taking on the Vernal Note, which is the name for the note that symbolizes the retirement of winter and the arrival of spring. This can be further confirmed by the fact that they are celebrating the Festival of the First Moon on the fifteenth day of the first lunar month. A particularly noteworthy element of this lyric is the inclusion of the festive tradition to stack the colorful lanterns into a giant mountain, until it takes the shape of the shell of the Ao, which is a mythological creature that takes the form of a giant marine turtle. With the elegant prose of observing the moon at its highest point in the sky, Liu Yong gracefully conveys the gradual procession of time within his lyric. It is now midnight, the earlier bustle of the enthusiastic crowds and loud music have now given way to a calm stillness. Has the festival come to an end then? At this point, Liu Yong will mischievously tell you that this is not the case. In fact, the scene of activity has now shifted into the shadows by the flowerbeds where romantic lovers gather and profess their love. Such a peaceful era filled with happiness and security should be thoroughly enjoyed.

Chen Zhensun 陈振孙 (fl.c. 1211–1249), a scholar of the Song Dynasty, had commented that Liu Yong "describes extensively the climate of successive peaceful reigns"[89] within his lyrics. However, there were some Chinese scholars during the Maoist era that had criticized Liu Yong for his superficial representation of city life because these lyrics did not reflect the hard life of the oppressed class, and had thus failed to expose the exploitations under the control of a feudalistic rule.[90]

It should be noted that Liu Yong's scholar-gentry class background and his associated life experiences would have prevented him from being extensively exposed to the life of people that belonged to the lower social strata, especially the peasants. Thus, limited comprehension of their sentiments and struggles would make it a difficult and therefore unreasonable topic to expect from Liu Yong at the time. Additionally, the existence of Liu Yong's boudoir lyrics and his popularity among the sing-song girls have demonstrated that Liu Yong did not have a supremacist complex that would have made him ignorant of the sufferings beyond his own class background. Furthermore, it should be noted that the lyrical nature and narrow subject matter of *Ci* makes it an unsuitable medium to reflect on topics pertaining to oppressive hardships and feudal exploitations. Such topics would be better expressed in the more orthodox *shi* poetry. In fact, his long narrative poem on workers drying sea salt for a living had clearly shown the humanitarian side of his personality. Another explanation could be that these poems were written at the request of the Musical Institute during festivals and celebrations.

Nonetheless, Liu Yong had most certainly made pioneering contributions to the development and expansion of *Ci* with these lyrics. From a historical developmental perspective, merit should be given to Liu Yong's lyrics as they had greatly broadened the scope of *Ci*, expanding on the topics covered and changing the way its contents is expressed. For example, in terms of setting, Liu Yong had moved the world of *Ci* from confined bedchambers to the outdoors. With regards to content, Liu Yong had enriched the quality of *Ci* with realistic descriptions of social life and city scenes. Moreover, he typically describes the life of common city people as opposed to adhering exclusively to the life of the elite. Although his descriptions tend to only portray Northern Song Dynasty in a peaceful and prosperous manner, the lyrical compositions within this thematic category was still successful in expanding the scope of *Ci*, and had nonetheless possess enough social significance to stand strong on its own grounds.

Chapter III:
Diction and Imagery in Liu Yong's Lyrics

Without a doubt, Liu Yong was capable of writing with a dignified elegance that is worthy of scholarly bearings, but he was also able to captivate the essence of unadorned words that appeal to the general population with its colloquial charm. Such talent was naturally reflected in his creations, as Liu Yong's diction has greatly varied amongst his compositions. This chapter will examine the various ways in which Liu Yong manipulates his diction and his use of imageries to create the quintessential traits of his poetic world that nourished the creative growth of his *Ci*. His methods range from the use of allusions as the most concentrated form of language to the use of colloquialisms as the least connotative form of language. In sum, the following discussion will analyze the methods that Liu Yong used within his lyrics: allusions, imageries, imagery modifiers and the use of juxtapositions, explicit comparisons, substitutions, explicit personifications, colloquialisms, as well as creative diction.

A. Allusions: the Most Concentrated Form of Literary Expression

In general, Liu Yong has the tendency to use allusions that are commonplace in an explicit manner. This is possibly due to three reasons.

The first reason is from a functional standpoint. During Liu Yong's active time period, lyrics were largely composed with the intention for them to be sung, therefore explicit expressions would be highly favorable during such performances. As such, Liu Yong had refrained from using obscure allusions in his *manci* compositions. The second reason comes from a developmental standpoint. In general, a genre evolves with time, and typically grows from simple concepts before developing into something more complex. The literary development of *manci* during Liu Yong's time period was still at its early stage, and it was a time when meticulous and intricate use of allusions had yet to be adopted. In fact, the stylized use of allusions in *manci* compositions was not popularized until the Southern Song Dynasty. During that time, *manci* became recognized as an entity beyond its popular musical identity and became further established as a literary genre for the literati. Such a shift in attitude is evident in the works of lyricists who were active during the Southern Song Dynasty, such as Xin Qiji 辛弃疾 (1140–1207), Wu Wenying 吴文英 (1195?–1260), and Wang Yisun 王沂孙 (1240–1290?).[1] Lastly and more importantly, Liu Yong's personal compositional style constitutes the third reason behind his explicit use of commonplace allusions. Rather than becoming solely reliant on the use of allusions to express his emotions, Liu Yong heavily endorses the use of his expansive technique to relay his emotions in a relatively direct and explicit manner.

Overall, Liu Yong uses over 80 different allusions in his lyrics. In general, these allusions can be categorized by subjects which results in four broad categories. In a descending order based on the frequency of usage, these categories include historical figures and their anecdotes, literary pieces, and places. Interestingly, over 70 percent of Liu Yong's allusions are used only once, and approximately 23 of them are used twice. As such, only a small amount of allusions are used repeatedly by Liu Yong.[2] For example:

Subject	English Description	Time Period	Usage Frequency
宋 玉[3]	Song Yu, Warring States poet famous for his rhyme prose	c. 298–222 BC	6
赵飞燕[4]	Zhao Feiyan, beauty from Han Dynasty	45–1 BC	6
潘 岳[5]	Pan Yue, handsome scholar from Western Jin Dynasty	247–300	5
楚宫腰[6]	"Chugong yao," historical anecdote about the King of the State of Chu's peculiar preference towards women with a slim waistline	Warring States Period	5

Song Yu was known for his rhyme prose that centered around the theme of autumn. Liu Yong frequently alludes to Song Yu when autumn appears in his lyrics about rootless wandering. Such associations strengthen the autumn theme and thereby deepens the emotions expressed by his lyrics. In general, allusions to historical figures are usually directly referred to by their courtesy names and are mostly used for comparative purposes. The following table is a list of some of the historical figures that appears in the lyrics of Liu Yong:

Historical Figure	Courtesy Name	Description	Time Period
Du Yu 杜宇[7]		Legendary King of Shu	c. 1075 BC
Wang Can 王粲[8]	仲宣 Zhongxuan	Poet	Eastern Han Dynasty 177–217

Continued Table

Historical Figure	Courtesy Name	Description	Time Period
Cao Zhi 曹植[9]	子建 Zijian	Chen Wang 陈王	Three Kingdoms
		Prince of Chen and poet	192–232
Liu Yuxi 刘禹锡[10]	梦得 Mengde	poet	Tang Dynasty
			772–842
Bai Juyi 白居易[11]	乐天 Letian	poet	Tang Dynasty
			772–846
Chu Wang 楚王[12]		the King of the State of Chu	Warring States
			329–263 BC
Fan Li 范蠡[13]	少伯 Shaobo	strategist and business man	Spring and Autumn
			536–448 BC
Wen Weng 文翁[14]	仲翁 Zhongweng	court official	Western Han Dynasty
			187–110 BC
Zhuge Liang 诸葛亮[15]	孔明 Kongming	military strategist	Three Kingdoms
			181–234 BC

Historical figures such as Du Yu and Wang Can are sometimes used to express the poet's personal aspirations of retiring from officialdom, whereas historical figures such as Fan Li and Cao Zhi serve the purpose of recalling history during Liu Yong's different journeys. Historical figures such as Wen Weng, Zhuge Liang, Liu Yuxi, and Bai Juyi are used to praise local officials, and the story of the King of Chu appears as a satire of women's fashion and the preference for slender waists.

Liu Yong is fond of alluding to famous anecdotes. Aside from a few exceptions that dated back to the period of the Three Kingdoms, the majority of anecdotes used by Liu Yong features romantic and idiosyncratic figures from the period of the Six Dynasties. For instance, "The Bottomless Wine Jar of the Northern Sea" (*Beihai zunlei* 北海尊垒) is an example of an anecdote that Liu Yong alludes to within his compositions. In this particular anecdote, the Northern Sea refers to Kong Rong 孔融 (153–208), who was the minister of the Northern Sea District. It was well known at the time that Kong Rong was particularly fond of drinking,[16] and found life's greatest pleasure to be a wine jar that was always full. "Dropping a Hat with Elegance" (*Luomao fengliu* 落帽风流) is another example that Liu Yong uses in reference to the unrestrained mannerisms of Meng Jia 孟嘉 at the banquet offered by officer Huan Wen 桓温 (312–373) during the Eastern Jin Dynasty.[17] Similarly, Liu Yong also uses the anecdote "Visiting Dai" (*fang Dai* 访戴) in his compositions, which tells the story about the carefree behavior of the calligrapher Wang Huizhi 王徽之 (338–386) who had the sudden desire to visit his friend, but by the time he arrived at his friend's place, he had already lost interest in seeing him, and thus abruptly returned home.[18] Liu Yong skillfully incorporates these anecdotes into his lyrics that features occasions with banquets and drinking scenes. By drawing similarities between these anecdotes and the corresponding scenes in his lyrics,[19] Liu Yong strengthens the effect of his theme.

Aside from male figures, Liu Yong often alludes to female figures as well. However, with the exception of Han Dynasty's Meng Guang 孟光, who was the beloved wife of Liang Hong 梁鸿,[20] the majority of these female figures are known for their beauty and talents. As such, they often appear in lyrics about separation and women. Explicitly named examples found in the lyrics of Liu Yong includes: Xi Shi 西施 of the Warring States Period, Zhao Feiyan 赵飞燕 of the Han Dynasty, and Zhangtai Liu 章台柳 of the Tang Dynasty.[21] Xi Shi was one of the Four Beauties of ancient China, whereas Zhao Feiyan was the Empress of Emperor Chengdi 汉成帝 and was known for her slender figure. Lastly, Zhangtai Liu was a famous courtesan. In his lyrics about the sing-song girls and courtesans, Liu Yong alludes to famous historical singers such as Han'e 韩娥[22] and Qin Qing 秦青[23] of the Warring States Period, and Niannu 念奴 of the Tang Dynasty.[24]

Liu Yong also alludes to famous songs such as "Sunny Spring" (*Yangchun* 阳春) and "Cloud Folk Songs" (*Yunyao* 云谣). As can be expected, these allusions mainly merely serve as substitutes for the beauty and talents of women on a superficial level. As such, they are unable to evoke deeper emotions in a lyric. Instead, as can be observed in several of his boudoir lyrics, Liu Yong refers to commonly known stories to express the lonely sentiments of abandoned women. Such stories include references to the cold palace in the story of "Long Gate" (*Changmen* 长门),[25] an imperial consort's refusal to sit inside the Emperor's royal chariot in the story of "Refusing to Sit in the Emperor's Chariot" (*cinian* 辞辇),[26] and an imperial consort's sadness after she falls out of the Emperor's favor like an abandoned fan after summer in "Silk Fan" (*wanshan* 纨扇).[27]

Aside from drawing references from these commonly known stories, Liu Yong also frequently adopts lines from early literature to strengthen the themes of his lyrics. These intertextual references come from various sources such as:

Line	Translation	Source
jin xi he xi 今夕何夕	What night is tonight?	*The Book of Song*[28]
yi wen hui you 以文会友	meeting friends by means of literature	*The Analects*[29]
mu tian xi di 幕天席地	the sky as my canopy, the earth as my mattress	Liu Ling 刘伶 (c. 221–300)[30]

The above examples are typically used in lyrics about festive activities and celebratory banquets to project a happy atmosphere for plot advancement. Together, the lines in the above table portray imageries of a night that is spent with friends of likeminded interests, gathering beneath the blue sky, and laying together on the sweet earth. The source of Liu Yong's allusions is diverse. In fact, in his lyrics about separation, Liu Yong often alludes to pear blossoms, which originates from a line in Bai Juyi's long narrative poem "The Song of Unending Sorrow" (*Changhen ge* 长恨歌): "Rain drops on the pear blossoms" (*lihua yizhi chun daiyu* 梨花一枝春带雨).[31] This particular line depicts the tear-stained face of a beautiful maiden, which resembles pear blossoms getting wet from the rain during spring. Aside from temporary separations experienced during journeys, Liu Yong also writes about separation after death. On such topics, Liu Yong refers to the masterpiece "A Rhyme Prose for the Goddess of Luo River" (*Luoshen Fu* 洛神赋) by Cao Zhi (192–232),[32] and the poem "Fishing for a Silver Bottle from the Bottom of a Well" (*Jingdi yin yinping* 井底引银瓶) by Bai Juyi.[33]

As one can imagine, Liu Yong effortlessly incorporates romantic stories into lyrics about love, especially ones that involve a recollection of his past romances. An example of such references is the phrase "*renmian taohua* 人面桃花," which means "a lovely face amongst the peach blossoms." This reference comes from the famous love story of Tang poet Cui Hu 崔护 and a maiden he had met during the spring of one year when the peach trees were blossoming. It was love at first sight. The spring of the following year, Cui Hu returned to the peach trees. Like the previous year, the peach trees were blooming, but the maiden was nowhere to be found.[34] Liu Yong uses this allusion as a comparison to the protagonist's present circumstances. Liu Yong's adventurous mindset meant that he did not shy away from adding a touch of magical realism into his compositions. Within his love lyrics, he refers to "unfastening the jade brooch" (*jiepei* 解佩), which is about the story of Zheng Jiaofu's 郑交甫 magical encounter with two beautiful fairies.[35] Liu Yong uses this allusion to provide a stark contrast to the protagonist's current predicaments. Additionally, as mentioned briefly in an earlier chapter, Liu Yong has a whole genre of lyrics dedicated to the topic of roaming with fairies. Within this genre, Liu Yong alludes to many legendary and religious figures such as Ma Gu 麻姑,[36] Jin Mu 金母,[37] Ha Chan 海蟾,[38] and Sanmao Xiongdi 三茅兄弟 (the three Mao brothers).[39]

On another note, allusions to locations used for multiple purposes are also found throughout Liu Yong's compositions. Some allude to locations known for recreational and leisurely purposes, such as "Pleasure Field" (*Leyou Yuan* 乐游原),[40] "Five Hill" (*Wuling* 五陵),[41] and "Upper Forest" (*Shanglin* 上林).[42] Some allude to locations that are symbolically representative in scenes of departure, such as "Baling Bridge" (*Baling Qiao* 霸陵桥),[43] and "South Bank" (*Nan Pu* 南浦).[44] There are also allusions to the symbolic dwelling places of the courtesans, such as "Pingkang Alley" (*Pingkang Xiang* 平康巷).[45] Some of these alluded locations such as "Yanling Beach" (*Yanling Tan* 严陵滩),[46] "Ox Mountain" (*Niu Shan* 牛山),[47] and "Jiuyi Mountain" (*jiuyi shan* 九嶷山) might reflect Liu Yong's journeys.[48] It is speculated that the use of these locations may have provided subtle clues to the locations that Liu Yong had physically visited during his lifetime.

In summary, the above examination reveals that Liu Yong made effective use of the similarities and dissimilarities of the allusions to accentuate his meaning. He generally uses allusions in lyrics about festivals and celebratory banquets, as well as in lyrics that concentrate on the objective descriptions of the physical beauty and talents of women. Drawing back to earlier arguments made in the previous chapters of this book, lyrics of such nature do not fully demonstrate the full capacity of Liu Yong's literary accomplishments. Therefore, the precise fact that very few allusions are used in Liu Yong's most celebrated lyrics of separation and rootless wandering further supports the argument that Liu Yong does not need to rely on allusions as his most effective means to express himself within his compositions.

B. Imagery: Building Blocks of Liu Yong's Poetic World

Allusions tend to condense a series of ideas and scenes into a word or a phrase, and are thus considered to be the most concentrated form of language. However, as exemplified in the earlier section of this chapter, aside from allusions, Liu Yong also uses a large amount of imageries. In terms of image density level, it is determined that the amount of images per lyric varies by subject. A closer examination of Liu Yong's lyrics reveals that, on average, lyrics that depict court celebrations and city life contain the highest image density level. The second highest image density level is found in lyrics about separation and journeys during rootless wandering. The lowest image density level is found in lyrics that depict the psychological change between lovers. Interestingly, Liu Yong tends to use imageries that share a single theme within his compositions. Such imageries generally fall under three main categories: imageries drawn from nature, imageries of manmade objects, and imageries depicting human related traits and activities. Among these three categories, images of nature occur the most often in lyrics about separation and journeys. On the other hand, images that feature manmade objects often appear in lyrics about city life and erotic love, whereas images depicting human related traits and activities frequently appear in lyrics about women and romantic love. All three categories of imagery will be examined in the following section.

1. Imageries Drawn from Nature

Upon examination, Liu Yong's imageries of nature are drawn from various sources, which include celestial phenomena, meteorological phenomena, geographical phenomena, the four seasons, vegetation, and insects and animals. Such imageries are mostly used to provide details about the spatial and temporal settings within a lyric. When these imageries are paired with different types of adjectives, the resulting mood and atmosphere will change in correspondence as well.

Amongst the vast amount of celestial images available for selection, Liu Yong concentrates heavily on imageries of the moon and the sun. Between the two, the moon being the more popular choice appears no less than 60 times within Liu Yong's compositions. Furthermore, depending on the associated context, imageries of the moon tend to carry various conventional poetic functions, with the most obvious being an explicit indicator of night time. Aside from signaling a setting that takes place during the night, the moon is also an indicator of the passage of time. It further serves as a reminder of the protagonist's previous romances,[49] with the waxing and waning of the moon symbolizing the union and the separation of lovers.[50] Imageries of the fading moon frequently accompany the protagonist during his lonely journeys.[51] On the other hand, imageries of the full moon or bright moonlight are often used to convey a pleasant atmosphere that is appropriate for festive activities and joyful night life.[52] The sun is also a popular celestial choice for Liu Yong, and appears a total of 37 times within his compositions. Interestingly, of these 37 occurrences, 24 of them involve imageries of the setting sun. This is perhaps due to the connotative symbols of "decline" and "completion" that is often associated with imageries of the setting sun. More specifically, aside from suggesting the passage of time, the setting sun also indicates the completion of another day. The downward motion of the sun as it disappears into the horizon during sunset also echoes the protagonist's sinking sentiments and loneliness as he watches the end of yet another day in solitude.[53] Such scenes often arouse the protagonist's nostalgic sentiments, especially his burning desire to return to the capital city.[54] Similarly, precisely because of these connotative meanings associated with the setting sun, Liu Yong often uses its imagery to signify the end of a lyric. Aside from the moon and the sun, there are also a few instances in which Liu Yong refers to the stars and the milky way.[55] However, these instances are relatively fewer by comparison, and thus will not be further discussed within this analysis.

Images of meteorological phenomena are frequently used by Liu Yong as well. Among them, Liu Yong demonstrates a great preference towards mist, wind, rain, clouds, and waves. It should be noted that imageries of mist often appear in multiple forms such as *yan* 烟, *xia* 霞, and *ai* 霭. Overall, imageries of mist in its various forms appear no less than 49 times within Liu Yong's compositions. Regardless of which form it takes, imageries of mist are usually used to create a hazy and partially concealed setting. The imagery of a partially concealed setting that is blurred by grey mist often facilitates the impression of a gloomy natural scene that is popular in lyrics depicting the protagonist's lonely journeys.[56] There are several instances in which mist imageries appear during a spring scene that are either domestically located or located back in the city.[57] Similarly, there are also various forms of wind imageries. These wind variations tend to serve as indicators for the season and the mood intended by the lyric. In other words, a warm and gentle wind often signifies a spring setting, and is meant to evoke pleasant feelings,[58] whereas a cold and brisk wind will signify an autumn setting, and often evokes sadness.[59] Interestingly, when the wind is paired with the moon, it serves as a symbol of romantic love.[60]

In terms of rain imageries, Liu Yong seldom depicts the actual rain itself. Rather, he often dedicates his compositions to the depiction of a scene that takes place after a rainfall. Such scenes often describe the final moments when the protagonist separates from his beloved or at the beginning of his journey.[61] On a different note, Liu Yong is also particularly fond of combining images of rain with images of clouds to symbolize congenial sex.[62] Aside from being a symbolic counterpart for congenial sex, cloud imageries also serve multiple functions in Liu Yong's compositions. For example, imageries of the clouds disappearing from a location are often associated with the concept of the clouds returning to their rightful place. Therefore, such imageries often suggest homesickness, and the protagonist's grief over his fleeting youth.[63] On the other hand, imageries of clouds wandering and rolling off into the distance are often symbolic projections of the faraway beloved who is moving farther and farther away from the protagonist.[64] Moreover, wave imageries further contribute to the theme of separation by acting as a symbolic barrier between the protagonist and his faraway lover. [65] Naturally, wave imageries also serve the purpose of setting the scene for lyrics about journeying.[66] On the other hand, Liu Yong shows less preference for imageries found in cold weathers. Overall, imageries of frost appear a total of four times in his compositions, followed by snow imageries that appear a total of three times, and a single ice imagery that appears only once throughout the entirety of his lyrical collection.

Liu Yong's abundant use of geographical images is a reflection of his lengthy periods of sojourn. Geographical imageries hold great creative significance as they successfully shift the conceptual framework of the poetic world found in *Ci* from a domestically confined setting to a vast open setting found in the natural environment. Mountain imageries are perhaps Liu Yong's favorite geographical image, as it appears no less than 38 times across his compositions. Other geographical imageries used by Liu Yong include rivers, streams, riverbanks, isles, and roads. Overall, in comparison to meteorological imageries from the previous section, these geographical imageries have less symbolic associations. In fact, geographical imageries are mainly used to provide a natural backdrop for the protagonist's long journeys. Sometimes, however, mountain and river imageries also serve as barriers that separate the protagonist from his beloved.[67] Moreover, imageries of a river that flows incessantly eastward are frequently used to symbolize the eternal aspects of nature.[68] Of notable difference, geographical images found in *TWDC* often kept their anonymity, whereas many of Liu Yong's geographical imageries are realistically detailed and are often specified by name.[69] The geographical location that appears with the highest frequency within Liu Yong's compositions is the capital city, Bianjing. The city appears over 20 times within his writings. In traditional poetry, the capital is often associated with the poet's ambitious desires and political concerns about the emperor and the states. However, in Liu Yong's lyrics, imageries of Bianjing are often associated with the festivals, brothels, prosperous streets, and his youthful past.[70] Village imageries also frequently appear in Liu Yong's lyrics. These villages are typically a fishing settlement with its inhabitants building a life along the river.[71] Such imageries not only serve the function of providing a spatial setting for the lyric, but they also serve as a prompt that arouses the protagonist's longing for stability, companionship, and a home. Additionally, in some lyrics, Liu Yong explicitly expresses his nostalgia by making a direct reference to his hometown.[72]

Specification of seasons and the time of the day is another stylistic preference of Liu Yong. Among the four seasons, Liu Yong is particularly fond of using explicit imageries of spring and autumn. Both of these seasons appear a total of 25 times each in his lyrics. There are also instances where Liu Yong also implicitly refers to certain plants and animals associated with these seasons in many of his other lyrics. On the other hand, summer only appears three times, whereas winter only appears twice within his compositions. In general, spring imageries tend to convey many different feelings in Liu Yong's lyrics. Typically, for Chinese people, spring is often viewed as the beginning of another year, and signifies the beginning of the growing season. Therefore, spring scenes are generally lively and joyful.[73] Interestingly, Liu Yong frequently exploits the pleasantries found in spring imageries to provide a sharp contrast with the protagonist's current predicaments that are generally filled with unhappiness, sorrow, and mourning for lost time and unrecoverable youth.[74] On the other hand, the concept of spring found in some of Liu Yong's boudoir lyrics are often associated with imageries of young women thinking about their lovers.[75] Aside from a few rare exceptions, autumn imageries in Liu Yong's lyrics are derived from sceneries encountered en route during travels.[76] Therefore, autumn imageries tend to evoke sadness, and weariness from seemingly endless journeys that are frequently accompanied by complaints and a longing desire to return home.[77] Such desolate and lonely scenes are perhaps why imageries of dusk and dark nights are amongst the most popular time settings found in Liu Yong's lyrics. Night settings appear to be the top preference for Liu Yong, and appear 33 times within his lyrics. Night settings also provide a quiet and dark atmosphere that is suitable for sad recollections, but at the same time, it also provides an unrestrained atmosphere for blossoming romances or night time activities that are associated with a revelry lifestyle.[78] Dusk settings are relatively popular as well, and appear 27 times within Liu Yong's lyrics. Settings during dusk are frequently associated with traveling, which therefore enhances the perceived sense of homelessness and exile.[79]

Another significant group of imageries drawn from nature are imageries of vegetation. Flower images are the most popular type found within this particular group. Not including instances where blossoms are used as metaphors for courtesans and other women, imageries of flowers appear in no less than 65 lyrics. Generally, flower imageries serve various conventional poetic functions in Liu Yong's creations. For instance, flower imageries often accompany a beautiful spring scene to signify youth and vitality.[80] In some instances, flowers are used to symbolize the delicate beauty of a woman's face.[81] In other instances, imageries of flowers dropping their petals, or falling off a tree as a whole blossom, signify the passage of time.[82] Unlike the flower imageries found in *TWDC*, that uses the general term of "flower" to broadly represent all types of flowers, Liu Yong is specific about the precise names of each blossom that appears within his compositions.[83] Quite often, these particular blossoms are used to enhance the audience's conscious awareness of the seasonal setting for a particular lyric. Liu Yong is particularly fond of the lotus flower, which appears in a total of approximately 25 times across his writings. The lotus flower often appears with various names such as *he* 荷 and *lian* 莲. Aside from being portrayed as a lovely counterpart to a beautiful and natural setting for a particular lyric,[84] the broken stem of a lotus blossom also symbolizes a lonely detached wanderer in exile that complements many of the popular themes found in Liu Yong's lyrics.[85] The second most popular imagery found within this particular group are imageries of trees, which appear no less than 50 times in Liu Yong's lyrics. In general, tree imageries are typically used as season indicators,[86] but that is not its only purpose. Based on the frequency of occurrences found in his compositions, the willow tree is Liu Yong's favorite tree. Not including instances in which the willow tree is used as a metaphor for courtesans' dainty waists, the willow tree appears no less than 25 times throughout Liu Yong's lyrics. There was an old custom in which a person snapped a branch from a willow tree to give to the person that was departing, as a sign of reluctance and persuasion for the person to stay.[87] Thus, Liu Yong often utilizes imageries of willow trees to line his river banks during scenes of a reluctant departure. Quite often, however, Liu Yong depicts willows that are old and withered, which precisely echo his disappointment while mirroring the inevitable aging that comes with the passage of time.[88] It should be noted that not all of Liu Yong's willow imageries are sad. In fact, there are a few lyrics within Liu Yong's collection that utilize imageries of willows in a joyful scene.[89] Nonetheless, imageries of trees, leaves, as well as grass are frequently used together to create a desolate autumn scene in Liu Yong's compositions.[90] Such imageries are utilized in over 32 of his lyrics. Although grass imageries are frequently associated with scenes of departure and reluctant parting between lovers, Liu Yong's grass imageries are also used in lively spring scenes as well.[91]

Over 30 different types of insects and animals can be found in Liu Yong's lyrics. Together, insect and animal imageries have a total occurrence of nearly 110 times. Based on a descending order of occurrence frequency, the following types of insects and animals are amongst Liu Yong's top choices: mandarin duck, wild goose and wild swan, oriole and swallow, horse, fish, cricket, cicada, and rooster.

The mandarin duck appears over 30 times within Liu Yong's compositions. Of notable interest, Liu Yong does not simply refer to the bird itself. Rather, he uses the mandarin duck as a symbol to suggest romantic love and to add intricate details to objects that are typically found in the bedchamber to create an intimate interior scene. Some objects that use the mandarin duck as a modifier include items such as quilts, veils, and curtains.

Imageries of wild geese and the wild swans are combined together as Liu Yong's second favorite species simply because they have the tendency to share similar symbolic meanings within Liu Yong's lyrics, and can therefore be examined together concurrently. Overall, imageries of wild geese and wild swans appear a total of 16 times in Liu Yong's creations. They often serve as reminders of the changing seasons. The imagery of a wild swan that strays from the flock is often used to mirror the loneliness of the protagonist, and reflects his rootless wandering and state of exile.[92] Additionally, the wild goose and the wild swan are also viewed as message carriers for correspondence exchanged between lovers.[93] This representation is further extended by combining the wild goose with Liu Yong's fifth favorite animal type, the fish; these two animals are combined into a synecdoche that consists of wings and scales. When these imageries are paired together into a synecdoche, they represent the receipt and exchange of messages.[94] On a different note, the fish imagery is also frequently paired with water imagery to symbolize sexual harmony.[95]

Next on the list are imageries of orioles and swallows. These birds appear in a total of 22 lyrics. Similar to the wild goose and the wild swan, the oriole and the swallow frequently appear together side by side within Liu Yong's lyrics. Furthermore, a pair of swallows is also seen as messengers between lovers.[96] In some instances, a pair of swallows symbolizes a couple in love, and is sometimes used to provide a sharp contrast to the solitude of the protagonist during his sojourn.[97] However, such instances are few. More commonly, imageries of orioles and swallows are frequently used to accompany a lively spring scene.[98] In some instances, these birds are also used to represent the talents of women during performances. For example, the sweet voice of an oriole is often associated with the voice of a talented singer.[99] Similarly, the graceful and swift movements of the swallow are often associated with the poise and agility of a dancer.[100]

Imageries of horses appear a total of 113 times within Liu Yong's compositions. With the exception of one instance in which the horse is used to symbolize officialdom,[101] the symbolic representation of Liu Yong's horse imageries is relatively consistent across his various lyrics. In general, the horse is commonly found in Liu Yong's lyrics about his journeys and rootless wanderings. Therefore, the horse that appears is usually tired and weak, which reflects the weary state of the protagonist as well. Usage of such imageries tends to accentuate the emotional turmoil caused by separation, as well as the harsh conditions of the tiresome official journeys.[102]

Cicadas appear a total of eight times within Liu Yong's compositions, whereas the cricket appears five times. Despite the minor differences in occurrence frequencies, their symbolic functions are relatively similar. Both insects appear in Liu Yong's lyrics to signify the oncoming of autumn, which then provides an opening to a wilting and desolate scene. Therefore, the presence of these insects is often meant to evoke sadness as well.[103] Lastly, the rooster appears five times in Liu Yong's lyrics. It generally signifies the breaking of dawn, which is also associated with an unwelcomed and abrupt interjection that either interrupts the protagonist from his sleep, and thereby dispelling his dreams of his lover, or it serves as a harsh reminder that compels him to set off onto the next phase of his journey.[104]

2. Imageries of Manmade Objects

Liu Yong's imageries of manmade objects can be broadly separated into two main categories: objects that are found indoor, and objects that are found outdoor. Imageries of objects found indoor typically revolve around those that are found in the bedchamber. However, there are also instances of objects that are depicted in other interior areas as well. In terms of imageries of objects found outdoor, Liu Yong expands beyond the confinements of a domestic setting, and extends his descriptions far into the natural environment. The following discussion will examine the two categories in further detail.

As mentioned above, imageries of manmade objects found indoor mainly pertain to those found inside the bedchamber. Hence, these imageries are frequently used in lyrics about boudoir sentiments and erotic love. The most frequent imageries found inside the bedchamber are veil-like fabrics that cover the bed, in other words, a bed curtain that is similar to present day bed canopies. The bed curtain appears in various forms throughout Liu Yong's lyrics such as *wei* 帷, *zhang* 帐, and *wo* 幄. Together, they appear a total of 46 times within Liu Yong's lyrics. Other imageries of objects found near the bed include quilts, pillows, outer drapes, and screens. In general, the combinations of these objects create an intimate and romantic atmosphere. However, these objects are often paired with unpleasant adjectives such as empty, cold, and lonely. During such instances, the imageries of the above objects then create an atmosphere with an opposite effect.[105] Moving away from the bed, Liu Yong also utilizes the imageries of other manmade objects found in the bedchamber such as gold incense burners, beast ring ornaments, gold door knockers, and jade wine cups. These items are all made from valuable material, which thus provide an indoor setting that is elaborate and luxurious.[106] Other objects made from more common materials include imageries of candles, lamps, and the water clock. These imageries are frequently associated with night time. The bright and warm glow from the flame of the candle and the light of the lamp are often used to create a romantic atmosphere.[107] In some instances, candles and lamps are also used to brighten the lyrical mood to depict festive occasions that takes place during the night.[108] On the other hand, the water clock is always linked with unpleasant associations in Liu Yong's lyrics. It is frequently paired with imageries of a burning candle. The imagery of wax dripping from a lit candle is likened to the tears shed by a crying person, thus such candles are often referred to as the "crying" candle. The sad imagery of the crying candle, paired with the dripping sound from the water clock in the middle of the night are subtle suggestions of loneliness and insomnia.[109]

Aside from the bedchamber, the next most popular location is *lou* 楼. The term *lou* carries multiple meanings in Liu Yong's compositions. The first meaning of *lou* is the upper floor of a building. The second meaning of *lou* is a separate tower that stands independently on its own. Lastly, this particular term can also be a euphemism for brothels.[110] Regardless, *lou* appears a total of 37 times within Liu Yong's lyrics. Other locations depicted by Liu Yong include "inner chamber" (*guige* 闺阁), railings, doors or gates, inns, courtyards, halls, and stairwells. The *guige* imagery is typically used to refer to the dwelling place of the protagonist's lover.[111] Overall, imageries of these locations are generally used to set up an interior environment for the occurrences of various activities such as drinking and feasting.[112] On the other hand, the height of the tower, and the presence of railings are suggestive of a raised balcony that offers convenient vantage points for the protagonist to gaze into the distance. In conventional poetry, gazing into the distance is often an implicit symbol of yearning for the emperor and the Imperial Court. In Liu Yong's lyrics, gazing into the distance often means that the protagonist is deep in thought, and is likely thinking of his faraway lover.[113] It is noted that only two of Liu Yong's lyrics uses the railing as a vantage point for a female protagonist, in which she stares into the distance while yearning for the return of her lover.[114] In some of Liu Yong's boudoir lyrics, he uses imageries of a closed door or a shut gate to project the image of a lonely and deserted woman.[115] Additionally, there is one instance in one particular lyric in which Liu Yong uses the imagery of "residence" (*zhai* 宅) to symbolize a promise of marriage.[116] Lastly, the inn frequently appears in Liu Yong's lyrics about rootless wandering, during which the protagonist is either staying for the night amidst his travels or is about to set off onto the next phase of his journey at the break of dawn. Therefore, the imagery of the inn often concretizes the wandering life of the protagonist, and is thus always associated with lonely nights and sad recollections.[117]

The second group of imageries of manmade objects moves away from the confined environments of interior images to the outside world. Thus, Liu Yong creates a broader poetic world using these imageries of manmade objects drawn from the exterior environment. Some examples of such imageries include paths, streets, pavilions, bridges, ponds, embankments, and boats. Imageries of various paths and streets appear collectively at a total of no less than 25 times within Liu Yong's lyrics, and mostly serve as euphemisms for the route to the brothels.[118] In some instances however, paths and streets are paired with imageries of bridges, ponds, and embankments to create the scenery of a flourishing city.[119] As mentioned earlier, embankments are often associated with separation and departure. Similarly, imageries of pavilions and bridges are also associated with reluctant parting.[120] The boat is perhaps Liu Yong's favorite imagery within this category, as it appears both implicitly and explicitly a total of 54 times within his lyrics. The boat generally creates a natural setting that is grand and versatile, and is associated with a multitude of symbols within

Liu Yong's creations. In some instances, the boat symbolizes the pursuit of wealth and fame.[121] In other instances, it symbolizes the return of a long awaited lover.[122] Additionally, there are even instances in which the boat is used to portray the happy life of people living in the city. Perhaps the most common usage of the boat imagery is its association with reluctant parting and the embarking of journeys.[123] Related to this theme of separation and journeying are imageries associated with various forms of communication. As mentioned earlier, the most common form of communication used by Liu Yong is in the form of a letter carried by messengers. Overall, letter imageries appear no less than 22 times in Liu Yong's lyrics, and is frequently linked with the protagonist's longing sentiments to maintain his connection with his beloved.[124] Sadly, among all of Liu Yong's lyrics, the protagonist is only able to successfully receive a letter from his faraway lover in only one of his lyrics.[125]

3. Imageries of Human Related Traits and Activities

Most of Liu Yong's imageries of the human body are related to women, and hence, they frequently appear in lyrics about the physical beauty and talents of women, as well as lyrics about erotic love. Many of these imageries focus on the traits found on or around the human face such as eyebrows, eyes, face, hair, lips, and dimples. Among these imageries, Liu Yong's favorite trait is the maidens' eyebrows, which appears 21 times across his compositions. Liu Yong also refers to other parts of the female body, albeit with less frequency. Such imageries include the waist, the hands, and skin. Images depicting women's articles of clothing are sometimes found in Liu Yong's lyrics as well. Such imageries include items such as skirts, belts, socks, and shoes. Of notable interest is the fact that imageries of decorative accessories such as hairpins and jade ornaments only appear about ten times throughout Liu Yong's lyrics. This minimal use of ornamental imageries demonstrates that Liu Yong tends to concentrate his attention towards the depiction of physical actions and subsequent psychological changes that a female protagonist undergoes, as opposed to providing a detailed description of her external appearance. Not all of these imageries carry strong symbolic associations. Nonetheless, these imageries become much more animated when they are paired with appropriate modifiers such as red, green, fragrant, and elegant. Such pairings allow for the emergence of many vibrant and dynamic female characters from the creative visions of Liu Yong.

Aside from these superficial physical traits, there are also instances in which Liu Yong uses the human body to express deeper emotions. However, such occurrences tend to only revolve around one particular organ: the intestines. The imagery of intestines generally appears in the phrase *duanchang* 断肠 which is literally translated as broken or snapped intestines. Figuratively, these broken intestines are akin to the English expression of a broken heart. In total, this particular imagery appears in 22 of Liu Yong's lyrics. Unexpectedly, Liu Yong only uses this imagery as an expression of the pain associated with unrequited love in only one of his lyrics.[126] Generally, the imagery of broken intestines are more frequently used in association with the sorrows of parting.[127] Similarly, imageries that relate to the concept of the human soul (*hun* 魂) is also frequently used for this purpose. In many of Liu Yong's lyrics, the imagery of the protagonist's soul is often broken and disengaged, which is caused by the emotional turmoil of parting sorrows.[128] Dream imageries in Liu Yong's lyrics can be broadly categorized under two types: dreams of returning to the protagonist's hometown, and dreams about the protagonist's past romances.[129] Such dreams often reflect the inner desires of the protagonist. Unfortunately, the dreams of the protagonist are often interrupted abruptly by external disturbances such as the rooster's crow that signifies the break of dawn.[130] In general, as could be observed in the above passage, Liu Yong's imageries of human emotions focus precisely on sadness and sorrow. Overall, there are 46 lyrics that explicitly refer to sorrow as *chou* 愁. This otal does not include the many other instances in which Liu Yong implicitly refers to sorrow through the use of related imageries in his lyrics. Quite often, sorrow is a reaction that results from the woes of separation.[131] However, it is also a frequent reaction to the desolate sceneries of autumn that kindles thoughts about lonely journeys, and regrets about past actions, especially the breaking of promises that were once shared with a lover.[132]

Liu Yong's imageries of human activities are multifaceted. Within this category, the most frequently used imageries are those that involve singing and dancing, which appear in no less than 70 of his lyrics. Hence, it is not surprising that there are references of over a dozen different musical instruments found in Liu Yong's compositions. Such instruments include "painted drum" (*huagu* 画鼓), "ivory castanets" (*xiangban* 象板), "Chinese balloon-guitar" (*pipa* 琵琶), flutes, and reed pipes. Singing and dancing to songs such as "Sunny Spring" (*Yangchun*) and "Cloud Folk Songs" (*Yunyao*) are usually associated with happy occasions. However, the sound of the flutes played by the *Qiang* 羌 tribe, and the sound of the reed pipes played by the clans of the Tatars are often associated with the far outskirts that stirs the sentiments of homesickness within the protagonist.[133] On the other hand, imageries of wine and drinking are associated with sensual indulgences rather than feelings of sorrow. Imageries related to this theme appear in no less than 67 of Liu Yong's lyrics. Generally, drinking scenes are usually followed by an intimate and romantic scene.[134] Liu Yong often treats the act of drinking and the state of drunkenness as a means of escape from worries about worldly affairs.[135] Unlike earlier patterns, drinking that is associated with parting only appears in a few of Liu Yong's lyrics.[136]

It can be said that the broader scope of Liu Yong's lyrics is reflected across many of his imageries of human activities such as spring excursions, singing competitions, and various festive and celebratory activities. Liu Yong's frequent usage of people imagery within his lyrics adds an additional touch of realism to his lyrics. Some examples of people imagery that are found in Liu Yong's compositions include courtesans, the maidens washing their clothes by the riverside, water chestnut pickers, merchants, socialites, brothel patrons, candidates of the Imperial Examination, government officials, and fishermen. Of notable interest is the fact that unlike traditional poetry that tends to treat the fisherman as an idealized figure, Liu Yong treats the fisherman as an ordinary human being that is part of the scenery within his lyrics.[137] In fact, the use of the fisherman as a symbol of the idealized and detached lifestyle of a hermit who is free from the burdens of worldly affairs appears in only one of Liu Yong's lyrics.[138] In summary, this collection of imageries cumulatively shifts the dynamics of *Ci* from being mere songs of a confined interior environment to free expressions of experiences in the broader outside world. This dynamic shift is Liu Yong's unique contribution to the genre development of *Ci*.

C. The Use of Image Modifiers and Juxtapositions

Liu Yong's noun imageries are typically paired with two types of modifiers: adjectives and other nouns. Overall, a review of the statistical data concerning the various traits of Liu Yong's lyrics reveals that he tends to show great preference towards adjectives as modifiers that intensify the sensual appeal of his compositions. This type of adjectives as modifiers includes the extensive use of color to enhance visual appeal, as well as adjectives that appeal to the sense of smell. Furthermore, Liu Yong occasionally uses adjectives as modifiers to convey indicators of temperature that further enhance the overall sensory experience of the lyric.

As mentioned above, color plays an important role in enhancing the visual qualities of Liu Yong's *Ci*. A detailed examination of his lyrics reveals that Liu Yong tends to concentrate his usage on several colors that are bold and rich such as gold, silver, red, and green. Statistically, red and green are used more often than gold and silver. Gold, which is often viewed with splendor and opulence, is naturally used in interior sceneries to project a lavish and luxurious atmosphere; some examples include "gold incense burner" (*jinlu* 金炉) and "a bed curtain made from gold silk" (*jinsi zhang* 金丝帐).[139] Similarly, the color silver is often used to add a touch of glitter to the correlated images such as "silver oil lamp" (*yin'gang* 银釭) and "silver screen" (*yinping* 银屏).[140] Red, an auspicious color that is charged with warmth and passion is often used by Liu Yong to describe feminine beauty and their attire in a desirable manner. Some examples include phrases such as "red eyebrows" (*hongmei* 红眉) and "red sleeves" (*hongxiu* 红袖).[141] Unlike the colors of gold and silver, red is paired less frequently with imageries of manmade objects. These few occurrences include "red tower" (*honglou* 红楼) and "red gate" (*honghu* 红户) which are suggestive of a residence belonging to a well-to-do family.[142] The use of the color green on the other hand, distributes almost equally between interior imageries, imageries drawn from nature, and imageries of human traits and activities. Examples include "green peaks" (*cuifeng* 翠峰), "green hair" (*lübin* 绿鬓), and "green drapery" (*cuimu* 翠幕).[143]Aside from these four main colors, it is noted that in some instances, Liu Yong also uses modifiers to adjust the intensity and hues of colors used within his lyrics. For example: "colorful clouds" (*caiyun* 彩云), "light peach" (*qiantao* 浅桃), "dark plum" (*nongli* 浓李), and "bright pillow" (*canzhen* 粲枕).[144]

Aside from colors, Liu Yong also uses adjectives as modifiers that appeal to the sense of smell. Within this category, Liu Yong is especially fond of the modifier that uses the character *xiang* 香, which means fragrant and sweet. In some instances, this modifier is paired with interior images such as "fragrant quilt" (*xiangbei* 香被) and "fragrant cushion" (*xiangyin* 香茵).[145] In other instances of fewer occurrences, thc modifier *xiang* is also used to describe traits associated with the physical beauty of women, such as "sweet dimples" (*xiangye* 香靥) and "fragrant cheeks" (*xiangsai* 香腮).[146] In order to heighten the sensory experience within his lyrics, Liu Yong often uses adjectives as modifiers to convey indicators of temperature to draw his audience into his setting. As can be expected, such pairing are often used to describe elements of nature such as "cold village" (*hancun* 寒村), "cold maple" (*lengfeng* 冷枫), and "warm mist" (*nuanyan* 暖烟).[147]

The second category of modifiers that Liu Yong uses is the juxtapositions of nouns in compound form. A lot of the compound nouns that Liu Yong uses within his lyrics are implicit but striking comparisons between two images drawn from nature. For example:[148]

Original Phrase	First Noun Definition	Second Noun Definition	Phrase Translation
火云 *huoyun*	火 fire	云 cloud	fiery clouds
云涛 *yuntao*	云 cloud	涛 billows	billow clouds
珍珠露 *zhenzhu lu*	珍珠 pearl	露 dew	dew pearls
霜月 *shuangyue*	霜 frost	月 moon	frosty moon

Liu Yong also uses compound nouns as implicit comparisons between elements of nature and traits of people. For example:[149]

Original Phrase	First Noun Definition	Second Noun Definition	Phrase Translation
云鬟 *yunhuan*	云 cloud	鬟 hair	hair that is coiled into a bun
星眸 *xingmou*	星 star	眸 pupil of the eye	twinkling eyes
莲脸 *lianlian*	莲 lotus	脸 face	face as beautiful as a lotus flower

There are also examples of compound nouns that are used as implicit comparisons between manmade objects and characteristics of people, such as:[150]

Original Phrase	First Noun Definition	Second Noun Definition	Phrase Translation
珠泪 *zhulei*	珠 pearl	泪 tears	pearls of tears
琼脸 *qionglian*	琼 fine jade	脸 face	face is smooth and creamy like fine jade
玉肌 *yuji*	玉 jade	肌 flesh	skin as smooth as ade

Of notable interest, the use of jade in the last two examples from the above table not only heightens the visual effects of the text, but it also adds a tactual dimension to the lyrics as well.

In summary, it should be noted that the examples listed in the above analysis is only a partial list of all the compound nouns that Liu Yong uses within his compositions. Nonetheless, it sufficiently demonstrates that a great majority of the compound nouns used by Liu Yong mimics the conventional diction that is repeatedly used by lyrics found in *TWDC*. The techniques that Liu Yong employs in order to add life to these conventional imageries will be discussed across the next few sections.

D. Explicit Imagery Comparisons

Liu Yong uses similes to explicitly compare his images. These similes frequently appear in a variety of different forms within his lyrics. In order to produce similes within his compositions, Liu Yong often employs the following characters within his sentence structure to create an explicit comparison: like, "as if" (*ru* 如), "as if" (*si* 似), "compare" (*bi* 比), "just like" (*qiaru* 恰如), and "look as if" (*fangfu* 仿佛). Among these, his favorite is *ru*, which has the total usage frequency of 33 times. He uses *si* seven times, and uses *bi* four times. Comparatively speaking, *qiaru* and *fangfu* are used relatively less. In some instances, Liu Yong combines these individual forms into a more complex sentence pattern to form parallel similes. Some examples include "like A and B" (*si* A *ru* B), "A is like B, C is like D" (A *ru* B, C *ru* D).

The majority of Liu Yong's similes are based on comparisons between two images drawn from the elements of nature:

	Example 1	**Example 2**
Original Phrase:	天如水[151]	一夜长如岁[152]
Pinyin:	*tian ru shui*	*yiye chang ru sui*
Literal Translation:	sky like water	one night long like a year
Phrase Translation:	The sky is as blue as water.	The night is as long as a year.
Comparative Word:	如 *ru*; like	如 *ru*; like

In some instances, Liu Yong also uses similes as a method to compare images drawn from nature with images of people:

	Example 1	**Example 2**
Original Phrase:	无花可比芳容[153]	言语似娇莺[154]
Pinyin:	*wu hua ke bi fangrong*	*yanyu si jiaoying*
Literal Translation:	no flower can compare fragrant face	word talk like delicate oriole
Phrase Translation:	No flower can compare to the beauty of her face.	Her voice is delicate like an oriole.
Comparative Word:	比 *bi*; compare	似 *si*; like

There are also instances in which Liu Yong uses similes to compare two imageries of human related traits and activities. For example:

Original Phrase:	旧游似梦[155]
Pinyin:	*jiuyou simeng*
Literal Translation:	old travel like a dream
Phrase Translation:	My previous travels felt like a dream.
Comparative Word:	似 *si*; like

In other instances, Liu Yong uses similes to provide a comparison between images of human related traits and activities with images of manmade objects, for example:

Original Phrase:	闲愁浓胜香醪[156]
Pinyin:	*xianchou nong sheng xianglao*
Literal Translation:	leisure sorrow concentrated more than fragrant wine
Phrase Translation:	Ennui has caused me sorrows that are stronger than the concentrations of fragrant wine.
Comparative Word:	胜 *sheng*; more than

When Liu Yong uses stronger verbs within the simile, the compared images become much more striking, for instance:

Original Phrase:	波似染，山如削[157]
Pinyin:	*bo si ran, shan ru xue*
Literal Translation:	wave like dye mountain as if cut
Phrase Translation:	The waves look like they are dyed, and the mountains look as if they are carved.
Comparative Word:	似 *si*, like; 如 *ru*, as if

The verbs "to dye" and "to cut" in the above example not only convey a fresh visual, but also creates an imagery that add a tactile dimension to the text, which thus contributes to the kinesthetic appeal of the lyrical composition.

E. Substitution Technique

Daizi 代字, a general term in Chinese that refers to the use of one word to replace another, is another mastery skill of Liu Yong. It should be noted that from this point forward, *daizi* will be referred to as "substitution technique." In general, the substitution technique includes the substitution of nouns, adjectives, verbs, and other parts of speech. More specifically, when nouns are substituted, the substitution technique includes metaphors, metonymies, and synecdoches. On the other hand, when verbs or adjectives are substituted, the substitution technique involves various degrees of personification. Each type of substitution technique mentioned above will be examined in further details in the sections below.

1. Substitution of Nouns

In general, Liu Yong's metaphors mainly pertain to women. As have been demonstrated thus far, most of the women that appear in Liu Yong's compositions are courtesans. Therefore, a lot of the women in these metaphors are courtesans. Some examples of the metaphorical names that

Liu Yong uses to refer to women in his lyrics include "fine silk" (*qiluo* 绮罗), "flower" (*hua* 花), "red powder" (*hongfen* 红粉), and "colorful phoenix" (*caifeng* 彩凤).[158] There are also instances in which Liu Yong metaphorically refers to these women in accordance to their personal traits, such as "charming" (*jiaomei* 娇媚) and "fine creature" (*youwu* 尤物).[159] In other instances, Liu Yong names these women in an allusive manner instead. Examples include "moon" (*chanjuan* 婵娟) and "to topple a city" (*qingcheng* 倾城).[160] Additionally, Liu Yong also frequently uses metaphors to refer to various parts on a woman's body. These metaphors typically involve imageries drawn from elements of nature, such as "green cloud" (*cuiyun* 翠云) and "fragrant cloud" (*xiangyun* 香云).[161] These two metaphors refer to various imageries associated with women's hairstyle. Phrases like "delicate waves" (*jiaobo* 娇波) and "layered waves" (*cengbo* 层波) are references to women's eyes.[162] The terms "distant hill" (*yaoshan* 遥山) and "a pair of moths" (*shuang'e* 双蛾) are frequently used as metaphors for women's eyebrows,[163] whereas the term "catkin" (*rouyi* 葇荑) is often used to refer to the soft hands of a woman. Similarly, the term "fragrant snow" (*xiangxue* 香雪) is used to describe the desirable trait of delicate fair skin on a woman.[164]

Comparably, Liu Yong also addresses men metaphorically through the use of allusions within his compositions. For instance, the term *xin langjun* 新郎君 (new gentlemen) is used to refer to successful candidates of the Imperial Examination. Similarly, the term *yuanlu* 鹓鹭 (a line of egrets) is used to describe the custom of officials standing in a line formation inside the Imperial court.[165] Regrettably, these are typically common allusions that lack the ability to bring out striking imageries. Conversely, Liu Yong also refers to many other objects metaphorically as well. For instance, examples of the metaphors that Liu Yong uses for wine include "gold waves" (*jinbo* 金波) and "floating cloud" (*liuxia* 流霞).[166] Additionally, the term "shrimp feelers" (*xiaxu* 虾须) is used as a metaphor for curtains.[167] Furthermore, the term a "fly's head" (*yingtou* 蝇头) is used as a metaphor for profit; whereas "snail's horn" (*wojiao* 蜗角) is used as a metaphor for fame and merit.[168] Together, these two images convey the poet's disdainful attitude towards worldly pursuits.

Statistically, Liu Yong uses metonymies and synecdoches far less frequently than he does with metaphors. Generally speaking, Liu Yong's metonymies are mainly concerned with the substitution of colors, especially the colors of red and green. The color red is often used in place of flowers, rouge, and maple leaves.[169] The color green is used for leaves, trees, and makeup for eyebrows.[170] Interestingly, when the colors of red and green are combined together, they become a unified metaphor for women.[171] Some of the more unusual metaphors that Liu Yong uses include those that convey sensuous qualities to represent the body of a woman. Examples include "fragrant" (*xiang* 香) and "warm" (*nuan* 暖).[172] Conversely, Liu Yong's synecdoches are mainly drawn from imageries of manmade objects found in nature, as well as imageries of common elements drawn from nature. For example, the following synecdoches are commonly associated with boats: "a sail" (*pianfan* 片帆) and "a pair of oars" (*shuangjiang* 双桨).[173] Similarly, "wings" (*yi* 翼) and "feathers" (*yu* 羽) are synecdoches for birds.[174] On the other hand, "scales" (*lin* 鳞) is used as a synecdoche for fish. Lastly, "gold bud" (*jinrui* 金蕊) is a synecdoche for chrysanthemum.[175]

In summary, it is concluded that most of Liu Yong's metaphors, metonymies, and synecdoches are largely conventional in style, with only a few that can claim originality. However, its significance is found when these common nouns are juxtaposed with larger word-units such as tetra-syllables. The occurrence of such pairings facilitates the enhancement of the striking features that are embedded within the poetic imagery. Further exemplification of this process will be demonstrated in a later section of this chapter.

2. Substitution of Adjectives and Verbs

Aside from using adjectives as modifiers, Liu Yong also borrows adjectives associated with human emotions in order to produce a stronger poetic effect within his compositions. As can be expected, the majority of these emotional adjectives are generally endowed onto imageries of elements found in nature. Some examples include "crazy cotton" (*kuangxu* 狂絮), "wilted lotus" (*shuaihe* 衰荷), "angry billows" (*nutao* 怒涛), "sad mist" (*chouyan* 愁烟), and "hurrying oars" (*jijiang* 急桨).[176] In particular, Liu Yong is fond of personifying nature with the aging process of humans. This aging process is typically represented by the character "old" (*lao* 老), which appears in as many as six of his lyrics. Some examples include lines like "autumn is getting old" and "the apple blossoms are getting old."[177] At the same time, Liu Yong identifies the protagonist's feelings with the season of spring: "I feel that I am getting old with spring." [178]

Liu Yong frequently endows verbs from unidentified agents with images drawn from elements of nature to create vivid imageries within his lyrics, such as:

	Example 1	Example 2	Example 3
Original Phrase:	春满东郊道[179]	轻霭低笼芳树[180]	千里火云烧空[181]
Pinyin:	*chun man dongjiao dao*	*qing'ai di long fangshu*	*qianli huoyun shao kong*
Literal Translation:	spring fill east suburb road	light mist low cage fragrant tree	thousand *li* fire cloud burn sky
Phrase Translation:	Spring fills the roads of the Eastern suburbs.	Light mist tightly enshrouds the fragrant trees.	Fiery clouds burning in the sky can be seen from a thousand *li*.
Endowed Verb:	满 *man*; fill	笼 *long*; enshroud	烧 *shao*; burn

Liu Yong is equally fond of endowing verbs from unidentified agents to imageries of human related traits and activities, manmade objects, as well as abstract concepts. Some examples are:

	Example 1	**Example 2**	**Example 3**
Original Phrase:	转觉归心生羽翼[182]	羌管弄晴[183]	荣瘁相随[184]
Pinyin:	*zhuan jue guixin sheng yuyi*	*qiangguan nong qing*	*rong cui xiangsui*
Literal Translation:	suddenly feel return heart grow feather wing	Qiang flute play fine weather	honor disease mutual follow
Phrase Translation:	Suddenly, it feels like my homebound heart has sprouted wings.	The Qiang flute plays on a sunny day.	Honor and disease follows one another.
Endowed Verb:	生 *sheng*; grow	弄 *nong*; play	随 *sui*; follow

Liu Yong is especially fond of applying verbs associated with human actions to imageries of nature. Such verbs involve high degrees of personification, and thus such combinations can produce strong and vivid imageries as seen in the following examples:

	Example 1	**Example 2**	**Example 3**
Original Phrase:	露染风裁[185]	寒欺绿野[186]	败叶敲窗[187]
Pinyin:	*lu ran feng cai*	*han qi lüye*	*baiye qiao chuang*
Literal Translation:	dew dye wind tailor	cold bully green field	shrivel leaf knock window
Phrase Translation:	Dyed by dew and tailored by wind.	The cold intimidates the green wilderness.	The shrivelled leaves taps the window.
Endowed Verb:	染 *ran*, dye; 裁 *cai*, tailor	欺 *qi*; bully	敲 *qiao*; tap

3. Explicit Personification

Aside from personifying adjectives and verbs, Liu Yong also employs pathetic fallacy to explicitly express his emotions. The majority of these personifications are drawn from imageries of natural elements, which can be seen in the following examples:

	Example 1
Original Phrase:	直恐好风光，尽随伊归去。[188]
Pinyin:	*zhi kong hao fengguang, jin sui yi guiqu.*
Translation:	My only fear is that all the beautiful scenery will disappear after her departure.

	Example 2
Original Phrase:	听杜宇声声，劝人不如归去。[189]
Pinyin:	*ting Du Yu shengsheng, quan ren buru guiqu.*
Translation:	Every cry of the cuckoo birds can be heard, urging people to return home.

	Example 3
Original Phrase:	惟有画樑，新来双燕，彻曙闻长叹。[190]
Pinyin:	*weiyou hualiang, xinlai shuangyan, cheshu wen changtan.*
Translation:	Throughout the night until the break of dawn, my sighing can only be heard by a pair of swallows that are new arrivals to the painted rooftop.

	Example 4
Original Phrase:	两两栖禽归去急，对人相并声呼唤，似笑我独自向长途，离魂乱。[191]
Pinyin:	*liangliang qiqin guiqu ji, dui ren xiang bingsheng huhuan, si xiaowo duzi xiang changtu, lihun luan.*
Translation:	Pairs and pairs of perching birds call out to each other as they hurried home, as if they are mocking my solitude as I embark on this long journey with a tormented soul that is suffering from the pains of separation.

In the above examples, the fear of the disappearing sceneries, the assumption of the cuckoo birds urging its listeners to return home, the pair of swallows listening to the protagonist's sighing until dawn, and the perching birds mocking the lonely sojourn, are all projections of subjective feelings onto these various elements of nature that is associated with the imagery. As a result, the overall poetic effects of the corresponding texts are strengthened.

F. Colloquialisms, a Unique Feature of Liu Yong's Lyrics

The use of colloquialisms is a unique feature in Liu Yong's *Ci*.[192] He was the first *Ci* poet during the Northern Song Dynasty to adopt the use of colloquialisms on a large scale.[193] Similar to the circumstances pertaining to his inclusion of erotic themes within his lyrics, Liu Yong's adoption of colloquialisms has received harsh criticisms throughout history. In the following section, an examination of Liu Yong's use of colloquialisms will be conducted under four categories: the conditions that enable Liu Yong's use of colloquialisms, the content of Liu Yong's colloquialisms, the distribution of Liu Yong's colloquialisms, and the comments of critics pertaining to Liu Yong's use of colloquialisms.

Overall, the conditions that enable Liu Yong's use of colloquialisms can be mainly explained by three main reasons. The first reason is related to the longer structural form of *manci*, which provides Liu Yong with more opportunities to incorporate "empty words" (*xuzi* 虚字) within the content of a single lyric. Most of Liu Yong's colloquial expressions are made from "empty words." The second reason is largely influenced by the fact that Liu Yong had spent a significant portion of his life living amongst the common people, especially his frequent encounters with sing-song girls and court musicians. Thus, Liu Yong was strongly influenced by the colloquial nature of folk songs. Such experience allowed Liu Yong to boldly include language in his lyrics that was considered "vulgar" by his contemporary *Ci* poets.[194] Of notable interest, a great amount of colloquialisms found in *Yunyao Ji* 云瑶集 (*A Collection of Cloud Folk Songs*) from the caves of Dunhuang also appear in Liu Yong's *Ci*.[195] Lastly, the third reason is also related to his associations with sing-song girls and court musicians. As was previously discussed in an earlier chapter, Liu Yong had made his living during the early years of his life by writing *Ci* for sing-song girls and court musicians. Hence, Liu Yong had incorporated many expressions from daily speech so that his lyrics could be easily sung during performances. The incorporation of these colloquialisms also made the contents of his lyrics easy to understand as well.

In general, with regards to the contents of Liu Yong's colloquialisms, he employs a wide range of colloquialisms within his *Ci*. Some of them are repeatedly used throughout his lyrics. Substantially, Liu Yong's colloquialisms can be grouped into five categories: colloquial adverbs and their compounds, suffixes and their compounds, colloquial pronouns and their compounds, colloquial measure words, and other colloquial expressions that do not fall into the traits of the previous categories.[196] Specific examples from each of these categories will be provided below.

1. Colloquial Adverbs and Their Compounds

Colloquial Adverb: 恁 *nen* (thus), Liu Yong's favourite colloquial expression, used 58 times.[197]	
Compound	Meaning
空恁 *kongnen*	thus in vain
似恁 *sinen*	like thus
甚恁 *shennen*	why thus
只恁 *zhinen*	only thus
长恁 *changnen*	always thus
曾恁 *cengnen*	to have been thus

Colloquial Adverb: 争 *zheng* (how), used 35 times.[198]	
Compound	Meaning
争不 *zhengbu*	how can one not
争忍 *zhengren*	how can one bear
争知 *zhengzhi*	how could one know
争如 *zhengru*	cannot be compared with
争可 *zhengke*	how could one

Colloquial Adverb: 处 *chu* (everywhere), used over 20 times.[199]	
Compound	Meaning
是处 *shichu*	here
在处 *zaichu*	here
望处 *wangchu*	the place I am gazing at

Colloquial Adverb: 怎 *zen* (how), used over 10 times.[200]	
Compound	Meaning
怎生 *zensheng*	how can one
怎忍 *zenren*	how to bear
怎生向 *zenshengxiang*	how to
怎忘得 *zenwangde*	how could I forget

2. Suffixes and Their Compounds

Suffix: 得 *de* (indicating ability or the consequence of an action), used 49 times.[201]	
Compound	Meaning
闻得 *wende*	to hear about
有得 *youde*	to have
禁得 *jinde*	how to bear

Suffix: 成 *cheng* (indicating the completion of an action), used over 20 times.[202]	
Compound	Meaning
翻成 *fancheng*	to turn into
打成 *dacheng*	to turn into
睡不成 *shuibucheng*	cannot fall asleep

Suffix: 了 *le* (indicating completion of action), used over 10 times.[203]	
坏了 *huaile*	to have gone wrong
放了 *fangle*	to let go
老了 *laole*	getting old

3. Colloquial Pronouns and Their Compounds[204]

伊 *yi* (he or she), used 31 times
我 *wo* (I), used 20 times
你 *ni* (you), used seven times
伊家 *yijia* (he or she)
阿谁 *a shei* (who)
自家 *zijia* (self)

4. Colloquial Measure Words[205]

一场 *yichang* (once)
一饷 *yixiang* (one moment)
一齐 *yiqi* (together)
一个 *yige* (one)
两两三三 *liangliang san san* (in groups of two or three)

5. Other Colloquial Expressions[206]

乍 *zha* (just)	取次 *quci* (casually)
漫 *man* (in vain)	这些儿 *zhexie'er* (this)
镇 *zhen* (always)	口儿里 *kou'er li* (in my mouth)
煞 *sha* (very)	日许时 *rixu shi* (for the length of a day)
都来 *doulai* (all, everything)	忒煞些儿 *tesha xie'er* (too much)
特地 *tedi* (especially)	

It should be noted that Liu Yong's colloquialisms are not confined to compounds or single lines. Rather, Liu Yong's colloquialisms are distributed throughout his lyrics. In fact, there are about twenty lyrics that are entirely written using a colloquial style.[207] Moreover, the fact that colloquial expressions are found in some of his *xiaoling* is an indicator that Liu Yong was free from the stylistic influence of the *Huajian School*.[208] Such could be the reason why Liu Yong's *xiaoling* are praised for being "fresh."[209]

Regarding the distributional patterns of these colloquial expressions, Liu Yong's colloquialisms are distributed in accordance to the different themes found in his lyrics. In general, colloquialisms occur most frequently in his lyrics about erotic love and boudoir sentiments, followed by lyrics about separation and rootless wandering, with the lowest occurrence rates found in lyrics about city life and court celebrations. Within the lyrics that contain colloquial expressions, Liu Yong tends to describe the scene in the first stanza with elegant diction before he quickly changes to a more colloquial style in the second stanza.[210] More precisely, Liu Yong's success with his use of colloquialisms is largely due to his skilful ability to harmoniously blend colloquialisms with elegant diction.[211] This skill is best demonstrated in his lyrics about separation and rootless wandering.

Unfortunately, Liu Yong's use of colloquialisms within his compositions has been criticized from his time until the present day. His contemporary counterpart, Yan Shu, was perhaps the first person to denounce Liu Yong's use of colloquialisms.[212] Yan Shu never provided an explicit reason for his denunciation of Liu Yong's compositions. However, based on the language style used in Liu Yong's lyric of "Calming the Wind and Waves," it is very likely that Yan Shu had not only despised Liu Yong's unreserved descriptions pertaining to the theme of boudoir sentiments, he had also disliked Liu Yong's use of colloquial expressions within the composition as well.[213] Another critic, Li Qingzhao 李清照（1084–1155）, who had formerly praised Liu Yong for his musical skills and talents, also criticized Liu Yong's language style, and described it as being as "low as dust."[214] Similarly, Wang Zhuo 王灼（1081?–1160?）had criticized Liu Yong's *Ci* for being "shallow and vulgar." Moreover, Wang Zhuo had further stated that,

> I have always compared Liu Yong's *Ci* to rich gallants of the capital, even though they have gotten rid of their village crudeness, their speech and manners are still disgusting.[215]

On the other hand, Chao Buzhi（1052–1110）had made a statement defending Liu Yong, and stated that "the whole world criticizes Qiqing's [Liu Yong] *Ci* for being vulgar, this is not true."[216] This defensive statement suggests that after at least another twenty years since the death of Liu Yong, during the Northern Song Dynasty, the prevailing judgment of Liu Yong's *Ci* was still "vulgar."

During the Southern Song Dynasty, many *Ci* critics had also denounced Liu Yong's use of colloquialisms. For instance, both Huang Sheng 黄昇（fl. c. 1240–1249）and Shen Yifu 沈义父（fl.c. 1247）had criticized Liu Yong for his use of "vulgar language."[217] Additionally, Chen Zhensun 陈振孙

(1183?–1262?) had remarked that "the style of Liu Yong's *Ci* is not lofty."[218] These adverse opinions held by *Ci* critics of the Song Dynasty not only reflects their general attitudes towards Liu Yong's use of colloquialisms, but it also reflects their attitudes towards the genre of *Ci*. More specifically, these critics regard *Ci* that contains colloquialisms as "vulgar lyrics" (*su Ci* 俗词) rather than as "elegant lyrics" (*ya Ci* 雅词).[219] Such differentiation is the main reason behind their harsh criticism of Liu Yong's use of colloquialisms within his lyrics. This general view of disdain towards Liu Yong's lyrics as being "vulgar" is perhaps the reason why Liu Yong's *Ci* was not included in Zeng Zao's 曾慥 *Elegant Ci of the Music Bureau* (*Yuefu Ya Ci* 乐府雅词) during the Song Dynasty. After all, Liu Yong's "vulgar" lyrics did not meet the criteria of selection at the time, which was based on the elegance of diction.

During the Qing Dynasty, the general consensus shared by the majority of *Ci* critics at the time had been the condemnation of Liu Yong's colloquialisms. Although Liu Yong's literary achievements have been acknowledged and accepted by many within the literary realm, it did not seem to affect their negative perceptions towards the inclusion of colloquial diction in *Ci*. For instance, Ji Yun 纪昀 (1724–1805) stated that the weakness of Liu Yong's *Ci* is vulgarity.[220] Guo Lin 郭麐 (1767–1831), during his process of categorizing *Ci* poets under four different styles, intentionally excluded Liu Yong. From Guo Lin's perspective, Liu Yong's *Ci* was "lewd and vulgar."[221] Overall, these criticisms illustrate that these traditional scholars were bound by the orthodox viewpoint of literature at the time, and unanimously criticized Liu Yong for his use of colloquialisms.

On the other hand, modern scholars tend to view Liu Yong's inclusion of colloquialism more favorably. Rather than harshly rejecting the use of colloquialisms in *Ci* merely because of their popular origin, modern scholars focus their attention on the examination of the poetic function of these colloquialisms and the purpose they serve for Liu Yong's *Ci*. In fact, both Feng Yuanjun 冯沅君（1900–1974）and Lu Kanru 陆侃如（1903–1978）acknowledged that Liu Yong's colloquialisms have positive and negative effects. [222] Nonetheless, both regarded the use of colloquialisms as one of the seven most outstanding characteristics in the writing style of Liu Yong. Similarly, Ye Qingbing 叶庆炳（1927–1993）had also praised Liu Yong for his use of colloquialisms. Despite so, Ye Qingbing also concluded that some of Liu Yong's colloquial lyrics do indeed give readers a bad impression.[223] While refuting the adverse opinions pertaining to Liu Yong's use of colloquialisms by traditional scholars, Hu Yunyi 胡云翼（1906–1965）praised Liu Yong's skilful application of colloquialisms by stating that, "no matter what kind of vulgar words and lines, once used by Liu Yong they become vivid descriptions."[224] Later, within his collection known as *Selected Lyrics from the Song Dynasty*（*Song Ci Xuan* 宋词选）, Hu Yunyi added that:

> [. . .] Liu Yong incorporates a great deal of vivid and lively folk language [into his *Ci*] in order to reflect the life of the middle and lower class people in the city.[225]

Hu Yunyi further defended Liu Yong's use of colloquialisms by arguing that among the "vulgar lyrics"（*li Ci* 俚词）of Liu Yong, some were written to cater to the low taste of the public. Amongst all of the modern scholars, Tai Jingnong 台静农（1902–1990）is perhaps the most enthusiastic supporter of Liu Yong's colloquialisms. During his praises for Liu Yong's use of colloquialisms, he had stated that:

> The most successful [aspect] of Liu Yong's *Ci* is his [ability] to incorporate "vulgar language" into his vernacular *Ci*（*baihua Ci*; 白话词）. [. . .] We dare say that [what is considered as] his vulgarity is in fact part of his success [. . .] More than eight to nine hundred years ago, Liu Yong had already incorporated colloquial words and sentences into literature. What courage that took! [. . .] I think that the

> gentlemen of today who advocate the literary revolution may not have the courage that can surpass Liu Yong.[226]

In short, opinions toward Liu Yong's use of colloquialism have greatly varied between scholars throughout history. Some are adverse and harsh criticisms, and some are more favorable praises of admiration. Regardless, what can be certain is the fact that Liu Yong's unconventional decision to include colloquialisms within his *Ci* has indeed caused a controversial uproar within the literary realm that continues throughout history.

Overall, the stance of this discussion is to argue in favor of Liu Yong's use of colloquialisms, as it is believed to be one of Liu Yong's many significant contributions towards the language development of *Ci*. The language of *TWDC* had been imitated endlessly and was repeatedly used throughout the Five Dynasties. By the time of the Northern Song Dynasty, the language style of *TWDC* had thus become hackneyed and cliché-ridden. Therefore, in order to revive the overused diction of *Ci*, Liu Yong incorporated colloquialisms within his lyrics through the longer form structures of *manci*. As a result, the vocabulary of *Ci* was rejuvenated and thus became enriched and refreshing. Furthermore, due to the fact that colloquial expressions are mostly made of "empty words," they also strengthens the rhythmic flow of Liu Yong's *Ci*. Therefore, by combining colloquialisms with refined poetic diction, Liu Yong had successfully created a new mode of expression that could be easily appreciated by the general public. Such could also be the precise reason as to why Liu Yong's *Ci* was the most popular during the Northern Song Dynasty. Lastly, it should be noted that although Liu Yong's use of colloquialism was criticized during his time, he had in fact inspired many other *Ci* poets to incorporate colloquialisms within their *Ci* as well. Some of these poets include Huang Tingjian 黄庭坚 (1045–1105) and Qin Guan 秦观 (1049–

1100).[227] Hence, although unintentional, it can be said that Liu Yong had also indirectly promoted the development of folk literature through the rising popularity of his *Ci*.

G. Creative Diction

Ci critics generally condemned Liu Yong's vulgarity but they seemed to have overlooked the fact that Liu Yong had also used an abundance of elegant and striking diction within his compositions as well. In general, Liu Yong's main method of creating new compounds is through the juxtaposition of two contrasting images to create tetra-syllables. There are about 280 cases of tetra-syllables found in Liu Yong's *Yuezhang Ji.* Statistically, over half of these tetra-syllables contain a contrast between two images drawn from elements of nature, and a quarter of these tetra-syllables are contrasts of imageries of human related traits and activities, whereas only one-seventh of these tetra-syllables are contrasts of imageries of manmade objects. Additionally, Liu Yong is also fond of pairing numbers with various imageries to create fresh tetra-syllables. Strikingly, almost all of these tetra-syllables are only used once, which indicates that Liu Yong is always conscious of varying his word combinations to avoid monotony. At the same time, imageries that emerge from these varying word combinations are fresh, vivid, and striking.

As mentioned above, the largest group of tetra-syllables is formed from the use of two contrasting images of elements drawn from nature. Within this particular group, Liu Yong is particularly fond of contrasting two different colors. However, only a few particular colors are consistently used. Within a total of thirty-five tetra-syllables that utilize color contrast, eighteen of them are a comparative contrast between red and green. The comparative contrast between red and green also illuminates the fact that Liu Yong's tetra-syllables tend to contain a combination consisting of different levels of meaning with different strengths of imagery. For instance, the tetra-syllable "green water, red tower" (*lüshui honglou* 绿水红楼) is an example of the most direct form of contrast, yet it only conveys a visual image.[228] On the other hand, the tetra-syllable "ten thousand reds, a thousand greens" (*wanhong qiancui* 万红千翠)[229] is relatively more complex, in which the colors red and green are synecdoches for flowers and leaves respectively. The numbers of "ten thousand" (*wan* 万) and "thousand" (*qian* 千) depict a scene that is filled with an abundance of plants during spring. Conversely, the most complex and effective contrast is found in the tetra-syllable "grieving green, sad red" (*canlü chouhong* 惨绿愁红).[230] In this tetra-syllable, green is a metaphor for leaves and trees, and red is a metaphor for flowers. Together, the bold and strong colors of green and red further symbolize spring, beauty, youth, and life; whereas "grieving" (*can* 惨) and "sad" (*chou* 愁) are unpleasant emotions. The juxtaposition of these four characters creates a startling effect that is achieved through the sharp contrast evoked between these four characters.

Additionally, Liu Yong also uses the contrast between meteorological images to create his tetra-syllables. Examples include mist, cloud, and rain. Overall, there are about 22 cases of tetra-syllables containing meteorological contrast. Once again, these tetra-syllables are paired in various ways to convey different levels of meaning and imagery. For instance, the tetra-syllable "visit the rain, search for cloud" (*fangyu xunyun* 访雨寻云) is another way to convey the search for sexual pleasure in brothels.[231] Another example is "cling to cloud, linger in rain" (*youyun tiyu* 尤云殢雨), which is generally used to symbolize sexual desire.[232]

Liu Yong is also fond of juxtaposing two plants in his tetra-syllables. There are about 28 cases of tetra-syllables that involve plant imageries.

Some examples include "wave duckweed, wind stem" (*langping fenggeng* 浪萍风梗), "beautiful apricot, charming peach" (*yanxing yaotao* 艳杏夭桃), and "confused flower, crazy cotton" (*luanhua kuangxu* 乱花狂絮).[233] There are over a dozen cases in which Liu Yong juxtaposes animal images as well. Some examples include "butterfly scarce, bee scattered" (*diexi fengsan* 蝶稀蜂散) and "egret fly, fish jump" (*lufei yuyue* 鹭飞鱼跃).[234]

Liu Yong's second largest group of contrasting tetra-syllables is those involving imageries of human related traits and activities. There are about 27 cases in which Liu Yong juxtaposes images related to human activities, such as "elegant song, beautiful dance" (*yage yanwu* 雅歌艳舞) and "literary meeting, wine gathering" (*wenqi jiuhui* 文期酒会).[235] There are also about fourteen cases in which Liu Yong pairs images associated with human emotions, such as "cling to love, tied to regret" (*qianqing xihen* 牵情系恨), "lovely soul, charming spirit" (*jiaohun meipo* 娇魂媚魄), and "laborious dream, exerted soul" (*yimeng laohun* 役梦劳魂).[236] Furthermore, there are about 16 cases in which Liu Yong pairs images pertaining to the physical traits of people. As can be expected, in these instances, Liu Yong concentrates these tetra-syllables on the depiction of women, such as "willowy waist, flowery manner" (*liuyao huatai* 柳腰花态), "young face, trimmed eyebrows" (*nenlian xiu'e* 嫩脸修蛾) and "striking face, striking beauty" (*qirong yanse* 奇容艳色).[237]

Liu Yong's third largest group of contrasting tetra-syllables is those concerning imageries of manmade objects. Most of these tetra-syllables are in reference to interior imagery, such as "singing platform, dancing pavilion" (*getai wuxie* 歌台舞榭), "thin quilt, small pillow" (*baoqin xiaozhen* 薄衾小枕), and "dancing mat, singing fan" (*wuyin geshan* 舞裀歌扇).[238]

Lastly, as mentioned above, Liu Yong is also fond of pairing numbers with various types of imageries to create unique tetra-syllables. In total, there are about 20 cases of tetra-syllables that are formed in this manner. Some examples include "nine streets, three markets" (*jiuqu sanshi* 九衢三市), "single wheel, paired oars" (*zhilun shuangjiang* 只轮双桨), "inch pearl, piece jade" (*cunzhu pianyu* 寸珠片玉), "ten thousand ways, a thousand kinds of feelings" (*wanban qianzhong* 万般千种), and "inch heart, ten thousand emotions" (*cunxin wanxu* 寸心万绪).[239]

In summary, Liu Yong's skilful juxtaposition of words not only accentuates the unusual imageries found within his *Ci*, but it also allows lyrics that are written about the same theme to become more innovative and less repetitive. This characteristic was acknowledged by Zheng Zhenduo 郑振铎 (1898–1958):

> Even though the tones of Liu Yong's lyrics are uniform, the words used are not the same. [The themes of] his *Ci* are nothing but those of traveling and boudoir feelings. Yet, he expresses them in thousands of different ways and thousands of different words, making us feel that they are not repetitive and disgusting.[240]

Therefore, Liu Yong's unique method of juxtaposing two contrasting imageries to form tetra-syllables further enhances the striking appeal of the imageries presented within his *Ci*. Most importantly, the fact that all of these tetra-syllables are barely ever repeated means that Liu Yong has greatly enriched the descriptive vocabulary available for *Ci* compositions. In conjunction with his colloquialisms, Liu Yong has greatly revived and altered the course of language development for *Ci* with these significant contributions.

Chapter IV: Rhythm and Continuity in Liu Yong Lyrics

During the active time period of Liu Yong, *Ci* was composed with the intention to be sung. In fact, Ye Mengde (1077–1148) had remarked that "wherever there is a well, there will be people singing Liu Yong's *Ci*."[1] Based on this statement, it can be inferred that Liu Yong's *Ci* must have been rich in musical quality and appealing in content. This can be supported by the fact that there were many traditional *Ci* critics who had praised Liu Yong's *Ci* for being "in harmony with the musical rules (*xielü* 协律)."[2] These critics also included the previously mentioned Li Qingzhao (1084–1155) and Wang Zhuo (1081?–1160?), who had both criticized Liu Yong's use of vulgar language in his *Ci*, but later admitted to the fact that Liu Yong's *Ci* was rich in musical quality nonetheless.[3] Additionally, Liu Kezhuang 刘克庄 (1187–1269) had even compared Liu Yong's talent to the famous bureau musician Ding Xianxian 丁仙现 from the Northern Song Dynasty.[4]

However, the popularity of Liu Yong's *Ci* is not entirely based on just its musical quality alone. Rather, it is the result of an interplay between the prosody and language of each lyrical composition. In *Ci* writing, prosody is inseparable from tune pattern, which lays the foundational form for the musical quality of a lyrical text. Within this foundational framework, a *Ci* poet then manipulates the form and language to create his own poetic world. Liu Yong's significant role in this development was his focus on the refinement of the structural framework of *manci* through the development of his own type of rhythm, and subsequently concretizing his unique visions into a striking and vivid poetic world that is fresh, rich, and vibrant. In particular, Liu Yong is especially fond of using repetition to create his rhythm. Therefore, the first half of this chapter will examine the various forms of repetition techniques used by Liu Yong including the repetition of sounds, words, and lines. The second half of this chapter will then discuss the various techniques that Liu Yong applies to this new type of rhythm to create his poetic world, which will include caesural patterns, lead-words, and enjambments.

A. Repetition of Sounds

The repetition of sounds is one of the repetitive techniques frequently employed by Liu Yong to create his rhythms for his *Ci*. The following section will analyze the interplay between rhymes and tones, as well as the manipulated variances in tonal patterns, and how these manipulations lead to the subsequent musical effects found within Liu Yong's compositions.

1. Rhymes and Tones

Rhymes and tones are two indispensible elements in the basic musical quality of *Ci*. In the past, there had been many *Ci* critics who already commented on Liu Yong's use of rhymes in his *Ci*. However, such comments tend to be directed towards isolated cases and are relatively brief and fragmentary.[5] Therefore, in the following paragraphs, a more comprehensive study will be conducted on Liu Yong's use of rhymes and tones within his *Ci*.[6]

One of the most popular and long used forms of Chinese poetry is Recent Style poetry (*jinti shi* 近体诗). Within the forms found in Recent

Style poetry, the rhymes are very regular and highly patterned. In order to account for regional variances in pronunciations, Lu Fayan 陆法言 had compiled an authoritative guide to literary pronunciation in 601 A.D. known as *Qieyun* 切韵 (*The Rhyme Book*). It is China's earliest rhyme book in existence; therefore, Recent Style poets had been following the rhyme schemes set out in *Qieyun* since the early Tang Dynasty. Unfortunately, during Liu Yong's time period, no such standardizations and rhyme books existed for *Ci* poetry. Although there was the emergence of a few rhyme books written for *Ci* after the Song Dynasty, it was not until the Qing Dynasty that a standard rhyme book for *Ci* was formally produced. This specific rhyme book synthesized the rhyme words for *Ci* into a large collection entitled *Cilin Zhengyun* 词林正韵 (*Proper Rhymes for Ci*), and was compiled by Ge Zai 戈载 (1786–1856). The rhyme collection is split into a total of 19 categories (*bu* 部): 14 groups of rhymes are under the tone categorization of level tone (*ping* 平), rising tone (*shang* 上), and falling tone (*qu* 去); whereas the remaining five groups of rhymes belong to the categorization of entering tone (*ru* 入). As a result of this categorization, rhyming in *Ci* compositions became unhindered and broader than the rhyming that is found in Recent Style poetry.[7]

On a larger scale, the four tone categories mentioned above can be split into two larger groups. Rising tones, falling tones, and entering tones fall under the first group known as oblique tones, whereas level tones stand independently as a group on its own. Statistically, there are more lyrics in *TWDC* with level tone rhymes than oblique tone rhymes.[8] However, in *manci*, oblique tone rhymes tend to dominate. Since most of Liu Yong's *Ci* is in the form of *manci*, it should be of no surprise that rhymes with oblique tones dominate approximately two-thirds of his lyrics. In general, Liu Yong follows in close adherence to the common practices of *Ci* rhyming. He generally observes the rhyming scheme prescribed by each respective tune pattern with close scrutiny, so that his lyrics can be in tune with the music. For example, when Liu Yong uses rhymes with oblique tones, he follows the common practice of combining rising tone rhymes with falling tone rhymes.[9] Among his 213 lyrics, 108 lyrics utilize this technique. Among these 108 lyrics, there are seven lyrics in which Liu Yong uses falling tone rhymes throughout the entire composition, and there are also 25 lyrics in which he treats entering tone rhymes as a distinct group[10] that is not mixed with any other tonal group. On the other hand, when Liu Yong uses level tone rhymes, he follows the common practice of using it throughout the entire lyric.[11] In total, there are 55 lyrics that utilize level tone rhymes. Of these 55 lyrics, there are only two lyrics in which he combines level tone rhymes with either rising tone rhymes or falling tone rhymes. However, there is no instance in which he combines level tone rhymes with entering tone rhymes. There is only one case in which Liu Yong combined rhymes in the level and rising tones, and another case the level and falling tone. [12]

During instances where Liu Yong combines rhymes from different categories, he tends to choose rhymes with similar ending sounds. For instance, he combines rhymes from the third category with rhymes from the fifth on the basis of their similar ending sounds of "oi" and "ui."[13] He also combines rhymes from the seventh category with rhymes from the tenth category on the basis of their "un" and "a" endings between the two groups.[14] Another example would be the combination of rhymes from the seventh category and the fourteenth category on the basis of similar nasal ending sounds of "n" and "m."[15] Liu Yong also combines rhymes from the seventh category with rhymes from the eleventh category on the basis of similar ending sounds of "n" and "ng."[16] Overall, the combinations of the nasal ending sounds of "n" "m" and "ng" in the above examples may be an indicative sign that the distinction between these ending sounds was beginning to disappear around Liu Yong's time period.[17] On the other hand, Liu Yong tends to treat entering sounds of "k" "t" and "p" as distinct groups almost without any exceptions.[18]

In some cases, however, Liu Yong uses a practice called borrowed rhyme (*jieyun* 借韵) to borrow a pronunciation from a regional dialect for a rhyme word. Such practice is permissible and acceptable for *Ci* rhyming.[19] There are also cases in which Liu Yong uses the practice of hidden rhyme (*anyun* 暗韵) to place a rhyme word in a position that normally does not require a rhyme word[20]. For example:

Line	Original Text / Pinyin	IPA / Rhyme	Literal Meaning	Translation
1	临风, *lin feng,*	p'i̯ung 风 (*feng*)	face breeze	As I stand in the breeze,
2	想佳丽, *xiang jiali,*		think beautiful one	I begin to think of her,
3	别后愁颜, *biehou chouyan,*		after departure sad face	How sad her face must be after my departure,
4	镇敛眉峰。 *zhenlian meifeng.*[21]	p'i̯uong 峰 (*feng*)	down press eyebrow	With those knitted eyebrows of hers.

Based on Bernhard Karlgren's (1889–1978) phonetic reconstruction, the first *feng* 风 (p'i̯ung) in the above example is a hidden rhyme because it belongs to the same rhyme category as the end rhyme *feng* 峰 (p'i̯uong, peak) in the fourth line. Furthermore, when Liu Yong chooses his rhyme words, he takes full advantage of rhyme categories that contain large amounts of words that are suited to his particular theme.[22] For instance, the third category which consists of rhyme words with the "i" ending is Liu Yong's favorite rhyme category. From this category, he uses words such as *li* 丽 (liei, beautiful), *mei* 媚 (mji, charming), *cui* 翠 (ts'wi, green), and *mei* 美 (mji, pretty) to describe the physical beauty of women.[23] He also uses words such as *yi* 倚 (·ie, to lean against), *shui* 睡 (żwie̯, to sleep), *mei* 寐 (mji, to fall asleep), *bei* 被 (b'jie̯, quilt), and *zui* 醉 (tswi, to be drunk) during descriptions pertaining to intimate bedroom scenes.[24] Additionally, he uses words such as *wei* 味 (mjwe̯i, taste), *cui* 悴 (dz'wi, distress), *xu* 绪 (zi̯wo, mood), *lei* 泪 (ljwi, tears), and *hui* 悔 (χuâi, regret) to express sadness.[25] Moreover, Liu Yong tends to repeat certain words within any one rhyme category. For instance, there are 31 lyrics that use rhyme words from the fourth category. The following is the usage frequency for a selection of words used by Liu Yong from the fourth category:

Original Text	IPA	Pinyin	Meaning	Usage Frequency
去	k'i̯wo	*qu*	to go	23
处	ts'i̯wo	*chu*	place	18
语	ngi̯wo	*yu*	to speak	15
雨	ji̯u	*yu*	rain	12
树	źi̯u	*shu*	tree	11

When Liu Yong writes about similar themes in different lyrics, he tends to choose the same rhyme words for these lyrics. For example, in a total of seven lyrics about city life and festive occasions,[26] Liu Yong only uses 27 rhyme words to fill in 73 rhyme positions. As such, it means that on average, each rhyme word is used approximately three times. More specifically, a breakdown of the usage frequency of a sample selection of these 27 rhyme words can be seen below:

Original Text	IPA	Pinyin	Meaning	Usage Frequency
价	ka	*jia*	price	6
画	ɣwai	*hua*	paint	5
雅	nga	*ya*	elegant	4
夜	i̯a	*ye*	night	4
暇	ɣa	*xia*	leisure	3
榭	zi̯a	*xie*	pavilion	3

In general, the open endings of the words in the above table convey a cheerful atmosphere. When these carefully selected rhyme words are placed in strategic rhyme positions, the repetition of sound and meaning mutually enforces each other, and subsequently enhances their presence throughout the entire composition. Hence, the recurrence of each rhyme word not only reinforces the theme, but it also strengthens the rhythm of the lyric as well.

Another noteworthy aspect of Liu Yong's *Ci* is his effective use of the widespread rhyme scheme of *manci* to create a strong rhythmic flow. With the exception of a few *xiaoling*, the majority of Liu Yong's *manci* have rhymes between intervals that are greater than two lines apart. In some instances, Liu Yong's rhyme words occur in intervals that are as far as five to six lines apart as seen in the lyric to the tune pattern "Phoenix Returning to the Clouds" (Feng-gui-yun 凤归云):[27]

Stanza 1	3	4	4	4	4	4	4r	8	4r	8r					
Stanza 2	7	4r	4	4	4	4	4r	4	4	4r	3	6r	6	4r	

This widespread rhyme scheme of *manci* enables Liu Yong to use a number of lines for enjambments, which thus allows the syntax to be extended across several lines. This is different from the convention of Truncated Verse (*jueju* 绝句) or Regulated Verse (*lüshi* 律诗) in which the completion of meaning, sentence, and rhyme tend to coincide. Similarly, *xiaoling* compositions in *TWDC* tend to have a denser rhyme scheme in which rhyme words seldom occur in intervals greater than two lines apart.[28] Thus, the syntax in *xiaoling* compositions are compressed. Moreover, the convention with traditional poetry is to read the lines within one given rhyme interval in one breath. In contrast, instead of compressing the syntax into one or two lines, Liu Yong's widespread rhyme scheme allows the syntax to spread across multiple lines which thereby greatly strengthens the rhythmic flow of a given text.

2. Tonal Patterns

Comparatively speaking, tonal patterns are relatively more lenient and simple in Recent Style poetry than for *Ci* poetry. In general, there are only a few tonal patterns that are regularly used in Recent Style poetry, and only the distinction between level and oblique tones needs to be observed during its compositional process. On the other hand, due to the fact that every tune pattern in *Ci* has a different melody, each lyrical composition will subsequently have its own tonal pattern as well. Furthermore, in terms of tonal distinctions, distinctions between first tone in Mandarin (*yinping* 阴平), second tone in Mandarin (*yangping* 阳平), rising tone, falling tone, and entering tones all need to be observed during its compositional process.[29] However, such fine distinctions between level and oblique tones in *Ci* writing did not come into practice all at once. This development began during the time period of Wen Tingyun (812–870), who was one of the leading lyricists of *Huajian* style. When comparing lyrics from this time period that were written to the same tune patterns, rudimentary distinctions between level and oblique tones in corresponding lines of these compared lyrics are observed.[30]

According to the evaluative study conducted by Xia Chengtao 夏承涛 (1900–1986), Liu Yong had meticulously developed these distinctions between different tones to a level further than those ever achieved by his predecessors.[31] Such achievements was largely due to Liu Yong's exceptional musical sensitivities, which allowed him to accurately scrutinize the various tones prescribed by a particular tune pattern. In order to provide a strong case to support Liu Yong's meticulous and precise distinctions of tones within his compositions, an assessment must first be conducted using a comparison of lyrics written to the same tune pattern. However, as was previously mentioned in the chapter on tune patterns, many of Liu Yong's tune patterns are only used once. Thus, as supported by conclusions found in prosody books mentioned in the same chapter, a majority of Liu Yong's lyrics are unable to meet this criterion and undergo tonal pattern comparisons.[32] In total, there are 41 tune patterns used by Liu Yong that has more than one lyric each. Within these 41 tune patterns, there are only 11 tune patterns that have lyrics that are identical in word count and line division. A closer examination of these lyrics reveals that level and oblique tones are placed in identical positions in over 90 percent of these lyrics.[33] Such precise and unerring placements fully demonstrate that Liu Yong is meticulous and conscientious of the distinctions between the usage of level and oblique tones in his lyrics written to the same tune pattern. Moreover, Liu Yong is careful in his placements of falling tones, as well as his entering tones.[34] For instance, during circumstances of two adjacent oblique tones, Liu Yong tends to use rising and falling tones interchangeably.

When singing *manci,* the tones of the final lines are very important.[35] Not surprisingly, Liu Yong exercises extra precaution in his selection and usage of tones within his final lines of a composition. In his lyrics that are written to the same tune pattern in which the final lines consist of identical word counts, there are about 70 percent of these lyrics that share identical placements of level and oblique tones in the final lines. For example, the placement of level and oblique tones are identical in the final lines of the two lyrics below:

p= level tone	t= oblique tone

Lyric	Original Text Pinyin	Literal Meaning	Translation	Tonal Pattern
1	那更重来。 *na geng chonglai.*	that time again come	Until I come again,	ttpp
2	忍负良天。 *ren fu liangtian.*[36]	bear disappoint fine sky	Why waste this wonderful moment?	ttpp

As was mentioned in an earlier section of this chapter, *Ci* poetry further breaks down the categorization of level tones into first and second tone of Mandarin. A noteworthy observation is that in Liu Yong's lyrics, identical tonal placements in the final lines of a lyric is not just restricted to the positioning of level and oblique tones. In fact, there are instances in which level tones of first and second tone in Mandarin, rising tones, falling tones, and entering tones are all placed in identical positions within the final lines of the two lyrics under comparison. For instance, the last lines of the following two lyrics have the exact same tones:

p'= first tone	p"=second tone	s= rising tone	f= falling tone	j= entering tone

Lyric	Original Text Pinyin	Literal Meaning	Translation	Tonal Pattern
1	南山共久。 *nanshan gong jiu.*	south mountain together long	Live as long as the South Mountain.	p"p'fs
2	融尊盛举。 *rong zun sheng ju.*[37]	wine glass auspicious occasion	Raise your glass and drink to this auspicious occasion.	p"p'fs

Aside from the meticulous placement that is based on the distinction between level and oblique tones, Liu Yong also frequently maintains the same position for falling tones within the corresponding lines of the two compared lyrics that are written for the same tune pattern. For example:

Lyric	Original Text / Pinyin	Literal Meaning	Translation	Tonal Pattern
1	寸肠万恨萦纡。 *cunchang wanhen yingyu.*	inch intestine ten thousand sorrow entangle winding	Live with endless sorrow.	fp"ffp"p'
2	万家竞奏新声。[38] *wanjia jingzou xinsheng.*	ten thousand family compete perform new sound	New voices are heard everywhere.	fp'ffp'p'

There are also instances in which Liu Yong uses a word with a falling tone to lead a parallelism. For example:

Lyric	Original Text / Pinyin		Literal Meaning	Translation	Tonal Pattern	
1	叹 *tan*	断梗难停， *duangeng nanting,*	sigh broken branches hard stop	I sigh, as broken branches continue to drift.	f	fsp"p"
2		暮云渐渺。 *muyun jianmiao.*[39]	dusk cloud gradual vanish	And evening clouds continue to disappear.		fp"fs

A more distinct and important characteristic is found during instances where two oblique tones are supposed to be used consecutively. In such locations, Liu Yong often interchangeably combines a rising tone with a falling tone. This combination of rising tone and falling tone, when used together, creates a certain sound effect that provides a strong musical appeal to Liu Yong's *Ci*.[40] This technique can be seen in the following lines:

	Example 1
Original Phrase:	凭高念远，素景楚天，无处不凄凉。
Pinyin:	*pinggao nianyuan, sujing chutian, wuchu bu qiliang.*[41]
Literal Meaning:	up high think far, autumn scenery Chu sky, no place not sorrowful
Translation:	Atop the high hill, I began to think of her in the faraway distance. Across the autumn scenery beneath the southern sky, I am surrounded by sadness.
Tonal Pattern:	p''p'fs, fssp', p''fjp'p''

	Example 2
Original Phrase:	秋渐老蛩声正苦。
Pinyin:	*qiu jian lao qiongsheng zhengku.*[42]
Literal Meaning:	autumn gradually old cricket sound current bitter
Translation:	As autumn draws to a close, the chirping of the crickets becomes troubled.
Tonal Pattern:	p'fsp''p'fs

Furthermore, when two lyrics written to the same tune pattern are compared, the order in which Liu Yong applies rising tones and falling tones during the combination process can vary in two different ways. In the first way, Liu Yong applies the tones in the order of rising tone to falling tone in one lyric, but inverses the order in the corresponding line of the other lyric so that the tones now appear in the order of falling tone to rising tone. For example:

Lyric	Original Text / Pinyin	Literal Meaning	Translation	Tonal Pattern
1	云愁雨恨难忘。 *yunchou yuhen nanwang.*	cloud sad rain hate hard forget	The clouds and the rain makes it difficult to forget my sorrows and anger.	p'p''sfp''f
2	盈盈泪眼相看。 *yingying leiyan xiangkan.*[43]	full full tear eye mutual look	With our eyes brimming with tears, we faced each other.	p''p''fsp'p'

In the second way, Liu Yong maintains the order of rising tone to falling tone in the corresponding lines of both lyrics. For example:

Lyric	Original Text / Pinyin	Literal Meaning	Translation	Tonal Pattern
1	雨晴气爽。 *yuqing qishuang.*	rain sunny air crisp	The sun appears after the rain, and the air is crisp.	sp''fs
2	景阑昼永。 *jinglan zhouyong.*[44]	scenery magnificent day forever	The scenery is magnificent and the days are long.	sp''fs

As was previously mentioned, Liu Yong is also conscientious about his placement of the entering tone. Quite often within his lyrics, when Liu Yong uses an entering tone in the first stanza of a particular lyric, he repeats the use of the entering tone in the corresponding line of the second stanza as well. For example:

	Line	Original Text Pinyin	Translation	Tonal Pattern
STANZA ONE	1	出屏帏， *chu pingwei,*	Stepping out from behind the screen,	jp"p"
	2	倚风情态， *yi feng qingtai,*	She strikes a sensuous pose, to	sp'p"f
	3	约素腰肢。 *yue su yaozhi.*	Show off her dainty little waist.	jfp'p'

	Line	Original Text Pinyin	Translation	Tonal Pattern
STANZA TWO	1	结前期， *jie qianqi,*	Together we make a promise,	jp"p'
	2	美人才子， *meiren caizi,*	A beautiful maiden and a talented scholar	sp"p"s
	3	合是相知。 *he shi xiangzhi.* [45]	Can become a perfect match only when they are together.	jfp'p'

Moreover, when lyrics written to the same tune pattern are compared, it reveals that when Liu Yong uses an entering tone in one lyric, he frequently repeats its usage in the corresponding line of the other lyric as well. Among the 41 tune patterns used by Liu Yong that consist of more than one lyric written to the same tune pattern, lyrics for 19 of these tune patterns display this particular placement of the entering tone. In other words, nearly 50 percent of Liu Yong's tune patterns use matching entering tones in identical locations of corresponding lines between the compared lyrics. The following example consists of lines taken from two separate lyrics written to the tune pattern "Pouring My Heart Out" (Su-zhong-qing-jin 诉衷情近):

	Line	Original Text / Pinyin	Translation	Tonal Pattern
POEM 1	1	伫立江楼望处。 *zhuli jianglou wangchu.*	I stay standing for a long while in the tower by the river, and gazed into the faraway distance.	sjp'p''ff
	[. . .]			
	3	重叠暮山耸翠。 *chongdie mushan songcui.*	Layers of green peeks through the overlapping silhouettes of the mountains.	p''jfp'sf

	Line	Original Text / Pinyin	Translation	Tonal Pattern
POEM 2	1	渐入清和气序。 *jianru qinghe qixu.*	The warm season is gradually approaching.	fjp'p''ff
	[. . .]			
	3	莲叶嫩生翠沼。 *lianye nensheng cuizhao.*[46]	Lotus leaves are sprouting, dressing the pond in green.	p''jfpfs

It is of no surprise that Liu Yong's meticulous efforts had resulted in the creation of multiple masterpieces with great musical appeal. Hence, Liu Yong's conscientious distinctions between various tones within his lyrics became systematically adopted by his successors in *Ci* poetry, and became part of the common practice in the writings of *manci*. To further exemplify Liu Yong's skillful usage of rhymes and tones within his lyrics, the next example is the first stanza of one of his lyrics written to the tune pattern "Nymph by the River" (Lin-jiang-xian 临江仙):[47]

Line	Original Text / Pinyin	Literal Meaning	Translation	Tonal Pattern
1	渡口， *dukou,*	wharf	By the wharf,	fs
2	向晚， *xiangwan,*	toward evening	Evening is fast approaching,	fs
3	乘瘦马， *cheng shouma,*	ride skinny horse	Riding a frail horse,	p"fs
4	陟崇岗。 *zhi chonggang.*[48]	ascend high hill	I ascend a high hill.	jp"p' (r)
5	西郊又送秋光。 *xijiao yousong qiuguang.*	west suburb again give away autumn scenery	Autumn is leaving the sceneries of the western suburbs once again.	p'p'ffp'p' (r)
6	对暮山横翠， *dui mushan hengcui,*	face evening hill wide green	Facing the silhouettes of the mountains is a lush valley of green,	ffp'p"f
7	衬残叶飘黄。 *chen canye piaohuang.*	match faded leaves drift yellow	With speckles of dancing yellow as the falling leaves drift by.	fp"jp'p" (r)
8	凭高念远， *pinggao nianyuan,*	up high think far	Atop the high hill, I begin to think of her in the faraway distance,	p"p'fs
9	素景楚天， *sujing chutian,*	autumn scenery chu sky	Across the autumn scenery beneath the southern sky,	fssp'
10	无处不凄凉。 *wuchu bu qiliang.*	no place not sorrowful	I am surrounded by sadness.	p"fjp'p" (r)

The lines in the above lyric describe the dejected feelings of a forlorn traveler amidst a difficult journey during an autumn evening, which is a typical setting for Liu Yong's lyrics. The continuous repetition of a falling to rising tonal compound across the first three lines emanates an immediate and strong musical appeal at the onset of the lyric. With the progression of each line, each repetition will therefore reinforce the rhythm as well as the theme within the lyric. The lyric begins with an opening scene of an imagery of the wharf by the riverside, a spatial setting frequently associated with themes of departure and journeying. Then, the scope sweeps towards the temporal setting of a fast approaching evening, before moving closer to reveal the protagonist riding a frail horse and ascending a high hill. These imageries appear in succession as the focus shifts from the natural setting towards the depressed wanderer. On the other hand, the tonal arrangement of the fourth line departs from the tight rhythmic effect created by the first three lines. In other words, the rhythm slows down as the line approaches the end rhyme *gang* 岗 (hill) to effectively convey a sense of completion in its projected meaning for this particular part of the stanza. By now, the protagonist has reached the top of the hill with his frail horse, and is overlooking a vast autumn scene. The tonal arrangement in the fifth line has two falling tones in the middle that is expressed in the characters of *yousong* 又送 (again send away). These two falling tones provide a contrast to the other level tones found within the line, and thus draw attention to the eternal passage of time. The rhythmic division of line 6 and line 7 is as follows:

Line 6 Rhythmic Division		
Original Phrase:	对	暮山横翠,
Pinyin:	*dui*	*mushan hengcui,*
Literal Meaning:	face	evening hill wide green

Line 7 Rhythmic Division		
Original Phrase:	衬	残叶飘黄。
Pinyin:	*chen*	*canye piaohuang.*
Literal Meaning:	match	faded leaves drift yellow

As can be seen in the above breakdown, the rhythmic division of both lines is 1/4, the stress is on the first monosyllable. The stress on the first monosyllable serves the purpose of drawing attention to their objects: the evening silhouettes of the green mountains in line 6, and the falling and drifting yellow leaves in line 7. The expression *nianyuan* 念远 in the eighth line means to think of someone who is far away. Its falling to rising tonal compound is a direct contrast to the lighter level tonal compound found in the phrase *pinggao* 凭高 (to climb a high hill) at the beginning of the same line. Additionally, the falling and rising tonal compound expressed using the phrase *sujing* 素景 (pale autumn scene) in line 9 emulates the falling to rising tonal compound of the expression *nianyuan.* As such, the successive appearance of both during the transition from line 8 to line 9 allows for a mutually reinforcing auditory appeal in both lines. The protagonist reaches his emotional climax in the concluding line through the use of pathetic fallacy, in which the scenery that surrounds him suddenly comes to life and expresses their sadness. The tonal arrangement in the final line precisely captures and expresses this emotional state of the protagonist. The use of the double negatives found in the characters of *bu* 不 (no) and *wu* 无 (none) further reinforces the expression of *qiliang* 凄凉, which means sorrowful.

B. Repetition of Words

Alliteration (*shuangsheng* 双声) is the repetition of the initial sound of two consecutive words, and is a very common poetic device in Chinese poetry that is frequently used by Liu Yong. Statistically, Liu Yong uses over 60 different alliterative compounds at a total frequency of approximately 200 times. The majority of his alliterative compounds are related to emotions and natural elements. In particular, Liu Yong tends to prefer alliterative compounds with dorsal or dental consonants as initials. An alliterative compound often consists of words that belong to the same semantic category. Thus, the repetition of their initial sound not only reinforces the conveyed meaning, but it also strengthens the auditory effect as well. For instance, the perceived sense of sadness and desolation is reinforced by the repetition of dorsal initials in the following alliterative compounds: *lengluo* 冷落 (lieng lâk; deserted), *laoluo* 牢落 (lâu lâk; desolate), and *lingluo* 零落 (li̯ęng lâk; scattered).[49] Similarly, the unpleasant mood is accentuated through the repetition of the dental initials in *chouchang* 惆怅 (˚ti̯əu t'i̯ang; rueful), as well as in one of Liu Yong's favorite alliterative compound *qiaocui* 憔悴 (dz'i̯äu dz'wi; haggard).[50] Some of Liu Yong's alliterative compounds are actually the names of common objects that add an auditory appeal to the lyric. For example: *qianqiu* 千秋 (ts'iän ts'iəu; swing).[51] In some cases, an alliterative compound can also be a proper noun. For example, an alliterative compound can also be the name for a geographical location such as *Xiaoxiang* 潇湘 (sieu si̯ang), which refers to the Xiao River and Xiang River in the province of Hunan. In rare cases, Liu Yong uses such compounds to create the setting for a particular scene. For this particular example, Liu Yong uses it in conjunction with water components to create a wide river scene.[52] Another example is *yuanyang* 鸳

鸯 ('i̯wɒn 'i̯ang; mandarin duck). As stereotyped as they may seem, due to their inherent symbolic significance, the alliterative compound still suggests love and sexual harmony.[53]

Liu Yong also makes an effective use of rhyming disyllables (*dieyun* 叠韵), which is the repetition of the final sound of two consecutive words. In total, he uses about 40 different rhyming disyllabic compounds with a usage frequency of approximately 100 times, which is significantly less than his overall usage of alliteration. Aside from frequently repeating the same tone, a rhyming disyllable is similar to alliteration in that it also contains a repetition of meaning within its compound. As such, its usage also reinforces its meaning and strengthens the auditory effect of the lyric. For instance, the rhyming disyllable *lanman* 烂漫 (lân muân; inundating) has a wide open ending that emphasizes the full blossoming of flowers during spring.[54] Other examples include *qianquan* 缱绻 (k'i̯än k'i̯wɒn; entangle) and *chanmian* 缠绵 (d'i̯an miän; lingering). The etymology of both of these rhyming disyllabic compounds, along with their long endings are all suggestive of deep passion.[55] Furthermore, there are instances in which Liu Yong's rhyming disyllables are also alliterations. For example: *mianman* 绵蛮 (mi̯än mwan; the sound of an oriole) and *zhanzhuan* 辗转 (ti̯an ti̯wän; toss and turn).[56] Additionally, some rhyming disyllables refer to names such as *qingming* 清明 (ts'iäng mi̯wɒng; a festival) and *qinzhen* 衾枕 (k'i̯əm tsi̯əm; lapel and pillow).[57]

Overall, Liu Yong shows a greater preference towards using reduplicative syllables (*diezi* 叠字) within his lyrics. In total, he uses 99 different reduplicative syllables, which is significantly more than the amount of alliterations and rhyming disyllables used in his lyrics. The etymology of a Chinese word can sometimes offer visual imagery on its own. Thus, through the repetition of sound, meaning, and etymology, reduplication strengthens the descriptive power of a particular compound.

When such reduplications are used repeatedly across consecutive lines, the rhythm and the imagery of a lyric becomes much stronger. Interestingly, a strong characteristic of Liu Yong's reduplicative syllables is drawn from the fact that over 40 percent of Liu Yong's reduplicative syllables are drawn from the colloquial language. The incorporation of colloquial language into his reduplicative syllables is stylistically different from his alliterations and rhyming disyllables, as both are mostly drawn from literary clichés. Overall, there is a great variance amongst Liu Yong's reduplications, which can be statistically supported by the fact that about one-fifth of his reduplicative syllables are only used twice, and approximately half of his reduplicative syllables are only used once. Comparatively speaking, Liu Yong tends to repeat his colloquial reduplicative syllables much less frequently than his poetic reduplicative syllables. Liu Yong's colloquial reduplicative syllables are drawn from a broad range of sources. Some of them are drawn from daily language. For example:

Reduplicative Disyllable	Pinyin	IPA	Meaning	Frequency of Usage
一一	*yiyi*	ʻiĕt ʻiĕt	each one	2
时时	*shishi*	źi źi	always	2

Some of Liu Yong's colloquial reduplicative syllables are drawn from words that convey emotions. The following are examples of such compounds, including Liu Yong's favorite expression *yanyan*:

Reduplicative Disyllable	Pinyin	IPA	Meaning	Frequency of Usage
可可	*keke*	k'â k'â	does not matter	1
厌厌	*yanyan*	ʻi̯äm iʻäm	bored	17

On the other hand, the reduplicative syllables that Liu Yong draws from poetic diction tend to be used repeatedly. For example:

Reduplicative Disyllable	Pinyin	IPA	Meaning	Frequency of Usage
盈盈	*yingying*	i̯ăng i̯ăng	elegant	16
悄悄	*qiaoqiao*	ts'i̯ău ts'i̯ău	quietly	12

Some of Liu Yong's reduplicative syllables are onomatopoeic. These onomatopoeic reduplicative syllables imitate the actual sounds of a particular object, and can thus produce a special poetic effect within a lyric. Liu Yong's onomatopoeic combinations are mostly imitation of the sounds of nature such as *xiaoxiao* 萧萧 (sieu sieu; the sound of fallen leaves) and *xixi* 淅淅 (siek siek; the sound of wind).[58] The poetic effect created by the appearance of onomatopoeic reduplicative syllables can be seen in the following line:

Original Phrase:	幽蛩切切秋吟苦
Pinyin:	*youqiong qieqie qiuyin ku*[59]
Literal Meaning:	dim cricket chirp chirp autumn chant heavy
Translation:	The crickets chirp loudly on an autumn night.
Onomatopoeic Reduplicative:	切切 (*qieqie*) (ts'iet ts'iet)

The phrase *qieqie* (ts'iet ts'iet) is an onomatopoeia for the sound of the crickets; it uses a dental initial and has a short entering tone "t" to vividly convey the actual sounds made by the crickets during the night. Symbolically, this particular sound is sometimes associated with the sobbing sounds that humans make. In this particular instance, however, Liu Yong projects his subjective emotions onto the crickets, allowing him to indirectly reveal his sad emotions that are typically associated with the onset of autumn.

Moreover, the specific placement of reduplicative syllables within a sentence can affect the effect it brings to a poem. For example:

Original Phrase:	长安古道马迟迟
Pinyin:	*Chang'an gudao ma chichi* (r) [60]
Literal Meaning:	Chang'an old road horse slow slow
Translation:	On the old road of Chang'an, the horse trots slowly.
Onomatopoeic Reduplicative:	迟迟 (*chichi*) (d'i d'i)

Of notable significance is the fact that the reduplicative syllable in the above example also concurs as a rhyme word for the composition. When the long final vowel in the phrase *chichi* 迟迟 (d'i d'i, slow) is placed at the end of the sentence, it slows down the forward movement of the respective line. This rhythm conjures the image of a tired and disappointed traveler who is riding a tired horse trotting slowly down the old road of Chang'an, a road that frequently symbolizes the attainment of success, fame, and wealth. In another example, the reduplicative syllable serves to enliven the description:

Original Phrase:	万娇千媚，的的在层波。
Pinyin:	*wanjiao qianmei, didi zai cengbo* [61]
Literal Meaning:	ten thousand delicate thousand charm, bright bright in pupil
Translation:	A myriad of charms emit from her lively eyes.
Onomatopoeic Reduplicative:	的的 (*didi*) (tiek tiek)

The first tetra-syllable in the above example describes the courtesan's beauty in an abstract manner. The essence of her beauty does not become apparent until the occurrence of *didi* (tiek tiek, bright) at the beginning of the second clause in the above sentence. The "k" ending in "tiek tiek," a marker of a crisp entering tone, attracts the audience's attention towards the sparkly and vibrant eyes of a beautiful and charming courtesan. When reduplicative syllables are used repeatedly across two consecutive lines, usually in the form of a parallelism, the resulting effect is even more striking. For example:

Line	Original Text / Pinyin	Reduplicative Syllables (IPA)	Literal Meaning	Translation
1	驱驱行役, *ququ xingyi,*	k'i̯u k'i̯u	chase chase journey labour	The endless journeys are tiresome, as
2	苒苒光阴, *ranran guangyin,*	ńźiäm ńźiäm	gradual gradual pass time	Time slips slowly away,
3	蝇头利禄, *yingtou lilu,*		fly head profit wealth	The profit and wealth gained is as small as the size of a fly's head, and
4	蜗角功名, *wojiao gongming,*		snail horn merit fame	The success and rank earned is as minute as the size of a snail's tentacle,
5	毕竟成何事? [62] *bijing cheng heshi?*		after all become what	What will ultimately become of all this?

The purpose of the reduplication *ququ* (k'i̯u k'i̯u, toilsome) at the beginning of the parallelism serves to draw the audience's attention. The recurrence of the second repetition *ranran* (ńźiäm ńźiäm, slow) further echoes the form of "k'i̯u k'i̯u." Both lines of the parallelism share an identical rhythm of 2/2. Thus, the placement of reduplicative syllables at the beginning of the tetra-syllable in each line is similar to alternating two strong beats with two soft beats in music. The repetition draws emphasis to the conveyed meaning, which in this particular example, is the hardships experienced during journeys and the inevitable passage of time. The rhythm speeds up again in the following two lines, almost as if to mimic the sudden bombardment of thoughts that causes the protagonist to realize the miniscule returns of his tiresome journeys. Such escalation of thoughts leads towards the emotional climax on the final line, in which the burning conclusion of these racing thoughts is almost screaming within the mind of an awakened protagonist as it forces him to question himself: "what will ultimately become of all this?"

There are about 20 cases in which Liu Yong repeats a specific word twice within the same tetra-syllable. For example: *duoqing duobing* 多情多病（abundant love, many illnesses）and *weiming weilu* 未名未禄（not yet famous, not yet wealthy）.[63] Such repetitions can also be considered as an extended use of reduplication. Naturally, the content expressed in double reduplications becomes more strongly emphasized than the content expressed using a single reduplication. For example:

Line	Original Text / Pinyin	Literal Meaning	Translation
1	当此好天好景， *dang ci haotian haojing,*	on this beautiful weather beautiful scenery	Amidst this beautiful weather, in front of this magnificent scenery,
2	自觉多愁多病， *zijue duochou duobing,*	self feel a lot sorrow a lot sickness	I am feeling gravely ill with great sorrows,
3	行役心情厌。[64] *xingyi xinqing yan*（r）.	journey labor heart feeling tired	The toilsome journeys are wearing me down.

The first two lines in the above example is a parallelism that matches in sound, word, meaning, and form. The repetitive pairing of *hao* 好 (beautiful) with *tian* 天 (weather) and *jing* 景 (scenery) in the first line of the parallelism emphasizes the beauty of the natural scenery that surrounds the protagonist. In contrast, the repetitive pairing of *duo* 多 (abundant) with *chou* 愁 (sorrow) and *bing* 病 (sickness) in the second line emphasizes the depressed psychological state as well as the poor physical condition of the protagonist. In other words, the pleasant feelings of the first line is magnified twofold through the repetition of *hao*, and the unpleasant predicament experienced in the second line is also magnified twofold through the repetition of *duo*. Hence, by juxtaposing the two lines in a parallel structure, the magnified pleasant scene is shattered by the magnified unpleasant predicament experienced by the protagonist. Additionally, the double repetition of *hao* and *duo* across two consecutive lines in a parallel structure further enhances the auditory effect and propels the forward movement of the lyric. The third line is the continuation of the second line because both lines serve as the objects for the verb *jue* 觉 (to feel). However, the strategic placement of the third line after the tight and highly repetitive parallel structure of the first two lines establishes a flow that is comparatively more relaxed for the third line. A slower and more relaxed flow precisely emulates the weariness experienced by the protagonist while summing up the situation with the explicit conclusion that he is being worn down by his official journeys.

There are also several instances in which Liu Yong repeats the same words in different positions of various sentences within the same text, known as contrapuntal structure. The following example illustrates Liu Yong's use of contrapuntal structure:

Line	Original Text / Pinyin	Literal Meaning	Translation
1	波声渔笛， *bosheng yudi* (r),	wave sound fisherman flute	The sound of the waves and the fisherman's flute,
2	惊回好梦， *jinghui haomeng*,	startle return beautiful dream	Interrupt my beautiful dreams,
3	梦里欲归归不得。[65] *mengli yugui gui bude* (r).	dream in desire return return not able	My dreams of returning home, a home that I can no longer return to.

The first two lines in the above excerpt reveal that the protagonist is in the middle of his journey and is travelling by boat. As it is night time, he has fallen asleep and is dreaming in his sleep. Unfortunately, his blissful dream is interrupted by the sound of the crashing waves and the fisherman's flute. Up until this point, the poetic milieu presented within the text is not unusual for Liu Yong. However, the occurrence of another *meng* 梦 (dream) at the onset of the third line immediately alerts the audience to pay attention, as the forward progression of the line reveals the idyllic nature of the protagonist's interrupted dream. In this particular dream, the protagonist is still travelling. However, the difference is that in his dream, he is travelling back to his hometown. The consecutive repetition of *gui* 归 (return) in the third line emphasizes his strong yearning to return home. The negation *bude* 不得 (puət tək) with its abrupt "t" and "k" entering tones further strengthens the sudden sense of disappointment when he is interrupted before he reaches his home, thereby enhancing the frustration towards his abrupt awakening caused by the sounds of the crashing waves and the fisherman's flute. Thus, the repetition of *meng* and *gui* tightens the overall theme expressed within the lyric.

C. Repetition of Lines: Parallelisms and Couplets

Working with the longer form of *manci* dictates the necessity for Liu Yong to "fill in the words" in a manner that not only heeds to the overall musical quality of a composition, but it also needs to maintain a continuous flow of meaning through the unfolding of various images in a progressive manner. Inspired by an earlier form of the expansive technique found in rhymed prose (*fu* 赋) from the Han Dynasty, Liu Yong manipulates its various aspects to suit his personal needs during his compositional writings for *manci*. More specifically, in order to create the special flow found in *manci*, Liu Yong manipulates and personalizes his use of parallelisms (*paiju* 排句) and antithetical couplets (*duiju* 对句). In the sections that follow, the tone, content, and the positioning of parallelisms and antithesis within Liu Yong's lyrics will be analyzed.

The rules pertaining to the formation of parallelisms in Recent Style poetry are different from those used in *Ci* poetry. In general, a parallelism in Recent Style poetry must contain a couplet in which the tones are inversely parallel between the two lines. In other words, a level tone in line 1 must be contrasted to an oblique tone in line 2, or an oblique tone in line 1 must be contrasted by a level tone in line 2. The words in the corresponding position of each respective line are usually from the same semantic category. In other words, the syntax of the couplet tends to be symmetrical. For example, a noun in line 1 must be contrasted with a noun in line 2, or a verb in line 1 must be matched to a verb in line 2. The positions of these couplets typically appear during the third and fourth and/or fifth and sixth lines of a Seven-Word Regulated Verse (*qiyan lüshi* 七言律诗). On the other hand, the rules for parallelism formation in *Ci* poetry, especially *manci*, is much more relaxed by comparison. Unlike the rules found in Recent Style poetry, there is no mandatory position dictated for the location of parallelisms within a *Ci* composition. Furthermore, the tones of the two lines in a parallelism of *Ci* do not have to be opposite from one another. In fact, words of the same tone can also be used in corresponding positions within each respective line of the parallelism.[66] This pattern occurs frequently in Liu Yong's *Ci*. For example:

Line	Original Text / Pinyin	Literal Meaning	Translation	Tonal Pattern
1	离魂乱, *lihun luan,*	parting soul turmoil	Since our parting, my soul is in turmoil as	ppt
2	愁肠锁。 *chouchang suo.*[67]	sorrow intestine lock	Sorrow holds my heart hostage.	ppt (r)

In some instances, Liu Yong consecutively uses three parallel lines with the same tonal pattern, which is a relatively unusual practice amongst other *Ci* poets. For instance, the following is an example of three parallel lines with identical tonal patterns that are taken from Liu Yong's lyrics for the tune "The Lady Who Wears a Hat" (Nü-guan-zi 女冠子):

Line	Original Text / Pinyin	Literal Meaning	Translation	Tonal Pattern
1	银河浓淡, *yinhe nongdan,*	silver river dark light	The Milky Way gathers and the Milky Way disbands,	pppt
2	华星明灭, *huaxing mingmie,*	bright star light dim	The bright stars twinkle and the bright stars dim, as	pppt
3	轻云时度。 *qingyun shidu.*[68]	light cloud often pass	The misty clouds come fluttering by.	pppt (r)

It should be noted that the use of three parallel lines with identical tonal patterns for the above tune pattern is unique to Liu Yong, and is not adopted by any other poets who had used the same tune pattern. The repetition of identical tonal arrangement within this type of parallelism strengthens the rhythm of a lyric. For example, in the above example, the stress on oblique tonal words *dan* 淡 (light), *mie* 灭 (dim), and *du* 度 (to pass) serves to emphasize the various aspects of the night scene expressed within the lyric. At the same time, it also strengthens the rhythm by consistently pairing three light beats with one heavy beat across three consecutive lines. Moreover, due to the fact that the formation of parallelisms in *Ci* does not require an inversely parallel structure, it opens the possibility of having both lines of a parallelism ending with rhyme positions successively.[69] In other words, the last word in each line of the parallelism can share an identical tone. For example:

Line	Original Text / Pinyin	Literal Meaning	Translation	Tonal Pattern
1	欲掩香帏论缱绻, *yuyan xiangwei lun qianquan.*	desire cover fragrant drapes consider intimate romance	I was about to untie the bed curtains to share some intimate time with her,	ttppttt (ṛ)
2	先敛双蛾愁夜短。 *xianlian shuang'e chou yeduan.*[70]	already knit pair eyebrows worry night short	Her brows have already knitted together to protest that the night is too short.	ptppptt (ṛ)

In the above example, both lines of the parallelism successively end with a rhyme word, which thereby emphasize the meaning conveyed by the rhyme word and thus reinforce the theme expressed within the lyric.

There are also rare instances in which Liu Yong repeats various words found in the first line of the parallelism onto the second line of the parallelism.

Such practice, although rare, is permissible in *Ci* writing.[71] For example:

Line	Original Text Pinyin	Literal Meaning	Translation	Tonal Pattern
1	再三偎着， *zaisan weizhe,*	again and again snuggle	Time after time she affectionately snuggles with me,	tptt
2	再三香滑。 *zaisan xianghua.*[72]	again and again fragrant smooth	I breathe in her fragrance, caress her silky skin, again and again.	tppt (r)

In the above example, the effect intended by the repetition of *zaisan* 再三 (again and again) becomes dually enhanced by its original meaning and the double magnification caused by the repetition itself.

Liu Yong also frequently uses another form of parallelism known as *liushui dui* 流水对, which has the literal meaning of "running water parallelism,"[73] and can be translated as "free-flowing parallelism." As its name suggests, this particular type of parallelism offers relatively more freedom during its formation process. It neither requires words in corresponding positions between two lines to be from the same semantic category nor does it require these words to be in contrasting tones. Thus, instead of having the two lines of the parallelism run "parallel" to each other in form and style, each line of this particular type of parallelism is a part to a greater whole, and needs to be combined together to convey one complete meaning. For example:

Line	Original Text Pinyin	Literal Meaning	Translation	Tonal Pattern
1	早知恁地难拚， *zaozhi nendi nanpan,*	early know like thus hard together	If I had only known earlier that it would be this hard to remain together,	tpttpt
2	悔不当时留住。 *huibu dangshi liuzhu.*[74]	regret not that time keep stay	Then I would have held onto you tighter.	ttpppt (r)

As can be seen, the meaning of the first line of the above example is incomplete, thus the forward movement from the first line is expedited into the second line to convey the rest of the intended meaning. Thus, this particular type of parallelism provides the strongest sense of continuity within Liu Yong's *Ci*. Moreover, these types of parallelisms generally consist of *xuzi* (empty words) and colloquial language, which thus add an informal but casually comfortable touch to Liu Yong's lyrical compositions.

Overall, there is an approximate total of nearly 300 parallelisms used by Liu Yong, of which he has distributed in accordance to the various thematic categories that can be found within his *Ci*. In general, lyrics about city life and court celebrations contain the highest concentration of parallelisms, followed by lyrics about separation and rootless wandering. The lowest concentration of parallelisms is found in lyrics about women and erotic love.

Altogether, the amount of parallelisms found in lyrics about city life and court celebrations constitutes one-seventh of Liu Yong's overall total of parallelisms used across his compositions. Conversely, the diction found in parallelisms appearing within this thematic category is often tightly packed and ornate. Usage of such elaborate diction is not surprising due to the fact that these lyrics are typically written for officials and other members of the court. A representative example from this thematic category would be Liu Yong's lyric written to the tune pattern "Happy Forever" (Yong-yu-le 永遇乐)[75] that concerns the Emperor's birthday. This particular lyric contains as many as seven parallelisms within its context, which fully exemplifies the exuberance of Liu Yong's ornate parallelisms. Its rhyme scheme is as follows:

Stanza 1	4	4	4r	4	4	5r	4	4	6r	5	4	4r
Stanza 2	4	4	6r	4	4	5r	6	4	4r	7	4r	

The following passage is another example taken from a different lyric that can also illustrate the nature of Liu Yong's ornate parallelisms:

Line	Original Text / Pinyin	Literal Meaning	Translation	Tonal Pattern
1	瑶图缵庆, *yaotu zuanqing,*	jade picture continue celebration	Like a beautiful painting, the celebration continues as	pptt
2	玉叶腾芳。 *yuye tengfang.*[76]	jade leaf radiate fragrance	Fragrance emits from the jade leaves.	ttpp (r)

In general, Liu Yong's parallelisms from his lyrics about separation and rootless wandering typically contain imageries drawn from nature and human emotions. Moreover, the total amount of parallelisms found within this thematic category constitutes over one-third of the overall total of Liu Yong's parallelisms. For example:

Line	Original Text / Pinyin	Literal Meaning	Translation	Tonal Pattern
1	败荷零落, *baihe lingluo,*	shrivel lotus pieces scatter	The shrivelled lotuses disintegrate, its fragments	tppt
2	衰杨掩映, *shuaiyang yanying,*[77]	decay willow cover display	Mingle with the decaying leaves of the bare willow trees.	pptt

In the original text of the above example, "lotus" and "willow" constitute a natural imagery, whereas "shrivel" and "decay" can be considered as human attributes. As can be seen above, Liu Yong combines these imageries to form a parallelism that results in a sad but vivid autumn scene, exemplifying the effect of "fusing emotion with natural scenery" (*rongqing rujing* 融情入境).

Lastly, parallelisms found in lyrics about women and erotic love constitute over one-seventh of Liu Yong's overall total, and generally contain imageries of people or other human related traits and attributes. For example:

Line	Original Text Pinyin	Literal Meaning	Translation	Tonal Pattern
1	绛唇轻、笑歌尽雅, *jiangchun qing, xiaoge jinya,*	red lips light laughter song all elegant	Her soft red lips sing elegantly with a smile,	tppt
2	莲步稳、举措皆奇。 *lianbu wen, jucuo jieqi.*[78]	lotus steps steady gesture all striking	Her steady lotus gait, her gestures, and her movements are all a splendid sight to see.	pptt

In the above example, physical traits such as "lips" and "laughter" are contrasted with "steps" and "gesture" respectively. The combination of the above traits creates a vivid image of a beautiful woman dancing and singing in front of the protagonist.

In terms of line lengths for Liu Yong's parallelisms, the most frequently used length is four-worded lines, which account for an appearance rate of 62 percent of Liu Yong's overall usage total. The popularity of four-worded lines can be an expected feature as tetra-syllables can be considered as one of the more common linguistic units in the Chinese language. Conversely, it is also easier to juxtapose two disyllables as opposed to lines of longer lengths. A common feature of Liu Yong's tetra-syllabic parallelisms is the fact that they are frequently introduced by "lead-words" (*lingzi* 领字, see below for a detailed discussion). The second most frequently used line length for Liu Yong's parallelisms is seven-worded lines, which account for 15 percent of the overall total. Interestingly, these parallelisms consisting of seven-worded lines are equally distributed between Liu Yong's *xiaoling* and *manci*. Moreover, these parallelisms consistently appear with a 4/3 line rhythm in Liu Yong's *xiaoling*, and invariably appears with a 3/4 line rhythm within his *manci*. In terms of parallelisms using three-worded lines and six-worded lines, Liu Yong uses each at an overall frequency rate of eight percent of the overall total. By comparison, Liu Yong uses parallelisms containing five-worded lines relatively sparingly.

As mentioned earlier, parallelisms in *Ci* do not have a definite position. Therefore, a parallelism can occur in any location as long as there are two consecutive lines of equal length available within the form structure of the prescribed tune pattern.[79] As can be expected, these two consecutive lines are typically four characters in length. For example:

Line	Original Text Pinyin	Literal Meaning	Translation
1	回首江乡， *huishou jiangxiang,*	look back river village	I think back to the villages in the river valley,
2	月观风亭， *yueguan fengting,*	moon wind pavilion	Where I enjoyed moonlight in the breeze from a pavilion, and
3	水边石上， *shuibian shishang,*	water side rock on	I think about the rocks by the river bank,
4	幸有散发披衣襟处。[80] *xing you sanfa pi yijin chu.*	fortunate have loose hair open lapel place	How lucky am I to have a place to loosen my sash and let my hair hang freely?

Moreover, with the incorporation of lead-words to introduce the first line, a parallelism can thus be created from two lines of unequal lengths. For example:

Line	Original Text / Pinyin		Literal Meaning	Translation	Tonal Pattern	
1	有	三秋桂子，	have three autumn osmanthus seed	There are autumn osmanthus blossoms,	t	pptt
	you	*sanqiu guizi,*				
2		十里荷花。[81]	ten Chinese mile lotus flower	And ten *li* of lotus flowers.		ttpp (r)
		shili hehua.				

There are also rare instances in which Liu Yong uses *dangju dui* 当句对, which is a parallelism within one line.[82] For example:

	t	p p t	p p t
Original Phrase:	渐	秋光老	清霄永
Pinyin:	*jian*	*qiuguang lao*	*qingxiao yong* [83]
Literal Meaning:	gradually	autumn scenery old	clear night long
Translation:	Gradually, autumn is fading away and the night is getting longer.		

An examination of the positioning of parallelisms within Liu Yong's compositions reveals three noticeable characteristics.[84] The first characteristic pertains to the fact that when parallelisms occur in locations other than the beginning or the end of a particular lyric, Liu Yong tends to introduce his parallelisms with lead-words. The second characteristic pertains to the fact that Liu Yong rarely ever uses a parallelism as a structural device to end the stanzas within his lyrics. In fact, among his 213 lyrics, a parallelism is used to end the first stanza in only 11 of his lyrics, and a parallelism is used to end the second stanza in only three of his lyrics.[85] Furthermore, there is only one instance in which both stanzas of a lyric ends with a parallelism.[86] The third characteristic is the habitual tendency for Liu Yong to place a parallelism at the beginning of the stanzas within his lyrics. As a matter of fact, 31 of his 213 lyrics begin the first stanza with a parallelism,[87] and 13 of his lyrics begin the second stanza with a parallelism.[88] A noteworthy aspect is the fact that approximately 50 percent of the tune patterns are the original creations of Liu Yong, thus indicating that the use of parallelism as a structural technique to begin *manci* compositions is a conscious choice made by Liu Yong. The following are lines taken from the first stanza of Liu Yong's lyric for the tune pattern "The Flutist" (Di-jia-nong 笛家弄).[89] Of notable significance is the fact that this tune pattern is also an original creation of Liu Yong, and its lyrics sufficiently illustrates his skillful application of parallelisms within his lyrical compositions:

Line	Original Text / Pinyin	Literal Meaning	Translation	Tonal Pattern
1	花发西园, *huafa xiyuan,*	flower buds west garden	Flowers are budding in the West Garden, and	ptpp
2	草薰南陌, *caoxun nanmo,*	grass fragrant fill south path	The fresh scent of sweet grass fills the southern paths,	tppt
3	韶光明媚, *shaoguang mingmei,*	beautiful scenery bright charm	It is a beautiful sight on a bright clear day that is,	pppt
4	乍晴轻暖清明后。(r) *zhaqing qingnuan qingming hou.*	just sunny light warm Qingming after	Just after Qingming, when the sun is out and the air is light and warm.	tpptppt (r)
5	水嬉舟动, *shuixi zhoudong,*	water play boat move	There are people frolicking in the water as the boat sets off,	tppt
6	禊饮筵开, *xiyin yankai,*	ceremony drink feast open	Ceremonial drinks are poured and the feast begins.	ttpp

Continued Table

Line	Original Text Pinyin	Literal Meaning	Translation	Tonal Pattern
7	银塘似染, *yintang siran,*	silver pond like dye	The lake looks like it has been dyed by silver, and	pptt
8	金堤如绣。(r) *jindi ruxiu.*	gold embankment like paint	The embankment looks like it has been painted with gold.	pppt (r)
9	是处王孙, *shichu wangsun,*	every place lord grandson	Everywhere, there are royal noblemen and	ttpp
10	几多游妓, *jiduo youji,*	how many play courtesan	Pretty courtesans,	tppt
11	往往携纤手。(r) *wangwang xie qianshou.*	often often hold delicate hand	Holding hands from time to time.	ttppt (r)
12	遣离人、对嘉景, *qian liren, dui jiajing,*	assign separate person face beautiful scenery	Such a beautiful scene, displayed before the eyes of	tpptpt
13	触目伤怀, *chumu shanghuai,*	touch eye hurt bosom	A lonely person, only hurts my broken heart as	ttpp
14	尽成感旧。(r) *jincheng ganjiu.*	all become feeling old	All my past memories come rushing through.	tptt

This particular lyric depicts a beautiful spring scene that takes place just after Qingming Festival, and expresses the protagonist's resulting emotions as he watches the scene unfolds before him. There is a total of five parallelisms within this particular stanza, and they are located in line 1 and line 2, line 5 and line 6, line 7 and line 8, line 9 and line 10, as well as line 12. With the exception of the parallelism found in line 12, all of the other parallelisms within this stanza are created from two tetra-syllables. The repetition of these short parallelisms lends special intensity to the rhythm of the composition. More specifically, the widespread rhyme scheme divides the fourteen lines of the stanza into four large semantic groups. Each group is intended to be read in one breath from the beginning up to the end rhyme, which thus creates a strong flow as the lyric progresses. Furthermore, the absence of an end rhyme on every second line of these parallelisms lessens the obstacles that would hinder the forward movement caused by a rhyme. Moreover, there is a coherent development of ideas within this lyric that links the four semantic groups together, and thereby enhances continuity within the overall composition.

The syntax of the first parallelism found in line 1 and in line 2 is arranged in a word order that is typical of the Chinese language: subject-verb-object. Within these two lines, the nouns "flower" is paired with "grass," and "Western Garden" is paired with "southern path"; whereas the verbs "to blossom" is paired with "to fill." Altogether, this parallelism presents to the audience two different sets of imageries related to a spring scene: the budding flowers in the Western Garden, and the scent of the sweet grass that fills the air along the southern paths. The third line not only provides a summary of the whole scene, but it also reinforces all the details depicted within the first parallelism. Adding a subsequent line to reinforce the content of the preceding parallelism is a characteristic developmental method frequently used by Liu Yong in his lyrics that begins with a parallelism. The fourth line serves as a temporal indicator, specifying that this spring scene takes place just after the tomb-sweeping rituals conducted during Qingming Festival. Presentation of these scenes are conducted within one breath in a fluent flow, which grasps the audience's immediate attention and conspicuously enhances the theme, thereby creating an engaging experience right at the beginning that greatly contributes to the effectiveness of the lyric.

The syntactic arrangement of the second parallelism found in line 5 and line 6 is noun-verb-noun-verb. Within the two lines of this parallelism, the nouns "water" is matched with "ceremony," and "boat" is matched with "feast." Moreover, the verbs from the original text match in the following way: "to play" with "to drink," and "to move" with "to open." By comparison, this parallelism is relatively more complicated than the first parallelism because each line also contains a parallelism within itself. In other words, in the first line of the second parallelism, a contrast is made between "water" and "boat," as well as between "to play" and "to move." In the second line, a contrast is made between "ceremony" and "feast," as well as between "to drink" and "to open." The word order in each of these two lines is inverted, which means that the object appears before the verb. More precisely, in the first line of the parallelism, "water" and "boat" appear before "to play" and "to move." In the second line, "ceremony" and "feast" appear before "to drink" and "to open." This inversion of word order places emphasis on the key images of "water" "boat" "ceremony" and "feast." Within two tetra-syllables, the second parallelism conveys the fact that the implied subjects, the people, are participating in four different activities at the same time: frolicking in the water, riding a boat, drinking wine, and feasting. As such, based on the amount of information that is relayed, the second parallelism plays a greater role within the composition than the first parallelism.

The syntactic arrangement of the third parallelism found in line 7 and line 8 is basically noun-adverb-verb. To be more precise, it is adjective-noun-adverb-verb. The basic purpose of the third parallelism is to provide spatial indicators that convey the location where everyone partakes in the depicted festive activities. This particular parallelism is a juxtaposition of two similes, in which a silver pond is compared with a gold embankment, and the passive verbs "dyed" and "painted" is paired. The pairing of these two passive verbs personifies and emphasizes the surreal beauty of the depicted scene.

The syntactic arrangement of the fourth parallelism found in line 9 and line 10 is an adverb-noun pattern. In the original text, the adverbs "everywhere" and "many" are paired, and the nouns "noblemen" and "courtesans" are paired. By comparison, this particular parallelism is less formal than the parallelisms previously discussed as it includes the colloquial phrases of *shichu* 是处 (here) and *jiduo* 几多 (how many). Nonetheless, Liu Yong is able to skillfully use this informal language to depict two sets of people imageries containing groups of noblemen and courtesans, and successfully immerses both groups into his festive spring scene.

The last parallelism found in line 12 is an example of "a parallelism within a line" (*ju zhong dui* 句中对). Its syntactic arrangement is verb-noun. In its original text, the verb "to assign" is paired with the verb "to face," and the noun "person" is paired with the noun "scenery." The length of this parallelism is three words with a rhythm of 3/3. The sudden departure from the predominant four-worded parallelisms is arresting, and effectively grabs the attention of the audience. Moreover, this parallelism serves as a convergence point in which the festivities from the external scene meet with the internal emotions and sentiments of the protagonist, thereby revealing his hidden emotions. As such, this parallelism also serves as a transitional point in which happiness shifts to sorrow. This shift flows smoothly into the final two lines of the stanza, in which the protagonist becomes more withdrawn and introspective as he becomes immersed in his past memories. It is very likely that these memories make him sad, and yet he is surrounded by the beautiful and happy spring scene that is buzzing with human activities and laughter. Each of the previously discussed parallelisms directly contributes towards the intensity of this paradoxical situation. This specific and conscientious use of parallelism to elaborate on intricate details within a lyric beautifully illustrates Liu Yong's expansive narrative technique (*puxu* 铺叙). This delightful experience is perhaps why traditional scholars praised Liu Yong for his "expansive and extensive, sufficient and exhaustive" style.[90] After all, this technique enables Liu Yong to reveal a large amount of details that is interdependent and significant, creating one detailed scene after another in a progressive manner, thereby allowing his lyrical contents to become so vibrant and vivid that it seems like it will come to life on its own, which can be quite an exciting experience indeed.

D. Caesural Patterns and Lead-Words

Through the manipulated variances of repetition of the various forms as discussed in the above sections, Liu Yong successfully established a new rhythm for *manci* that appears "irregular" when compared with the earlier rhythmic forms found in *TWDC*. Such irregular rhythms are frequently encountered across a multitude of lines expressed within the works in Liu Yong's *Ci* collection. Liu Yong's ability to innovate a new rhythm for *Ci* arose from his deep knowledge of music. Furthermore, Liu Yong was familiar with the techniques that pertained to the singing of *manci*, which thus enabled him to write his compositions in accordance to its beats. Consequently, his lyrics not only displayed an entirely different rhythm, but also a different way of constructing meaning as well. Such process of "making strange," or rather "defamiliarization," as coined by Viktor Sklovsky, is a marvelous achievement in the development of *Ci* writing that saw the birth of a new rhythm for *manci*. The following section will examine the various techniques that Liu Yong used in conjunction with this new rhythm to establish his unique and vibrant poetic world; such techniques will include the discussion of caesural patterns, lead-words, and enjambments.

1. Caesural Pattern

The positioning of the pauses (or caesurae) in the lines of Liu Yong's *Ci* is significantly different from the lyrics found in *TWDC*, as well as in the creations of other Northern Song Dynasty *Ci* poets such as Yan Shu and Ouyang Xiu. An important factor pertaining to the lyrics found in *TWDC* is the fact that these lyrics are under the heavy influence of Recent Style poetry. Thus, during the occurrence of a five-worded line, a pause will most often occur at the end of the second word. In such instances, the rhythmic and semantic division is 2/3. Similarly, for a seven-worded line, a pause will typically occur at the end of the fourth word. In such instances, the rhythmic and semantic division is 4/3. For instance, the late Tang Dynasty poet Wen Tingyun (812–870) had written a total of 15 lyrics to the tune pattern "Buddhist Dancer" (Pu-sa-man 菩萨蛮).[91] In all 15 lyrics, the rhythmic pattern is as follows:

Stanza 1	4/3	4/3	2/3	2/3
Stanza 2	2/3	2/3	2/3	2/3

This rhythmic pattern is identical to the rhythmic patterns found in Recent Style poetry. Actually, most of the *Ci* poets during the Northern Song Dynasty have also divided their five-worded-lines and seven-worded-lines in a similar manner. Such practice can be explained by two possible causes. The first cause could be due to the influence of the prosody found in Recent Style poetry. The second cause could be possibly due to the music that accompanies *xiaoling* compositions.

On the other hand, the rhythmic patterns used by Liu Yong depart from such traditions and uniformity. For example, the rhythmic division of a four-worded-line is typically 2/2 in Recent Style poetry. However, there are over a dozen instances of four-worded lines using a rhythm of 1/3 found within Liu Yong's *Ci*. More precisely, it is actually a rhythmic division of 1/2/1.[92] For example (please note that in the following, // indicates a major pause, and / indicates a minor pause):

Original Phrase:	见 / 新雁过[93]	1//2/1
Pinyin:	*jian / xinyan guo*	
Literal Meaning:	see / new wild goose pass	
Translation:	Wild geese fly across the sky.	

Additionally, it is actually quite rare for a five-worded line to have a 1/4 rhythm not only in the lyrics of *TWDC*, but also in the folks songs of Dunhuang.[94] However, a 1/4 rhythm (or sometimes more precisely a 1/2/2 rhythm) seems to be the relative norm for five-worded lines in Liu Yong's *Ci*. There is an approximate total of over 180 five-worded lines with a 1/4 rhythm found in the creations of Liu Yong. The following is an example of one such line:

Original Phrase:	恨 / 浮名牵系[95]	1//2/2
Pinyin:	*hen / fuming qianxi*	
Literal Meaning:	hate / floating fame cling tie	
Translation:	I hate being tied down by empty fame.	

In some instances, typically during the occurrence of a parallelism, Liu Yong uses two consecutive rhythms of 1/4 across two consecutive lines. For example:

Line 1		
Original Phrase:	况 / 绣帏人静	1//2/2
Pinyin:	*kuang / xiuwei renjing*	
Literal Meaning:	however/embroidered curtain person quiet	
Line 2		
Original Phrase:	更 / 山馆春寒[96]	1//2/2
Pinyin:	*geng / shanguan chunhan*	
Literal Meaning:	moreover / hill inn spring cold	
Translation:	However, the bedchamber is quiet and the mountain lodge is filled with a spring chill.	

Six-worded lines typically appear with a rhythmic pattern of 2/4, 4/2, or more precisely 2/2/2.[97] Aside from these typical rhythmic patterns, Liu Yong also uses rhythmic patterns of 3/3 and 1/5 for his six-worded lines. For example:

Example 1		
Original Phrase:	歌筵罢 / 且归去[98]	2/1//1/2
Pinyin:	*geyan ba / qie guiqu*	
Literal Meaning:	song feast over / may as well return	
Translation:	After all the singing and feasting, it is time to return home.	
Example 2		
Original Phrase:	况 / 已结深深愿[99]	1//2/2/1
Pinyin:	*kuang / yijie shenshen yuan*	
Literal Meaning:	moreover/already made deep deep promise	
Translation:	Furthermore, we have pledged our love to each other.	

Sometimes the 1/5 rhythmic pattern of a six-worded line can be expressed as a 3/3 rhythm provided that there is a 2/3 rhythm in the last five words of the six-worded line. For instance, the line from the second example above meets the criteria of a six-worded line with a 2/3 rhythm in the last five words. As such, the original rhythm of the line 况/已结深深愿 *kuang/yijie shenshen yuan* can also be divided into *kuang/yijie/shenshen/yuan.* Such changes do not disrupt the semantic division of the line due to the fact that the semantic rhythm occurs after the second word in a five-worded-line, and after the third word in a six-worded-line.

The rhythmic pattern for Liu Yong's seven-worded-lines shows an even greater departure from the rhythmic patterns found in *TWDC.* In general, the typical rhythmic pattern for a seven-worded line is 4/3. However, within Liu Yong's collection, there are over 240 lines that are seven words in length, but carries a 3/4 rhythm instead of the traditional 4/3 rhythm. As such, in the seven-worded lines of Liu Yong's compositions, the stress occurs at the third, fifth, and seventh word instead of the second, fourth, and sixth word.[100] Such apparent differences once again marks Liu Yong's significant departure from the influence of Recent Style poetry. Typically, Liu Yong's seven-worded-lines are a combination of meanings from two lines,[101] using a 3/4 rhythm. For example:

Original Phrase:	水风轻 / 萍花渐老[102]	2/1//2/2
Pinyin:	*shuifeng qing / pinghua jianlao*	
Literal Meaning:	water wind light / apple flowers gradually old	
Translation:	In the light breeze by the water, the apple blossoms are slowly fading.	

There are also instances in which the first three words of a seven-worded line are *xuzi* (empty words), and thus the seven-worded-line can now be read as one sentence instead. For example:

Original Phrase:	怎奈向 / 此时情绪[103]	3//2/2
Pinyin:	*zennaixiang / cishi qingxu*	
Literal Meaning:	how to bear / this moment feeling	
Translation:	How can I bear to face a moment like this?	

There are also many instances in which the 3/4 rhythm can be changed into a 1/6 rhythm, or more precisely a 1/2/2/2 rhythm in accordance to the original semantic rhythm without changing the meaning of the respective line. For example:

Original Phrase:	对 / 满目乱花狂絮[104]	1//2/2/2
Pinyin:	*dui/ manmu luanhua kuangxu*	
Literal Meaning:	face full eyes confused flowers crazy cotton plant	
Can Be Changed to:	对满目 / 乱花狂絮	1/2//2/2
Pinyin:	*dui/ /manmu/ luanhua/ kuangxu*	
Literal Meaning:	face full eyes confused flowers crazy cotton plant	
Translation:	Jumbled flowers and untamed cotton plants fill my vision.	

As can be seen in the above example, although the rhythmic pattern is arranged differently, the semantic meaning of the lines remains the same. Such manipulations can be done due to the fact that in a six-worded-line, pauses typically occur after the second, fourth, and sixth word which is equivalent to the third, fifth, and seventh word in a seven-worded-lines.[105] However, there are some instances in which Liu Yong's seven-worded-lines carry a very different rhythm. In fact, there are several instances in which he uses the 1/3/3 rhythm, which contains two major pauses in his seven-worded lines. For example:

Original Phrase:	渐 / 秋光老 / 清宵永[106]	1//2/1/2/1
Pinyin:	*jian / qiuguang / lao / qingxiao / yong*	
Literal Meaning:	gradually autumn scene old clear night long	
Translation:	Gradually, autumn is getting old and the night is getting longer.	

There are also instances in which Liu Yong uses a 2/5 rhythm for his seven-worded lines. For example:

Original Phrase:	惨咽 / 翻成心耿耿[107]	2//2/1/2
Pinyin:	*canyan / fancheng / xin / genggeng*	
Literal Meaning:	grieve so turn into heart restless	
Translation:	My bitter grief has turned into an insoluble knot.	

For an eight-worded line, the typical rhythmic division is 3/5.[108] However, there are over 20 instances found in Liu Yong's *Ci* in which he uses a 1/7 rhythm for his eight-worded lines. For example:

Original Phrase:	对 / 潇潇暮雨洒江天[109]	1//2/2/1/2
Pinyin:	*dui / xiaoxiao / muyu / sa / jiangtian*	
Literal Meaning:	face evening rain splashing river sky	
Translation:	Swish Swish! Evening rain dropped rapidly across the horizon, splattering onto the river's surface.	

A characteristic of these eight-worded-lines is that even during circumstances in which the first word is removed from the sentence, the seven words that remain can stand on their own as an independent unit with a self-sufficient meaning that carries a 4/3 rhythm. Such sentences are no different from other regular seven-worded-lines found within a lyric.

Overall, it is rare for lines to be longer than eight words in Liu Yong's *Ci*. However there are some, albeit few, instances in which Liu Yong uses nine-worded lines. In general, the typical rhythmic division of a nine-worded-line is 4/5.[110] However, Liu Yong occasionally uses a 2/7 rhythm for his nine-worded lines. For example:

Original Phrase:	未曾 / 略展双眉暂开口[111]	2//2/2/1/2
Pinyin:	*weiceng / lüezhan / shuangmei / zan / kaikou*	
Literal Meaning:	not yet slightly open pair eyebrows temporarily open mouth	
Translation:	Her eyebrows are knitted together, she has yet to say a word.	

There are also instances in which Liu Yong uses a 3/6 rhythm for his nine-worded lines. For example:

Original Phrase:	便唤作 / 无由再逢伊面[112]	3//2/2/2
Pinyin:	*bianhuanzuo / wuyou / zaifeng / yimian*	
Literal Meaning:	can consider as no reason again meet her face	
Translation:	There is no chance for me to see her again.	

Liu Yong's irregular caesural pattern not only changes the semantic rhythm of a line, but it can also enhance imageries so that they appear in a striking manner, especially when a particular line is introduced by a monosyllable. For example:

Original Phrase:	叹 / 浪萍风梗知何去[113]	1//2/2/1/2
Pinyin:	*tan / langping / fenggeng / zhi / hequ*	
Literal Meaning:	sigh drifting duckweed wind stem know where go	
Translation:	I let out a sigh. Like drifting duckweeds pushed by the waves, and broken stems carried by the wind, I do not know where I will be going next.	

The above line has a rhythm of 1/7. Based on the premises mentioned earlier, if the first word *tan* 叹 (to sigh) is removed from the sentence, the remaining seven words become an ordinary seven-worded line with a regular 4/3 rhythm. As can be seen above, even with the removal of the first word "to sigh," the remaining line still contains the natural imageries of "drifting duckweed" and "wind stem," which is still able to sufficiently convey the protagonist's sentiments about rootless wandering. Furthermore, the placement of *tan* at the beginning of the line meant that it is separated from the rest of the line by a major pause, thus indicating that the conveyed meaning of this particular word is stressed. As such, it places emphasis on the emotional state of the protagonist, and adds a further sense of helplessness experienced by the protagonist in regards to his current predicament. In other words, he is not just frustrated by his drifting lifestyle as suggested by the seven-worded version of the line, the long sigh at the beginning of the passage further indicates a forced progression of his drifting lifestyle that is beyond his control. Thus, the emphasis of *tan* precisely captures that feeling of coercion, and thereby provides a stronger yet personal tone to the text.

2. Lead-Words

As its name suggests, a "lead-word" always occurs at the beginning of a line. It is also called a "one word pause" (*yizi dou* 一字逗) or "a word that leads a tune" (*lingdiao zi* 领调字).[114] Some traditional scholars also use the term "empty words" to refer to a lead-word.[115] In general, lead-words are mostly oblique tones, especially with the falling tone having the highest occurrence.[116] A lead-word can be monosyllabic, disyllabic or tri-syllabic. The use of lead-words is extremely rare in the lyrics of *TWDC* as well as in the folk songs of Dunhuang. In fact, the use of lead-words did not come into practice until the Northern Song Dynasty,[117] in which Liu Yong was the first *Ci* poet to abundantly use lead-words in his *Ci*.[118] As such, the use of lead-words can be considered as a characteristic that is unique to Liu Yong's *manci*, and is perhaps one of his most significant contributions to the development of *Ci* writing. The incorporation of lead-words in a *Ci* composition not only changes the rhythm and syntax of *Ci*, but it also greatly affects its overall structure as well. An examination will be conducted in the following sections to review the various characteristics of the lead-words used by Liu Yong, as well as the function that these lead-words serve within his *Ci*.

Liu Yong uses a wide range of oblique tone words to create his lead-words. He often chooses adverbial expressions as his lead-words, and some are repeatedly used, such as:[119]

Original Text	Pinyin	Meaning	Usage Frequency
渐	*jian*	gradually	7
正	*zheng*	just	4

Liu Yong is also fond of using transitive verbs as his lead-words, such as:[120]

Original Text	Pinyin	Meaning	Usage Frequency
念	*nian*	to remember, to think	7
继	*ji*	to follow	7

Liu Yong is also fond of using a variety of intransitive verbs, such as:[121]

Original Text	**Pinyin**	**Meaning**	**Usage Frequency**
想	*xiang*	to think of	1
叹	*tan*	to sigh	1

Liu Yong also uses many different disyllabic and tri-syllabic lead-words, such as:[122]

Original Text	**Pinyin**	**Meaning**
须信	*xuxin*	must believe
立望	*liwang*	to stand and gaze at
更可惜	*geng kexi*	it is a great pity

In general, lead-words tend to carry musical and literary functions in *manci*. However, due to the loss of musical records detailing the methodologies pertaining to the performance of *manci*, the precise nature of *manci* itself is still a subject of inquiry. According to Nai Deweng 耐得翁 (fl.c. Southern Song Dynasty), when singing *manci*, "one starts [with a] heavy [beat] and ends [with a] light [beat]."[123] From this statement, it can be postulated that lead-words are likely to be located within the heavy beats. Such speculations are supported by the frequent usage of words with a heavy falling tone as a lead-word. Additionally, Long Muxun 龙沐勋 (1902–1966) had made the further observation that lead-words tend to be also located in positions where a change of breath is supposed to occur.[124] Moreover, during his process of defining *manci*, Wang Li had suggested that the widespread rhyme scheme of *manci* meant that the time that is required to read each word within one rhyme interval is relatively short, thus the beats are light.[125] Gathering together these opinions, it can be safely presumed that a lead-word tends to have a heavy beat, whereas the lines it introduces are meant to be read relatively quick with light beats. In between the lead-word and the subsequent lines introduced by its respective lead-words are pauses.

Lead-words are most often used to introduce tetra-syllabic lines. In the lyrics found within Liu Yong's collection, there are 70 instances in which monosyllabic lead-words are used to introduce a parallelism consisting of two four-worded lines. Additionally, there are 19 instances in which Liu Yong uses a monosyllabic lead-word to introduce parallelisms consisting of three consecutive lines that are four-worded in length. Examples of such uses of monosyllabic lead-words are as follow:

Example 1			
Original Phrase:	奈/	好景难留，	1//2/2
Pinyin:	*nai*	*haojing nanliu,*	
Literal Meaning:	however	beautiful scene hard keep	
Original Phrase:		旧欢顿弃。[126]	2/2
Pinyin:		*jiuhuan dunqi.*	
Literal Meaning:		old happiness sudden abandon	
Translation:	Unfortunately, beautiful moments are transient, just like love between old lovers.		

Liu Yong also uses disyllabic lead-words in a manner that is similar to his usage of monosyllabic lead-words. In fact, there are over 20 instances in which Liu Yong uses a disyllabic lead-word to introduce a tetra-syllabic parallelism. For example:

Example 2			
Original Phrase:	渐/	霜风凄紧,	1//2/2
Pinyin:	*jian*	*shuangfeng qijin,*	
Literal Meaning:	gradually	frost wind blowing hard	
Original Phrase:		关河冷落,	2/2
Pinyin:		*guanhe lengluo,*	
Literal Meaning:		mountain pass river desolate	
Original Phrase:		残照当楼。[127]	2/2
Pinyin:		*canzhao danglou.*	
Literal Meaning:		fading sun onto tower	
Translation:	Gradually, the frigid wind blows harder and harder, the mountain pass by the riverside is deserted, as the fading sunlight casts a shadow onto the tower.		

Original Phrase:	长是/	因酒沉迷,	2//2/2
Pinyin:	*changshi*	*yinjiu chenmi,*	
Literal Meaning:	always is	because of wine sink addict	
Original Phrase:		被花萦绊。[128]	2/2
Pinyin:		*beihua yingban.*	
Literal Meaning:		by flower around hinder	
Translation:	For a long time, I indulged in wine and have been surrounded by pretty women.		

Tri-syllabic lead-words are often used to introduce lines of unequal lengths, with a few rare instances in which they are also used to introduce tetra-syllabic lines. For example:

Original Phrase:	最苦是/	好景良天,	3//2/2
Pinyin:	*zuiku shi*	*haojing liangtian,*	
Literal Meaning:	most painful is	beautiful scene fine weather	
Original Phrase:		尊前歌笑,	2/2
Pinyin:		*zunqian gexiao,*	
Literal Meaning:		goblet front sing laugh	
Original Phrase:		空想遗音。[129]	2/2
Pinyin:		*kongxiang yiyin.*	
Literal Meaning:		in vain think remain sound	
Translation:	The saddest moments are these beautiful moments, when wine is complemented by dancing and merriness, yet my mind is filled with memories of your voice.		

Aside from introducing parallel four-worded lines, there are also other instances in which lead-words are used to introduce parallel lines of other lengths as well. For example:

Example 1			
Original Phrase:	觉/	客程劳,	1//2/1
Pinyin:	*jue*	*kecheng lao,*	
Literal Meaning:	feel	guest journey toilsome	
Original Phrase:		年光晚。[130]	2/1
Pinyin:		*nianguang wan.*	
Literal Meaning:		year light late	
Translation:	I now realize that itinerant journeys are toilsome, as another year has come to a close.		

Example 2			
Original Phrase:	观/	露湿缕金衣,	1//2/2/1
Pinyin:	*guan*	*lushi lüjin yi,*	
Literal Meaning:	observe	dew wet thread gold clothes	
Original Phrase:		叶映如簧语。[131]	2/2/1
Pinyin:		*yeying ru huangyu.*	
Literal Meaning:		leaves shadow like reed talk	
Translation:	Watching the dew soak through the gold silk garments, warbling as melodious as the sounds of a reed pipe is heard from beneath the leaves.		

Example 3			
Original Phrase:	会/	乐府两籍神仙,	1//2/2/2
Pinyin:	*hui*	*yuefu liangji shenxian,*	
Literal Meaning:	assemble	Music Bureau two register immortal	
Original Phrase:		梨园四部弦管。[132]	2/2/2
Pinyin:		*liyuan sibu xianguan.*	
Literal Meaning:		Pear Garden four section string pipe	
Translation:	Assembled together are the two great legends of the Music Bureau, and the four sections of strings and pipes from Liyuan Theatre Troupe.		

Moreover, lead-words do not simply serve the purpose of introducing parallelisms and lines of equal length. There are also instances in which lead-words are used to introduce lines of unequal lengths. For example:

Example 1			
Original Phrase:	渐/	天如水,	1//1/2
Pinyin:	*jian*	*tian rushui,*	
Literal Meaning:	gradually	sky like water	
Original Phrase:		素月当午。[133]	2/2/2
Pinyin:		*suyue dangwu.*	
Literal Meaning:		pale moon just noon	
Translation:	Gradually, the sky becomes as clear as water, the zenith moon is as bright as the noonday sun.		

Example 2			
Original Phrase:	乍/	露冷风清庭户,	1//2/2/2
Pinyin:	*zha*	*luleng fengqing tinghu,*	
Literal Meaning:	just	dew cold wind clear hall household	
Original Phrase:		爽天如水,	2/2
Pinyin:		*shuangtian rushui,*	
Literal Meaning:		crisp sky like water	
Original Phrase:		玉钩遥挂。[134]	2/2
Pinyin:		*yugou yaogua.*	
Literal Meaning:		jade hook far hang	
Translation:	Just as dew appears, a nipping wind runs through the yards of all the households, the sky is as clear as water, the crescent moon hangs high up in the sky.		

The following example will provide an example that will illustrate Liu Yong's effective use of lead-words within the context of a single lyric. This particular example is the first stanza of Liu Yong's lyric written to the tune pattern "Bamboo Horse" (Zhu-ma-zi 竹马子):[135]

L	Original Text Pinyin	Literal Meaning	Translation	Rhythm
1	登孤垒荒凉, *deng gulei huangliang,*	ascend lonely rampart desolate	Ascending, the desolate rampart alone, in	1//2/2
2	危亭旷望, *weiting kuangwang,*	high pavilion far gaze	The high pavilion looking afar,	2/2
3	静临烟渚。(r) *jinglin yanzhu.*	silently face misty island	Quietly staring down onto the misty isles.	2/2
4	对雌霓挂雨, *dui cini guayu,*	face female rainbow hang rain	Watching, the faint rainbow tightly gripping the rain, as	1//2/2
5	雄风拂槛, *xiongfeng fujian,*	male wind sweep railing	A robust wind sweeps across the railing,	2/2
6	微收烦暑。(r) *weishou fanshu.*	slightly gather unbearable heat	Brushing away some of the bothersome heat.	2/2
7	渐觉一叶惊秋, *jianjue yiye jingqiu,*	gradually feel one leaf startle autumn	Slowly, a leaf floats down to announce the sudden arrival of autumn.	2//2/2
8	残蝉噪晚, *canchan zaowan,*	remnant cicada noise evening	The last cicadas continue to chirp loudly at night, as	2/2
9	素商时序。(r) *sushang shixu.*	pale autumn time order	Autumn replaces summer.	2/2
10	览景想前欢, *lanjing xiang qianhuan,*	inspect scene think previous happiness	Watching the scene before me, I think of her back at	2/1/2
11	指神京, *zhi shenjing,*	point divine capital	The divine Capital that is	1/2
12	非雾非烟深处。(r) *feiwu feiyan shenchu.*	not fog not mist deep place	Hidden somewhere deep within those foggy shadows.	2/2/2

The above stanza depicts a lonely wanderer in a desolate autumn scene, which is a typical theme found in many of Liu Yong's compositions. In the above stanza, Liu Yong uses two transitive verbs as two monosyllabic lead-words: *deng* 登 (to ascend) and *dui* 对 (to face). Liu Yong also uses *jianjue* 渐觉 (gradually feel) as a disyllabic lead-word. Rhythmically, subsequent lines that are introduced by these lead-words up until the end rhyme are intended to be read within one breath, and thus create a strong forward flow within these lines. The consecutive repetition of the short tetrasyllabic lines further intensifies the rhythm of the lyric. Semantically, the lead-word "to ascend" governs line 1, line 2, and line 3, whereas the lead-word "to face" governs line 4, line 5, and line 6, and the lead-word "gradually feel" governs line 7, line 8, and line 9. Thus, these nine lines are grouped into three big semantic units in the above stanza. This grouping not only increases the stanza's semantic continuity, but it also tightens the organization of the lyric as well. The relationship between these lead-words and their respective imageries can be illustrated by the following diagram using the literal meaning of each word from the original text:

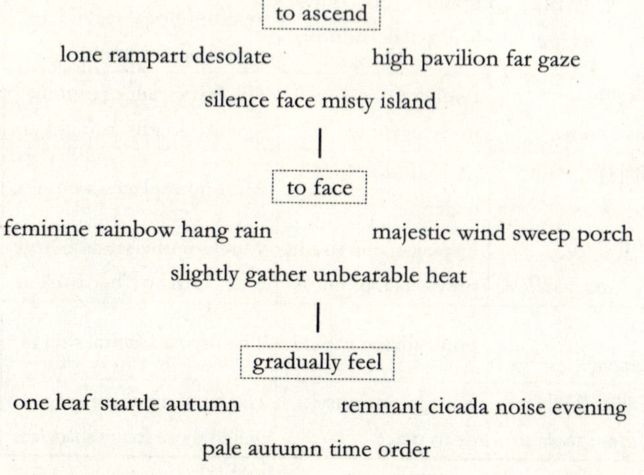

As can be seen, each of these lead-words performs additional functions within the lyric. Liu Yong places the lead-word "to ascend" at the beginning of the lyric to introduce three consecutive and short tetra-syllabic lines. Such particular placement provides the lyric with a strong rhythmic and semantic start. It immediately identifies the location and action of the protagonist. As such, it reveals that the protagonist is ascending a desolate rampart alone, and is standing inside the high pavilion as he gazes downward towards the distant misty isles. On the other hand, the lead-words "to face" and "gradually feel" serve as transitional agents that carry the poetic experience from one level to another. Comparatively speaking, the noun images of "rampart" "pavilion" and "isles" in the first three lines depict a relatively static spatial setting that is further burdened by the unpleasant mood signified by the adjectives of "alone" "desolate" "high" "afar" and "misty." Thus, Liu Yong uses the lead-word "to face" to emphasize a shift in the protagonist's attention towards a more dynamic scene, which consists of the changing phenomena of the rainbow and the rain, the movement of the wind, as well as the temperature changing from hot to cold. Lastly, the lead-word "gradually feel" extends the protagonist's experience inward, adding a psychological dimension to the sensations of the protagonist. More specifically, "to ascend" describes the protagonist's overt action, "to face" conveys a relatively less overt action, and "gradually feel" conveys the protagonist's covert action. Step by step, with the progression of these three lead-words, the lyric shifts from an external scene to a revelation of the protagonist's inner feelings. In other words, each of these lead-words gradually reveals a different level of the protagonist's emotions in a successive progression whereby the revealed emotions become progressively deeper with each forward movement. As such, it provides a coherent development for the lyric. The final three lines of the stanza precisely pinpoint the specific emotions experienced by the protagonist at that exact moment. The loneliness experienced during the progression of an increasingly desolate autumn scene begins to stir his memories of a past romance that he encountered back in the capital city. Sadly, this romance is like the capital city, both are so far away that they are hidden somewhere deep within the foggy shadows that is beyond the gaze of the protagonist. The intense rhythm created by the three lead-words becomes comparatively more relaxed once it reaches these last three lines. Liu Yong intentionally slows down the rhythm to assimilate the lingering emotions of the protagonist, successfully projecting the imagery of a deeply introspective figure that is withdrawn and deep within his thoughts as he stares into the misty distance.

In summary, effective usage of lead-words can greatly enhance the overall quality of a composition in various ways. Lead-words are used to introduce lines, and thus have the ability to group multiple lines into a larger semantic unit. Linking the depicted imageries together into larger semantic units can thus tighten the organization of a lyric. Moreover, these larger semantic units typically span the length of one sparse rhyme interval and thus are meant to be read within one breath. As such, the rhythmic movement of the lyric becomes stronger while enhancing continuity at the same time as well. Additionally, as demonstrated above, a lead-word can place emphasis on changes in the protagonist's experience from one level to another, which thus broadens the scope and intensifies the development of the text. Altogether, this combined usage of lead-words and parallelisms to form larger semantic groupings creates a relatively formal form of enjambment that is unique to the *manci* of Liu Yong. On a broader level, Liu Yong's skillful manipulations in his usage of enjambments has created even greater structural changes to the form structure of *manci*, of which will be discussed in further details in the section below.

E. Enjambment and Continuity

As mentioned in the previous section, the use of enjambments is a unique characteristic of Liu Yong's *Ci*.[136] He is the first *Ci* poet during the Northern Song Dynasty to extensively incorporate the abundant use of enjambments within his *Ci*. As a result, Liu Yong has made important innovations to the structure of *Ci* poetry. A relatively formal enjambment produced by the usage of parallelisms and lead-words have already been extensively examined in the previous section. In the following section, an examination will be conducted on Liu Yong's less formal forms of enjambment found within his *Ci* that have equally contributed to its strong rhythmic flow and continuity.

In general, the use of enjambments is not a common practice in the lyrics of *TWDC*. Most of the lines are end-stopped, which means that the end of a line coincides with the completion of the meaning. There are occasional instances in which continuous lines are found within the lyrics of *TWDC*. For example:

Original Text **Pinyin**	**Literal Meaning**	**Translation**
记得那年花下， *jide nanian huaxia,*	remember that year flower beneath	I remember that year beneath the flowers,
深夜， *shenye,*	deep night	Late at night,
初识谢娘时。 *chushi Xieniang shi.*	just meet Xieniang time	When I first met Xieniang.[137]

There are comparatively more continuous lines found in the folk songs of Dunhuang than there are in *TWDC*. However, almost all of these continuous lines found in the folk songs of Dunhuang only span a maximum length of two lines. For example:

Original Text Pinyin	Literal Meaning	Translation
幸因今日， *xingyin jinri,*	luckily today	I am lucky today because I
得睹娇娥。 *dedu jiao'e.*	able to see lovely maiden	Have an opportunity to meet the lovely maiden.[138]

The existence of a greater amount of continuous lines found in the folk songs of Dunhuang is an indicative sign that *Ci* was evolving and thus required a new type of sentence structure. As such, with the exception of a few *xiaoling*, almost all of Liu Yong's lyrics found within his collection use enjambments.[139] Unlike the lyrics found in *TWDC* and the folk songs of Dunhuang, Liu Yong's enjambments tend to span across the length of several lines within his *manci*. Through this comparison, it is apparent that the structure of *Ci* has been subjected to extensive changes with Liu Yong's abundant incorporation of enjambments.

Overall, Liu Yong's tendency to use enjambments more frequently is the result of four conditions. The first condition arises from the greater length enabled by the structural form of *manci*. The second condition arises from the sparse rhyme scheme within *manci* that enables the extended use of syntax. The third condition arises from the fact that lines of unequal lengths create difficulties for the completion of meaning and syntax within the duration of some of the given lengths. The fourth condition arises from Liu Yong's deep musical knowledge that thereby enables him to "fill the words" in accordance to the musical flow as opposed to simply following the prescribed line length during his lyrical compositional process. Moreover, a characteristic of Liu Yong's enjambments is the frequent use of "empty words." Due to the inherent nature of "empty words" to carry no concrete content on their own, they can dilute the density caused by concrete images that are closely packed together.[140] Hence, the use of enjambments not only reduces ambiguity and contributes to the clarity of a sentence, but it also strengthens the forward movement of a lyric as well.[141] Altogether, these conditions collectively contribute to the flow and continuity of Liu Yong's *Ci*.

A linguistic device constantly used by Liu Yong for the creation of his enjambments is logical linguistic sequencing. As such, an analysis of Liu Yong's syntax becomes a key factor that should be included in the examination of his enjambments. Statistically, Liu Yong's favorite technique for creating enjambments is the use of interrogative sentences, or more commonly known as sentences in the format of questions that may or may not be accompanied by a respective answer. There is a total of 107 instances in which Liu Yong had used either a question, or a question that is accompanied by its respective answer within his lyrics. In general, Liu Yong's interrogative sentences usually take the form of an extended question that spans across the length of multiple lines within his *Ci*. The following are some examples of the explicit interrogative words frequently used by Liu Yong in his extended questions:

Original Text	**Pinyin**	**Meaning**
何	*he*	what
何处	*hechu*	where
何时	*heshi*	when
问	*wen*	ask
怎	*zen*	how
谁	*shei*	who
为甚	*weishen*	for what reason

Liu Yong also frequently uses question words such as *zheng* 争 (how), *jishi* 几时 (when), and *duoshao* 多少 (how much). He also uses other interrogative particles such as *fou* 否 and *me* 么. In general, for his beginning lines, Liu Yong often starts his interrogative sentences with explicit interrogative words. For example:

Original Text / Pinyin	Literal Meaning	Translation
几时得归来, *jishi de guilai,*	what time able return	When will you be able to return to
香阁深闺? (r) *xiangge shengui?*	fragrant attic deep door	My secluded bedchamber?[142]

The typical usage pattern often involves Liu Yong using the beginning line to provide a description of the overall situation within the lyric before he uses the next line to ask a question. For example:

Original Text / Pinyin	Literal Meaning	Translation
对好景良辰, *dui haojing liangchen,*	face fine scene beautiful time	In front of this beautiful scenery during this wonderful moment,
皱着眉儿, *zhouzhe mei'er,*	knitting eyebrows	My eyebrows are knitted together,
成甚滋味? (r) *chengshen ziwei?*	become what taste	What will become of these feelings?[143]

There are also several instances in which Liu Yong combines a question with direct speech. For example:

Original Text Pinyin	Literal Meaning	Translation
试问伊家, *shiwen yijia,*	try ask him	Let me ask him:
阿谁心绪, *a'shei xinxu,*	whose heart mood	Who can
禁得如许无聊? (r) *jinde ruxu wuliao?*	bear able like this listless	Endure such listlessness? [144]

In general, these interrogative sentences tend to contribute to the continuity of Liu Yong's *Ci* in a variety of ways that are dependent on their positions within a particular text. Statistically, about 80 percent of Liu Yong's interrogative sentences appear in positions other than the beginning or the end of the lyric. Moreover, the majority of these interrogative sentences are unanswered questions, and are simply used to raise awareness to an issue that can be followed by another level of poetic experience. Nonetheless, whether the questions are answered or unanswered, they all serve to arouse the interest of the audience so that they can collectively witness the progression of the issue. Thus, when these questions are placed in appropriate positions within the text, they can also serve as important transitional agents that contribute to the generation of continuity within a particular lyric. For example, a question that appears at the end of the first stanza of a lyric can serve as a mechanism of continuity.[145] Although there is a formal division that separates the end of the first stanza from the beginning of the second stanza, the anticipation of an answer to the question enables the meaning and the flow to be carried through from one stanza onto the next stanza. Therefore, aside from generating continuity, this particular method of carrying meaning from one stanza onto the next stanza is also one of the techniques for maintaining the flow in *manci.*

Moreover, by having an unresolved question appearing at the end of a text it can carry the audience's experience beyond the end of the text itself.[146] In other words, although all the words that need to be said have already been said, its sensory and emotional impact continues to linger in the silence. Thus, lyrics that employ this placement of an unresolved question tend to have a strong and long-lasting forward momentum. Similarly, Liu Yong's question and answer format is also mostly used to end his lyrics.[147] The expectation of a subsequent answer to the previous question imparts a strong sense of continuity in between the lines. Thus, the appearance of a much anticipated answer allows for a release of the tension built up during anticipation, and therefore provides the lyric with a stable and secure conclusion. Unlike the lasting forward momentum created through the use of an unresolved question at the end of the text, the end position of an answer to resolve the question signifies a definite termination of the flow and meaning. For example:

Original Text Pinyin	Literal Meaning	Translation
赏心何处好? *shangxin hechu hao?*	admire heart where place good	What is the best way to enjoy oneself?
唯有尊前。(r) *weiyou zunqian.*	only have wine goblet front	Only with wine.[148]

In the above example, the answer of "only with wine" hints towards an escape from reality as well as a release from worries about worldly affairs. Moreover, the phrase *weiyou* 唯有 (only have) indicates an absolute extent of something, which thus provides the lyric with an assertive ending.

The second linguistic device used by Liu Yong for the creation of his enjambments is the use of syntactic formulae. Similar to most of the other languages, the Chinese language requires the incorporation of certain grammatical particles in order to produce a complete meaning within a sentence. For example, in English, upon the appearance of "not only" there will be an anticipation for a subsequent "but also" to appear within the same context. Hence, this syntactic sequence implies a logical relationship in which the occurrence of one part causes the expectation of the subsequent occurrence of the following part as well.[149] Thus, when such syntactic sequencing is used within a lyric, it can strongly enhance the forward movement of the composition. In general, there are two elements that characterize Liu Yong's syntactic formulae. The first element is the use of "empty words." The second element is the tendency for his syntactic formulae to be drawn from daily language, which thus provides his lyrics with a conversational tone. For example:

Example 1:

Original Text Pinyin	Literal Meaning	Translation
早知恁地难拚， *zaozhi nendi nanpan,*	early know like thus hard to abandon	If I had only known earlier that it would be this hard to get rid of this feeling,
悔不当时留住。(r) *huibu dangshi liuzhu.*	regret not that time keep stay	Then I would have made him stay.[150]

Example 2:

Original Text Pinyin	Literal Meaning	Translation
最苦正欢娱， *zuiku zheng huanyu,*	most painful just happy	There is no greater pain than the
便分鸳侣。(r) *bianfen yuanlü.*	to separate mandarin duck lover	Separation of a happy couple that is deeply in love.[151]

Example 3:

Original Text / Pinyin	Literal Meaning	Translation
自相逢, *zi xiangfeng,*	since mutual meet	Ever since we met,
便觉韩娥价减, *bianjue Han'e jiajian,*	already realize Han'e price reduce	I feel that the value of Han'e has been reduced, and
飞燕声消。(r) *Feiyan shengxiao.*	Feiyan fame diminish	The fame of Feiyan has been diminished.[152]

In the above examples, there is a total of three different syntactic patterns that are drawn from the vernacular language:

1. *zaozhi...huibu* (早知...悔不)
2. *zheng...bian* (正...便)
3. *zi...bian* (自...便)

In particular, it is noted that from the above list, the second syntactic pattern is blended with the elegant diction *yuanlü* 鸳侣 (mandarin duck lovers) within the text; whereas the third syntactic pattern is blended with the allusive names of Han'e and Feiyan, of which both were historically known for their striking beauty. Such combinations can provide a lyric with a natural flow that adds a touch of informality while also maintaining a certain level of elegance.

The third linguistic device used by Liu Yong for the creation of his enjambments is the use of copula within his lines. More specifically, the copula *shi* 是 (is) as expressed in the pattern of A *shi* B (A is B; A 是 B) is frequently used by Liu Yong. For example:

Original Text Pinyin	Literal Meaning	Translation
才子词人, *caizi ciren,*	talented youth *Ci* poet	A gifted *Ci* poet is
自是白衣卿相。(r) *zishi baiyi qingxiang.*	naturally is white clothes official prime minister	Naturally a prime minister in commoner's clothing.[153]

In the above example, the subject "a gifted *Ci* poet" appears in the first line, the predicate "a prime minister in commoner's clothing" appears in the second line, and they are both linked by the copula *shi.* Additionally, there are also instances in which Liu Yong extends the governance of the copula across several lines. For example:

Original Text Pinyin	Literal Meaning	Translation
红尘紫陌, *hongchen zimo,*	red dust purple path	Along this dusty and well-trodden path,
斜阳暮草长安道, *xieyang mucao Chang'an dao,*	slanting sun evening grass Chang-an-road	The rays of the setting sun illuminate the grass on Chang'an road,
是离人断魂处, *shi liren duanhun chu,*	is parting person break soul place	Where hearts break from parting sorrows, and
迢迢匹马西征。(r) *tiaotiao pima xizheng.*	far far single horse west journey	A lonely soul begins his horseback journey to the faraway west.[154]

In the above example, the words with the literal meanings of "red dust" "purple path" "slanting sun" and "evening grass" form a parallelism that modifies "Chang'an road." Under normal circumstances, the end of the sentence can concur with the end of line 2, as the parallelism and the modified "Chang'an road" provides sufficient content to convey a complete meaning on its own. However, with the addition of the auxiliary verb *shi* 是 (is), the flow of the same sentence immediately picks up, in which "Chang'an road" now becomes the subject of the verb "is." Moreover, the phrases "parting person soul breaking place" and "far far single horse west journey" now become the complement. As a result, the meaning becomes extended and now spans the length of four lines.

The fourth linguistic device used by Liu Yong for the creation of his enjambments is the use of hypothetical and subjunctive sentences. For these sentences, the words *xiang* 想 or *suan* 算 are often used to convey the meanings of "to reckon" "to imagine" or "to consider." Liu Yong also uses the subjunctive word *yuan* 愿 to convey the meaning of "to wish." In general, the majority of Liu Yong's hypothetical sentences are related to women. For example:

Original Text **Pinyin**	**Literal Meaning**	**Translation**
算得伊鸳衾凤枕, *suande yi yuanqin fengzhen,*	think she mandarin duck quilt phoenix pillow	I can only imagine that when she sleeps beneath the mandarin duck quilt, and lays on the phoenix pillow,
夜永怎不思量。(r) *yeyong zenbu siliang?*	night long how can not think	The nights are long and she must be thinking of me as well.[155]

Among Liu Yong's enjambment lines, the lines with the strongest forward flow are the lines with verbs placed at the end of the first line and the objects are placed in the following line(s). For example:

Example 1:

Original Text **Pinyin**	**Literal Meaning**	**Translation**
人正宿, *ren zheng su,*	person just lodge	I am just staying overnight
前村馆。(r) *qian cunguan.*	front village inn	At the front village inn.[156]

Example 2:

Original Text Pinyin	Literal Meaning	Translation
再三追思, *zaisan zhuisi,*	again and again chase think	Again and again I reminisce,
洞房深处, *dongfang shenchu,*	inner chamber deep place	Deep inside her bedchamber,
几度饮散歌阑, *jidu yinsan gelan,*	few times drink finish song end	Several times after drinking and singing,
香暖鸳鸯被。(r) *xiangnuan yuanyangbei.*	fragrant warm mandarin duck quilt	We shared our warmth beneath the fragrant mandarin duck quilt.[157]

As can be seen in the above examples, the verbs *su* 宿 (to lodge) and *zhuisi* 追思 (to recall) both occur at the very end of the first line in each of their respective lyric. The strong tendency of these verbs to take an object further intensifies the forward flow of the lyric. However, it should be noted that not all of Liu Yong's enjambment are confined within a single sparse rhyme interval as have been consistently shown in the examples above. In fact, there are many instances in which Liu Yong's continuous lines are intersected by a rhyme word. For example:

Original Text Pinyin	Literal Meaning	Translation
想娇媚,(r) *xiang jiaomei,*	think elegant charm	I imagine that when she
那里独守鸳帏静, *nali dushou yuanwei jing,*	there alone keep mandarin duck curtain silence	Lies behind the mandarin duck curtains in quiet solitude, and is
永漏迢迢, *yonglou tiaotiao,*	forever water clock long long	Listening to the incessant dripping of the water clock,
也应暗同此意。(r) *yeying antong ciyi.*	also ought similar this feeling	Her feelings will be the same as mine.[158]

As can be seen above, this particular enjambment spans the length of four lines, and is intersected by a rhyme word at the end of the first line. Usage of this specific type of enjambment can impart a strong sense of continuity for the particular lyric.

However, Liu Yong's extensive usage of enjambments has also been criticized by traditional *Ci* critics. Shen Xiong (fl. 1853) had remarked that:

> All the lines in Liu's [*Ci*] are joined together. Even after the meaning of the line has finished for a long time, his brush still does not stop. This is his weak point.[159]

On the contrary, despite such criticisms, based on the above analysis, it can be strongly argued that Liu Yong's use of enjambments is one of his significant contributions to the establishment of a continuous rhythm in the structure for *manci*. Prior to Liu Yong's innovative enjambment techniques, *xiaoling* was restricted by its short structural length and dense rhyme scheme under the heavy influence of Recent Style poetry. As such, the line structure of *xiaoling* is characterized by end-stopped lines and densely packed images. However, such technique is not appropriate for the writing of *manci* due to several reasons. The first reason arises from the sparse rhyme interval of *manci,* which means that multiple lines can fit within one rhyme interval. As mentioned before, all of the lines that appear within a single rhyme interval are conventionally meant to be read within one breath in *manci*. As such, end-stopped lines cannot be used consecutively as it would counteract this precise convention of *manci*. The second reason arises from the longer structural form of *manci* that would make it difficult and laborious to use a large amount of densely packed concrete images. Furthermore, densely packed images within a longer structural form will run the risk of stagnancy and can cause difficulties in understanding the contents of the lyric itself as well. In other words, the longer form of *manci* requires the use of more dynamic sentence structures that can generate the forward movement of the lyric. As such, the ability to maintain the forward momentum of a lyric is the key to writing *manci*. Based on the evidence provided throughout this book, and especially within this chapter, it is evident that Liu Yong is highly capable of carrying out this crucial technique during the composition of his poetic works. Through the use of enjambments, Liu Yong successfully creates a continuous rhythm within his compositions that provides *manci* with a dynamic, coherent, and directional structure. This is perhaps why Xia Jingguan 夏敬观 (1875–1953) had praised Liu Yong for his ability to use "one brushstroke [that] runs to the end [of the lyric] and [thus the organization is] tight from the beginning to the end."[160] Such tight compositional organizations provide an opportunity for the lyrics to become multidimensional, and develops the protagonist using multiple tiers of emotional and psychological development that is also able to keep the audience actively engaged from the beginning to the end.

In summary, whether it is formal enjambment or informal enjambment, both forms are strong contributors to the development of rhythmic flow and continuity within Liu Yong's *Ci*. By comparison, formal enjambments typically consist of parallelisms and prevent the lyric from becoming formless. On the other hand, informal enjambments mainly consist of "empty words" and vernacular language, and can thus provide Liu Yong's lyrics with greater fluidity and personal tone. When these two types of enjambment are skillfully blended within a single lyric, they can strengthen the continuity and coherence of a lyric without losing its elegance. This quality is best illustrated in Liu Yong's most celebrated *manci* on separation and wandering as we shall see in the next chapter.

Chapter V:
The Structure of Liu Yong's Lyrics

As established in the earlier chapters, Liu Yong was the first *Ci* poet to write a large number of *manci* compositions. By comparison, the tune patterns of *manci* are significantly longer than those of *xiaoling*. Thus, the extended length of a *manci* tune pattern allows a *Ci* poet the opportunity to include more content within the context of a single lyric. However, at the same time, the added length of *manci* also creates new complications pertaining to the arrangement and narration of poetic content for the lyricist. Juxtaposition of images is a technique commonly employed by *xiaoling* poets to provide a brief contour of the narrated images, and the audience is left with the task of filling in the remaining gaps. Unfortunately, juxtaposition becomes an unfeasible option with *manci* due to its extended structure. Precisely, the added length of *manci* necessitates careful consideration pertaining to the arrangement of poetic content so that it is presented in such a manner that not only allows for the development of the protagonist's emotions, but also facilitates the forward movement of the poem at the same time. Thus, the most crucial technique in *manci* composition is centered around the organization of thematic elements, in other words: deciding on how to begin and end a compositional piece.[1]

The main structural principle found in Liu Yong's *manci* compositions is the expansive technique (*puxu* 铺叙: *pu* meaning "to lay out" or "spread out," and *xu* meaning "to narrate"). The expansive technique emphasizes the usage of sequential presentation, as well as the elaboration of images, both of which Liu Yong was able to master with excellence. In fact, Liu Yong's skillful use of the expansive technique was first recognized by Li Zhiyi (1038–1117) who had said that "it was not until Liu Qiqing [Liu Yong] that *Ci* became expansive and extensive, sufficient and exhaustive."[2] Further recognition was found in a statement made by a critic from the Qing Dynasty, Zheng Wenzhuo 郑文焯 (1856–1918): "When I carefully examine the subject matter of each lyric composed by Liu Yong, I found that in each there was indeed a sequence."[3] As a matter of fact, a close examination of Liu Yong's *manci* further confirms that he indeed presents his poetic content in a sequential manner. Based on the differences found in language style and plot type between compositions, Liu Yong's methodology of poetic presentation can be broadly divided into two main categories that are closely related to the theme of his lyrics. The first method provides a direct narration of events and emotions, and is largely found in his lyrics about women and erotic love. The second method requires the integration of human emotions with the natural environment. This technique is frequently applied to his most celebrated lyrics about separation and rootless wandering. The following discussion will provide a detailed analysis of Liu Yong's technique during his application of these methods towards his expansive presentation, with a focus on the various types of sequences used within his poetic content. Furthermore, the arrangement of thematic elements is inseparable from the language style used in Liu Yong's expansive technique. In the following paragraphs, Liu Yong's manipulation of poetic devices such as diction, imagery, repetition, and rhythm during the application of his expansive technique will also be examined.

A. Lyrics Presented in Direct Narration

Overall, amongst the lyrics composed by Liu Yong, there is an approximate total of 50 lyrics that have employed direct narration as its expressional form. Moreover, based on the differences found in diction and plot type, these 50 lyrics can be further divided into two smaller subcategories: sensory imagery narration and plain language narration.

The first subcategory, sensory imagery narration, contains an approximate total of 30 lyrics and is mostly about erotic love. The plot line of these lyrics tends to follow a rather stereotypical pattern, generally beginning with an account of a visit to some "winding alley," which is a common euphemism for brothels in poetry. Description of a courtesan's beautiful physical appearance and her associated talents typically follow shortly upon the protagonist's arrival in the entertainment hall. As such, the spatial setting of these lyrics habitually moves from the streets to the entertainment hall, and finally to the inner chamber during which the protagonist details his romantic moments, which typically happens almost without an exception, within the second stanza. Naturally, the temporal setting of these lyrics is usually during the night.[4] In these lyrics, Liu Yong frequently employs sensory imageries to depict the physical beauty and talent of these women. In order to set an intimate and romantic mood, imageries of the indoor scenery adorned with intricate details are commonly depicted as well. Unfortunately, despite all the details, these lyrics are merely a record of Liu Yong's romantic experiences rather than an expression of his profound inner feelings. As such, these lyrics are rather superficial by comparison, and will thus, not be examined within the context of the following discourse.

Far more superior is the second subcategory which contains lyrics presented in "plain language depiction" (*baimiao* 白描). With this technique, instead of relying on sensory imageries to draw the audience into his narration, Liu Yong exploits the appeal of plain colloquial language to express his inner emotions in a straightforward manner. This technique can be found in lyrics of varying themes that include topics such as love, and the agony experienced during separation. An example of Liu Yong's skilled usage of plain language narration can be found in the following lyric which is written to accompany the tune pattern "Song of Brahman" (Po-luo-men-ling 婆罗门令):[5]

Stanza 1

Line	Original Text / Pinyin	Literal Meaning	Translation
1	昨宵里、恁和衣睡，(r) *zuoxiao li, ren heyi shui,*	last night thus with clothes sleep	Last night I slept fully dressed like thus,
2	今宵里、又恁和衣睡。(r) *jinxiao li, you ren heyi shui.*	tonight again thus with clothes sleep	Tonight, I slept again, fully dressed like thus.
3	小饮归来， *xiaoyin guilai,*	small drink return come	I returned home after a few drinks,
4	初更过、醺醺醉。(r) *chugeng guo, xunxun zui.*	beginning watch past, drunk drunk drunk	It was just past the first watch, but I was already dead drunk.
5	中夜后、何事还惊起？(r) *zhongye hou, heshi hai jingqi?*	mid-night after, what matter still startle up	What has awakened me again just after midnight?
6	霜天冷， *shuangtian leng,*	frost sky cold	It is cold and frosty outside,
7	风细细，(r) *feng xixi,*	wind small small	A gentle breeze has
8	触疏窗、闪闪灯摇曳。(r) *chu shuchuang, shanshan deng yaoye.*	touch sparse window, twinkling twinkling light waver flicker	Slipped in between the window panes, causing the twinkling lamplight to flicker and skip.

Stanza 2

Line	Original Text Pinyin	Literal Meaning	Translation
9	空床辗转重追想, *kongchuang zhanzhuan chong zhuixiang,*	empty bed toss turn again recall	I toss and turn in the empty space on my bed, in an attempt to continue
10	云雨梦、任倚枕难继。(r) *yunyu meng, ren yizhen nanji.*	cloud rain dream, let lean pillow difficult continue	My erotic dream, but no matter how hard I try as I lie on the pillow, the dream has already slipped away.
11	寸心万绪, *cunxin wanxu,*	inch heart ten thousand feelings	My heart is flooded with overwhelming emotions,
12	咫尺千里。(r) *zhichi qianli.*	few feet thousand *li*	So close yet so far.
13	好景良天, *haojing liangtian,*	fine scenery good sky	During this beautiful moment,
14	彼此空有相怜意,(r) *bici kongyou xianglian yi,*	you me in vain have mutual love intention	You and I, though our hearts are filled with love for each other,
15	未有相怜计。(r) *weiyou xianglian ji.*	not yet have mutual love strategy	There is yet to be a way for us to be in love together.

The opening of this lyric is striking: a set of repetitions immediately reveals to the audience the listlessness and boredom of the protagonist. Tonight is a repetition of last night, during which he has fallen asleep fully dressed. The use of repetition has subtly suggested that the similarities are not just confined to these two nights, but rather, it is the same every other night. The lines that follow further reveal that the protagonist has returned home from drinking and is dead drunk. It is likely that he has passed out in bed shortly thereafter, before he even has the time to undress himself. However, as revealed in line 5, for some unknown reason, he wakes up again just after midnight. Within these lines, Liu Yong has cleverly used the transition between the words of "last night", "tonight", "the first watch" and "just after midnight" to provide a time stamp for each event, which have successfully created a sequence whereby the details are presented in succession that amplify the unpleasant state of the protagonist with each progression. Lines 6–8 describe the surrounding environment as observed by the awakened protagonist: cold and frosty weather, cool breeze, window pane, and a flickering lamplight. Although these are typical images that appear to be commonplace, Liu Yong has carefully selected them to reveal the protagonist's state of mind. It is cold and frosty outside, yet a breeze is able to enter his bedroom and has caused him to awaken from the cold. This indicates that the window is not properly shut beforehand. Furthermore, in line 8, the protagonist watches the lamplight flicker and skips from his bed, which means that he has slept without putting out the flame. As such, these details come together to reflect the state of negligence that have surrounded the protagonist. Not only does he fail to take care of himself, but he has also failed to pay attention to his surroundings as well.

The state of misery and self-neglect from the first stanza flows smoothly into the emotional revelation of the second stanza, successfully unfolding another level of the protagonist's psychological state. The erotic dream symbolizes his desire for love, which provides a sharp contrast to the state of loneliness that he is enduring in his real life. The contrasting state of emotions between his dreams and his reality makes his solitude even more unbearable, sending him into a state of restlessness. Liu Yong has chosen an alliteration, *zhanzhuan* 辗转, meaning to "toss and turn," to convey the protagonist's restless state throughout the night. This state of restlessness is further enforced by the term *yizhen* 倚枕, which means "to lean against a pillow while laying on one's side." The imagery of the restless protagonist lying on his side against a pillow after tossing and turning further accentuates his eagerness to continue his interrupted dream so that he can return to the comforts of his romantic sentiments. Unfortunately, he fails to do so. Liu Yong then proceeds by employing the use of parallelisms in the next two lines (line 11 & 12). The first line *cunxin wanxu* 寸心万绪 (delicate heart, ten thousand emotions) precisely sums up the protagonist's state of mind by revealing the flood of overwhelming emotions that sat heavily within his heart. Similarly, the second line *zhichi qianli* 咫尺千里 (a few feet, a thousand *li*) exposes the precise cause for his heavy heart: his lover is so close to him in his dream, yet she is so far away from him in reality. Naturally, the discrepancy between dream and reality causes frustration to gradually accumulate in his heart which becomes heavier and heavier with time. This state of despair and frustration flows strongly into the emotional climax in the last two lines during which the deeper reason behind the protagonist's sorrow is further disclosed. These final two lines contain yet another set of parallelism introduced by the phrase *bici* 彼此, meaning "you and I" in line 14, that confirms that their love is mutual. Within the two lines of this final set parallelism, the repetition of *xianglian* 相怜, meaning "mutual love," further emphasizes the strong passion shared between the protagonist and his beloved. Sadly, this passion is negated by the use of "*kongyou* 空有" in line 14, and "*weiyou* 未有" in line 15. "*kongyou*" means "to vainly have," which indicates that while the lovers can fill their hearts with as much love as possible, it will be a vain attempt. "*Weiyou*" means "to not yet have," which reinforces the fact that their attempt for love is futile as they do not have a strategy that would bring them together, thereby heightening the audience's awareness of the protagonist's lingering frustration. This parallelism found in the final lines plays an important role in solidifying the structure of the entire lyric, as it echoes the style found in the first two lines while providing further clarification of the entire poetic situation. Upon the arrival at the final lines of the lyric, the audience is now made aware of the precise reason for the protagonist's low spirit and excessive drinking night after night. By this point, it becomes evident that the protagonist is drowning his sorrows with alcohol, drinking repetitively so that he could forget the misery of his reality, thereby further explaining the state of self-neglect that he has taken upon himself and his surroundings. Therefore, it can be safely presumed that the erotic dream is the result of his lingering lovesickness and his desire to reunite with his lover again. The final line in the parallelism also hints that these unresolved situations found in his current state will continue onwards for an extended period of time as the protagonist has yet to find "a way for [them] to be in love together." Thus, the emotions travel in an interlinked sequence throughout the lyric from beginning to end in a circular manner, transforming the lyric into a tightly organized entity.

It should be further noted that repetition has greatly contributed to the overall sensory effect of the lyric. Aside from the repetition found in the first two lines and the last two lines of the lyric, there are also plenty of reduplications found throughout the piece: *xunxun* 醺醺 (χi̯uən χi̯uən; dead drunk), *xixi* 细细 (siei siei; gently), and *shanshan* 闪闪 (śi̯ăm śi̯ăm; twinkling). These reduplications strengthen the auditory effect of the text, bringing out the context in a meaningful way. The rhyme scheme of this lyric is as follows:

Stanza 1	7r	8r	4	6r	8r	3	3r	8r
Stanza 2	7	8r	4	4r	4	7r	5r	

When compared to the other *manci* composed by Liu Yong, the above rhyme scheme is not sparse at all. Repetition across two consecutive lines using the rhyme word *shui* 睡 (żwie̜, sleep) not only draws attention to the temporal setting of night time, but it also accentuates the listless state of the protagonist as well. Likewise, the repetition of the rhyme words *yi* 意 (·i, intention) and *ji* 计 (kiei, strategy) emphasizes the protagonist's passion and anxiety while strengthening the closure of the lyric as well. This repetition of closely spaced rhyme words, which are placed in strategic positions throughout the text, echoes and re-echoes each other, and thereby reinforce the theme as the lyric progresses. Notably, despite the closely spaced rhyme scheme, the forward movement is strongly maintained throughout the entire lyric. Liu Yong has skillfully placed words in such a way that avoid the coincidence of rhyme position with syntax, which thereby maintains the audience's expectation of continuation. For instance, in line 1, the phrase "Last night, I slept fully dressed like thus" will raise curiosity and prompt the audience to wonder: then what about tonight? Another example can be found in line 5, during which the protagonist has asked a question: "What has awakened me again just after midnight?" This phrase, formulated in the format of a question, will naturally arouse the audience's anticipation for an answer. Furthermore, "*kongyou*" (in vain) in line 14 and "*weiyou*" (do not have) in line 15 form a syntactic formula, and thus the presence of one would raise the expectation for the occurrence of the other to follow. Employment of such syntactic formulae facilitates and enhances the continuity of the overall text. Therefore, syntactic sequence is inseparable from the coherent development of plot.

Another factor, of equal importance, that has contributed to the flow and immediacy of the text is the simplicity of the language used. Throughout the entire lyric, the only figurative phrase found in the original text is the reference to "the clouds and the rain" in line 10, which is a euphemism for intimate sex. Allusions are not used, and the imageries deployed are all commonplace and direct. Colloquialisms such as "*zuoxiao* 昨宵" (last night) and "*weiyou* 未有" (not yet have) are replete throughout the lyric. Interestingly, Liu Yong manages to avoid the danger of formlessness through the skillful addition of repetitions in lines 1 and 2, and parallelisms in lines 11 and 12, as well as in lines 14 and 15. Furthermore, the lyric is written from a first person perspective, using the voice of a male persona, which creates the impression that the lyric is the poet's personal love story. This style of intimate storytelling formulates an intensely personal mode of expression that has greatly enriched the lyricism of the *Ci* genre.

B. Lyrics That Fuse Human Emotions with the Natural Environment

Over half of Liu Yong's lyrics involve the use of techniques that fuse human emotions with the natural environment and its surrounding sceneries. As mentioned earlier, this particular method is mostly found in his lyrics about separation and rootless wandering. The way Liu Yong has chosen to apply this particular method to his writing varies between compositions. In some lyrics, Liu Yong begins with a detailed description of the scenery found in the natural environment before shifting towards the depiction of personal sentiments at the beginning of the second stanza. However, in the majority of the lyrics that have utilized this particular method, the favored tendency is to seamlessly blend both components together throughout the entire text. Liu Yong's skillful application and dynamic manipulation of this method have made this method a signature style within his compositions, and have thus won him high acclaim. In fact, in praising Liu Yong's skillful application of the expansive technique, Xia Jingguan (1875–1953) has noted the following characteristics that are prominent in the style of Liu Yong's compositions:

> Liu Yong adopts the way of writing found in the *wenfu* 文赋 (rhyme prose) of the Six Dynasties to write his *ya Ci* (elegant *Ci*). He lays out [his content] sequentially. He fuses emotion and scene. His brushstroke runs to the end [of the lyric] and [thus the organization is] tight from the beginning to the end.[6]

Liu Yong uses three particular styles to integrate human emotions into the natural sceneries depicted within his lyric. The first style tends to present the lyrics in a dramatic sequence, and is often characterized by a sudden and extreme shift in mood during the transition from the first stanza onto the second stanza. This sharp contrast and abrupt movement often elevates the emotional impact of the lyric. The second style presents lyrics with a gradual intensification of emotional sentiments alongside the changes of sceneries. The lyrics composed in the third style display a dynamic sequence, capturing the thoughts and images as perceived by the protagonist as they occur. The next section will provide a closer examination of each of these three styles in detail.

1. Lyrics Presented in a Dramatic Sequence

As the name suggests, this particular style presents lyrics in a sequential manner that displays markedly dramatic shifts in mood as the lyrics progress. Structurally, lyrics that fall under this style have the tendency to progress in several sequences simultaneously, while creating a contrast with each other at the same time. Generally, lyrics constructed in this style begin with a happy and lively scene that is quite often set in the spring time, and is filled with colorful and vivid imageries of nature. This is typically followed by a mood shift in the second stanza, when the protagonist releases his sorrows and frustrations in an emotional outpour. This emotional release often includes recollections of his previous days in the capital city that was filled with happiness and glory, reflections as he laments about his dissipating youth, monologues that yearns for his faraway lover, and the bitter thoughts that come with the disappointments of his drifting lifestyle.[7] In order to achieve the intended sensory impact from this technique, abrupt shifts come at various levels to create the sharp contrast of tone and mood within the same composition. Typically, the first stanza places focus on an external scene whereas the second stanza places emphasis on internal feelings. On an emotional level, the first stanza presents a happy scene that is drastically different from the sorrow and despair often expressed in the second stanza. On a temporal level, the first stanza represents "before," while the second stanza represents "now." Spatially, the first stanza represents "there," while the second stanza represents "here." The turning point generally coincides with the stanza division, and thus creates an element of surprise for the audience as they encounter the sudden shift from happiness to sadness within a short interval of time. Hence, the happier the atmosphere is in the first stanza, the greater the dramatic effect, and thereby the stronger the emotional impact. An example of such style and technique can be observed in the following lyric that Liu Yong has written in accompaniment to the tune pattern "Midnight Joy" (Ye-ban-le 夜半乐):[8]

Stanza 1

Line	Original Text Pinyin	Literal Meaning	Translation
1	艳阳天气， *yanyang tianqi,*	beautiful sun weather	It is a bright, sunny day,
2	烟细风暖， *yanxi fengnuan,*	mist small wind warm	The mist is light, the breeze warm;
3	芳郊澄朗闲凝伫。（r） *fangjiao chenglang xian ningzhu*	fragrant countryside clear bright leisure still stand	I stand leisurely amidst the sweet fields of the open countryside with a faraway gaze.
4	渐妆点亭台， *jian zhuangdian tingtai,*	gradually decorate pavilion terrace	Spring is gently blooming across the pavilions and terraces, and
5	参差佳树。（r） *cenci jiashu.*	uneven beautiful tree	Weaving between the varying heights of the magnificent trees.
6	舞腰困力， *wuyao kunli,*	dancing waist weary strength	The willows have worn out their waists from dancing with the wind,
7	垂杨绿映， *chuiyang lüying,*	drooping willow green set off	Their drooping heads cascade into a brilliant field of green, that
8	浅桃秾李夭夭， *qiantao nongli yaoyao,*	light peach splendid plum blossom young young	Stretched into buds of pale peach blossoms and vibrant plum flowers,
9	嫩红无数。（r） *nenhong wushu.*	delicate red countless	And expand into an endless pattern of pink and white.
10	度绮燕、流莺斗双语。（r） *du qiyan, liuying dou shuangyu.*	pass beautiful swallow, drift oriole compete double language	Graceful swallows taunt the drifting orioles; a singing competition begins as they flit back and forth.

Stanza 2

Line	Original Text / Pinyin	Literal Meaning	Translation
11	翠娥南陌簇簇, *cui'e nanmo cucu,*	emerald eyebrows south path cluster	Clusters of beautiful maidens fill the southern paths;
12	蹑影红阴, *nieying hongyin,*	tread shadow red shade	They saunter towards the shade beneath the blossoming trees
13	缓移娇步。(r) *huanyi jiaobu.*	slow move delicate step	With delicate steps.
14	抬粉面、韶容花光相妒。(r) *tai fenmian, shaorong huaguang xiangdu.*	raise powder face, beautiful face flower light mutual envy	Should they lift their powdered faces, the flowers will envy their beauty.
15	绛绡袖举。 *jiangxiao xiuju.*	red sheer silk sleeve raise	They raise their silky red sleeves,
16	云鬟风颤, *yunhuan fengchan,*	cloud hair wind shake	The curls and ringlets coiled high on their heads are fluttering gently in the wind like dark Cirrus clouds.
17	半遮檀口含羞, *banzhe tankou hanxiu,*	half covered sandalwood mouth reserved shyness	Their red lips are partially concealed by their raised sleeves
18	背人偷顾。(r) *beiren tougu.*	back people steal look	As they shyly steal glances towards the passing spectators.
19	竟斗草、金钗笑争赌。(r) *jing doucao, jinchai xiao zhengdu.*	compete fighting grass, gold hairpin laugh fight bet	A fierce round of the "grass game" is about to begin: they smile and place wagers with gold hairpins.

Stanza 3

Line	Original Text Pinyin	Literal Meaning	Translation
20	对此嘉景, *duici jiajing,*	face this fine scene	As this beautiful scene unfolds before me,
21	顿觉消凝, *dunjue xiaoning,*	suddenly feel disappear still	I suddenly become disenchanted, and
22	惹成愁绪。 *recheng chouxu.*	arouse become sad feeling	Sadness begins to stir within me.
23	念解佩轻盈在何处。(r) *nian jiepei qingying zai hechu.*	recall undo jade elegant at what place	I begin to think about her in that faraway place.
24	忍良时、辜负少年等闲度。(r) *ren liangshi, gufu shaonian dengxian du.*	can't bear fine moment, betray youth in vain pass	I have let this beautiful moment become ruined and wasted, just like my fleeting youth.
25	空望极、回首斜阳暮。(r) *kong wangji, huishou xieyang mu.*	empty gaze end, turn head sun set	I stare vacantly into the distance and turn only to find that the sun has already set.
26	叹浪萍风梗知何去。(r) *tan langping fenggeng zhi hequ.*	sigh wave duckweed wind stem where to go	I let out a sigh, like drifting duckweeds pushed by the waves and broken stems carried by the wind, I do not know where I will be going next.

With a total of 145 words, this composition is one of Liu Yong's longest lyric, and best demonstrates Liu Yong's use of his expansive technique. As observed, this lyric strays from the typical length of two stanzas, and has in fact contained a total of three stanzas instead. Nonetheless, the plot progresses in the typical pattern previously described at the beginning of this section. Typical of dramatic sequence lyrics, the first stanza begins with an illustration of a beautiful spring scene that continues into the second stanza, which describes the beautiful ladies and their activities offered by the spring scene. Lastly, the mood shifts abruptly in the third stanza as it reveals the sorrow of the protagonist while he watches the spring scene from a distance.

More specifically, the first stanza begins with an expansive presentation of a spring scene that Liu Yong has achieved through the serial use of tetra-syllables that consist largely of imageries derived from the natural environment. These imageries are then paired with appropriate modifiers to illuminate a colorful and vivid spring scene that allows the audience to move through each imagery in an order of decreasing magnitude. The text begins with an alliteration of *yanyang* 艳阳 (beautiful sunshine) that brings the audience's attention to the "bright and sunny" weather found in line 1, where one could feel a light mist and a warm breeze in line 2. Liu Yong then paints a beautiful landscape in line 3 with the "sweet fields of the open countryside." The lead word *jian* 渐 (gradually) in line 4 diverts the audience's attention to another area of the spring scene found in the pavilions, terraces, and the trees. The use of the alliteration *canci* 参差 (jagged) in line 5 further facilitates the visualization of the trees in different sizes, thereby adding details to the described scene. Then, the audience becomes enchanted by the dancing willows in line 6 that have tired themselves to the point where their heads droop from weariness. The usage of personification conveys a sense of movement in the willows, and thus adds to the liveliness of the overall scene. The scene then moves from the greens of the willows to the beautiful mosaic of pink and white in line 9 that is created by the "pale peach blossoms" and "vibrant plum flowers" from line 8. The use of repetition through the characters *yaoyao* 夭夭 (young) in line 8 places further emphasis on the budding and sprouting of these fresh blossoms during the onset of spring. The audience then encounters the "graceful swallows" and "drifting orioles" in line 10 by these flowering trees. Of notable significance, the personification of the verb *dou* 斗 (to compete) further accentuates the commotion from the excited chirping of these birds as they flit back and forth.

The scene then pans downward and moves toward the ground level in the second stanza. Here, Liu Yong continues to present sequential imageries to detail the bustling hub of human activities that is happening within the spring scene. The stanza begins from a distance, where groups of beautiful maidens are observed along the southern paths in line 11. The repetition of *cucu* 簇簇 (cluster) places an emphasis that the scene is spilling with beautiful ladies, as it is not just single individuals filling the scenes, but rather "clusters" of them are filling the paths. Imageries of these human figures and manmade materials are skillfully paired with appropriate modifiers to further accentuate the beauty and delicate temperament of these maidens. In line 12, the scene continues to focus closely on these beautiful maidens. Under Liu Yong's skillful guidance, the audience begins to watch the beautiful maidens slowly make their way to the shade beneath the "blossoming trees." Their "delicate steps" in line 13 is a symbol of feminine elegance and refinement at the time. As can be expected, line 14 reveals that these elegant maidens are all so stunningly beautiful that even the flowers become envious. The personification of the verb *du* 妒 (to envy) further emphasizes their beauty. The maidens' powdered faces are a sharp contrast to the bright "red sleeves" from line 15, as well as their luxuriously thick dark manes that are piled high on their heads like "dark Cirrus clouds" in line 16. The visual contrast between the powered face with the brightness of their garments and the darkness of their hair further accentuates the beauty of these maidens in a manner that is subtle yet apparent at the same time. Their raised sleeves draw the audience's attention to their delicate faces to reveal their bright "red lips" that become partially covered by their sleeves in line 17. At the same time, this small movement also cleverly conveys the shy personality traits of these maidens. However, despite being shy, the maidens' curiosity provokes them to steal periodic glances at the passing spectators in line 18, which enables them to remain engaged as active participants in the scene. What is it that has caught their attention? Apparently, "a fierce round of the 'grass game' "[9] is about to begin, and rather than continuing as a passive spectator, the maidens join in on the fun and "place wagers with gold hairpins" in line 19. Thus, the scene becomes filled with the grunts from the players pulling at the grass as the air fills with tension, excited chatters from the eager onlookers, as well as squeals of joy from the winners. Therefore, the commotion on the ground level echoes the commotion high up in the tree tops where the birds are playing about, thereby reinforcing the liveliness of the spring scene.

Up until this point, the overall mood of the lyric derived from the spring scene is cheerful and pleasant. However, the pleasant atmosphere is abruptly shattered during the transition to the third stanza, whereby the protagonist suddenly comes into view for the audience, and reveals his disenchantment with the spring scene in line 21 before he proceeds to dejectedly express the flood of negative emotions that is stirring inside him on line 22. This abrupt interruption of earlier pleasantries brings the lyric to another dimension. The allusion to the romantic story of Zheng Jiaofu on line 23 intensifies the protagonist's yearning for his absent lover.[10] He then chides himself for ruining such a beautiful moment with negative emotions, letting it slip away like his "fleeting youth" in line 24. Such imageries further intensify the sensation of sadness experienced by the protagonist. He then tries to recollect himself by staring off into the distance in line 25 to calm his mind, only to sadly discover that by the time he returns his vision to the spring scene, the earlier scene filled with vibrancy and laughter is no longer there. The sun has already set and dusk has fallen, casting a dark shadow over the spring scene and all the fair maidens have already departed. Thus, the protagonist is left once again in solitude in front of the setting sun. This particular imagery of the setting sun is significant not only because it signifies the end of another day, but because it also indicates the arrival of the time in the day when people return home. At this point, the protagonist then sighs in exasperation at the onset of line 26, and uncovers a new psychological state within the lyric: his worries about his uncertain future as he drifts further and further away from his home. The imageries of the drifting duckweeds pushed by the waves emphasize the lack of power to control his direction, whereas the broken stems in the wind reflect his lack of stability to settle down and take root in a place long enough to call it home. These two imageries come together to deepen the protagonist's dreaded perception of aimless wandering and continued exile. Thus, this final line mirrors the internal anxiety experienced by the protagonist by ending on an equally uncertain note, and hints at the protagonist's sense of continuous exile.

There are several notable contrasts between the first two stanzas and the third stanza. The focus of the first two stanzas is a happy scene that is located externally and physically, whereas the focus of the third stanza is the inner negative emotions of the protagonist. The visual imageries in the first two stanzas are tightly packed to emphasize the liveliness of spring that is bustling with activity and excitement, whereas the visual imageries in the third stanza are relatively sparse to match the dejection experienced by the protagonist as he wallows in his own sadness. Furthermore, the imageries in the first two stanzas accentuate beauty, youth, and happiness, whereas the imageries in the third stanza convey dejection, sadness, aging, solitude, and endless wandering. Additionally, variations in the rhyme schemes between the stanzas further accentuate the contrast between the first two stanzas with the third stanza. The rhyme scheme for the first two stanzas of this lyric is sparse:

Stanza 1	4	4	7r	5	4r	4	4	6	4r	8r
Stanza 2	6	4	4r	9r	4	4	6	4r	8r	

Conventionally, lines within the same rhyme interval are read in one breath. Based on the above rhyme scheme, it can be concluded that the cheerful and vibrant spring scenes are presented in a light and quick rhythm. This is relatively different from the third stanza, which has the following rhyme scheme:

Stanza 3	4	4	4r	8r	10r	8r	8r

As can be seen, the rhyme scheme found in the third stanza is relatively dense. With the exception of the first three lines, the remaining lines all end with a rhyme word, thus resulting in an emphasis of each thematic element. For example, alongside the inherent meaning conveyed by the rhyme words *chu* 处 (tśi̯wo; place), *du* 度 (d'uo; pass), *mu* 暮 (muo; dusk), and *qu* 去 (k'i̯wo; go), the successive use of their heavy falling tones throughout the third stanza makes the mood of the lyric increasingly depressing with each progression.

In short, the success of this lyric is derived from the fact that while it is developed through a series of concrete details, the audience is not immediately aware nor expectant of the dramatic irony that lies in wait for them at the third stanza. Liu Yong successfully achieves this sensory impact by deliberately diverting the audience's attention to the multilayered scenes of a beautiful spring day through the application of his expansive technique. This diversion and heightened contrast makes his sudden transition to subjective feelings more abrupt and striking, thereby greatly strengthening the emotional impact of the lyric.

2. Lyrics Presented through the Gradual Intensification of Emotions

In the second style used by Liu Yong to integrate human emotions with the natural environment, a sequential technique is applied to present the lyric in progression. Lyrics that fall under this style often begin with a parallelism that expansively describes the natural setting, while placing emphasis within the first stanza on the descriptive imageries of natural scenery as opposed to dwelling on personal feelings. Typically, the temporal setting found in these lyrics is often on an autumn evening or shortly after a rainfall. The spatial setting is generally located on a river with nearby mountains, and clouds and mist can often be observed in the distant horizon. The protagonist is often on a boat in the middle of a journey. However, there are also examples of lyrics with the protagonist leaning against a railing from a tower as he gazes into the autumn scenery. In each scenario, the protagonist is often stimulated by the scenery, and his sorrow has the tendency to deepen towards the end of the first stanza. As such, the last few lines of the first stanza generally serve as a transition into the second stanza, as it prepares for the reversal of emphasis towards personal feelings that are typical of the second stanza. These transitional lines facilitate a smooth transfer of emotions as the lyric progresses into the second stanza, thus allowing the protagonist to continue revealing his emotions in a gradually more intensifying and detailed manner.

Similar to the first style, emotions of the second style generally include recollections of happy memories from romantic affairs of his earlier life in the capital city. Additionally, the protagonist is often found yearning for a simple message from his faraway beloved as he becomes increasingly dejected by his endless journeys. The following lyric "Qing-bei 倾杯" (Tipping the Wine Cup) [11] is a typical example of Liu Yong's sequential technique:

Stanza 1

Line	Original Text Pinyin	Literal Meaning	Translation
1	鹜落霜洲, *wuluo shuangzhou,*	wild duck fall frost isle	Wild ducks descended toward the frosty isle, as
2	雁横烟渚, *yanheng yanzhu,*	wild goose cross mist sandbank	The wild geese cut across the misty sandbank,
3	分明画出秋色。(r) *fenming huachu qiuse.*	distinctly paint out autumn color	Painting a distinctive autumn canvas.
4	暮雨乍歇, *muyu zhaxie,*	evening rain just rest	The evening rain has just stopped, as
5	小楫夜泊, *xiaoji yebo,*	small boat night berth	The small boat docks for the night,
6	宿苇村山驿。(r) *su weicun shanyi.*	lodge reed village mountain posthouse	Staying overnight at a posthouse nestled in the secluded village.
7	何人月下临风处, *heren yuexia linfeng chu,*	who under moon face wind place	A lone figure stands facing the wind beneath the moonlight, as
8	起一声羌笛。(r) *qi yisheng qiangdi.*	start one sound Qiang flute	The tune from the Qiang flute begins to fill the air.
9	离愁万绪, *lichou wanxu,*	depart sorrow ten thousand feelings	The brimming sorrow of departure

Line	Original Text Pinyin	Literal Meaning	Translation
10	闻岸草、切切蛩吟如织。(r) *wen ancao, qieqie qiongyin ruzhi.*	hear shore grass, chirp chirp cricket chant like weave	Begins to trickle harmoniously with the chirping of the crickets in the grass by the shoreline.

Stanza 2

Line	Original Text Pinyin	Literal Meaning	Translation
11	为忆,(r) *weiyi*	do recall	All I have are just memories of
12	芳容别后, *fangrong biehou,*	beautiful face after parting	Your beautiful face since we parted;
13	水遥山远, *shuiyao shanyuan,*	water far mountain distant	Now we are separated by far waters and distant mountains,
14	何计凭鳞翼。(r) *heji ping linyi.*	what method depend scale wing	Unreachable by letter messengers.
15	想绣阁深沉, *xiang xiuge shenchen,*	think embroidered chamber deep sink	Since you are confined to the depths of your bedchamber,
16	争知憔悴损, *zhengzhi qiaocui sun,*	how know distress wound	You would not know of the wounds cut from the sorrows and despairs that
17	天涯行客。(r) *tianya xingke.*	sky end traveling guest	The roaming traveller must endure during his endless journeys.

Stanza 3

Line	Original Text Pinyin	Literal Meaning	Translation
18	楚峡云归, *chuxia yungun,*	Chu Gorge cloud return	The clouds have left the gorges of Chu,
19	高阳人散, *gaoyang rensan,*[12]	Gaoyang people disperse	The merry men have since disbanded from Gaoyang, and
20	寂寞狂踪迹。(r) *jimo kuang zongji.*	solitude crazy trace	Only memories remain to accompany my lonely soul.
21	望京国, *wang jingguo,*	gaze capital country	I look towards the direction of the capital city,
22	空目断远峰凝碧。(r) *kong muduan yuanfeng ningbi.*	in vain see distant peak still green	Looking as far as I can, but I can only see the distant peaks rising from a stillness of green.

True to the characteristics of *manci* that fall under the archetype of the second style, the lyric opens immediately with a parallelism that depicts the descent of the wild ducks as the wild geese glide across the sandbank into the distant horizon. These two imageries combine to depict the birds' migration to the south for the winter, and thereby allow the audience to easily deduce the particular time of the year that the scenes have occurred. Within the span of these few lines, the focus shifts from the gradual descent of the wild ducks into a wide sweeping motion across the horizon as the audience follows the movement of the wild geese, which thereby allow for an expansive presentation of the autumn scene. At the same time, Liu Yong hints towards the protagonist's homesickness that he has cleverly hidden behind the symbolic facade of the birds' migration. The direct reference to the "autumn canvas" in line 3, with its ending rhyme word further asserts the scenario for the audience. Movement and change are emphasized in lines 4–6, thereby representing two levels of meaning for the audience. More specifically, through the transitions between the words “evening rain” in line 4, to “the night” in line 5, and finally to “staying overnight” in line 6, the audience is made consciously aware of the progression of time that is in effect between each transition. At the same time, there are also changes to the movements and activities of the protagonist, as he gets off the “small boat” after it has “docked for the night” in line 5, he moves from the riverbank towards the “secluded village” and makes an overnight stay at the “posthouse” in line 6. These transitions eventually lead to a bigger shift when the protagonist catches the sounds of the Qiang flute in line 8 played by the “lone figure” beneath the moonlight in line 7, as he proceeds to disclose his subjective feelings. More significantly, the Qiang flute is traditionally associated with faraway places located in the outskirts of the country. As such, these two lines serve as a pivot point for the thematic shift in line 9 during which the protagonist explicitly discloses his subjective feelings evoked by the quivering melody of the Qiang flute. Thus, his sorrows begin to fluidly pour outward, which is cleverly mirrored by the incessant chirping of the crickets in line 10, beautifully fusing the protagonist’s emotions with his external environment.

The protagonist’s sorrows begin to spill over towards the end of the first stanza, and the brimming emotions begin to gradually trickle towards the second stanza in a smooth motion. Emotions begin to gain gradual intensity with each progression as the protagonist continues to unfold his inner feelings layer by layer. Through the progression of the lyrics into lines 11–14, the audience becomes gradually aware of the reason behind the protagonist’s distressing sorrow, due to the statement made in line 11 declaring that all he has are "just memories" of a "beautiful face" in line 12, as they are "now separated by far waters and distant mountains" in line 13, that are "unreachable by letter messengers" in line 14. In other words, since his departure for his journey, he has been separated from his beloved with no means to communicate with her. Liu Yong begins to further develop the protagonist's brimming emotions in lines 15–17. In line 15, the protagonist begins to think of his beloved, as he imagines her "confined to the depths" of her bedchamber, and concludes dejectedly in line 16 that she would have no idea of the "wounds cut from the sorrows and despairs" that he has endured during his "endless journeys" in line 17. Within these lines, Liu Yong has successfully juxtaposed two locations within the same scene. The first location is the imaginary scenario of his lover sitting far away in her secluded chamber, categorized as "there." The second location is his current physical location that bears the realities of his journeys, categorized as "here." By assuming that she is not aware of his present distress, he naturally shifts the focus away from her onto himself, blurring the distance between the two places, and successfully assimilates the two imageries into one cohesive scene. The protagonist's loneliness from his endless wandering is further intensified by the parallelism that follows in lines 18 and 19. The symbolism behind the clouds leaving the gorges of Chu further reinforces the imageries of his departure and subsequent separation from his beloved in line 18, whereas the merry men in line 19 represent his drinking companions. In other words, since he has embarked on his journey, his romances have drifted away, and his friends have since dispersed and became far away from him. In the end, the protagonist sadly concludes in line 20 that after much turmoil and distress from the endless wandering that brought him further and further away from his beloved and his friends, "only memories remain to accompany" his "lonely soul" with an uncertain future. To console himself, he "looks toward the direction of the capital city" in line 21, where his beloved dwells, where he had spent his most memorable years, and where he had his drinks with his friends. Sadly, no matter how far he tries to look, all he can see are just "distant peaks rising from a stillness of green" in line 22, thereby ending the lyric with lingering emotions.

The overall language of this lyric is fairly refined and is marked by distinctive imageries that are presented in a coherent manner. For example, terms such as "frosty isle" "misty sandbank" "evening rain" "posthouse in a secluded village" "moonlight" "crickets" and "grass by the shoreline" have all contributed to the creation of a desolate autumn scene that blatantly reflects the sad emotions and dejected motions of the protagonist. On the other hand, colloquialisms such as *fenming* 分明 (clearly), *zha* 乍 (just), *yisheng* 一声 (one sound), and *zhengzhi* 争知 (how does one know) add an informal but personal tone to the lyric, thereby tightening the distance between the protagonist and his audience. Additionally, the imagery of the clouds leaving the gorges of Chu in line 18 reminds one of the romantic encounters of the King of Chu and the imagery of the merry men disbanding from Gaoyang in line 19 symbolizes the protagonist's loneliness. When these two symbolic images come together to form a parallelism in the lyric, the sharp contrast between the protagonist's past happiness and present loneliness becomes strongly enforced. Furthermore, the characters *lin* 鳞 (scale) and *yi* 翼 (wings) from the original text of line 14 form a synecdoche that can also act as allusions that refer to messengers. On another note, the simile "crickets chant like weave" in line 10 conveys two meanings. The first meaning suggests that the sound of the crickets is like that of a loom, whereas the second meaning suggests that the protagonist's sorrow is gradually building up like a piece of fabric in the midst of being woven. Even more interesting are the reduplicative characters *qieqie* 切切 (ts'iet ts'iet), an onomatopoeia that represents the chirping sounds of the crickets, which also closely resemble the sobbing sounds that humans make while in a state of distress. Thus, they successfully intensify the emotions of the overall scene. Additionally, alliterations such as *qiaocui* 憔悴 (dz'i̯ǎu dz'wi; distress), *zongji* 踪迹 (tsi̯wong tsi̯ǎk; trace), and rhyming disyllables such as *jimo* 寂寞 (dz'iëk mâk; lonely) reinforce the overarching theme and amplifies the auditory effect of the lyric. Furthermore, the depressing atmosphere emphasized by the lyric is gradually strengthened through the repeated use of entering tone rhyme words such as *se* 色 (ṣi̯ək), *yi* 驿 (i̯ǎk), *di* 笛 (d'iek), *zhi* 织 (tśi̯ək), *yi* 忆 (· i̯ək) (which was a hidden rhyme), *yi* 翼 (i̯ək), *ji* 迹 (tsi̯ǎk), and *bi* 碧 (pi̯ǎk). The use of words such as *xie* 歇 (χi̯ɐt), *bo* 泊 (b'âk), and yi 驿 (i̯ak) in lines 4–6 are particularly striking as it enables four consecutive lines (3, 4, 5, 6) to end with an entering tone as well. Each of these four lines increasingly emphasizes the focal image of the protagonist's wandering life.

Lastly, the rhyme scheme of this lyric is an interesting trait as well. More precisely, the rhyme scheme for this particular lyric is as follows:

Stanza 1	4	4	6r	4	4	5r	7	5r	4	9r		
Stanza 2	2r	4	4	5r	5	5	4r	4	4	5r	3	7r

As can be observed, the rhyme scheme for this particular lyric is relatively sparse, and enhances the use of enjambment. More specifically, lines 1–3, lines 7–8, lines 11–14, and lines 15–17 can be treated as complete sentences. The sparse rhyme scheme of this lyric also advantageously divides the thematic elements into smaller units. Thus, rhythm and meaning flow together freely from line to line throughout the entire composition, thereby allowing for a much more pronounced representation of sequential development in *Ci* writing.

3. Lyrics Presented with Dynamic Sequencing

As its name implies, this particular style requires Liu Yong to skillfully assimilate human emotions with the natural scenery in a more dynamic manner. Lyrics that typically fall under this particular style often begin with a description of a parting scene, or a scene set in the midst of a journey in progression, where the protagonist is often found on a boat or on horseback. As the protagonist progresses forward with his journey, he describes the sights and sceneries that he sees as he travels. As time progresses, he is often moved by the external scene, thereby causing his thoughts to gradually move internally towards himself. As such, similar to the styles previously discussed, the protagonist can often be found recollecting memories from the happy moments and romantic affairs of earlier life. This would then evoke a complex array of emotions as he longs for the day he shall return home, to which he would then become overwhelmed by his worries pertaining to his future journeys. Therefore, the general impression of these particular lyrics often revolves around a central theme of "a journey in progress." At the same time, the audience is provided with the opportunity to follow the protagonist's stream of thought as he travels from the present to the past, and then from the past back to the present which sometimes even continues into the future. It can be said that lyrics that fall under this style archetype is generally filled with a sensation of movement throughout the composition. In terms of a representative example of this style archetype, aside from the frequently cited "Midnight Joy" (Ye-ban-le 夜半乐),[13] the following lyric "Leading the Chariot" (Yin-jia-xing 引驾行)[14] is another example that can fully demonstrate Liu Yong's dynamic mode of presentation:

Line	Original Text Pinyin	Literal Meaning	Translation
1	虹收残雨。 *hongshou canyu.*	rainbow gather faded rain	The rainbow soaks up the remnants of the rain.
2	蝉嘶败柳长堤暮。 *chansi bailiu changdi mu.*	cicada hiss worn willow long embankment evening	Cicadas hiss amongst the wilted willows in front of the long embankment as dusk falls.
3	背都门动消黯， *bei dumen dong xiao'an,*	back capital gate move withstand gloom	My heart suddenly becomes heavy as I turn my back to the gates of the capital city, as
4	西风片帆轻举。(r) *xifeng pianfan qingju.*	west wind piece sail light raise	The lonesome boat begins to set sail in the autumn wind.
5	愁睹。(r) *choudu.*	sorrow see	With great sadness, I begin to notice
6	泛画鹢翩翩， *fan huayi pianpian,*	float paint fish hawk flutter flutter	The painted fishhawks flutter across the boats, as
7	灵鼍隐隐下前浦。(r) *lingtuo yinyin xia qianpu.*	spirited alligator faintly faintly down front shore	The mud dragon stealthily leaves the front shores.
8	忍回首，佳人渐远， *ren huishou, jiaren jianyuan,*	cannot bear look back beautiful person gradually far	I cannot bear the thought of looking back, and watch her lone figure gradually disappear with the distance, as
9	想高城，隔烟树。(r) *xiang gaocheng, ge yanshu.*	think high city, separate misty tree	I think about the high city walls and misty forest that will now separate us.

Continued Table

Line	Original Text Pinyin	Literal Meaning	Translation
10	几许。(r) *jixu.*	how many	So many
11	秦楼永昼, *qinlou yongzhou,*	Qin tower forever daytime	Endless days we had spent together at the Qin tower that
12	谢阁连宵奇遇。(r) *xiege lianxiao qiyu.*	Xie chamber nights strange encounter	Continued into the nights filled with romantic encounters at the Xie chamber.
13	算赠笑千金, *suan zengxiao qianjin,*	reckon buy laughter thousand gold	I reckoned that I had gifted you thousands of pieces of gold just to see your smile, and had
14	酬歌百琲, *chouge baibei,*	pay song hundred pearls	Paid hundreds of pearls just to hear you sing, but
15	尽成轻负。(r) *jincheng qingfu.*	all become betrayal	My broken promises shall erase all these happy memories.
16	南顾。(r) *nangu.*	south gaze	I turn my head to look southward, as
17	念吴邦越国, *nian wubang yueguo,*	think Wu state Yue country	I begin to wonder where the states of Yue and Wu will be
18	风烟萧索在何处。(r) *fengyan xiaosuo zai hechu.*	wind mist desolate what place	Located amidst this desolate wind and eerie mist.
19	独自个,千山万水, *duzi ge, qianshan wanshui,*	alone, thousand mountain ten thousand water	I am alone, in the midst of infinite mountains and endless waters, as
20	指天涯去。(r) *zhi tianya qu.*	point sky end go	I head towards the other end of the horizon.

In this lyric, Liu Yong immediately captivates the audience's attention with the use of the verb *shou* 收 (to gather) to personify *hong* 虹 (rainbow) and *yu* 雨 (rain) in its opening line. This accentuates both elements of nature to provide a vivid natural setting for the beginning phase of the lyric. It also provides the temporal setting for the lyric, which happens to be shortly after a rainfall. Line 2 further specifies that the time of the day is some time during dusk. The "autumn wind" in line 4 further specifies the season for the audience. On the other hand, the presence of *changdi* 长堤 (long embankment) in line 2 provides a subtle clue to the overall theme of the lyric for the audience. Embankments are typically found by the riverbanks, which are commonly associated with scenes that depict sorrowful partings and separations.

In the lines that follow, Liu Yong continues to unfold a dynamic picture through the progressive use of imageries found in nature that carefully interlock with the dominant sense of constant action and movement. In other words, the actions and movements of the protagonist become progressively exposed with each successive line, while subtly implying that he is also travelling further and further away from the shoreline. More specifically, the following imageries found in nature conveys a perception of movement: *xifeng* 西风 (autumn wind), *pianfan* 片帆 (lonesome boat), *huayi* 画鹢 (painted fishhawk), and *lingtuo* 灵鼍 (mud dragon). (It should be noted that the term "painted fishhawks" is referring to the paintings of the birds that typically decorated boats and is thus used as a metaphor for boats in this instance. Similarly, the term "mud dragon" is referring to the figurehead that is carved in the shape of an alligator, and is also used as a metaphor for the boat that carries the protagonist.) The following verbs and modifiers further amplify the sensation of motion experienced within the lyric: *bei* 背 (to turn one's back to something), *dong* 动 (move), *qingju* 轻举 (lightly raise), *pianpian* 翩翩 (flutter), *fan* 泛 (float), *xia* 下 (downstream), *huishou* 回首 (look back), *jianyuan* 渐远 (become gradually further away), and *ge* 隔 (separated). Together, these natural imageries, the verbs, and the modifiers weave seamlessly into each other, and blend together to form a cohesive picture that allows the audience to become immersed into the scene. Thus, under Liu Yong's skillful manipulation, the audience travels alongside the protagonist as he watches the scene unfold by the river.

It is evident that the parting sorrows of the protagonist gradually intensify as the lyric progressed. The lyric begins with negative modifiers *can* 残 (faded) in line 1, and *bai* 败 (worn) in line 2. Both modifiers delicately hint at the unpleasant emotions endured by the protagonist. The hissing of the cicadas at the onset of dusk in line 2 echoes the inner weeping of the protagonist during that final moment as he parts from his beloved. Additionally, the context of lines 4–7 that centers around the imagery of a lone sail slowly easing away from the shoreline further accentuates the unpleasant emotions within the protagonist. Under such context, it is only natural that the protagonist's sorrow would continue to develop as he watches the other boats return swiftly to shore, whereas his "lonesome boat" is sailing swiftly in the west wind towards the opposite direction in line 4. Liu Yong vividly captures the swift motion of the other boats by taking advantage of the enjambment's quick rhythm. These lines reveal the inner turmoil experienced by the protagonist. Knowing that his beloved is still standing by the shoreline near the embankment, he wants to turn his head to take another look at her. At the same time, he is aware that the boat is moving stealthily forward, and it is only a matter of time before she will disappear from his line of vision as the distance between them grows. The thought of watching her slowly disappearing before his eyes is too painful for him, thus he refrains from looking back. Nonetheless, he cannot help but become tormented by the distance that will soon separate them, as he thinks about the high city walls and misty forest that surround the city in line 9. This particular line provides a time lapse that implies that the protagonist has already travelled even further away from the shoreline, a distance that is so far that he is no longer able to turn back even if he wants to. At the same time, it provides a transition point that smoothly carries the protagonist from his present misery into past happiness of the second stanza as he consoles himself with recollections of his romantic moments with his beloved.

The second stanza can be broken down into two parts. The first part, lines 10–15, focuses on the past and has created a new world with recollections of the protagonist's earlier life in the capital city that is filled with happiness. These happy experiences are presented in an expansive manner through the use of parallelisms. Moreover, his many romantic affairs are expressed through the juxtaposition of euphemistic imageries such as *qinlou* 秦楼 (Qin tower), in line 11 and *xiege* 谢阁 (Xie chamber) in line 12. Both are euphemisms for brothels, and are intensified by quantitative modifiers such as *jixu* 几许 (how many), *yong* 永 (forever), and *lian* 连 (joint, many in a row). The lead word *suan* 算 (reckon) found in line 13 of the original text is followed by a parallelism that further reveals the psychological state of the protagonist. Multiple pairings are made within this parallelism: the pairing of the verbs *zeng* 赠 (give away) and *chou* 酬 (buy), the pairing of imageries associated with human activity such as *ge* 歌 (song) and *xiao* 笑 (smile), and the pairing of imageries of manmade objects in an exaggerated manner such as *qianjin* 千金 (thousands of pieces of gold) and *baibei* 百琲 (a hundred strings of pearls). These pairings effectively convey a whimsical, luxurious, and unrestrained atmosphere. Yet, the presence of the character *suan* completely negates the happy atmosphere that has been elaborately created by the parallelism. The heartbreaking sensation is further accentuated by the summary provided in line 15, as the protagonist sadly concludes that "his broken promises shall erase all these happy memories," striking a powerful blow that shatters the beautiful world created since the onset of stanza two up until this point. The use of the character *jin* 尽 (all) further emphasizes the devouring sensation of emptiness and helplessness endured by the protagonist as he realizes that he has lost everything in that precise moment. Thus, it brings the protagonist harshly back to his reality, thereby smoothly transitioning from the past back into the present once again.

Line 16 marks the opening of the second part of the second stanza, which brings the focus back towards the progression of the journey, as the protagonist turns southward to catch a better glimpse of his surroundings. Line 17 provides a direct revelation that informs the audience that the protagonist is getting farther and farther away from the states of Yue and Wu along the region of Yangtze. The lead word *nian* 念 (to think about) in line 17 serve two purposes. The first purpose is to highlight a shift in the protagonist's attention as he begins to fixate on his worries pertaining to the uncertainties of his future. It should be noted that the lead word *nian* is followed by a major pause. The second purpose is associated with this major pause which serves to emphasize the object that follows, which is "the states of Yue and Wu." Hence, the tone of the overall phrase becomes much more forceful, thereby illustrating the protagonist's reluctance towards his journey. The natural imageries of the wind and mist in line 18, coupled with the alliteration of *xiaosuo* 萧索 (sieu sâk; desolate), paint the picture of the protagonist being surrounded by a blurry haze in a desolate terrain, thereby subtly hinting that there is an unpromising future that lies ahead for the protagonist. Within the lines 16 to 20, through the use of imageries, Liu Yong creates a sharp contrast between the vastness of nature and the smallness of the protagonist.

This contrast skillfully conveys the hardships endured during these journeys, which further intensifies the protagonist's sensations of exile and loneliness that is ongoing without a definitive end in sight. Even as the lyric ends, the protagonist's journey continues, as he continues towards "the other end of the horizon" in the final closing line. Lastly, another impressive characteristic of this lyric is that it skillfully combines elegant diction with occasional colloquialisms such as *jixu* 几许 (how many) and *duzige* 独自个 (alone). More specifically, the forward movement of the lyric is enhanced by the use of enjambment in lines 5–7, lines 10–12, lines 13–15, lines 17–18, and lines 19–20. Interestingly, some of these enjambments interrupt the resting pause that typically follows rhyme words, such as lines 5, 10, and 16. The irregular caesural pattern further contributes to the overall rhythmic flexibility of the lyric. For instance, lines 6–7 are introduced by the lead word *fan* 泛 (float), and are supposed to be read in one breath with a 1/4–4/3 rhythm. Another example would be lines 13–14, which are introduced by the lead word *suan* (reckon), and are meant to be read with a rhythm of 1/4–4–4.

In summary, the structural organization of this lyric is clearly defined and presented to its audience. Lines 1–9 form the first stanza, and its focus is on the initial phase of the journey as the protagonist is boarding his boat and continues until the boat is gradually sailing further and further away from the shorelines. Lines 10–15 of the second stanza focus on the protagonist's recollection of past memories before transitioning back into the present moment once again in lines 16–20, with a shift in focus on the terrains of his journey ahead. Additionally, this lyric is able to present the various feelings and sentiments experienced by the protagonist as he reluctantly parts from his lover. Some of these feelings include sorrow from separation, happy recollections, loneliness, and homesickness. Liu

Yong has skillfully integrated these feelings with the natural scenery that surrounds the protagonist in a dynamic manner so that several sequences consisting of spatial, temporal, and psychological elements are able to move simultaneously.

C. Liu Yong's Poetic Techniques and His Sequential Structure

The examples discussed above are representative exemplars of the typical structural elements found in Liu Yong's *Ci*. These structural archetypes all exhibit a skillful manipulation of the sequential structure, which becomes a unique generating principle that results from Liu Yong's successful assimilation of his poetic techniques with the form structure of *manci*. The following section will provide a brief analysis of the intricate connection between the poetic techniques employed by Liu Yong, and how it subsequently contributes to the development of the sequential structure within his lyrics.

First and foremost, the longer length of the tune patterns of *manci* has provided an advantageous landscape for the sequential structure to develop, as it allows for a widespread rhyme scheme. A widespread rhyme scheme means that each rhyme interval has the tendency to include a self-contained semantic unit, thus the progression from idea to idea becomes much more distinct. Additionally, Liu Yong has frequently endorsed the use of another element within his compositions: parallelism. Overall, Liu Yong has cleverly manipulated parallelisms in two ways that has greatly contributed to the development of his sequential structure. First, with regard to position, when a parallelism is placed at the beginning of a lyric, it serves as a strong generating point; when placed in the middle of a lyric, it serves as an effective transitional agent; when placed at the end of a lyric, it becomes a strong closure. With regard to meaning, by juxtaposing imageries from similar semantic categories, a parallelism can often provide details that elaborate on earlier expressions within the lyric. Thus, when a parallelism is arranged to span across the length of two, and sometimes even three, consecutive lines, details can often be provided in a sequential manner.

Furthermore, Liu Yong's unique tendency to use lead words has also contributed to the development of his sequential structure in two ways. First, lead words are used to create longer semantic units by enjambment, which then provide the lyric with longer sequential units. Secondly, lead words are often used to accentuate changes to the protagonist's psychological state of mind and his overt actions. Thus, the transition between each poetic experience will enhance progression and propel the movement of the lyric in a forward manner.

Undeniably, as made apparent in the earlier analyses, the sole determining factor of the sequential structure is the thematic development within the lyric. For example, lyrics in which Liu Yong has chosen a direct narration of events, he often exploits spatial sequencing and activity sequencing within these compositions. On the other hand, with lyrics that have focused on plain language narration, emphasis falls on the development of psychological sequencing. Liu Yong's mastery of these various narrative techniques has won him high acclaim. For example, Wang Zhuo had criticized Liu Yong's use of vulgar language in his compositions. Nonetheless, it did not prevent him from praising Liu Yong for his abilities to "narrate in an easy manner that had a head and a tail."[15] In other words, he was praising Liu Yong's composition for a smooth narrative that was easy to follow with a distinct beginning and a definitive ending. Similarly, Liu Xizai had criticized the open eroticism expressed in Liu Yong's writing.

Despite so, he too, had also praised Liu Yong as a lyrical poet that had "surpassed other *Ci* poets."[16]

Another common element found in Liu Yong's lyrics is the extensive use of imageries found in nature, especially lyrics that have seamlessly assimilated human emotions with these imageries. There are no distinctive patterns as to how these imageries appeared within his lyrics, as they are often distributed differently between compositions. Sometimes, these imageries are concentrated within the first stanza, sometimes they appear at the beginning of the lyric, and sometimes they are distributed throughout the entire span of the lyric. Regardless, their distribution patterns do not detract from their contributions towards sequential development. Whether it is through explicit or implicit means, all have effectively indicated temporal and spatial changes while maintaining the ability to reflect the emotional fluctuations of the protagonist as well. Liu Yong's significant use of imageries found in nature has hinged on his perception of nature as a pathetic fallacy rather than as a source of philosophical contemplation. Therefore, assimilation of human emotions with these imageries found in nature has allowed Liu Yong to endow nature with his own subjective emotions, and thus became an integral part of his poetic world, which shaped the lyrical traditional tradition of *Ci*.

In conclusion, as was previously mentioned at the beginning of this chapter, the most crucial techniques pertaining to the compositional writing of *manci* are the techniques employed to generate the movement of the lyric. In this regard, Liu Yong has shone brightly amongst others with his skillful craftsmanship of the sequential structure, as well as his seamless assimilation of human emotions with the imageries found in nature. As such, it is only natural that Liu Yong's expansive technique becomes widely adopted as the basic model for the writing of *manci*.

Conclusion

Liu Yong had made great contribution to the development of lyrics. However, despite the popularity of his lyrics his contribution was not properly recognized during his life time due to the prejudice against the long lyrics written to the new tune patterns. As expected, Liu Yong did not have a place in the orthodox history of the Song Dynasty. Hence, there is a shortage of readily available sources that documented the details pertaining to the life of Liu Yong. Despite so, this book has demonstrated that through the combined use of details drawn from gazetteers, notations of relevant scholars, classical vernacular fiction, as well as the content analysis of Liu Yong's lyrics, a rough trajectory filled with key episodes from Liu Yong's life can be reconstructed. Using the various techniques as explained by the previous chapters of this book, the following facts can be established with relative certainty: Liu Yong was born no later than the year of 985, obtained his *jinshi* (advanced scholar degree) in 1034, and died in 1053. Although the exact date of birth cannot be precisely determined, the date range provided above is still sufficient in that it still places Liu Yong at the forefront of the historical development for *manci*. Moreover, the rich repertoire of his lyrics facilitated the reconstruction of the various kinds of activities that Liu Yong had likely participated in during his lifetime, which included his interactions with the courtesans, sing-song girls, musicians, his experiences of urban lifestyle of the prosperous capital in the city of Kaifeng during his youth, as well as his sojourn as he carried out official duties during his later years. Furthermore, the sentimental expressions and emotional sensitivity expressed within his lyrics reveals that Liu Yong was a romantic poet who was also a literati aspiring to serve in the government. In particular, his long poem entitled "Song of Drying the Sea" was found in a gazetteer and it depicts the harsh life of the peasants drying sea salt by the shore. The expression of such sympathetic sentiments towards the hardships endured by the peasants further reveals the influence of Confucian thoughts within Liu Yong's personality.

In this exploration of Liu Yong's lyrics, his creative use of *manci* tune patterns was examined to reveal his pioneering contributions to the establishment of the form and aesthetics for *manci*. He had kept many tune patterns alive by using them in his lyrics. Altogether, a total of three poetic worlds found in Liu Yong's *manci* were explored within the context of this book and was further compared to the poetic worlds found in the *xiaoling* from the period of Tang and the Five Dynasties as well as the folk songs of Dunhuang. Additionally, Liu Yong's use of language, which ranges from the most connotative form found in allusions to the least connotative form found in colloquialisms have also been extensively examined in the previous chapters. Moreover, the creation of Liu Yong's strong rhythms within his compositions have been revealed through an analysis of Liu Yong's various repetition techniques by the means of words, rhymes, tones, caesural patterns, and parallelisms. Liu Yong's creative use of lead-words and enjambments were also reviewed, which provided a detailed demonstration of Liu Yong's creation and maintenance of the strong rhythmic flow within his lyrics. Lastly, Liu Yong's unique expansive technique and his various sequential structures have also been extensively explored within this book as well. In summary, based on the evidence gathered through a detailed examination of Liu Yong's life events, as well as Liu Yong's creative techniques that were revealed through an in depth analysis of his lyrics as conducted throughout this book, it can be argued that Liu Yong has made four significant contributions to the development of the genre of *Ci* poetry.

Without a doubt, Liu Yong's first significant contribution was his ample use of *manci* tune patterns which subsequently resulted in its popularization amongst the elite poets. In general, before Liu Yong had successfully popularized *manci* within the literati circle, elite poets rarely wrote *manci*. In fact, in the entire collection of *TWDC*, only 15 tune patterns are over 80 words in length.[1] It is acknowledged that around the same period, *manci* was already widely popular amongst the common people. However, due to the folk origin linked to *manci*, elite poets had often viewed *manci* with disdain and believed that it was vulgar and unsuitable for the elegance and refinement of the elite palate. Such dismissive views continued even into the early Northern Song Dynasty, as evidenced by the continued domination of *xiaoling* in the *Ci* writing amongst the elite circles. Furthermore, reviews of the creations of various contemporary poets at the time revealed that elite poets such as Yan Shu and Ouyang Xiu had only written a handful of *manci*. By contrast, Liu Yong had strayed away from these conventional patterns and had adopted *manci* wholeheartedly. As a result of his musical and writing talents, as well as his experience living amongst the musicians, sing-song girls, and courtesans, Liu Yong was able to adopt and refine the folk origins of *manci* into an exquisite literary genre. Liu Yong's *manci* was of vital importance to the historical development of the *Ci* genre. By the time of the Five Dynasties, the writing of *xiaoling* had matured under the talents of *Ci* poets such as Wen Tingyun (812–870), Wei Zhuang 韦庄

(836–910), Feng Yansi 冯延巳 (903–960), as well as Emperor Li Yu 李煜 (937–978) from the Southern Tang Dynasty. Moreover, by the early Northern Song Dynasty, *xiaoling* had reached its peak through the hands of Yan Shu, Ouyang Xiu, and Yan Jidao 晏几道 (1031–?). However, by the middle of the 11th century, the development of *xiaoling* began to stagnate. As such, in accordance to Wang Guowei's 王国维 (1877–1927) theory about literary development, *xiaoling* as a literary form had come to its end:

> When a literary genre has been popular for a long time and [is] practiced by many, it will naturally become stale. A writer with an independent mind will find it difficult to say anything original in the old form will develop a new form to express his ideas. This explains why a literary genre will flourish for some time but will eventually decline.[2]

In other words, *xiaoling* was inhibiting *Ci* poets from creating further innovations within its literary form. As such, it can be said that it was Liu Yong who had liberated the *Ci* genre from the restrictions of its form. Therefore, with the longer structural form made available by *manci* tune patterns, Liu Yong has created entirely new and different routes for poetic expressions.

Liu Yong's second significant contribution is his expansive technique. Prior to Liu Yong's adaptation of *manci*, the short length of *xiaoling* in *TWDC* compels its poets to present lyrical content in a brief manner. As such, its development is simple and often full of gaps, placing onerous onto its audience to resort to themselves to fill in the missing details. On the other hand, the various characteristics of *manci* such as its greater length, the extreme irregularity of its line lengths, as well as its widespread rhyme scheme had facilitated Liu Yong's development of his expansive technique. Altogether, these characteristics allow Liu Yong to employ an abundant amount of enjambments that thereby extends his thematic elements in a meandering manner that captivates his audience throughout the entire course of his lyrics. He also effectively uses the conventional poetic device of parallelism to enhance his sequential structure. Most significantly, Liu Yong's innovative use of lead-words not only increases the forward flow of his lyrics through the effects of enjambments, but it also accentuates shifts in poetic experience which thereby tightens the entire structure of the lyrical text. Liu Yong's successful deployment of these devices serves as an exemplar that later became the basic elements in the writings of *manci*. Liu Yong's expansive technique is best demonstrated within his *manci* since he tends to create a seamless fusion of human emotions with the natural scenery depicted within his lyrics. Altogether, he employs various modes to effectively integrate human emotions with the natural scenery, which includes his use of the dramatic sequence, gradual intensification of emotions, as well as the dynamic sequence. All of these modes had greatly influenced later poets such as He Fanghui 贺方回 (1052–1125), and most particularly Zhou Bangyan 周邦彦 (1056–1121).[3]

Liu Yong's third significant contribution is his innovations pertaining to the style development of language for the writings of *Ci*. By the time of the Northern Song Dynasty, the language of *TWDC* had already been repeatedly imitated for over two hundred years and thus became stagnant and cliché-ridden. As such, Liu Yong has created a metamorphosis for the language of Ci writing through his skillful use of colloquialisms. Unlike his predecessors and his contemporary counterparts, Liu Yong was unrestrained by upper class prejudice and freely embraced the influence from folk literature, and was especially inspired by the folk songs of Dunhuang. As such, he capitalized on the longer length permitted by *manci* tune patterns, and boldly introduced colloquialisms into his lyrics. Liu Yong's incorporation of colloquialisms in the writings of *Ci* led to several important results. First, the introduction of colloquial diction provides an extension of many new vocabularies for the writings of *Ci*, and thus greatly enriched its repertoire and thereby revived the language of *Ci*. Secondly, it provides the poet with greater descriptive power that enables a much more realistic and vivid depiction of the personae involved in the depicted poetic situations. Thirdly, it endows a lyric with a touch of informality and liveliness that thereby increases the fluency and immediacy of the lyrical text. Despite the many harsh criticisms of Liu Yong's inclusion of colloquial diction as an act of vulgarity, the outstanding results achieved by his lyrics through the skillful deployment of colloquialisms has inspired many other lyricists such as Huang Tingjian 黄庭坚 (1045–1105) and Qin Guan 秦观 (1049–1100) to follow his footsteps and adopt colloquialisms within their lyrics as well.

Conversely, Liu Yong also uses conventional poetic diction generously within his lyrics as well. Unlike the densely packed images found in the styles of *xiaoling*, Liu Yong tends to dilute his images with *xuzi* (empty words), plain diction, and colloquialisms which collectively contribute to the strong rhythmic flow and immediacy of his lyrics. His allusions are commonplace and are duly incorporated into a lyric as a means of comparison or to provide contrast, both of which are used to strengthen the poetic situation of a specific text. However, it is evident that Liu Yong does not rely on allusions as an important poetic technique to express his profound emotions. Overall, his images are rich in visual appeal, and his extensive use of images of natural elements shifts the poetic scope of *Ci* from the confinements of an indoor environment to a broader landscape offered by the various outdoor environments found in nature. On the other hand, the use of imageries depicting human activities and manmade objects found outdoor endows his *Ci* with a sense of concreteness. Moreover, his modifiers, and his implicit and explicit comparisons of images are not obscure. In fact, Liu Yong's metaphors and metonymies pertaining to women are rather direct and easy to understand. Additionally, his effective substitution of adjectives and verbs to endow human emotions into his imageries is another noteworthy technique found within his lyrics. Sadly, most scholars had ignored the fact that Liu Yong's constant attempt to create new compounds has often yielded striking effects. As such, Liu Yong has not only rejuvenated the language of *Ci* through the introductory use of colloquialisms, but he has also refreshed imageries through his innovative manipulations of conventional poetic devices.

Liu Yong's fourth significant contribution is the broadening of the poetic scope of *Ci* as a direct result of the expansion of its world. As mentioned earlier, *xiaoling* is greatly restricted by its shorter length, and thus the description of the poetic situation in *TWDC* is relatively brief. Furthermore, lyrics of *TWDC* are restrained by the reserved mode of expression, and thus emotions are implicitly suggested rather than explicitly stated. The characters depicted within these lyrics are generally vague and stereotyped, and the setting is usually confined to an indoor location. By contrast, Liu Yong employs a direct mode of expression within his compositions. Thus, aside from a direct mode of expression, Liu Yong is also equipped with his expansive technique and the vibrant vocabulary offered by colloquialisms that enable him to fully benefit from the gains offered by the longer tune patterns of *manci*. As such, even when Liu Yong writes about similar themes that are also found in *TWDC,* Liu Yong is able to achieve greater immediacy as well as provide a larger scope for *Ci* within his creations. For example, in his lyrics describing women, Liu Yong's emphasis on the actions and talents of women as opposed to the mere description of external decorations and static gestures successfully creates a new theme for *Ci*. Furthermore, in his lyrics about boudoir sentiments, Liu Yong fully utilizes colloquialisms in a direct manner of expression that facilitates his creations of many vivid and unpretentious female personae with strong individuality and experiences psychological changes. Such personae are a stark contrast to the vague and stereotyped female personae found in *TWDC*. Liu Yong had been criticized by Maoist critics for his failure to use his compositions to critique the bitter life of courtesans under the feudalistic system.[4] However, it can be argued that by comparison, Liu Yong's descriptions are far more realistic than those belonging to the *xiaoling* poets of the Tang Dynasty and the Northern Song Dynasty. Moreover, the conventional *Shi* poetry would be a more suitable genre for such social themes.

Liu Yong's love lyrics also mark a great departure from *TWDC*. He was harshly criticized for his bold expressions relating to the frustrations of love, and his explicit depictions of frequent brothel visits and romantic scenes further violated the taboos of traditional poets. However, such criticisms only reflect the critics' particular moral viewpoints at the time. From the perspective of literary development, by expressing love with *Ci*, Liu Yong has introduced a new poetic scope as well as a new mode of expression in *Ci* writing. Overall, the influence of Liu Yong's love lyrics had diverged into two different paths. Along one end amongst the scholarly poets, Qin Guan was quick to adopt Liu Yong's style of expressing love with *Ci*, but was derided by his teacher Su Shi 苏轼.[5] Conversely, as a token of his admiration towards Liu Yong, Wang Guan 王观 had named his collective works *Guan Liu Ji* 冠柳集, and was subsequently criticized for writing erotic *Ci* in a manner that was similar to that of Liu Yong.[6] Similarly, Liu Yong's love lyrics has been extensively imitated by many other *Ci* poets such as Shen Gongshu 沈公述, Li Jingyuan 李景元, Kong Fangping 孔方平, Gong Chudu 孔处度, Chao Ciying 晁次膺, and Moqi Yayan 万俟雅言.[7] Along the other path, Liu Yong's love lyrics had shown a great influence on the development of Yuan drama. Such influences can be seen in the unreserved descriptions of romantic scenes in dramas such as *The Western Chamber*, and it is perhaps why Kuang Zhouyi 况周颐（1859–1926）had remarked that Liu Yong's *Ci* was the origin of the musical language [i.e., poetry written for the purpose of singing] for the Jin Dynasty and the Yuan Dynasty.[8]

Liu Yong's literary achievement in expanding the world of *Ci* is even more apparent in his most celebrated lyrics about separation and rootless wandering. Within these lyrics, Liu Yong employs a first person point of view to express his emotional experiences, thereby elevating *Ci* to the level of individual expression. Additionally, within these lyrics, Liu Yong effectively fuses human emotions with the natural scenery through the skillful use of his expansive technique, and combines colloquial diction with refined diction in which thoughts and ideas are freely expressed through a direct mode of expression. As a result, Liu Yong successfully endows his lyrics with greater emotional intensity, immediacy, and psychological depth. His intense delineation of various psychological changes experienced during different stages of separation further broadens the scope of *Ci*, as these are aspects that are seldom explored by the lyrics in *TWDC*. Moreover, his frequent inclusion of rivers and mountains as a background for his lyrics depicting journeys successfully shifts *Ci* from its confined settings to the outside world of nature. Thus, with the integration of sentiments such as nostalgia, love, sense of exile, self-pity, as well as the frustrations associated with officialdom that are all combined into the context of a single lyric, results in the broad enrichment of its lyrical content.

Additionally, Liu Yong's new theme found in his lyrics about city life adds to the realism of his *Ci*. Within these lyrics Liu Yong vividly documents the social activities of the common city people, and thus shifts the setting of *Ci* from a confined bedchamber to a grand city scene. Therefore, despite Liu Yong's emphasis on the prosperity as opposed to revealing the darker aspects of society as criticized by Maoist critic, the concrete content of these lyrics definitively confirms its historical significance.

In summary, the worlds explored by Liu Yong are realistic rather than conceptual, natural rather than transcendental, and lyrical rather than philosophical. All these characteristics made him susceptible to attack and criticisms for having no "high ideals" (*jituo* 寄托).[9] However, it should be remembered that Liu Yong was the pioneer of *manci* during a time period in which *Ci* was still categorized under the genre of musical-poetry. Conversely, it is important to note that the use of *Ci* as a means to convey sophisticated ideas did not come into common practice until the Southern Song Dynasty, long after the death of Liu Yong. Overall, Liu Yong's *Ci* were popular amongst the common people during his life time, and remained popular even after the downfall of the Northern Song Dynasty.[10] Yet, his lyrics were not accepted by the upper class, and continued to remain rejected until after his death. Aside from the shared prejudice towards lyrics of folk origin, the general consensus amongst the elite poets at the time was that Liu Yong's unreserved style was vulgar and crude. Nonetheless, despite such disapprovals and harsh criticisms, Liu Yong's great innovations in form development, writing techniques, and exquisite content became gradually recognized over time. As such, elite poets began to use *manci* tune patterns, adopted Liu Yong's expansive technique, and included colloquialisms within their *manci* to express broader themes. By the late middle of the 11th century, *manci* has successfully replaced *xiaoling* as the dominant genre in *Ci* poetry. Therefore, Liu Yong has channeled *manci* from its folk origin to a more popularized form that became widely accepted as a part of mainstream Chinese poetry, and has thus successfully bridged the gap between folk literature and orthodox literature.

Notes and Appendices

Abbreviations:

Cihua Congbian	*CHCB*	词话丛编 (*Collections of Books on Ci*)
Hanyu Shilü Xue	*HYSLX*	汉语诗律学 (*Prosody of Chinese Language and Poetry*)
Tang Wudai Ci	*TWDC*	唐五代词 (*Lyrics of Tang and Five Dynasties*)

Note: Except for names of the tune patterns, Chinese characters for names and places will be given when they first appear. The poem numbers are based on the order of appearance in Liu Yong's poetry collection *Yuezhang Ji* (*Words to Music* 乐章集) collected in Tang Guizhang's *Quan Song Ci* (*The Complete Collection of Song Dynasty Lyrics* 全宋词) (Taipei: World Press, 1965), volume I.

Part One: Reconstructing the Life of Liu Yong: the Sojourned Poet

1. Wang Yucheng's 王禹偁 (954–1001) *Xiaoxu Ji* 小畜集, in *Sibu Congkan* 四部丛刊, first collection (Shanghai: Commercial Press, 1936), juan 卷 (chapter) 30, pp. 209–210.

2. For the biography of Wang Yucheng, see Tuo Tuo 托托, Ouyang Xuan 欧阳玄(1283–1357) et al., eds., *Song Shi* 宋史 (Hongkong: Wenxue yanjiu she 文学

研究社, 1959, 293.5278c–5279c. The dynastic history books mentioned in the following were published by the same publishing company.

3. For the biography of Liu Mian 柳冕, see Liu Xu 刘昫 (887–947) et. al. comp., *Tang Shu* 唐书, 149.3479b–d; He Qiaoyuan 何乔远 [Ming] ed., *Min Shu* 闽书, see Chinese Rare Books of Beiping, item 1001 [in microfilm], photo-reproduction of 1628 edition), juan 42, wenli 文莅 (cultural figures), pp. 6b–7a.

4. For example, Zhu Yizun 朱彝尊 (1629–1709), *Ci Zong* 词综, in *Sibu Beiyao* 四部备要, han 函 (collection) No. 265, ce 册 (volume) 6, juan 5, p. 7a; Du Wenlan 杜文澜 (1815–1881), *Ciren Xingming Lu* 词人姓名录, in Wan Shu's 万树 (fl. 1680–1692) *Jiaokan Ci Lü* 校刊词律 (Shanghai: Puyi shuju 普益书局, n.d.), p. 4a; Hu Shi 胡适 (1891–1962) ed., *Ci Xuan* 词选 (Shanghai: Commercial Press, 1928), p. 86; Chen Rui 陈锐, "Liang Song ciren shidai xianhou xiaolu" 两宋词人时代先后小录 (A Brief Chronology of Song Dynasty Lyricists), *Cixue Jikan* 词学季刊 (Quarterly of *Ci* Studies), Vol. I, No. 3, Dec. 1933, p. 83.

5. Guan Hanqing 关汉卿 (1230–1280), *Qian Dayin zhichong Xie Tianxiang* 钱大尹智宠谢天香, in Lu Qian 卢前 (Lu Jiye 卢冀野, 1905–1951), ed., *Yuanren Zaju Quanji* 元人杂剧全集 (Shanghai: Shanghai zazhi gongsi 上海杂志公司, 1935–1936), Vol. 1, p. 29. This mistake was pointed out by Luo Jintang 罗锦堂 (b.1929) in his *Xiancun Yuanren Zaju Benshi Kao* 现存元人杂剧本事考 (Taipei: Zhongguo wenhua shiye gufen youxian gongsi 中国文化事业股份有限公司, 1960), p. 106.

6. The brief biography of Liu Chong 柳崇 is recorded in the following works which are mainly based on Wang Yucheng's "Epitaph" from *Min Shu*, juan 16, fangyu 方域 (district), pp. 11b–12a; Lin Hongnian 林鸿年 (Qing Dynasty) ed., *Fujian Tongzhi* 福建通志 (photo-reproduction of Zhengyi Academy 正谊书院, 1868 edition), juan 175, Song liezhuan 宋列传 (Biographies of the Song Dynasty), pp. 24b–25a; Ling Dizhi 凌迪知 (Ming) comp., *Wanxing Tongpu* 万姓统谱 (Taipei: Xinxing shuju 新兴书局, 1971, photo-reproduction of Jiguge 汲古阁 [Ming] edition), juan 88, p. 1276.

7. In *Fujian Tongzhi*, juan 175, pp. 24b–25a, it is recorded that it was Wang Shenzhi 王审知 (862–925), Wang Yanzheng's 王延政 father, who appointed Liu Chong to be the assistant sub-prefect. Liu Chong was born in 917. When Wang Shenzhi died, Liu Chong was only eight years old. Therefore, the record of *Fujian Tongzhi* seems incorrect.

8. Wang Yucheng's "Epitaph" records that Liu Chong had six sons. But *Min Shu* (see Note No. 6) adds another one, Liu Mi 柳密.

9. Wang Yucheng, *Xiaoxu Ji*, juan 20, pp. 140–141.

10. For the biography of Li Yu 李煜 (937–978), see Xia Chengtao 夏承焘, *Tang Song Ciren Nianpu* 唐宋词人年谱 (Shanghai: Zhonghua shuju 中华书局, 1961), pp. 73–168.

11. *Min Shu*, juan 97, yingjiu zhi 英旧志 (Biographies of heroes and martyrs), p. 1b.

12. In Wang Yucheng's "Liu zanshan xiezhen zan bing xu" 柳赞善写真赞并序 (Preface to the Portrait of Critic-Adviser Liu), *Xiaoxu Waiji* 小畜外集, juan 10, p. 22, in *Sibu Congkan*, he records that Liu Yi was 58 years old in 996, which would put his year of birth in 938.

13. All records say that Sanbian 三变 was Liu Yong's original/name except Ye Mengde 叶梦得 (1077–1148), *Bishu Luhua* 避暑录话, juanxia 卷下, p. 2a, in *Xuejin Taoyuan* 学津讨原, collection 14, volume 2; and Feng Menglong 冯梦龙 (1574–1646) comp., Li Tianyi 李田意 ed., "Zhong mingji chunfeng diao Liu Qi" 众名姬春风吊柳七 (Famous Ladies Mourning Liu Qi in Spring), in *Gujin Xiaoshuo* 古今小说 (Taipei: The World Book Co., 1958, photo-reproduction of Tianxu Studio 天许斋 edition), Vol. I, juan 12, p. 13a. Since Liu Yong's two other brothers were named Sanjie 三接 and Sanfu 三复, it is obvious that Liu's original name was Sanbian.

14. Xie Zhangting 谢章铤 (fl.c. 1820–1903) said that Qiqing 耆卿 was Liu Yong's second courtesy name and his first one was Jingzhuang 景庄. See *Duqi Shanzhuang Ji* 睹棋山庄集, in *CHCB*, Vol. 10, p. 3350.

15. Loc. cit., Feng Menglong, "Zhong mingji chunfeng diao Liu Qi" (Famous

Ladies Mournig Liu Qi in Spring).

16. Wang Pizhi 王辟之 (fl.c. 1068), *Shengshui Yantan Lu* 渑水燕谈录, in *Biji Xiaoshuo Daguan Xubian* 笔记小说大观续编 (Taipei: Xinxing shuju, 1962), Vol. 2, p. 1755.

17. Chen Shidao 陈师道 (1053–1101), *Houshan Shihua* 后山诗话, in He Wenhuan's 何文焕 (1732–1809) ed., *Lidai Shihua* 历代诗话 (Taipei: Yiwen yinshu guan, 艺文印书馆, 1956), p. 186.

18. For instance, Chen Tingzhuo 陈廷焯 (1853–1892), *Baiyuzhai Cihua* 白雨齐词话, in *CHCB*, Vol. 11, p. 3806.

19. Quoted in Wu Zeng's 吴曾 (fl.c. 1163), *Nenggaizhai Manlu* 能改斋漫录, in *CHCB*, Vol. 1, p. 83.

20. Just to cite a few examples: Zhao Jingshen 赵景琛 (1902–1985), *Zhongguo Wenxueshi Xinbian* 中国文学史新编 (Shanghai: Beixin shuju 北新书局, 1935), p. 150; Chen Jing 陈荆, *Zhongguo Wenxue Jiangzuo* 中国文学讲座 (Hongkong: Daguang chubanshe 大光出版社, 1958), p. 59; Lu Kanru 陆侃如 (1903–1978) and Feng Yuanjun 冯沅君 (1900–1974), *Zhongguo Shishi* 中国诗史 (Peking: Zuojia chubanshe 作家出版社, 1956), Vol. 3, p. 626; Chen Guozhi 陈国治, *Ci Yu Ciren* 词与词人 (Hongkong: Shanghai shuju 上海书局, 1962), p. 48; Yu Simu 余思牧 (1925–2008), *Zhongguo Lidai Wenxuejia Lüezhuan* 中国历代文学家略传 (Hongkong: Qiaoguang shudian 侨光书店, 1958), p. 30.

21. See Note 4, Chen Rui, "A Brief Chronology of Song Dynasty Lyricists."

22. Zheng Qian 郑骞 (1906–1991), *Ci Xuan* 词选 (Taipei: Zhonghua wenhua chuban shiye she 中华文化出版事业社, 1964), p. 35. In his *Cong Shi Dao Qu* 从诗到曲 (Taipei: Kexue chubanshe 科学出版社, 1961), p. 119, he says that Liu Yong was about twenty-two years older than Su Shi 苏轼 (1037–1101).

23. Ye Qingbing 叶庆炳 (1927–1993), *Zhongguo Wenxueshi* 中国文学史 (Taipei: Guangwen shuju, 1971), Vol. 2, p. 372.

24. Tang Guizhang 唐圭璋 (1901–1990) and Jin Qihua 金启华, "Liu Yong shiji xinzheng" 柳永事迹新证 (New Evidence on Liu Yong's Life), *Wenxue*

Yanjiu 文学研究, No. 3, 1957, pp. 91–98; also see Tang Guizhang's *Songci Si Kao* 宋词四考 (Nanking: Jiangsu wenyi chubanshe 江苏文艺出版社, 1959), p. 17.

25. Luo Dajing 罗大经 (1196-1252?), *Helin Yulu* 鹤林玉露, in *Biji Xiaoshuo Daguan Xubian* 笔记小说大观续编, Vol. 2, p. 2282. For the lyric to the tune pattern "Wang-hai-chao" 望海潮, see poem No. 104.

26. For the biography of Sun He 孙何 (961–1004), see *Song Shi*, 306.5309d–5310a.

27. Tang Guizhang and Jin Qihua, "Lun Liu Yong de *Ci*" 论柳永的词 (On the Lyrics of Liu Yong), see *Tang Song Ci Yanjiu Lunwenji* 唐宋词研究论文集 (Hongkong: Zhongguo yuwen xueshe, 中国语文学社, 1969), p. 72.

28. Wang Yucheng's literary pieces written for Sun He are collected in his *Xiaoxu Ji, chapter* 8, p. 52, juan 9, p. 63; juan 11, p. 83; juan 19, pp. 129–130. Those for Sun Jin 孙瑾 are collected in the same book, juan 10, pp. 63–64 and juan 11, pp. 81–82. For the biography of Sun Jin, see *Song Shi,* 306.5310ab.

29. Meng Yuanlao 孟元老 (fl.c. 1127), Deng Zhicheng 邓之诚注 ed., *Dongjing Menghua Lu Zhu* 东京梦华录注 (Peking: Commercial Press, 1959), pp. 60, 66–67, 71.

30. Ibid., pp. 68, 137–138.

31. Ibid., p. 72.

32. Poem No. 130.

33. Kato Shigeru 加藤繁, trans. Wu Shu 吴述, *Zhongguo Jingjishi Kaozheng* 中国经济史考证 (Peking: Commerical Press, 1962, 3rd edition), pp. 248–249.

34. Poem No. 72. I am indebted to Professor Jan Walls for informing me what "jucu" 踘蹴 is.

35. See Note 29, Meng Yuanlao, Deng Zhicheng ed. *Dongjing Menghua Lu Zhu*, p. 141.

36. Poem Nos. 15/26.3/58/62.

37. Poem No. 84.

38. Poem No. 73.

39. Poem No. 119.

40. The courtesans included in Liu's lyrics are Xiuxiang 秀香（poem No. 9.2), Yingying 英英（No. 10), Yaoqing 瑶卿（No. 19.1), Chongchong 蟲蟲（No. 34/73), Xinniang 心娘（No. 81.1), Jianiang 佳娘（No. 81.2), Chongniang 蟲娘（No. 81.3), Suniang 酥娘（No. 81.4), Shishi 师师, Xiangxiang 香香 and An'an 安安（No. 160). The one mentioned in Yuan drama is Xie Tianxiang 谢天香（see Note No. 5). Those mentioned in the jottings and classical vernacular fiction include Zhou Yuexian 周月仙 and Xie Yuying 谢玉英（see Note No. 16, Feng Menglong, "Zhong mingji chunfeng diao Liu Qi"), Chuchu 楚楚（See *Qingni Lianhua Ji* 青泥莲花记, quoted in Ye Shenxiang's 叶申乡 *Benshi Ci* 本事词, in *CHCB*, Vol. 7, pp. 2247–2248), Baobao 宝宝, Dongdong 冬冬 and Zhu Yu 朱玉（see Luo Ye 罗烨 [fl.c. Song Dynasty], *Zuiweng Tanlu* 醉翁谈录 [Shanghai: Gudian wenxue chubanshe, 古典文学出版社, 1957], pp. 30–34).

41. Li E 厉鹗（1692–1752) and Ma Yueguan 马曰琯（1688–1755) ed., *Song Shi Jishi* 宋诗纪事（Shanghai: Commercial Press, 1937), chapter 13, p. 354.

42. See poem Nos. 9.2/27/77/106.3/106.4. For a systematic discussion of the classification of courtesans and prostitutes of the Song Dynasty, see Kishibe Shigeo 岸边成雄, "Sodai no Gikan" 宋代妓馆（The Brothels of the Song Dynasty), *Rekishi to Bunka* 历史文化, No. 2, 1956, pp. 133–191.

43. Poems Nos. 34/73.

44. See Note 16, Wang Pizhi, *Shengshui Yantan Lu*.

45. See Note 13, Ye Mengde, *Bishu Luhua*, p. 1b.

46. See Note 13, Feng Menglong, "Zhong mingji chunfeng diao Liu Qi," p. 3a.

47. See Note 40, Luo Ye, *Zuiweng Tanlu*, p. 32. Luo also recorded that three courtesans asked Liu to write *Ci* for them (pp. 31–33). In poem No. 106.4, Liu explicitly describes that a courtesan requests him to write "new *Ci*" for her.

48. Loc. cit., p. 3b.

49. See Note 13, Ye Mengde, *Bishu Luhua*, p. 1b.

50. Poem No. 12.

51. See Note 13, Ye Mengde, *Bishu Luhua*, pp. 1b–2a.

52. Poem No. 28.

53. Poem No. 29.

54. Poem Nos. 91/106.4.

55. Poem Nos. 2/106.3.

56. E.A. Kracke Jr., *Civil Service in Early Sung China* (Cambridge, Massachusetts: Harvard University Press, 1953), p. 65; see also Deng Siyu 邓嗣禹, *Zhongguo Kaoshi Zhidushi* 中国考试制度史 (Taipei: Xuesheng shuju, 1967), pp. 152–153.

57. Zheng Lin says that during Liu's last years he visited Qiantang 钱塘 and wrote the long lyric "Wang-hai-chao" 望海潮 for Sun He 孙何. Since Sun He died in 1004, Zheng's assumption is apparently incorrect. See "Liu Yong *Ci* Yanjiu," p. 14.

58. Poem No. 37.1/41.2.

59. Aoyama Sadao 青山定雄 (1903–1983?) ed., *Sodaishi Nempyo* (Hoku So) 宋代史年谱 (北宋) (Tokyo: Toyo Bunko 东洋文库, 1967), p. 62.

60. Ibid., p. 80.

61. Poem No. 26.4. Emperor Renzong 宋仁宗 was made crown prince in 1018. See *Song Shi*, 8.4512d.

62. Poem No. 144.

63. For instance, Zhang Zhongjiang 张忠江, *Jinü Yu Wenxue* 妓女与文学 (Taipei: Kangnaixin chubanshe 康乃馨出版社, 1969), pp. 122–125.

64. See E. A. Kracke, Jr. *Civil Service in Early Sung China,* pp. 65–66. See also Note No. 13, Feng Menglong, "Zhong mingji chunfeng diao Liu Qi," p. 13a.

65. Poem No. 105.2.

66. Poem No. 34.

67. Poem No. 103.

68. Yan Youyi 严有翼 (fl.c. 1127), *Yihai Cihuang* 艺海雌黄, quoted in Hu Zi's 胡仔 (fl.c. 1147) *Tiaoxi Yuyin Conghua* 苕溪渔隐丛话, second collection 后集, in *CHCB*, Vol. 1, p. 130.

69. Wu Zeng, *Nenggaizhai Manlu*, in *CHCB*, Vol. 1, p. 97. In retelling the same

story based on Wu Zeng, Ye Shenxiang 叶申薌 (1780–1842) said that it was the Emperor who told Liu Yong to "drink light and sing low," not the people around him. See Ye's *Benshi Ci* 本事词, in *CHCB*, Vol. 7, p. 2247; also, when quoting the same story from Wu Zeng, Wang Yiqing 王弈清(1644?–1736?) in his *Yuxuan Lidai Shiyu* 御选历代诗余, in *CHCB*, Vol. 4, p. 1220 adds that, when the Emperor announced the examination result, he purposely rejected Liu.

70. See E.A. Kracke, Jr., *Civil Service*, p. 66.

71. Wang Yong 王栐 (Song Dynasty), *Yanyi Yimou Lu* 燕翼诒谋录, juan 5, p. 12b, in *Xuejin Taoyuan,* collection No. 6, vol.6.

72. Most sources say that Liu obtained his advanced scholar degree in the first year of Jingyou 景佑 (1034), but Wang Pizhi, in his *Shengshui Yantan Lu* (see Note 16) gives the last year of Jingyou (that is 1038). In view of fact that Liu was already an official in the Jingyou years (as we shall see later) Wang's record seems inaccurate. Ye Shenxiang in his *Benshi Ci* (see Note 69) and Shen Xiong 沈雄 (fl. 1653) in his *Gujin Cihua* 古今词话, in *CHCB*, Vol. 3, p. 1039 give the middle year of Jingyou. According to *Song Shi*, 10.4515b, only two examinations were held during the Jingyou years, that is, 1034 and 1038. Thus, the records of Wang, Ye and Shen seem inaccurate.

73. For "Man jiang hong" 满江红, see poem No. 107.1. See Shi Wenying's 释文莹 (fl.c. 1078) *Xiangshan Yelu* 湘山野录, juan zhong 卷中, pp. 17b–18a, in *Xuejin Taoyuan*, collection No. 17, vol.12. Also, according to "Fan Wenzheng gong nianpu" 范文正公年谱 (The Biography of Fan Wenzheng), Fan was transferred to Muzhou in 1034 (and was transferred again to Suzhou 苏州 in 1035). See *Fan Wenzhenq Gong Ji* 范文正公集 (Shanghai: Saoye shanfang 扫叶山房, 1919), pp. 8a, 8b.

74. Zhang Ji'an 张吉安 and Zhu Wenzao 朱文藻 (Qing Dynasty) eds., *Yuhang Xianzhi* 余杭县志, in *Zhongguo Fangzhi Congshu* 中国方志丛书, huazhong difang 华中地方 (central China district), No. 56 (Taipei: Chengwen chubanshe 成文出版社, photo-reproduction of 1919 edition), juan 19, zhiguan biao 职官表 (officials), shang 上, p. 18a. This record says that Liu was Sub-prefect of

Hangzhou in 1034.

75. Ibid., juan 21, Biographies of famous officials 名宦传, p. 6.

76. Ibid., juan 17, guji 古迹 (ancient sites), pp. 6–7. See also Hong Pian 洪楩 ed., "Liu Qiqing shijiu Wanjiang Lou ji" 柳耆卿诗酒玩江楼记 (Liu Yong Drinking and Chanting Poetry in Wanjiang Tower), in *Qingpingshan Tang Huaben* 清平山堂话本 (Peking: Wenxue guji kanxing she 文学古籍刊行社, 1955), p. 14.

77. Ye Mengde, *Shilin yanyu*, juan 6, in *Biji Xiaoshuo Daguan Xubian*, Vol. 1, p. 155.

78. Chen Xunzheng 陈训正 and Ma Ying 马瀛 (Qing Dynasty) eds., *Dinghai Xianzhi* 定海县志, in *Zhongguo Fangzhi* 中国方志, huazhong difang 华中地方, No. 75 (Taipei: Chengwen chubanshe, 1970, photo-reproduction of 1924 edition), yudi 舆地 (landscape), p. 44b and zhiguan 职官 (officials), p. lb.p. 13a.

79. See Note No. 41, Li E and Ma Yueguan, *Songshi Jishi,* juan 13, p. 354.

80. Loc. cit., yudi 舆地, p. 44b. Also see poem No. 68.

81. See Note 71, Wang Yong, *Yanyi Yimou Lu*, juan 2, p. 13a.

82. Poem No. 139.1.

83. Poem No. 31.

84. Poem No. 94.

85. Poem Nos. 8/26.1/26.2/26.3/37.1/49.1.

86. Xia Chengtao, *Tang Song Ciren Nianpu*, pp. 237–241.

87. Quoted in Xu Shiluan's 许士鑾 (Qing Dynasty) *Song Yan* 宋艳, in *Biji Xiaoshuo Daguan* 笔记小说大观 (Taipei: Xinxing shuju, 1962), Vol. 6, p. 6203. From this record, it is not clear which lyric of Liu's offended the Emperor. It should not be "He-chong-tian" 鹤冲天, since it was written before he obtained his advanced scholar degree. The other lyric "Zui-peng-lai" 醉蓬莱 which offended Renzong 仁宗 was written in 1049 (as we shall see later), that is, at least five years after Liu went to see Yan Shu. Perhaps the "Zui-peng-lai" incident was so well-known that Zhang Shunmin 张舜民 included it in his *Hua Man Lu* 画墁录 (Records on Poets and Paintings).

88. Poems No. 79, and 131.

89. Liu's epitaph appears in Wang Yinglin 王应麟 (1223–1296) ed., *Zhenjiang Fu Zhi* 镇江府志 (Chinese Rare Books of Peiping, Item 744 [in microfilm], photo-reproduction of Wanli 万历 [1573–1620] edition), juan 32, mu 墓 (burial sites), p. 15ab; and He Shaozhang 何绍章 and Yang Lütai 杨履泰 (Qing Dynasty) ed., *Dantu Xianzhi* 丹徒县志, in *Zhongguo Fanggzhi Congshu* 中国方志丛书, huazhong difang 华中地方, No. 11 (Taipei: Chengwen chubanshe, 1970, photo-reproduction of 1879 edition), juan 8, lingmu 陵墓 (tombs), p. 8.

90. *Fujian Tongzhi* gives the name Shi Zhi 史志, see Note 6, juan 189, p. 10b.

91. See Note 16, Wang Pizhi, *Shengshui Yantan Lu.*

92. See *Min Shu*, in juan 97, p. 7b; *Song Shi*, 9.4513c.

93. Poem No. 63. Tang Guizhang and Jin Qihua in their "New Evidence on Liu Yong's Life," pp. 95–96 (see Note 24) agreed that the poem "Zui-peng-lai" 醉蓬莱 was written for the appearance of the canopus. Their conclusion is based on the records of Huang Sheng 黄昇 (fl. 1240–1249), *Hua'an Cixuan* 花庵词选 (Hongkong: Zhonghua shuju 1973), p. 93 and Yan Youyi, *Yihai Cihuang* (see Note 68). Apparently they did not consult official history *Song Shi.*

94. *Song Shi*, 56.4619a.

95. *Song Shi,* 55.4615d.

96. See No.17, Chen Shidao 陈师道 (1053–1101), *Houshan Shihua* 后山诗话, in He Wenhuan's 何文焕 (1712–1809) ed. *Lidai Shihua* 历代诗话 (Taipei: Yiwen yinshu guan 艺文印书馆, 1956), p. 186.

97. See Feng Menglong, "Zhong mingji chunfeng diao Liu Qi," p. 14a.

98. Zhu Mu 祝穆, *Fangyu Shenglan* 方舆胜览, quoted in Tang Guizhang's *Songci Sanbaishou Jianzhu* 宋词三百首笺注 (Hongkong: Zhonghua shuju, 1974, reprint), p. 26.

99. Zeng Minxing 曾敏行 (?–1175). *Duxing Zazhi* 独醒杂志, in *Biji Xiaoshuo Daguan*, Vol. 1, p. 228.

100. Shen Jiarui 申嘉瑞 and Li Wen 李文 (Ming Dynasty) ed., *Yizhen Xianzhi* 仪真县志 (Chinese Rare Books of Peiping, item 706 [in microfilm], photo-

reproduction of Tianyige 天一阁 edition), juan 2, p. 15b.

101. Wang Shizhen 王士祯 (1634–1711), *Chibei Outan* 池北偶谈, in *Biji Xiaoshuo Daguan*, Vol. 5, p. 4671. Wang's record was refuted by Yang Qi 杨启 (Qing Dynasty), *Jingkou Shanshui Zhi* 京口山水志, in *Zhongguo Fangzhi*, huazhong difang, No. 6 (Taipei: Chengwen chubanshe, 1970, photo-reproduction of 1884 edition), juan 1, p. 43a.

102. See Note 13, Ye Mengde, *Bishu Luhua*, juan xia, p. 2a. Pan Chengbi 潘承弼 (1907–2004) has the opinion that Liu died in Runzhou 润州 and was buried in Yizhen 仪真, but he does not give any evidence. See "Liu Sanbian shiji kaolüe" 柳三变事迹考略 (A Brief Study on Liu Sanbian's Life), *Shixue Jikan* 史学集刊, No. 2, Oct. 1926, p. 212.

103. See Note 89, Wang Yinglin, *Zhenjiang Fuzhi*. The record of Liu's grave also appears in *Dantu Xianzhi*, in juan 2, shan 山 (mountains), p. 6.

104. For the biography of Wang Hefu 王和甫 (1034–1095), see *Song Shi*, 327.5357d–5358b. See also Tang Guizhang and Jin Qihua, "New Evidence on Liu Yong's Life," p. 97.

105. According to Dong Shi 董史, Liu's nephew Liu Qi 柳淇 was a calligrapher who once wrote Li Gou's 李觏 (1009–1059) "Yuanzhou zhouxue ji" 袁州州学记 and had it engraved on a stone in Hangzhou. See *Huang Song Shulu* 皇宋书录, in *Zhibuzu Zhai Congshu* 知不足斋丛书, in zhongbian 中编, p. 38b.

106. See Note 24, Tang Guizhang and Jin Qihua, "New Evidence on Liu Yong's Life," p. 97.

107. Huang Zhijun 黄之隽 (1668–1748) and others comp., *Jiangnan Tongzhi* 江南通志 in *Zhongguo Shengzhi Huibian* 中国省志汇编, No. 1 (Taipei: Zhonghua shuju, 1967, photo-reproduction of 1737 edition), juan 119, xuanju zhi 选举志, jinshi 进士 (advanced scholars), p. 14b. Also in *Dantu Xianzhi* 丹徒县志, juan 22, kemu 科目, p. 6.

108. Poem Nos. 78.1/85/109/110/133.2.

109. Poem No. 121.

110. Poem No. 48.

111. Poem No. 107.1.

112. Poem Nos. 49.2/59/132.3/134.2.

113. See Li E 厉鹗 and Ma Yueguan 马曰琯, *Songshi Jishi* 宋诗纪事, juan 13, p. 355.

114. Ibid., p. 354.

115. See poem No. 107.1.

116. Poem No. 98.

117. Poem No. 137.2.

118. Poem Nos. 84/95/115/116/129.2.

Part Two: A Study of Liu Yong's Lyrics

Chapter I: Innovator of Tune Patterns

1. For the translation of "cipai" 词牌 as "tune pattern" see Glen William Baxter, "Metrical Origins of the *Ci*." Bishop, ed., *Studies in Chinese Literature* (Cambridge, Massachusetts: Harvard University Press, 1965), p. 111; for "tune," see James J.Y. Liu, *The Art of Chinese Poetry* (Chicago: The University of Chicago Press, 1967), p. 30, and also his *Major Lyricists of the Northern Sung*, p. 3.

2. For a detailed discussion of medley (*gongdiao* 宫调), see Rulan Chao Pian, *Song Dynasty Musical Sources and Their Interpretation* (Cambridge, Massachusetts: Harvard University Press, 1967), Chapter 2, pp. 43–58. A brief discussion of "gongdiao" is given in Xia Chengtao 夏承焘 and Wu Xionghe 吴熊和, *Ci Xue* 词学, pp. 16–19.

3. The reason for choosing Yan Shu 晏殊 (991–1055), Ouyang Xiu 欧阳修 (1007–1072) and Zhang Xian 张先 (990–1078) is partially due to their commonly recognized high position in the realm of *Ci* and partially due to their comparatively greater number of poems written. Yan Jidao 晏几道 (1031–?, the youngest son of Yan Shu), who lived later than Liu, will not be included in the

present discussion despite the fact that he wrote a great number of lyrics.

4. Lin Dachun 林大椿（1812–1863）, *Tang Wudai Ci* 唐五代词（hereafter: *TWDC*）(Hong Kong: Commercial Press, 1972).

5. Wang Zhuo 王灼（1081?–1160?）, *Biji Manzhi* 碧鸡漫志, in *CHCB*, Vol. 1, p. 75.

6. Zhu Qianshi 朱谦之（1899–1972）, *Zhongguo Yinyue Wenxue Shi* 中国音乐文学史（Shanghai: Commercial Press, 1935）, pp. 189–190. Also see Xu Zhiheng 许之衡, *Zhongguo Yinyue Xiaoshi* 中国音乐小史（Shanghai: Commercial Press, 1933）, p. 165.

7. Attempts to reconstruct the musical notes for *Ci* can be seen in Rulan Chao Pian's *Song Dynasty Musical Sources*, pp. 101–129, and Guan Zhixiong's 关志雄 *Zhang Yan Ciyuan Ouqu Zhiyao Kaoshi* 张炎词源讴曲旨要考释（Hong Kong: Xianggang ciqu xuehui 香港词曲学会 [The Chinese Lyrics Society of Hong Kong]）, 1969.

8. Song Xiangfeng 宋翔凤（1777–1860）, *Yuefu Yulun* 乐府馀论, quoted in Wang Li's 王力（1900–1986）*Hanyu Shilü Xue* 汉语诗律学（here after *HYSLX*）（Shanghai: Xin zhishi chubanshe 新知识出版社, 1958）, p. 581.

9. Ibid., Wang Li, *HYSLX*.

10. Shen Xiong（fl. 1653）, *Gujin Cihua*, in *CHCB*, Vol. 3, p. 832.

11. Wang Li, *HYSLX*, p. 520.

12. Mao Xianshu's 毛先舒（1620–1688）view was criticized by many scholars such as Wang Shu 万树（in his *Preface to Prosody of Ci* 词律发凡, p. 1b）, however, it can still serve as a criteria for classifying the forms of *Ci*.

13. Chen Tingzhuo（1853–1892）says that Zhang Xian's 张先 lyrics marks a turning point in the history of *Ci*. See *Baiyuzhai Cihua*, in *CHCB*, Vol. 11, p. 3806.

14. For the sake of comparison, I use Professor Zheng Qian's（1906–1991）freer definition that lyrics over eighty words are considered as long lyric. See *Cong Shi Dao Qu*, p. 96.

15. My counting of Liu's tune patterns is based on the comments given in

Wen RuXian's 闻汝贤（1902–1986）*Cipai Huishi* 词牌汇释（Taipei: Wen Ruxian, 1963). The following tune patterns, though different in name, are to be counted as one: "Yu-lou-chun" 玉楼春 and "Mu-lan-hua" 木兰花; "Qing-bei" 倾杯, "Gu-qing-bei" 古倾杯 and "Qing-bei-le" 倾杯乐; "Fa-qu-xian-xian-yin" 法曲献仙音 and "Fa-qu-di-er" 法曲第二; "Xiao-zhen-xi" 小镇西 and "Xiao-zhen-xi-fan" 小镇西犯. The following tune patterns are to be counted as separate ones in spite of their similarity in titles: "Lin-jiang-xian" 临江仙, "Lin-jiang-xian-ling" 临江仙令 and "Lin-jiang-xian (man)" 临江仙(慢); "Su-zhong-qing" 诉衷情 and "Su-zhong-qing-ling" 诉衷情令; "Mu-lan-hua" 木兰花, "Mu-lan-hua-man" 木兰花慢 and "Jian-zi-mu-lan-hua" 减字木兰花; "Lang-tao-sha-ling" 浪淘沙令 and "lang-tao-sha (man)" 浪淘沙(慢); "Mi-shen-yin" 迷神引 and "Mi-xian-yin" 迷仙引; "Ying-chun-le" 迎春乐 and "Ying-xin-chun" 迎新春; "Hong-chuang-ting" 红窗听 and "Hong-chuang-jiong" 红窗迥; "Yi-di-jing" 忆帝京 and "Meng-huan-jing" 梦还京. Although "Cu-pai-man-lu-hua" 促拍满路花 and "He-chong-tian" 鹤冲天 have the same variant title "Man-yuan-hua" 满园花, they are still counted as different tune patterns. In total Liu uses 127 tune patterns and 171 variant forms.

16. See Appendix B.

17. Wang Yi 王易（1889–1956）, *Ci Qu Shi* 词曲史, p. 113. His view was echoed by Wan Minhao 宛敏灏, *Er Yan Ji Qi Ci* 二晏及其词（Shanghai: Commercial Press, 1934）, pp. 26–27.

18. Wang Li, *HYSLX*, p. 529.

19. *TWDC*, p. 117.

20. Poem No. 76.

21. *TWDC*, p. 147.

22. Poem No. 73.

23. For Ouyang Xiu's "Yu-lou-chun" 玉楼春, see *Quan Song Ci* 全宋词, pp. 132–136 and pp. 156–157; for "Yu-jia-ao" 渔家傲 see *Quan Song Ci*, pp. 128–132, 136–140 and pp. 150–151.

24. Liu, *Major Lyricist* (p. 98) states that Liu created 115 tune patterns. Zheng

Lin 郑琳, in her "Liu Yong ji qi ci" 柳永及其词 (p. 157) argues that Liu created 73 tune patterns. She takes the tune patterns which have the comments such as "diao jian *Yuezhang Ji* " 调见乐章集 (this tune pattern appeared in [Liu Yong's collection] *Yuezhang Ji*), and those tune patterns only used by Liu as his creation. Yuh Liou-yi in her "Liu Yung, Su Shih, and some aspects of the development of early *Ci* poetry" (p. 125) states that Liu created only fifteen tune patterns but does not say how she came up with this figure.

25. These 18 tune patterns are: "Zhou-ye-le" 昼夜乐, "Kan-hua-hui" 看花回, "Liang-tong-xin" 两同心, "Nü-guan-zi" 女冠子, "Jin-jiao-ye" 金蕉叶, "Ding-feng-bo" 定风波, "Xi-ping-le" 西平乐, "Qiu-rui-xiang-yin" 秋蕊香引, "Que-qiao-xian" 鹊桥仙, "Li-zhi-xiang" 荔枝香, "Pao-qiu-le" 抛球乐, "Ying-tian-chang" 应天长, "Wang-yuan-xing" 望远行, "Yu-hu-die" 玉蝴蝶, "Zhu-ma-zi" 竹马子, "Cu-pai-man-lu-hua" 促拍满路花, "Tou-bi-xiao" 透碧宵 and "Yi-cun-jin" 一寸金.

26. Zou Zhimo 邹祇谟 (1627–1670), *Yuanzhizhai Cizhong* 远志斋词衷, in *CHCB*, Vol. 2, p. 644.

27. These 11 tune patterns are: "Huang-ying-er" 黄莺儿 (poem No. 1), "Zhou-ye-le" 昼夜乐 (No. 9.2), "Liu-yao-qing" 柳腰轻 (No. 10), "Ying-xin-chun" 迎新春 (No. 15), "Liang-tong-xin" 两同心 (No. 24.1), "Jin-jiao-ye" 金蕉叶 (No. 27), "Ge-lian-ting" 隔帘听 (poem No. 70), "Si-gui-le" 思归乐 (poem No. 75), "Wang-Han-yue" 望汉月 (poem No. 99), "Xi-Shi" 西施 (No. 128.1) and "He-chong-tian" 鹤冲天 (No. 144).

28. This characteristic was pointed out by Wang Youhua 王又华 (Qing Dynasty), *Gujin Cilun* 古今词论, in *CHCB*, Vol. 2, p. 611; Wang Yi 王易, *Ci Qu Shi* 词曲史 (Taipei: Guangwen shuju, 1960), p. 113; and Xu Shaoqi 徐绍棨 *Cilü Jianque* 词律笺榷, juan 1, *Cixue Jikan* 词学季刊. Vol. II, No. 2, Jan. 1935, p. 160.

29. Poem No. 71.

30. Poem No. 122.

31. For Yan Shu's "Huan-xi-sha" 浣溪沙, see *Quan Song Ci*, pp. 88–90.

32. These are "Feng-xian-bei" 凤仙杯, "Shao-nian-you" 少年游, "Chang-

sheng-le" 长生乐 and "Fu-ni-shang" 拂霓裳.

33. For Ouyang Xiu's "Yu-lou-chun" 玉楼春, see Note No. 15; for his "Die-lian-hua" 蝶恋花 see *Quan Song Ci*, pp. 125–128 and 149–150.

34. These exceptions are, for instance, "Shao-nian-you" 少年游 and "Dong-xian-ge-ling" 洞仙歌令.

35. Zhang Xian only wrote 10 lyrics to his favorite tune pattern "Mu-lan-hua" 木兰花. Twenty-two out of his ninety-five tune patterns have poems in variant forms.

36. See poem Nos. 112 and 121, both have the tune pattern named "Lin-jiang-xian" 临江仙.

37. These 17 tune patterns are: "Wei-fan" 尾犯, "Qing-bei-le" 倾杯乐, "He-chong-tian" 鹤冲天, "Nü-guan-zi" 女冠子, "Mu-lan-hua" 木兰花, "Ding-feng-bo" 定风波, "Feng-gui-yun" 风归云, "Yin-jia-xing" 引驾行, "Dong-xian-ge" 洞仙歌, "Ji-tian-shen" 祭天神, "An-gong-zi" 安公子, "Gui-qu-lai" 归去来, "Yan-gui-lai" 燕归来, "Chang-shou-le" 长寿乐, "Mi-shen-yin" 迷神引, "Rui-zhe-gu" 瑞鹧鸪 and "Wang-yuan-xing" 望远行.

38. See poem Nos. 143/12/142/56/57/14. In Ling Tingkan's 凌廷堪 (1707–1809) *Yanyue Kaoyuan* 燕乐考源, *Yueyatang Congshu* 粤雅堂丛书, ji 8, juan 2, p. 5 to juan 5, p. 23, he states that 58 tune patterns in the Northern Song Dynasty are "new songs composed on the basis of the old ones" 因旧声作新声. The tune pattern "Qing-bei-le" 倾杯乐 (or Qing-bei) is listed under every musical mode. This shows that "Qing-bei-le" was the most popular melody in Liu's time. This explains why Liu has many variant forms for this tune pattern.

39. See poem Nos. 138/108/89. In Liu Yong's collection *Yuezhang Ji* 乐章集, the following tune patterns are listed to two musical mode and have two forms: "Wei-fan" 尾犯 (94 and 98 words), "He-chong-tian" 鹤冲天 (84 and 86 words), "Ding-feng-bo" 定风波 (99 and 105 words), "Feng-gui-yun" 风归云 (101 and 118 words), "Yin-jia-xing" 引驾行 (100 and 125 words), "Ji-tian-shen" 祭天神 (84 and 86 words), "Chang-shou-le" 长寿乐 (83 and 113 words), "Gui-qu-lai"

归去来（49 and 52 words）and “Yan-gui-liang” 燕归梁（50 and 52 words）.

40. These 15 tune patterns are: “Kan-hua-hui” 看花回, “Yu-jie-xing” 御街行, “Fa-qu-xian-xian-yin” 法曲献仙音, “Yong-yu-le” 永遇乐, “Shao-nian-you” 少年游, “Lun-tai-zi” 轮台子, “Ye-ban-le” 夜半乐, “Guo-jian-xie-jin” 过涧歇近, “Ru-yu-shui” 如鱼水, “Yu-hu-die” 玉蝴蝶, “Man-jiang-hong” 满江红, “Lin-jiang-xian” 临江仙, “Xi-Shi” 西施, “He-shen” 河神 and “Xiao-zhen-xi-fan” 小镇西犯.

41. See poem No. 85 and No. 98.

42. Zhang Xian lists 16 tune patterns each under two different musical modes and six under three, however, the lyrics written to these tune patterns are almost identical except for “Gan-huang-en” 感皇恩, “Yu-lian-huan” 玉连环, “Shao-nian-you” 少年游 and “Yu-jie-xing” 御街行 which involve a word or two difference.

43. Liu writes two lyrics to the tune pattern “Gui-qu-lai” 归去来（49 words [poem No. 100] and 52 words [poem No. 149] and two poems to “Yan-gui-liang” 燕归梁（50 words [poem No. 101] and 52 words [poem No. 151]）.

44. Feng Qiyong 冯其庸（1924–2017）, “Lun Bei Song qianqi de liangzhong butong de cifeng” 论北宋前期的两种不同的词风（On the two different styles of *Ci* in the early Northern Song）, *Tang Song Ci Yanjiu Lunwen Ji* 唐宋词研究论文集, pp. 43–69.

45. Cui Lingqin 崔令钦（Tang Dynasty）, edited by Ren Erbei 任二北（1897–1991）, *Jiaofang Ji Jianding* 教坊记笺订（Shanghai: Zhonghua shuju, 1962）, pp. 63–165.

46. *Song Shi*, 142.4822a.

47. Ibid.

48. Ye Mengde, *Bishu Luhua*, juan xia, p. 1b.

49. These 16 tune patterns are “Qing-bei-le” 倾杯乐, “Feng-gui-yun” 凤归云, “Nei-jia-jiao” 内家娇, “Dong-xian-ge” 洞仙歌, “Pao-qiu-le” 抛球乐, “Song-zheng-yi” 送征衣, “Gui-qu-lai” 归去来, “Ding-feng-bo” 定风波, “Po-luo-men（ling）” 婆罗门（令）, “Chang-xiang-si” 长相思, “Wang-yuan-xing” 望远行, “Shi-er-shi” 十二时, “Lang-tao-sha” 浪淘沙, “Wu-shan-yi-duan-yun” 巫山一段

云, "Xi-jiang-yue" 西江月 and "Lin-jiang-xian" 临江仙.

50. The following critics shared the view that Liu Yong was the creator of *manci*. Song Xiangfeng, *Yuefu Yulun*, in *CHCB*, Vol. 7, p. 2468. Wu Mei 吴梅 (1883–1939), *Cixue Tonglun* 词学通论 (Hongkong: Taiping shuju, 太平书局, 1964), p. 11; Li Bingruo 李冰若 (1899–1939), "Lun Bei Song *manci*" 论北宋慢词 (On the *Manci* of the Northern Song), *Guoxue Zhuankan* 国学专刊, Vol. 2, No. 3, Sept. 1924, p. 19; Zhang Youren 张友仁, "Lun Bei Song *manci*" (On the *Manci* of Northern Sung), in Zheng Zhenduo 郑振铎 (1898–1958) ed., *Zhongguo Wenxue Yanjiu* 中国文学研究 (Hongkong: Zhongguo wenxue yanjiu suo 中国文学研究所, 1963), p. 225; Zhao Jingshen 赵景深 (1902–1985), *Zhongguo Wenxueshi Xinbian* 中国文学史新编, p. 150; Liu Zigeng 刘子庚 (d. 1928), *Ci Shi* 词史 (Taipei: Xuesheng shuju 学生书局, 1972), p. 55; Zhang Mengji 张梦机 (1941–), *Ci Jian* 词笺 (Taichung: Sanmin shuju 三民书局, 1971), p. 27; Feng Jiahua 丰嘉华 and Liu Dingzhong 刘定中 in "Liu Yong he *Manci*" 柳永和慢词 (Liu Yong and *Manci*), *Guangming Ribao*, wenxue yichan, No. 192, Jan. 19, 1958. Their view was refuted by Tang Guizhang and Jin Qihua in "Zailun Liu Yong de *Ci*" 再论柳永的词 (More Discussions on Liu Yong's *Ci*), *Guangming Ribao,* wenxue yichan, No. 201, March 28, 1958.

51. Zou Zhimo, *Yuanzhizhai Cizhong,* in *CHCB*, Vol. 2, p. 640; Xie Zhangting 1820–1903), *Duqi Shanzhuang Cihua*, in *CHCB*, Vol. 10, p. 3290.

52. *Song Shi* 宋史, 142.4822a.

Chapter II: The "Worlds" of Liu Yong's Lyrics

1. In using the term "world" I adopt James Liu's definition that "[The world of a poem] is the concrete embodiment and individualization of a theme," *Major Lyricists*, p. 6.

2. For congratulatory lyrics for the Emperor and his court, see poem Nos. 8/26.1–3/37.1/49.1; for lyrics recalling the past, see poem Nos. 59/137.2; for lyrics about objects, see poem Nos. 1/21/137.1/145.1–3; for lyrics on

rambling with fairies see poem Nos. 41.1–5. For a brief discussion on Liu's lyrics rambling with fairies, see Nagata, Natsuki 长田夏树, "Shi shi kyoku no setten' Gakushoshu—soshi oboe gaki, sono ichi" 诗词曲接点乐章集——宋词觉之书 Kobe Gaidai Ronso 神户外大论业, No. 3, 1968, pp. 30–34.

3. Just to cite a few examples: Liu Linsheng 刘麟生（1894–1980）, *Zhongguo Wenxueshi* 中国文学史（Hongkong: Nandao chubanshe 南岛出版社, 1956）, p. 259; Ji Zhe 嵇哲, *Zhongguo Shici Yanjinshi* 中国诗词演进史（Taipei: Hualian chubanshe, 华联出版社, 1972）, p. 194; She Xueman 佘雪曼（1908–1993）in *She Xueman Cixue Yanjiang Lu* 佘雪曼词学演讲录（Hongkong: Xueman Yiwen Yuan 雪曼艺文院, 1955）, p. 46 even said that Liu Yong was the most representative poet among those *Ci* poets of the Song Dynasty who followed the *huajian* 花间 style.

4. For instance, Zhang Zhenyong 张振镛, *Zhongguo Wenxueshi Fenlun* 中国文学史分论（Changsha: Commercial Press, 1939）, Vol. 3, p. 68; Huang Zhenmin 黄振民 *Si Da Ciren Ji Qi Ci* 四大词人及其词（Taipei: Wenyuan chubanshe 文源出版社, 1959）, pp. 66–67; Zhang Changgong 张长弓, *Zhongguo Wenxueshi Xinbian* 中国文学史新编（Shanghai: Kaiming shuju 开明书局, 1941）, p. 167; Li Bingruo 李冰若（1899–1939）, "Lun Bei Song *Manci*" 论北宋慢词, *Guoxue Congkan* 国学丛刊, Vol. 2, No. 2, Sept. 1924, p. 20.

5. For instance, Wang Zhiyuan 王致远, *Lidai Ci Qu Pingxuan* 历代词曲评选（Taipei: Shanghai yinshua chang 上海印刷厂, 1964）, p. 41; Su Xuelin 苏雪林（1897–1999）, *Zhongguo Wenxueshi* 中国文学史（Taichung: Guangqi chubanshe, 光启出版社, 1970）, p. 170.

6. See Feng Menglong（1574–1646）, "Zhong mingji chunfeng diao Liu Qi," pp. 3ab; Hong Pian, "Liu Qiqing shijiu Wanjiang Lou ji," p. 12; and Luo Ye, *Zuiweng Tanlu*, p. 32.

7. Poem Nos. 81.1–4.

8. Poem No. 10.

9. See Ren Erbei 任二北（1897–1991）, *Dunhuang Qu Jiaolu* 敦煌曲校录（Shanghai: Shanghai wenyi lianhe chubanshe, 上海文艺联合出版社,

1955), p. 24.

10. Poem No. 77.

11. Wen Tingyun 温庭筠 (812–870), "Geng-lou-zi" 更漏子, No. 1, in *TWDC*, pp. 60–61.

12. Niu Qiao 牛峤 (fl.c. 890), "Geng-lou-zi," No. 2, in *TWDC*, p. 133.

13. Gu Xiong 顾敻 (fl.c. 928), "Su-zhong-qing" 诉衷情, No. 2, in *TWDC*, pp. 179–180.

14. Shen Xiong, *Gujin Cihua*, in *CHCB*, Vol. 3, p. 1025.

15. For example, see poem Nos. 7.2/11/83/101/125.

16. Peng Sunyu 彭孙遹 (1631–1700), *Jinsu Cihua* 金粟词话, in *CHCB*, Vol. 2, p. 708.

17. Poem No. 7.1.

18. Poem No. 9.1.

19. Poem No. 65.

20. Poem No. 66.

21. Zhang Shunmin 张舜民 (fl.c. 1065), *Hua Man Lu* 画墁录, quoted in Xu Shiluan's 许世鑾 *Song Yan* 宋艳, in *Biji Xiaoshuo Daguan*, Vol. 6, p. 6203.

22. Meng Yuanlao, Deng Zhicheng ed., *Dongjing Menghua Lu Zhu*, p. 145.

23. Guan Hanqing (cir.1230–1280), *Qian Dayin zhichong Xie Tianxiang* in Lu Qian 陆骞, ed., *Yuanren Zaju Quanji* 元人杂剧全集, Vol. 1, p. 44.

24. Ren Erbei, *Dunhuang Qu Jiaolu*, "Pao-qiu-le 抛球乐," p. 27.

25. Li Xun 李珣 (fl.c. 885–930), "Xi-xi-zi" 西溪子, No. 2, in *TWDC*, p. 166.

26. Poem No. 69.

27. Poem No. 126.

28. Ren Erbei, in *Dunhuang Qu Jiaolu*, "Zhu-zhi-ci" 竹枝词, pp. 12–13.

29. Wang Shunu 王书奴, *Zhongguo Changjishi* 中国娼妓史 (Shanghai: Shenghuo shudian 生活书店, 1935), pp. 78–107；Zhang Zhongjiang 张忠江, *Jinü Yu Wenxue* 妓女与文学, pp. 24–31.

30. For example, see Wei Zhuang 韦庄 (836–910), "Pu-sa-man" 菩萨蛮, No. 1,

in *TWDC*, p. 112; Niu Qiao 牛峤, "Pu-sa-man" 菩萨蛮, No. 7, in *TWDC*, p. 132; Feng Yansi 冯延巳 (903–960), "Que-ta-zhi" 鹊踏枝, No. 10, in *TWDC*, p. 237.

31. For example, see Wei Zhuang, "He-ye-bei" 荷叶杯, No. 2, in *TWDC*, p. 118; Feng Yansi, "Cai-sang-zi" 采桑子, No. 2, in *TWDC*, p. 269.

32. Poem No. 106.3.

33. Poem No. 73.

34. Poem No. 78.10.

35. Poem No. 138.

36. Poem No. 2.

37. Wei Chengban 魏承班 (fl.c. 930), "Pu-sa-man" 菩萨蛮, No. 3, in *TWDC*, p. 151.

38. Feng Jinbo 冯金伯 (1738–1810), *Ciyuan Cuibian* 词苑萃编, in *CHCB*, Vol. 5, p. 1707.

39. He Ning 和凝 (898–955), "Lin-jiang-xian" 临江仙, No. 2, in *TWDC*, p. 103.

40. Zhang Yan 张炎 (1248–?), *Ci Yuan* 词源, in *CHCB*, Vol. 1, p. 216.

41. Poem No. 6.3.

42. Li Diaoyuan 李调元 (1734–1803), *Yucun Cihua* 雨村词话, in *CHCB*, Vol. 4, p. 1411.

43. Poem No. 96.

44. Shen Xiong (fl.c. 1653), *Gujin Cihua*, in *CHCB*, Vol. 3, pp. 892–893.

45. Poem No. 45.3.

46. Poem No. 9.2.

47. Poem No. 32.

48. Zhang Yan 张炎 (1248–?), *Ci Yuan* 词源, in *CHCB*, Vol. 1, p. 220.

49. Ibid., p. 218.

50. Liu Xizai 刘熙载 (1813–1881), *Ci Gai* 词概, in *CHCB*, Vol. 11, p. 3771.

51. Chen Tingzhuo (1853–1892), *Baiyuzhai Cihua*, in *CHCB*, Vol. 11, pp. 3807, 3915.

52. Chen Rui 陈锐 (Qing), *Baobizhai Cihua* 褒碧斋词话, in *CHCB*, Vol. 12, p.

4211.

53. For example, the following scholars all comment on Liu's "vulgarity": Huang Sheng (1240–1249), *Hua'an Ci Xuan*, p. 93; Shen Yifu 沈义父 (fl.c. 1247), *Yuefu Zhimi* 乐府指迷, in *CHCB*, Vol. 1, p. 230; Guo Lin 郭麐 (1767–1831), *Lingfenguan Cihua* 灵芬馆词话, in *CHCB*, Vol. 5, p. 1523.

54. For example, the following scholars all comment on Liu's "eroticism": Wu Yu 吴俞 (dates unknown), quoted in Shen Xiong's *Gujin Cihua*, in *CHCB*, Vol. 3, p. 800; Wang Ruoxu 王若虚 (1177–1246), *Hu'nan Shihua* 滹南诗话 in *Biji Xiaoshuo Daguan* 笔记小说大观, Vol. 1, p. 1183; Jiang Shunyi 江顺诒 (fl.c. 1862), *Cixue Jicheng* 词学集成, in *CHCB*, Vol. 9, p. 3232.

55. Li Zhiyi 李之仪 (1038–1117), "Ba Wu Sidao Xiaoci" 跋吴思道小词 (Postscript on Wu Sidao's Short Lyrics), *Guxi Jushi Wenji* 姑溪居士文集, juan 40, p. 3a, in *Yueyatang Congshu* 粤雅堂丛书.

56. Many traditional *Ci* critics thought that *Ci* poets should avoid writing erotic poems. See Lu Ying 陆莹 (Qing Dynasty), *Wenhualou Cihua* 问花楼词话, in *CHCB*, Vol. 7, p. 2512; Jiang Shunyi, *Cixue Jicheng*, in *CHCB*, Vol. 9, p. 3225.

57. Chao Buzhi's 晁补之 (1052–1110) statement, quoted in Wu Zeng's *Nenggaizhai Manlu*, juan 16, in *CHCB*, Vol. 1, p. 83.

58. See Note 55, Li Zhiyi, p. 2b.

59. Dong Jieyuan 董解元 (fl. 1189–1208), *Ming Jiajing Ben Dong Jieyuan Xixiang Ji* 明嘉靖本董解元西厢记 (Shanghai: Zhonghua shuju, 1963, photo off set from Shanghai Library 上海图书馆, 1557 edition, Zhang Yu 张羽, ed.), juan 5, p. 14a and p. la.

60. Yuh, Liou-yi, in her "Liu Yung, Su Shih, and Some Aspects of the Development of Early Tz'u Poetry" (p. 24) states that in the *TWDC*, 75 poems are written on the single theme sorrow of separation and 53 of them are written from a woman's point of view.

61. For "Yu-lin-ling" 雨霖铃, see poem No. 30, which has been translated by James Liu, in *An Introduction to Chinese Literature*, p. 106.

62. Poem No. 57.

63. Poem No. 135. This poem is also translated in Cheng Shiquan 程石泉, *Chinese Lyrics from the Eighth to the Twelfth Centuries* (Taipei: Commercial Press, 1969), pp. 72–75.

64. Poem No. 82.

65. Poem No. 33.

66. Poem No. 52.

67. For example, see Gu Xiong, "He-chuan" 河传, No. 1, in *TWDC*, p. 172; Sun Guangxian 孙光宪 (d. 968), "Pu-sa-man" 菩萨蛮, No. 5, in *TWDC*, p. 300.

68. Poem No. 136.

69. Wang Yong, *Yanyi Yimou Lu*, juan 2, p. 13a. See also Pang Dexin 庞德新, "Daily Life in the Song Capital as Reflected in the *Huaben* of the Song, Yuan and Ming Novels" (Ph.D. thesis, University of Hongkong, 1971), p. 274.

70. Poem No. 85.

71. Poem No. 116.

72. Poem No. 139.1.

73. Poem No. 108.

74. Poem No. 31.

75. Poem No. 94.

76. Poem No. 122. This poem was also translated by Yuh Liou-yi, "Liu Yung, Su Shih, and Some Aspects of the Development of Early Tz'u Poetry," pp. 165–166.

77. Zhou Ji 周济 (1781–1839), *Jiecunzhai Ci Xuan Xulun* 介存斋词选序论, in *CHCB*, Vol. 5, p. 1630. Zhou's opinion was echoed by Liang Qixun in his *Ci Xue*, in xiabian 下编, pp. 28ab.

78. Feng Xu 冯煦 (1842–1927), *Hao'an Lun Ci* 蒿庵论词, in *CHCB*, Vol. 11, p. 3678.

79. Liu Xizai 刘熙载 (1813–1881), *Ci Gai* 词概, in *CHCB*, Vol. 11, p. 3771.

80. Ji Yun 纪昀 (1724–1805) and Yong Rong 永瑢 et al. eds., *Siku Quanshu Zongmu Tiyao* 四库全书总目提要 (Shanghai: Commercial Press, 1933), Vol. 4, p. 40, jibu 集部, Ciqu lei 词曲类, p. 40.

81. For example, see He Ning 和凝 (898–955), "Xiao-chong-shan" 小重山, No. 2, in *TWDC*, p. 104; Mao Wenxi 毛文锡 (fl.c. 913), "Gan-zhou-bian" 甘州遍, No. 1, in *TWDC*, p. 148; Xue Zhaoyun 薛昭蕴 (fl.c. 932), "Xi-qian-ying" 喜迁莺, No. 2, in *TWDC*, p. 124; Wei Zhuang 韦庄, "Xi-qian-ying" 喜迁莺, No. 2, in *TWDC*, p. 117.

82. See poem Nos. 5/48/49.2/104/107.1/132.3/134.2.

83. Poem No. 104. This poem was also translated by Yuh Liou-yi in her Ph.D thesis "Liu Yung, Su Shih, and Some Aspects of Development of Early Tz'u Poetry," pp. 162–163; see also Cheng Shih-chuan [Cheng Shiquan 程石泉], in *Chinese Lyrics from the Eighth to the Twelfth Centuries*, pp. 68–70.

84. Luo Dajing, *Helin Yulu*, in *Biji Xiaoshuo Daguan Xubian,* Vol. 2, p. 2282.

85. Ibid.

86. See poem Nos. 12/15/26.3/100; 72/132.2; 58/105.1; 62; 76.

87. Meng Yuanlao, Deng Zhicheng, eds, *Dongjing Menghua Lu Zhu*, pp. 172–178, 186–189, 192–193, 215–218 and 222–224.

88. Poem No. 15.

89. Chen Zhensun 陈振孙 (fl.c. 1211–1249), *Zhizhai Shulu Tijie* 直斋书录题解 (Taipei: Guangwen shuju, 1968), juan 21, p. 1271.

90. Feng Qiyong 冯其庸, "Lun Bei Song qianqi liangzhong butong de cifeng" 论北宋前期两种不同的词风 (On the Two Different Styles of Lyrics in the Early Stage of the Northern Song Dynasty), in *Tang Song Ci Yanjiu Lunwen Ji* 唐宋词研究论文集, p. 57; Wang Qi 王起, "Zenyang pingjia Liu Yong de ci" 怎样评价柳永的词 (How to Evaluate Liu Yong's Lyrics, in *Tang Song Ci Yanjiu Lunwen Ji*, p. 82; Yu Xianhao 郁贤浩 and Zhou Fuchang 周福昌 ed., "Bixu yong pipan de taidu dui Liu Yong de ci chongxin gujia" 必须用批判的态度对柳永的词重新估价 (We Must Use a Critical Approach to Reevaluate Liu Yong's Lyrics), *Guanqming Ribao*, Wenxue yichan, No. 322, July 17, 1960.

CHAPTER III: Diction and Imagery in Liu Yong's Lyrics

1. For the comment on Xin Qiji's 辛弃疾 (1140–1207) use of allusions, see Irving Yucheng Lo, *Hsin Ch'i-chi* [Xin Qiji] (New York: Twayne Publishers, Inc., 1971), pp. 128–132; for Wu Wenying's 吴文英 (1195?–1260) use of allusions, see Zhang Yan 张炎, *Ci Yuan* 词源, in *CHCB*, Vol. 1, p. 207 and Chia-ying Chao's 叶嘉莹 [Ye Jiaying] "Wu Wen-ying's Tz'u: A Modern View," offprint from *Harvard Journal of Asiatic Studies*, Vol. 29, 1969, pp. 61–63; for Wang Yisun's 王沂孙 (1230?–1291?) use of allusions, see Wu Mei 吴梅, *Cixue Tonglun* 词学通论, pp. 93–94.

2. The fact that only a small number of Liu's allusions are used repeatedly contradicts James Liu's statement that "Liu's allusions tend to be repetitious." See James Liu, *Major Lyricists*, p.87.

3. See poem Nos. 3/84/91/106.1/106.4/156. Song Yu 宋玉 (298–222 B.C.) was an admirer of the poet Qu Yuan 屈原 (343–278 B.C.) and was famous for the writing of *fu* 赋 (rhyme prose).

4. Poem Nos. 6.1 (twice) /54/71/77/81.1. For the biography of Zhao Feiyan 赵飞燕 (Han), see Ling Xuan 伶玄, "Zhao Feiyan waizhuan" 赵飞燕外传, in Wu Zengqi 吴曾祺 comp., *Jiu Xiaoshuo* 旧小说 (Shanghai: Commercial Press, 1933), Vol. 1, pp. 10–14.

5. Poem Nos. 15/77. Pan Yue's 潘岳 (247–300) biography appears in, *Jin Shu* 晋书, 55.1228d–1229c.

6. See poem Nos. 6.3/78.2/117/140/143. The palace waist of Chu 楚 refers to the King of Chu who was fond of slim waists. This term was later associated with willows.

7. Du Yu was King of Shu in around 1075 B.C. It was said that after his death, he turned into a cuckoo which appeared in spring and uttered the sound "cuckoo, cuckoo" which was taken to mean "return, return" because of its resemblance to the expression "guiqu guiqu" (return, return). This expression was frequently

used to refer to homesickness.

8. Poem No. 107.1. For the biography of Wang Can 王粲（177–217）, see Chen Shou 陈寿（233–297）, *Sanguo Zhi* 三国志, Wei Zhi 魏志, 21.978bc.

9. Poem No. 123. For the biography of Cao Zhi 曹植（192–232）, see *Sanguo Zhi*, Wei Zhi, 19.974a–976a.

10. Poem No. 132.3. For the biography of Liu Yuxi 刘禹锡（772–842）, see Ouyang Xiu et a1., *Xin Tang Shu* 新唐书, 168.4038abc.

11. Poem No. 132.3. For the biography of Bai Juyi 白居易（772–846）, see *Xin Tang Shu*, 119.3950d–3951b.

12. Poem No. 139.2.

13. Poem Nos. 59.

14. Poem No. 48. For the biography of Wen Weng 文翁（Han Dynasty）, see *Han Shu*, 89.585cd.

15. Poem No. 48. For the biography of Zhuge Liang 诸葛亮（181–234）, see *Sanguo Zhi*, Shu Zhi 蜀志, 5.1012a–1013d.

16. Poem No. 106.2. For the biography of Kong Rong 孔融（153–208）, see *Sanguo Zhi*, Wei Zhi, 12.954cd.

17. Poem Nos. 76/106.5. For the biography of Meng Jia 孟嘉, see *Jin Shu*, 98.1341b.

18. Poem No. 110. For the biography of Wang Huizhi 王徽之（338–386）, see *Jin Shu* 晋书, 80.1291d–1292a.

19. For a detailed discussion on the similarity and dissimilarity of allusions, see Yu-kung Kao 高友工 [Gao Yougong] and Tsu-lin Mei's 梅祖麟 [Mei Zulin] "Meaning, Metaphor, and Allusion in T'ang Poetry"（1975）. The Chinese translation by Huang Xuanfan 黄宣范 appears in *Zhongwai Wenxue* 中外文学, Vol. 4, No. 7, Dec. 1975, pp. 116–129; No. 8, Jan. 1976, pp. 66–84; No. 9, Feb. 1976, pp. 166–190.

20. Poem No. 31. For the biographies of Meng Guang 孟光 and Liang Hong 梁鸿, see Fan Ye 范晔（398–445）, *Hou Han Shu* 后汉书, 113.892d–893a.

21. Poem No.10. For the story of Zhangtai Liu 章台柳, see Xu Yaozuo 许尧佐（fl.c. 806）, *Liushi zhuan* 柳氏传, in Li Fang 李昉（925–996）comp., *Taiping Guangji* 太平广记, in *Biji Xiaoshuo Daguan Xubian* 笔记小说大观续编, Vol. 1, pp. 1309–1310.

22. Poem No. 77. For the story of Han E 韩娥, see Lie Yukou 列禦寇, Zhang Zhan 张湛（Jin）ed., *Lie Zi* 列子（Hongkong: Taiping shuju, 1963）, juan 5, p. 15.

23. Poem No. 9.2.

24. Poem No. 81.1. For the story of Niannu 念奴, see Yuan Zhen 元稹（779–831）, "Lianchanggong Ci" 连昌宫词, *Yuanshi Changqing Ji* 元氏长庆集, in *Sibu Congkan,* juan 24, p. 87.

25. Poem No. 6.1. For the story of Empress Chen 陈皇后, see Sima Xiangru's 司马相如（179–117 B.C.）"Changmen Fu" 长门赋 and the preface, Xiao Tong 萧统（501–531）comp., Li Shan 李善（630–689）ed., *Wen Xuan* 文选（Hupei: Chongwen shuju 崇文书局, 1869）, juan 16, pp. 8a–11b.

26. Poem 6.1. For the biography of Ban Jieyu 班倢伃（48–6 B.C.）, see *Han Shu*, 97 B.614d–5a.

27. Poem Nos. 6.1/78.4. See Ban Jieyu's "Yuan-ge-xing" 怨歌行, in Xiao Tong 萧统（501–531）, *Wen Xuan* 文选, juan 27, pp. 17ab.

28. Poem No. 26.3. *Shi Jing* 诗经, juan 6, Tangfeng 唐风; choumou 绸缪, in *Sibu Congkan*, p. 47.

29. Poem No. 123. *Lun yu* 论语, juan 6, Yan Yuan 颜渊, in *Sibu Congkan*, p. 56.

30. Poem No. 27/72. Liu Ling 刘伶（cir. 221–300）, "Jiu de song" 酒德颂 in Xiao Tong, *Wen Xuan*, juan 47, pp. 8a–9a.

31. Poem No. 57. Bai Juyi 白居易（772–846）, *Baishi Changqing Ji* 白氏长庆集, in *Sibu Congkan*, juan 12, pp. 63–64.

32. Poem 133.3. Cao Zhi（192–232）, "Luoshen fu" 洛神赋, in Xiao Tong, *Wen Xuan*, juan 19, pp. 11b–16a.

33. Poem No. 90. Bai Juyi, *Baishi Changqing Ji,* in *Sibu Congkan*, juan 4, p. 24.

34. Poem No. 17. See *Taiping Guangji* 太平广记, in *Biji Xiaoshuo Xubian* 笔记

小说续编, Vol. 1, p. 848.

35. Poem No. 150. See *Liexian Zhuan* 列仙传, in Wu Zengqi's 吴曾祺 *Jiu Xiaoshuo* 旧小说, Vol. 1, pp. 63–64.

36. Poem No. 41.1; ibid., Vol. 1, pp. 394–395.

37. Poem Nos. 41.3/41.4; ibid., Vol. 1, pp. 387–388.

38. Poem No. 41.3. Liu Haichan 刘海蟾 was a hermit. See *Song Shi* 宋史. 462.5658d.

39. Poem No. 41.3/41.5. The three Mao 茅 brothers are Mao Ying 毛盈, Mao Gu 毛固 and Mao Zhong 毛衷. See *Taiping Guangji*, in *Biji Xiaoshuo Xubian*, Vol. 1, pp. 312–313.

40. Poem No. 131. Leyou Yuan 乐游原 was an amusement area near Chang'an 长安 (present-day Xi'an).

41. Poem No. 72. Wuling 五陵 was a place near Chang'an 长安 where young people gathered for activities.

42. Poem No. 17. Shanglin 上林 was a hunting ground.

43. Poem No. 78.1. Baling Bridge 霸陵桥 was in the east part of Chang'an. When people bid farewell here they customarily broke a twig of willow and gave it to the one who was leaving.

44. Poem No. 57. Nan Pu 南浦 refers to the place of parting. It is from the line "bidding you farewell along the Nanpu surely makes me sad." See Jiang Yan's 江淹 (444–505) rhyme prose, "Bie fu" 别赋 (Ode to Farewell), *Jiang Liling Ji* 江醴陵集, in *Han Wei Liuchao Sanbaijia Ji* 汉魏六朝三百家集 (Xinshutang 信述堂, 1879), Vol. 70, pp. la–3a.

45. Poem Nos. 71/79/106.4/131. Pingkang 平康 was the district where courtesans lived in the Tang Dynasty. See Sun Qi 孙启 (Tang), *Beili Zhi* 北里志 (with *Jiaofang Ji* 教坊记 and *Qinglou Ji* 青楼记) (Shanghai: Gudian wenxue chubanshe, 1957), p. 25.

46. Poem No. 107.1. Yanling Beach 严陵滩 (in present day Tonglu County 桐卢县 in Zhejiang Province) was the place where Yan Guang 严光 went fishing.

For his biography, see *Han Shu,* 113.892c.

47. Poem No. 76. Qi Jinggong 齐景公, the ruler of the State of Qi, once ascended the Niu Shan 牛山 (The Ox Mountain, in present day Linzi County 临淄县 in Shandong Province) and was saddened by the passage of time.

48. Poem No. 98. The legendary emperors Yao 尧 and Shun 舜 were buried in the Jiuyi Mountain 九嶷山 (in present day Ningyuan County 宁远县 in Hunan Province).

49. Poem Nos. 25/35/62/84/122.

50. Poem Nos. 43/47/106.1/142.

51. Poem Nos. 38/98.

52. Poem Nos. 12/15/79.

53. Poem Nos. 45.2/106.1/133.1.

54. Poem Nos. 67.2.

55. Poem Nos. 62/63.

56. Poem Nos. 3/60/85/107.1.

57. Poem Nos. 84; 17.

58. Poem Nos. 23/44/127.

59. Poem Nos. 111/112.

60. Poem Nos. 34/106.1.

61. Poem Nos. 30/86; 31/50/106.1/143.

62. Poem Nos. 6.3/65/138/146.

63. Poem Nos. 78.1/154.

64. Poem No. 91. Liu wrote the lyric to the tune pattern "Ji-wu-tong" 击梧桐 when he knew that his lover, Xie Yuexian 谢月仙 whom he had not seen for three years, went with another man. See Feng Menglong, "Zhong mingji chunfeng diao Liu Qi," pp. 9b–10a.

65. Poem Nos. 16/108/154.

66. Poem Nos. 30/112/147.

67. Poem Nos. 50/139.1.

68. Poem No. 111.

69. Poem Nos. 59/76/78.1/85/95/109/110/133.2.

70. Poem Nos. 13/17/56/61/64/71/84/105.2.

71. Poem Nos. 52/67.1/88/141.

72. Poem Nos. 13/31/38/68/111/139.1/142/154.

73. Poem Nos. 23/72/119.

74. Poem Nos. 13/17/56/61; 67.2.

75. Poem Nos. 6.2/66/78.9/125.

76. Poem Nos. 50/84/122.

77. Poem Nos. 3/106.1/113/132.1/133.1.

78. Poem Nos. 9.2/12/27/62; 84.

79. Poem Nos. 67.1/67.2/68/78.1.

80. Poem Nos. 13/23.

81. Poem No. 45.1.

82. Poem No. 47.

83. Poem Nos. 23/41.5/72/77/106.1/110/123/132/2.

84. Poem Nos. 5/104/105.1/129.2/157.

85. Poem Nos. 59/85/152.

86. For instance, the plum tree (poem Nos. 80/127/146) signifies winter, the firmiana (poem Nos. 706/84/142) and maple tree (poem Nos. 50/60) signify autumn, the apricot tree (poem Nos. 72/119/137.1) and peach tree (poem Nos. 110/132.2/152) signify spring.

87. Poem Nos. 30/31/78.2.

88. Poem Nos. 78.2/86.

89. Poem Nos. 5/58/105.1/119.

90. Poem Nos. 3/60/76/84/85/112/133.2/158.

91. Poem Nos. 17/56/80/119.

92. Poem Nos. 7.2/16/101/132.1/141/142/146.

93. Poem Nos. 106.1.

94. Poem Nos. 57/107.2/143.
95. Poem No. 82.
96. Poem Nos. 152.
97. Poem Nos. 37.2.
98. Poem Nos. 64/72.
99. Poem No. 77.
100. Poem No. 24.1.
101. Poem No. 23.
102. Poem Nos. 51/60/74/85/107.4/109/133.1/136.
103. Poem Nos. 4/25/84/113/143/156.
104. Poem Nos. 9.2; 85/114/136.
105. Poem Nos. 33/112.
106. Poem Nos. 9.2/11/17/24.1.
107. Poem Nos. 9.2/24.1/69/78.6/96.
108. Poem Nos. 12/26.1.
109. Poem Nos. 64/112.
110. Poem Nos. 13/17/43/51/86/103/116.
111. Poem Nos. 18/31/65/78.9/87/92/97/107.4/111/143.
112. Poem Nos. 13/127/157.
113. Poem Nos. 3/16/45.2/132.1.
114. Poem Nos. 87.
115. Poem No. 6.1.
116. Poem No. 73.
117. Poem Nos. 4/18/64/84/107.3/141.
118. Poem Nos. 24.2/73/106.3/106.4/128.2/131.
119. Poem Nos. 5/13/23/104/105.2/115.
120. Poem Nos. 30/78.2/109.
121. Poem Nos. 31/38.
122. Poem Nos. 106.1/111.

123. Poem Nos. 30/38/39/57/92/94/107.1/116/118/139.1/143/146.

124. Poem Nos. 16/78.10/107.2/132.1/142.

125. Poem No. 19.1.

126. Poem Nos. 39/50/51/78.2/88/139.1.

127. Poem No. 126.

128. Poem Nos. 20/51/107.4/109.

129. Poem Nos. 118/141; 42/114/126.

130. Poem Nos. 9.2/37.2/118.

131. Poem Nos. 30/39/51/64/92/107.4/135/139.1/142/143.

132. Poem Nos. 3/84/106.1; 68/93/107.4; 4/18/19.2/33.

133. Poem Nos. 98/116/118/143.

134. Poem Nos. 9.2/24.1/25/32/73/78.10.

135. Poem Nos. 22.1/22.2/53/72/75/76/106.5/127/132.2.

136. Poem Nos. 30/57.

137. Poem Nos. 93/95/139.1.

138. Poem No. 122.

139. Poem Nos. 9.2; 138.

140. Poem Nos. 6.3; 109/138.

141. Poem Nos. 55; 54.

142. Poem Nos. 132.3/134.2; 6.2/11/39/130.

143. Poem Nos. 50; 106.4; 6.1/7.2/104/123.

144. Poem Nos. 47/57; 106.2/118; 152; 97/138.

145. Poem Nos. 78.8/158; 81.1.

146. Poem Nos. 91/117; 137.1.

147. Poem Nos. 137.2; 60; 1.

148. Poem Nos. 94/157; 59/106.5; 21; 71.

149. Poem Nos. 36/62/65/152; 81.4; 109.

150. Poem Nos. 87; 57; 28.

151. Poem No. 15.

152. Poem No. 135.

153. Poem No. 73.

154. Poem No. 9.2.

155. Poem No. 84.

156. Poem No. 11.

157. Poem No. 107.1.

158. Poem Nos. 25/73/103/106.3/106.4/134.1; 71/106.3/128.2; 32/105.1/105.2/134.2; 17.

159. Poem Nos. 18; 106.5.

160. Poem Nos. 131; 109.

161. Poem Nos. 89; 138.

162. Poem Nos. 129.1; 128.2.

163. Poem Nos. 78.9; 128.2.

164. Poem No. 136.

165. Poem Nos. 23; 26.2.

166. Poem Nos. 27; 4.

167. Poem No. 70.

168. Poem No. 122.

169. Poem Nos. 3/66/111/140; 73/129.1/146/153; 132.1.

170. Poem Nos. 111/119/140; 73/129.1.

171. Poem Nos. 61/144.

172. Poem Nos. 33; 60.

173. Poem Nos. 86/92/146/154; 38.

174. Poem Nos. 57; 143.

175. Poem Nos. 76.

176. Poem Nos. 9.1; 7.1; 104; 133.2; 52; 39/95/129.2.

177. Poem Nos. 67.1; 106.1; also see poem Nos. 4/50/68/142.

178. Poem No. 67.2.

179. Poem No. 56.

180. Poem No. 6.2.

181. Poem No. 94.

182. Poem No. 38.

183. Poem No. 104.

184. Poem No. 22.1.

185. Poem No. 106.2.

186. Poem No. 127.

187. Poem No. 158.

188. Poem No. 9.1.

189. Poem No. 139.1.

190. Poem No. 37.2.

191. Poem No. 107.4.

192. Feng Yuanjun and Lu Kanru in their *Zhongguo Shishi*, Vol. 3, pp. 626–628 list seven characteristics of Liu's *Ci* and the use of colloquialisms being one of them.

193. Liu, *Major Lyricists*, p. 86.

194. Ye Qingbing suggests that because Liu was despised by the officials, he included colloquialisms in his *Ci* in order to gain favor from the public. See his *Zhongguo Wenxueshi* ,Vol.2, pp. 332–333.

195. For instance, the following colloquialisms in the *Yun Yao Ji* 云谣集 also appear in Liu's YZJ: *shei* 谁 (who), *yi* 伊 (he or she), *man* 漫 (in vain), *weiceng* 未曾 (not yet), *zhengxiang* 争向 (how to face), *zaowan* 早晚 (sooner or later) and *zhengrende* 争忍得 (how to bear). Ren Erbei 任二北 in his *Dunhuang Qu Chutan* 敦煌曲初探 (Shanghai: Shanghai wenyi lianhe chubanshe, 1955), p. 328 points out that Liu's "vulgarity" is influenced by the Dunhuang folk songs.

196. The meanings of Liu's colloquialisms are based on Zhang Xiang's 张相 *Shi Ci Qu Yu Cidian* 诗词曲语辞典 (Taipei: Zhonghua shuju, 1973).

197. Poem Nos. 14; 78.9; 107.3; 20; 138; 106.4.

198. Poem Nos. 88; 15; 111; 109; 94.

199. Poem Nos. 13; 105.2; 95.

200. Poem Nos. 33; 72; 46; 107.4.

201. Poem Nos. 93; 2; 112.

202. Poem Nos. 16; 160; 158.

203. Poem Nos. 102; 96; 29.

204. Poem Nos. 9.1; 69; 74; 78.7; 40.

205. Poem Nos. 9.1; 144; 159; 92.

206. Poem Nos. 10; 40; 43; 69; 77; 78.3; 2; 130; 29; 18; 144; 82.

207. Poems written in colloquial style are, for instance, Nos. 28/29/33/40/69/82/102/126.

208. The short lyrics which have colloquialisms are: for instance, Nos. 11/28/54/69/78.3/78.4/78.7/78.8/78.10/81.1–4/120/126/151.

209. Tai Jingnong 台静农, "Song chu ciren" 宋初词人 (The *Ci* poets of the early Song Dynasty) in Zheng Zhenduo 郑振铎 ed., *Zhongguo Wenxue Yanjiu* 中国文学研究, p. 221.

210. Poem Nos. 4/9.1/14/25/78.7.

211. James Liu, see Note 193. Suzuki Torao 铃木虎雄 in his "Kōgo wo shiyo seru tenshi" 口语在使用的填词, (The Use of Colloquialisms in *Ci*), *Shina Bungaku Kenkyu* 支那文学研究 (Kōoūndō shobō 弘文堂书房, 1967), p. 498 praises Liu's use of colloquial expressions in the poem "Yu linling" 雨霖铃. He also praises Liu's ability to blend sixty percent of elegant diction and forty percent of colloquialisms—the best combination in the writing of *Ci*.

212. Zhang Shunmin, *Hua Man Lu*, quoted in Xu Shiluan's *Song Yan*, see *Biji Xiaoshuo Daguan*, Vol. 6, p. 6203.

213. In the poem "Ding fengbo" there are many colloquialisms such as *keke* 可可 (everything is alright), *wuna* 无那 (listless), *wuge* 无个 (not even one), *zaozhi nen me* 早知恁么 (if I had known thus earlier).

214. Quoted in Tian Tongzhi's 田同之 (fl.c.1720), *Xipu Cishuo* 西圃词说, in *CHCB*, Vol. 5, pp. 1480–1481.

215. Wang Zhuo (1081?–1160?), *Biji Manzhi*, in *CHCB*, Vol. 1, p. 34.

216. Quoted in Wu Zeng's *Nenggaizhai Manlu*, in *CHCB*, Vol. 1, p. 83. But according to Zhao Delin's 赵德麟（1061–1134）*Houjing Lu* 侯靖録 in *Biji Xiaoshuo Daguan*, Vol. 1, p. 955 this statement was made by Su Shi. It is very likely that Su Shi said this in front of his student Chao Buzhi as suggested by Jiang Runxun 江润勋 in his *Cixue Pinglun Shi Gao* 词学评论史稿（Hongkong: Longmen shuju 龙门书局, 1966）, p. 30.

217. Huang Sheng 黄昇, *Hua'an Ci Xuan* 花庵词选, p. 93. Shen Yifu 沈义父, *Yuefu Zhimi* 乐府指迷, in *CHCB*, Vol. 1, p. 230.

218. Chen Zhensun（1183?–1262?）, *Zhizhai Shulu Tijie*, juan 21, p. 1271.

219. Xue Liruo 薛励若, *Song Ci Tonglun* 宋词通论（Taipei: Kaiming shuju, 1974）, p. 80. Tanaka Kenji 田中谦二 gives a discussion on "su *Ci*" 俗词（vulgar lyric）and "ya *Ci*"（elegant lyric）in his "Ōyōshu no shi ni tsuite" 欧阳修之词（Ouyang Xiu's *Ci*）, Tōhō Gaku 东方学, No. 7, 1953, pp. 56–62. He points out that elegant lyrics tend to "refuse to include colloquialisms"（p. 56）.

220. Ji Yun 纪昀（1724–1805）, Yong Rong（永瑢）et al., ed., *Siku Quanshu Zongmu Tiyao* 四库全书总目提要, Vol. 4, 40, jibu, Ciqu lei, p. 41.

221. Guo Lin 郭麐（1767–1831）, *Lingfen Guan Cihua* 灵芬馆词话, in *CHCB*, Vol. 5, p. 1523.

222. See Feng Yuanjun and Lu Kanru, *Zhongguo Shishi*, Vol. 3, pp. 626–628.

223. See Ye Qingbing, Note 194; Also, Lu Jiye 卢冀野, *Ci Qu Yanjiu* 词曲研究（Shanghai: Zhongguo shuju, 1934）, p. 46 criticizes Liu's use of colloquialisms.

224. Hu Yunyi 胡云翼（1906–1965）, *Zhongguo Ci Shilüe* 中国词史略（Hongkong: Dalu shuju 大陆书局, 1933）, p. 54. See also his *Cixue Gailun* 词学概论（Hongkong: Shiyong shuju 实用书局, 1950）, p. 30.

225. Hu Yunyi, *Song Ci Xuan* 宋词选（Hongkong: Zhonghua shuju, 1975）, p. 36.

226. See Tai Jingnong 台静农, "Song chu ciren" 宋初词人（The *Ci* Poets of the Early Song Dynasty）, collected in Zheng Zhenduo 郑振铎 ed., *Zhongguo Wenxue Yanjiu* 中国文学研究, pp. 219–220.

227. Among the Northern Song lyricists Huang Tingjian 黄庭坚（1045–1105）

seems to be the most influenced by Liu's use of colloquialisms. In his *Ci* we can find many colloquialisms which also appear in Liu's *Yuezhang Ji.*

228. Poem No. 132.3.

229. Poem No. 119.

230. Poem No. 66.

231. Poem No. 107.2.

232. Poem No. 65.

233. Poem Nos. 152; 119; 9.1.

234. Poem Nos. 149; 107.1.

235. Poem Nos. 123; 106.1.

236. Poem Nos. 112; 90; 34.

237. Poem Nos. 43; 24.1; 107.2.

238. Poem Nos. 48; 135; 78.6.

239. Poem Nos. 22.2; 38; 72; 78.8; 42.

240. Zheng Zhenduo 郑振铎, *Chatuben Zhongguo Wenxueshi* 插图本中国文学史 (Hongkong: Commercial press, 1973), Vol. 3, p. 486.

CHAPTER IV: Rhythm and Continuity in Liu Yong's Lyrics

1. Ye Mengde, *Bishu Luhua,* juan xia, p. 2a.

2. Xie Zhangting, *Duqi Shanzhuang Ji*, in *CHCB*, Vol. 10, p. 3379; Feng Jinbo 冯金伯 (1738–1810), *Ciyuan Cuibian* 词苑萃编, in *CHCB*, Vol. 5, p. 1689.

3. Li Qingzhao's 李清照 comment is quoted in *Xipu Cishuo* 西圃词说, in *CHCB*, Vol. 5, pp. 1480–1481; for Wang Zhuo's (1081?–1160?) comment, see *Biji Manzhi*, in *CHCB*, Vol. 1, pp. 34–35.

4. Liu Kezhuang's 刘克庄 (1187–1269) comment is quoted in Wang Yiqing's 王弈清 *Yuxuan Lidai Shiyu* 御选历代诗余, in *CHCB*, Vol. 4, p. 1221. The story of the musician Ding Xianxian 丁仙现 can be found in Meng Yuanlao, Deng Zhicheng ed., *Dongjing Menghua Lu Zhu*, pp. 68–70.

5. For comment on the lyric "Mu-lan-hua-man" 木兰花慢 (poem No. 132.2)

see Wu Shidao 吴师道 (1283–1344), *Wu Libu Cihua* 吴礼部词话, in *CHCB*, Vol. 1, p. 241; Shen Xiong, *Gujin Cihua*, in *CHCB*, Vol. 3, pp. 839–940; for comment on "Zui-peng-lai" 醉蓬莱 (No. 63), see Jiao Xun 焦循 (1763–1820), *Diaogulou Cihua* 雕菰楼词话, in *CHCB*, Vol. 5, pp. 1519–1520.

6. The rhyme scheme of the lyric "Chuan-hua-zhi" 传花枝 (poem No. 29) is not included in the prosody books. Poem No. 155 has only one line. So the total number of lyrics examined is 211.

7. Jiang Shunyi 江顺诒, *Cixue Jicheng* 词学集成, in *CHCB*, Vol. 9, pp. 3217–3218.

8. Wang Li, *HYSLX*, p. 565.

9. Ibid., p. 558.

10. Xia Chengtao, *Tang Song Ci Luncong* 唐宋词论丛 (Shanghai: Zhonghua shuju, 1962), p. 36; also see Xia Chengtao and Wu Xionghe, *Ci Xue*, p. 77.

11. Wang Li, *HYSLX*, pp. 559–560.

12. Poem No. 16 combines rhymes in the level and rising tone and poem No. 125 combines rhymes in the level and falling tone.

13. See poem Nos. 106.2/128.1/137.1; also see Wang Li, *HYSLX*, p. 546.

14. Poem No. 41.2.

15. Poem No. 71.

16. Poem No. 153.

17. Wang Li, *HYSLX*, p. 552. Also see Sakai, Ken-ichi 坂井健一, "Sōshi ōinji ni mirareru onin jō no ichi ni tokushoku" 宋词押韵字音韵特色 (Some phonological features found in the rhymes of Song lyrics), *Tōyō Gakuho* 东洋学报, 38, No. 2, Sept. 1955, pp. 226–232.

18. In Wang Yiqing's 王弈清 and others ed., *Ci Pu* 词谱 (n.p. preface dated 1715), juan 13, p. 15b, the word "歇" (*xie*) in the lyric "Qiu-rui-xiang-yin" (No. 47) is not listed as a rhyme. But in Yan Bindu's 严宾杜 *Ci Fan* 词范 (Taipei: Zhonghua congshu bianshen weiyuanhui 中华丛书编审委员会, 1959), juan 5, p. 119a. In *Ci Lü*, juan 2, p. 21a, "歇" is treated as a case of "jieya" 借押 (to borrow a rhyme).

19. See poem Nos. 9.1/51/86/91/147/154/157 for the use of the rhyme word "负"; the use of "jieyin" 借音 (to borrow a sound) was pointed out by Ge Zai 戈载 (1786–1856), *Cilin Zhengyun* 词林正韵 (n.p. Wenxuan chubanshe, 1967), pp. 58–59.

20. For the term "anyun" 暗韵 (dark rhyme), see Liang Qixun, *Ci Xue*, shangbian 上编, p. 50a. It is also called "cangyun" 藏韵 (hidden rhyme) by Shen Xiong, *Gujin Cihua*, in CHCB, Vol. 3, pp. 839–840; "duanyun" 短韵 (short rhyme) by *Ci Pu*, juan 29, p. 3a, and "juzhong yun" 句中韵 (a rhyme within a line) by Xia Chengtao, *Tang Song Ci Luncong*, pp. 32–35.

21. Poem No. 3. For more examples, see the first stanza of lyric No. 8 and 132.1 and the second stanza of Nos. 106.1–5/143.

22. For the rhyme categories Liu uses, see Appendix 3, the Chinese version.

23. Poem Nos. 2/32/103.

24. Poem Nos. 6.3/18/32.

25. Poem Nos. 31/33/45.2/87/135.

26. Poem Nos. 23/48/62/72/110/127/138.

27. Poem No. 71.

28. Wang Li, *HYSLX*, p. 578.

29. Wan Shu, "Preface to *Ci Lü*" 词律发凡, in *Ci Lü*, p. 5b.

30. Xia Chengtao and Wu Xionghe, *Ci Xue*, pp. 53–55.

31. Ibid., p. 55. Also see Xia Chengtao, *Tang Song Ci Luncong*, pp. 58–66.

32. In the *Ci* prosody books *Ci Pu*, *Ci Lü* and *Ci Fan* we often encounter comments such as "ci ci pingze wu bieshou kejiao" 此词平仄无别首可校 (The tonal pattern of this *Ci* cannot be checked against others) for tune-patterns only used once by Liu.

33. For example, see poem Nos. 6.1/6.2; 7.1/7.2; 9.1/9.2; 45.1/45.2; 67.1/67.2; 116/154; 133.1/133.2.

34. See Note No. 31.

35. Wan Shu, "Preface to *Ci Lü*," p. 6a.

36. Poem Nos. 106.2/106.4.

37. Poem Nos. 106.4/49.2.

38. Poem Nos. 132.1/132.2.

39. Poem No. 85.

40. See Wan Shu, "Preface to *Ci Lü*," p. 6a.

41. Poem No. 133.1.

42. Poem No. 4.

43. Poem Nos. 133.1/133.2.

44. Poem Nos. 67.1/67.2.

45. Poem No. 106.3.

46. Poem No. 67.1/67.2.

47. Poem No. 133.1.

48. *Quan Song Ci* has a different reading: "Zhi-ping-gang" 陟平岗. According to the meaning of the poem I prefer the word "chong" 崇 used in *Ci Pu,* juan 17, p. 5a.

49. Poem Nos. 30; 31.

50. Poem Nos. 31.

51. Poem No. 6.2.

52. Poem No. 106.1.

53. Poem Nos. 45.3/52/78.7/105.1.

54. Poem No. 17.

55. Poem Nos. 51; 90.

56. Poem Nos. 1; 42.

57. Poem Nos. 44; 46.

58. Poem Nos. 38; 112.

59. Poem No. 25.

60. Poem No. 78.1.

61. Poem No. 128.2.

62. Poem No. 122.

63. Poem Nos. 142; 84.

64. Poem No. 95.

65. Poem No. 118.

66. See Wang Li, *HYSLX*, pp. 153–166; also see poem Nos. 66/142/143.

67. Poem No. 20.

68. Poem No. 25. Kang Yuzhi 康与之, Jiang Jie 蒋捷 and Li Bing 李邴 each wrote a poem to this tune-pattern but none of them used three parallel lines as Liu did. See *Ci Pu*, juan 4, pp. 5b–8b.

69. Wang Li, *HYSLX*, p. 656.

70. Poem No. 96.

71. Wang Li, *HYSLX*, p. 657.

72. Poem No. 114.

73. Wang Li, *HYSLX*, p. 179. See also Zhou Zhenfu 周振甫, *Shici Lihua* 诗词例话 (Peking: Zhongguo qingnian chubanshe 中国青年出版社, 1962), p. 189.

74. Poem No. 9.2.

75. Poem No. 49.1.

76. Poem No. 8.

77. Poem No. 92.

78. Poem No. 106.3.

79. See Wang Li, *HYSLX*, p. 651.

80. Poem No. 94.

81. Poem No. 36.

82. Zhou Zhenfu, *Shici Lihua*, p. 190.

83. Poem No. 142.

84. Sometimes certain tune-patterns require a poet to use a parallelism at a certain position. However, the rule is not a strict one. In the case of Liu's parallelisms, since a great number of his tune-patterns only appear in his *Yuezhang Ji*, it is difficult to decide whether he follows the requirement of these tune-patterns or he follows his own preferences.

85. See poem Nos. 10/36/49.1/71/72/77/81.2/81.3/106.5/114/134.2; 49.1/49.2/135.

86. Poem No. 49.1.

87. See poem No. 5/12/13/14/16/17/24.2/33/41.1–3/41.5/46/49.1/50/56/57/58/61/63/65/79/91/104/105.1/113/117/127/143/146.

88. See poem Nos. 11/19.1/19.2/26.3/71/90/95/122/123/127/141/142/148.

89. Poem No. 13.

90. Li Zhiyi, "Postscript on Wu Sidao's Short Lyrics," *Guxi Jushi Wenji*, juan 40, p. 2b, in *Yueyatang Congshu*.

91. In *TWDC*, pp. 56–60.

92. Wang Li divides lines into groups of disyllables and each disyllable constitutes one rhythmic unit. See *HYSLX*, pp. 75–76.

93. Poem No. 132.1.

94. In the *TWDC*, we occasionally encounter lines in the 1/4 rhythm but the number is very small. For Instance, 漫留罗带结 (man/liu-luo/dai-jie, in vain keep silk belt knot) (*TWDC*, p. 182); 对淑景谁同 (dui/shu-jing/shei-tong; face fine scene with whom, *TWDC*, p. 207); 见坠香千片 (jian/zhui-xiang/qian-pian, see fallen fragrance thousand pieces, *TWDC*, p. 302). But in the *Yun Yao Ji*, I can find only one five-word-line which has a 1/4 rhythm. This line is: 愿皇寿千千 (yuan/huang-shou/qian-qian, wish emperor longivity thousand thousand) (see Ren Erbei, *Dunhuang Qu Jiaolu*, p. 26).

95. Poem No. 74. For more examples of the 1/4 rhythm, see poem Nos. 4/9.2/16/21/28/31/34/50 passim.

96. Poem No. 133.2, also see 133.1.

97. Xia Chengtao and Wu Xionghe, *Ci Xue*, p. 98.

98. Poem No. 100.

99. Poem No. 89. For more examples of the 1/5 rhythm, see poem Nos. 132.2/132.3.

100. Wang Li, *HYSLX*, p. 634.

101. Ibid., p. 622.

102. Poem No. 106.1.

103. Poem No. 108.

104. Poem No. 9.1.

105. Wang Li, *HYSLX*, pp. 634–635.

106. Poem No. 142.

107. Ibid.

108. Xia Chengtao and Wu Xionghe, *Ci Xue*, p. 99.

109. Poem No. 111. For more examples of the 1/7 rhythm, see poem Nos. 32/92/93/132.1/152.

110. Loc. cit. 125, poem No. 14.

111. Poem No. 14. For more examples of the 3/6 rhythm, see poem Nos. 57/61/98.

112. Poem No. 40.

113. Poem No. 152.

114. Wang Li, *HYSLX*, p. 660; James Liu, *Major Lyricists*, p. 96.

115. Ibid., p. 659.

116. Zhang Yan 张炎, *Ci Yuan* 词源, in *CHCB*, Vol. 1, p. 207.

117. Zhou Fagao 周法高 divides *xuzi* (empty words) into five categories including adverbs, connectives, prepositions, interjections and particles. See *Zhongguo Yuyanxue Lunwen Ji* 中国语言学论文集 (Hongkong: Chongji shudian, 崇基书店, 1968), pp. 343–348.

118. Xia Chengtao and Wu Xionghe, *Ci Xue*, p. 94.

119. Poem Nos. 111; 132.2; 61.

120. Poem Nos. 50; 132.3.

121. Poem Nos. 123; 85.

122. Poem Nos. 2; 16; 71.

123. Nai Deweng 耐得翁 (Southern Song Dynasty), *Ducheng Jisheng* 都城纪胜 (preface dated 1235), in *Dongjing Menghua Lu*, wai sizhong 外四种 (Shanghai: Gudian wenxue chubanshe, 1956), p. 96.

124. Long Muxun 龙沐勋 (Long Yusheng 龙榆生, 1902–1966), "Song

ci fazhan de jige jieduan" 宋词发展的几个阶段 (Several Stages in the Development of Song Lyrics), *Xin Jianshe* 新建设, No. 8, Aug. 1957, p. 47.

125. Wang Li, *HYSLX*, p. 530.

126. Poem No. 61.

127. Poem No. 111.

128. Poem No. 71.

129. Poem No. 90.

130. Poem No. 116.

131. Poem No. 1, I adopt James Liu's translation. See *Major Lyricists*, p. 94.

132. Poem No. 12.

133. Poem No. 15.

134. Poem No. 62.

135. Poem No. 113.

136. Xu Shaoqi 徐绍棨, *Cilü Jianque* 词律笺榷, in *Ci Xue Jikan* 词学季刊, Vol. II, No. 2, Jan. 1935, p. 160.

137. Wei Zhuang 韦庄, "He-ye-bei" 荷叶杯, No. 2, in *TWDC,* p. 118.

138. "Feng-gui-yun" 风归云, No. 1, in Ren Erbei 任二北, *DHQJL*, pp. 8–9.

139. I am indebted to Professor Jan Walls for his suggestion that enjambment is encouraged by the great number of short lines.

140. Liu Tiren 刘体仁 (fl.c. 1655), in his *Qisongtang Cihua* 七颂堂词话, in *CHCB*, Vol. 2, p. 628 pointed out that "clumsiness and heaviness are the taboos [of long lyrics]" and thus "the use of *chenzi* 衬字 [that is, *xuzi* 虚字, empty words] is indispensible." This idea was echoed by Xie Zhangting 谢章廷 in his *Duqi Shanzhuang Ji* 赌棋山庄集, in *CHCB*, Vol. 10, p. 3283.

141. Gao Yougong 高友工 and Mei Zulin 梅祖麟 point out that in the Recent Style Poetry the compactness and density resulting from the elimination of empty words causes ambiguity which works against the forward movement of a poem. See "Syntax, Diction and Imagery in Tang Poetry." *Harvard Journal of Asiatic Studies*, Vol. 31, 1970, p. 64 and p. 91.

142. Poem No. 65. For more examples of this type of enjambment see poem Nos. 13/14/16/31/33/68/69/111/143.

143. Poem No. 33. For more examples, see poem Nos. 30/31/44/50/76/85/122/140.

144. Poem No. 78.7. For more examples, see poem Nos. 65/91/107.3.

145. Poems which end the first stanza with questions are, for instance, Nos. 3/39/60/65/78.8/82/139.2/141/142.

146. Poem which end with unresolved questions are, for example, Nos. 30/50/51/56/107.3/108/152/154/157.

147. For more examples, see poem Nos. 10/41.3/115.

148. Poem No. 22.2.

149. For a discussion on the use of syntactic formulae in poetry, see Barbara Herrnstein Smith, *Poetic Closure*; *A Study of How Poems End* (Chicago: The University of Chicago Press, 1968), pp. 137–139.

150. Poem No. 9.1.

151. Poem No. 57.

152. Poem No. 77.

153. Poem No. 144.

154. Poem No. 109.

155. Poem No. 88. For more examples of the use of hypothetical sentences, see poem Nos. 3/24.2/33/88/107.4/123/143/146; for the use of subjunctive sentences, see poem Nos. 2/8/12/34/62/89.

156. Poem No. 107.4

157. Poem No. 52. For more examples, see poem No. 25 (the last three lines of the second stanza), No. 33 (lines 4, 5, 6, 7 of the first stanza), No. 43 (lines 2 & 3 of the first stanza), No. 55 (lines 7 & 8 of the first stanza), No. 92 (lines 1, 2 & 3 of the third stanza), and No. 128.1 (lines 3 & 4 of the second stanza).

158. Poem No. 18. For more examples, see poem Nos. 84 (lines 8, 9, 10, 11, 12 & 13 of the second stanza), No. 106.1 (lines 1, 2, 3 & 4, of the second

stanza). No. 106.4 (lines 1, 2, 3 & 4 of the second stanza) and No, 107.3 (lines 7 & 8 of the second stanza).

159. Shen Xiong, *Gujin Cihua,* in *CHCB*, Vol. 3, p. 854.

160. Xia Jingguan 夏敬观 (1875–1953) *Shouping Yuezhang Ji* 手评乐章集, quoted in Han Suixuan's 韩穗轩 *Xinyuanlou Cihua* 心远楼词话 (Hongkong: n.p. 1972), p. 16.

Chapter V: The Structure of Liu Yong's Lyrics

1. Zhang Yan, *Ci Yuan*, in *CHCB*, Vol. 1, p. 205.

2. Li Zhiyi, "Postscript on Wu Sidao's Short Lyrics," *Guxi Jushi Wenji*, juan 40, p. 2b, in *Yueyatang Congshu.*

3. Zheng Wenzhuo 郑文焯 (1856–1918), *Dahe Shanren Cilun* 大鹤山人词论, quoted in Tang Guizhang's *Song Ci Sanbaishou Jianzhu* 宋词三百首笺注, p. 29.

4. For example, see poem Nos. 2/6.3/9.2/24.1/32/73/77/78.3/89/106.3/106.3/106.4/129.1/138.

5. Poem No. 42. According to *Ci Pu*, juan 21, p. 14b, the tune pattern "Po-luo-men-ling" 婆罗门令 was used only once by Liu. This poem is also translated by Yuh Liou-yi in "Liu Yung, Su Shi, and Some Aspects of the Development of Early Tz'u Poetry," p. 158. Also see Winnie Laifong Leung, *Renditions*, No. 11 & 12 (Spring and Autumn, 1979), pp. 76–77.

6. Xia Jingguan 夏敬观, *Shouping Yuezhang Ji* 手评乐章集, quoted in Han Suixuan's *Xinyuanlou Cihua* 心远楼词话, p. 16.

7. For example, see poem Nos. 17/44/56/61/67.2/68/108/152.

8. Poem No. 152. According to *Ci Pu*, juan 38, p. 13a, Liu improvised this tune-pattern from the old one.

9. A game played during the May 5th festival. See Zong Lin 宗懔, *Jing Chu Suishi Ji* 荆楚岁时记, in Wu Zengqi 吴曾祺 comp., *Jiu Xiaoshuo* 旧小说, Vol. 1, p. 44. "Doucao" meaning "fighting grass," was a game where players collect grass or long stemmed leaves based on the toughness and strength of the plant. Two

players come forth at a time with their selected grass or leaf. The players then interlock their grass or leaf in the middle. When the battle begins, each player pulled the ends of their respective grass piece towards themselves in a U-shape. The battle ends when a grass piece snaps, with the loser being the one with the snapped piece of grass. Bids could be placed by the spectators to bet on the winner of each battle.

10. For the story of Zheng Jiaofu 郑交甫, see *Liexian Zhuan* 列仙传, in Wu. comp., *Jiu Xiaoshuo,* Vol. 1, pp. 63–64.

11. Poem No. 143. This tune pattern is also named "Qing-bei-le" 倾杯乐 and "Gu-qing-bei" 古倾杯. See Wen Ruxian 闻汝贤, *Cipai Huishi* 词牌汇释, pp. 549–551.

12. "Gaoyang" 高阳 refers to the Gaoyang pond, a place for drinking. See *Shanjian Zhuan* 山间传, *Jin Shu*, 43.1200bc.

13. Poem No. 92.

14. Poem No. 86.

15. Wang Zhuo, *Biji Manzhi*, in *CHCB*, Vol. 1, p. 34.

16. Liu Xizai 刘熙载, *Ci Gai* 词概, in *CHCB*, Vol. 11, p. 3771.

Conclusion

1. These 15 tune patterns are: "Ba-liu-zi" 八六子, "Zui-pai-man-lu-hua" 醉拍满路花, "Yu-zhong-hua" 雨中花, "Man-ting-fang" 满庭芳, "Man-gong-chun" 满宫春, "Lei-jiang-yue" 酹江月, "Shui-long-yin" 水龙吟, "Qin-yuan-chun" 沁园春, "Bu-suan-zi-man" 卜算子慢, "Ge-tou" 歌头, "Li-bie-nan" 离别难, "Qiu-ye-yue" 秋夜月, "Jin-fu-tu" 金浮图, "Zhong-xing-yue" 中兴乐 and "Yu-you-chun-shui" 鱼游春水. But the authorship of most of these long lyrics are still questionable. See Wang Yi, *Ci Qu Shi* 词曲史, pp. 65–71.

2. Wang Guowei 王国维 (1877–1927), Tu Jingyi 涂经诒 trans., *Renjian Cihua* 人间词话 (Poetic Remarks in the Human World) (Hongkong: Tongwen shudian 同文书店, 1972), p. 38.

3. Xue Liruo, *Song Ci Tonglun*, p. 112; Jiang Shangxian, *Song Sidajia Ci Yanjiu* 宋四大家词研究 (Tainan: Jiang Shangxian, 1962), p. 98.

4. Xu Xianhao and Zhou Fuchang, "We Must Use Critical Approach to Re-evaluate Liu Yong's Lyrics," *Guangming Ribao*, Wenxue Yichan, No. 322, July 17, 1960.

5. Huang Sheng, *Hua'an Cixuan*, juan 2, p. 44.

6. Shen Xiong, *Gujin Cihua,* in *CHCB*, Vol. 3, p. 1047. See also Chen Tingzhuo, *Baiyuzhai Cihua*, in *CHCB*, Vol. 11, p. 3955.

7. Wang Zhuo, *Biji Manzhi*, in *CHCB*, Vol. 1, p. 33.

8. Kuang Zhouyi 况周颐 (1859–1926), Wang You'an 王幼安 ed., *Huifeng Cihua* 蕙风词话 (With Wang Guowei's *Renjian Cihua*) (Hongkong: Commercial Press, 1961), juan 3, p. 61.

9. Song Shangmu's 宋尚木 (dates unknown) comment. Quoted in Tian Tongzhi's 田同之 *Xipu Cishuo* 西圃词说, in *CHCB*, Vol. 5, p. 1488. This view was echoed by Wu Mei in his *Cixue Tonglun*, p. 71.

10. According to the lyricist Xin Qiji, when emperor Song Huizong 宋徽宗 was in exile in the north during the year 1138 (i.e. after the fall of the Northern Song Dynasty [1126]), he heard a maid sing Liu's lyrics. See *Qiefen Lu* 窃愤录, in *Biji Xiaoshuo Daguan,* Vol. 1, p. 979.

Appendix A: Official Titles of Liu Yong's Family Members

1. Liu Yi 柳宜, Liu Yong's father, obtained his advanced degree (*jinshi*) in 985. In the Southern Tang he was Collator of the Prince (taizi jiaoshu lang 太子校书郎), Registrar (wei 尉) of Jiangning County 江宁县 (in Jiangsu Province), Sub-prefect of Guixi County 贵谿县 (in Jiangxi Province), Chongren County 崇仁县 (in Jiangxi Province) and Jianyang County 建阳县 (in Fujian Province). He also served as Investigating Censor (jiancha yushi 监察御史). In the Song Dynasty, he was appointed as Sub-prefect of Leize 雷泽 (present day southeast of Pu County 濮县 of Shandong Province), Rencheng 任城 (in present day Jining

County 济宁县 of Shandong Province) and Fei County 费县 (in Shandong Province), Professor of the Directorate of Education (guozi boshi 国子博士), Officer in the Ministry of Works (gongbu shilang 工部侍郎), Vice-administrator of Quanzhou 全州 (present day Quanzhou County 全县 of Guangxi Zhuang Autonomous Region) and Critic-Advisor of the heir apparent (zanshan dafu 赞善大夫).

2. Liu Xuan 柳宣, Liu's first paternal uncle, was Judicial Investigator of the High Court of Justice (dali pingshi 大理评事) in the Southern Tang. In the Song Dynasty he was Collator (jiaoshu lang 校书郎), Prefectural Judge (tuanlian tuiguan 团练推官) of Jizhou 济州 and Regional Prefectural Judge (jiedu tuiguan 节度推官)(present day Jining County 济宁县 of Shandong Province).

3. Liu Zhen 柳寘 was Liu's second paternal uncle. The gazetteer *Fujian Tongzhi* (chapter 147, p. 8b) records that he obtained his advanced degree in 1012 but another gazetteer *Minshu* (chapter 97, p. 2a) gives 1015. Wang Yucheng in the "Epitaph" also records that Liu Zhen held a *jinshi* degree. Since Wang died in 1001, the records of *Fujian Tongzhi* and *Minshu* seem to be incorrect.

4. Liu Hong 柳宏 (entitled Juqing 巨卿), Liu's third paternal uncle, obtained his advanced degree in 998. He was Sub-prefect of Dehua County 德化县 (present day Jiujiang County 九江县 of Jiangxi Province), Officer of the Ministry of Justice (duguan yuanwailang 都官员外郎). Senior Lord of the Court of Imperial Banquet (guanglu siqing 光禄寺卿), Military Administrator of Huzhou Prefecture (Huzhou jun 湖州郡) and Magistrate of Anji Prefecture (Anji zhou 安吉州).

5. Liu Cai 柳寀, Liu's fourth paternal uncle, was Executive of the Ministry of Rites (libu shilang 礼部侍郎).

6. Liu Cha 柳察, Liu's fifth paternal uncle, was Assistant Officer of Waterways (shuibu yuanwailang 水部员外郎).

7. Liu Sanfu 柳三复, Liu's elder brother obtained his advanced degree in 1018.

8. Liu Sanjie 柳三接, Liu's eldest brother, obtained his advanced degree

in 1034 (the same year with Liu). He was Assistant Officer of the Ministry of Justice (duguan yuanwailang 都官员外郎) and Professor of Imperial Sacrifice (taichang boshi 太常博士).

9. Liu Qi 柳淇, Liu's nephew (Sanjie's son), obtained his advanced degree in 1054 and was Professor of Imperial Sacrifice.

10. Liu Rui 柳涚 (entitled Wenzhi 温之), Liu's son, obtained his advanced degree in 1046 and he was Staff Author (zhuzuo lang 著作郎), Finance Inspector of Shansi Province and Assistant Justice of the High Court of Justice (dali sicheng 大理寺丞).

Appendix B

Comparison in form between the same tune titles used in *TWDC* and in Liu Yong's *Yuezhang Ji*. In the following chart, "S" means the same; "D" means different.

Tune-Titles in *TWDC*		Tune Titles in *Yuezhang Ji*	No. of Words in *TWDC*	No. of Words in *Yuezhang Ji*	Comparison in Form
1	Wu-shan-yi-duan-yun 巫山一段云	(same)	45	45	S
2	Qing-bei-le 倾杯乐	-	46	46	S
3	Xi-jiang-yue 西江月	-	50	50	S
4	Mu-lan-hua 木兰花	-	56	56	S
		Mu-lan-hua-man 木兰花慢		101	D
5	Lin-jiang-xian 临江仙	-	58	58	S
6	Die-lian-hua 蝶恋花	Feng-qi-wu 凤栖梧 (variant name)	60	60	S

Continued Table

Tune-Titles in *TWDC*		Tune Titles in *Yuezhang Ji*	No. of Words in *TWDC*	No. of Words in *Yuezhang Ji*	Comparison in Form
7	Bu-suan-zi-man 卜算子慢	-	89	89	S
8	Gan-zhou-qu 甘州曲	Gan-zhou-ling 甘州令 (variant name)	23	92	D
9	Sai-gu 塞姑	Sai-gu 塞孤	24	95	D
10	Lang-tao-sha 浪淘沙	-	28	133	D
11	Cai-lian-zi 采莲子	Cai-lian-ling 采莲令 (variant name)	28	91	D
12	Pao-qiu-le 抛毬乐	-	30	187	D
13	Liu-yao-ling 六幺令	-	30	94	D
14	Su-zhong-qing 诉衷情	Su-zhong-qing-ling 诉衷情令 (variant name)	33	44	D
15	Chang-xiang-si 长相思	-	36	103	D
16	Yu-hu-die 玉蝴蝶	-	41	99	D
17	Nü-guan-zi 女冠子	-	41	110	D
				114	D
18	He-chong-tian 鹤冲天	-	47	84	D
				88	D
19	Ying-tian-chang 应天长	-	50	94	D
20	Wang-yuan-xing 望远行	-	54	104	D
21	Lang-tao-sha-ling 浪淘沙令	-	54	52	D (slightly)

Continued Table

Tune-Titles in *TWDC*		Tune Titles in *Yuezhang Ji*	No. of Words in *TWDC*	No. of Words in *Yuezhang Ji*	Comparison in Form
22	Jie-xian-bin 接贤宾	Ji-xian-bi 集贤宾 (variant name)	57	116	D
23	Ding-feng-bo 定风波	-	62	100	D
				105	D
24	Qiu-ye-yue 秋夜月	-	84	82	D (slightly)
25	Cu-pai-man-lu-hua 促拍满路花	-	86	83	D (slightly)
26	Li-bie-nan 离别难	-	87	112	D
27	Ba-liu-zi 八六子	-	90	91	D (slightly)

Appendix C : Musical Modes Used by Liu Yong

Gongdiao (Musical Modes)		No. of Tune-Patterns	No. of Poems
1	lin-zhong-shang 林钟商	29	44
2	xian-lü-diao 仙吕调	27	38
3	da-shi-diao 大石调	17	24
4	zhong-lü-diao 中吕调	19	19
5	shuang-diao 双调	13	18
6	zheng-gong 正宫	7	10
7	nan-lü-diao 南吕调	5	10
8	xie-zhi-diao 歇指调	8	9
9	xiao-shi-diao 小石调	6	8
10	ban-she-diao 般涉调	5	7
11	zhong-lü-gong 中吕宫	5	6
12	ping-diao 平调	6	6

Continued Table

Gongdiao (Musical Modes)		No. of Tune-Patterns	No. of Poems
13	san-shui-diao 散水调	2	2
14	xian-lü-gong 仙吕宫	2	2
15	huang-zhong-yu 黄钟羽	1	1
16	huang-zhong-gong 黄钟宫	1	1
17	yue-diao 越调	1	1

In total Liu uses 17 musical modes. Seven poems collected in the CST do not have musical mode. They are "Zhua-mo-li" 爪茉莉 (poem No. 156), "Nü-guan-zi" 女冠子 (poem No. 157), "Shi-er-shi" 十二时 (poem No. 158), "Hong-chuang-jiong" 红窗迥 (poem No. 159), "Xi-jiang-yue" 西江月 (poem No. 160), and "Feng-huang-ge" 凤凰阁 (poem No. 161), and poem No. 155 (tune-title lost).

Note: for references on books and articles, see the Chinese version.

Index